非洲文学研究丛书 ｜ 朱振武 主编

国家出版基金项目
NATIONAL PUBLICATION FOUNDATION

# 东部和北部非洲精选文学作品研究

Studies in Choice Writings of Eastern and Northern African Writers

卢敏　朱伊革　林晓妍　著

西南大学出版社
国家一级出版社　全国百佳图书出版单位

**图书在版编目（CIP）数据**

东部和北部非洲精选文学作品研究 / 卢敏, 朱伊革,
林晓妍著. -- 重庆 : 西南大学出版社, 2024.6
（非洲文学研究丛书 / 朱振武主编）
ISBN 978-7-5697-2139-3

Ⅰ.①东… Ⅱ.①卢… ②朱… ③林… Ⅲ.①文学研
究－非洲 Ⅳ.①I400.6

中国国家版本馆CIP数据核字(2024)第002089号

非洲文学研究丛书　朱振武　主编

# 东部和北部非洲精选文学作品研究

DONGBU HE BEIBU FEIZHOU JINGXUAN WENXUE ZUOPIN YANJIU

卢敏 朱伊革 林晓妍 著

出 品 人：张发钧
总 策 划：卢　旭　闫青华
执行策划：何雨婷
责任编辑：钟小族
责任校对：鲁　艺
特约编辑：汤佳钰　陆雪霞
装帧设计：万墨轩图书 | 吴天喆　彭佳欣　张瑷俪
出版发行：西南大学出版社
　　　　　重庆市北碚区天生路2号　　邮编：400715
　　　　　市场营销部电话：023-68868624
印　　刷：重庆升光电力印务有限公司
成品尺寸：170 mm×240 mm
印　　张：24.5
字　　数：400千字
版　　次：2024年6月　第1版
印　　次：2024年6月　第1次印刷
书　　号：ISBN 978-7-5697-2139-3

定　　价：88.00元

国家社会科学基金重大项目"非洲英语文学史"阶段成果

# "非洲文学研究丛书"顾问委员会

（按音序排列）

# "非洲文学研究丛书"专家委员会

（按音序排列）

丛书主编简介

朱振武，博士（后），中国资深翻译家，中国作家协会会员；上海市二级教授，外国文学文化与翻译博士生导师，博士后合作导师，上海师范大学外国文学研究中心主任，比较文学与世界文学国家重点学科带头人；上海市"世界文学多样性与文明互鉴"创新团队负责人。主持国家社科基金重大项目、重点项目十几项，项目成果获得国家出版基金资助。在《中国社会科学》《文学评论》《外国文学评论》《文史哲》《中国翻译》《人民日报》等重要报刊上发表文章400多篇，出版著作（含英文）和译著50多种。多次获得省部级奖项。

主要社会兼职有（中国）中外语言文化比较学会小说研究专业委员会会长和中非语言文化比较专业委员会副会长、中国外国文学学会副秘书长暨教学研究会副会长、上海国际文化学会副会长、上海市外国文学学会副会长兼翻译专业委员会主任等几十种。

**本书主要作者简介**

■ **卢 敏**

博士,上海师范大学外国语学院三级教授,福建三明学院海外学院(外国语学院)院长(挂职),国家社科基金重大项目"非洲英语文学史"(19ZDA296)子项目"东部非洲卷"负责人,上海市"世界文学多样性与文明互鉴"创新团队骨干成员,主持并完成国家社科基金项目"贝西·黑德文学艺术思想研究",主要研究方向为非洲英语文学和文学翻译,在《外国文学评论》《外国文学研究》《当代外国文学》《国外文学》《文艺理论与批评》《当代作家评论》等期刊发表论文60多篇,出版专著3部、译著2部、教材6部。

■ **朱伊革**

博士,上海师范大学外国语学院教授,福建三明学院海外学院(外国语学院)特聘教授,国家社科基金重大项目"非洲英语文学史"(19ZDA296)骨干成员,上海市"世界文学多样性与文明互鉴"创新团队骨干成员,主持完成教育部人文社科项目1项、上海市哲学社会科学项目1项,在研上海市哲学社会科学项目1项,主要研究方向为非洲英语文学和翻译研究,在《外国文学研究》《国外文学》等期刊发表论文40多篇,出版专著2部、译著1部、教材2部。

■ **林晓妍**

北京外国语大学亚非语言文学博士生,主要研究方向为非洲英语文学,在《当代外国文学》等期刊发表文章多篇,参与编著《新世纪非洲英语文学年谱整理与研究2000—2020》,参与国家社科基金重大项目"非洲英语文学史"(19ZDA296)和"新世纪东方区域文学年谱整理与研究2000—2020"(17ZDA280)。

# 总序：揭示世界文学多样性　构建中国非洲文学学

2021 年的诺贝尔文学奖似乎又爆了一个冷门，坦桑尼亚裔作家阿卜杜勒拉扎克·古尔纳获此殊荣。授奖辞说，之所以授奖给他，是"鉴于他对殖民主义的影响，以及对文化与大陆之间的鸿沟中难民的命运的毫不妥协且富有同情心的洞察"[①]。古尔纳真的是冷门作家吗？还是我们对非洲文学的关注点抑或考察和接受方式出了问题？

## 一、形成独立的审美判断

英语文学在过去一个多世纪里始终势头强劲。从起初英国文学的"一枝独秀"，到美国文学崛起后的"花开两朵"，到澳大利亚、加拿大、爱尔兰、印度、南非、肯尼亚、尼日利亚、津巴布韦、索马里、坦桑尼亚和加勒比海地区等多个国家和地区英语文学遍地开花的"众声喧哗"，到沃莱·索因卡、纳丁·戈迪默、德里克·沃尔科特、维迪亚达·苏莱普拉萨德·奈保尔、J. M. 库切、爱丽丝·门罗，再到现在的阿卜杜勒拉扎克·古尔纳等"非主流"作家，特别是非洲作家相继获

---

[①] Swedish Academy, "Abdulrazak Gurnah—Facts", *The Nobel Prize*, October 7, 2021, https://www.nobelprize.org/prizes/literature/2021/gurnah/facts/.

得诺贝尔文学奖等国际重要奖项①，英语文学似乎出现了"喧宾夺主"的势头。事实上，"二战"以后，作为"非主流"文学重要组成部分的非洲文学逐渐呈现出蓬勃发展的态势，涌现出一大批优秀的作家作品，在世界文坛产生了广泛影响。但对此我们却很少关注，相关研究也很不足，其中一个重要原因就是我们较多跟随西方人的价值和审美判断，而具有自主意识的文学评判和审美洞见却相对较少，且对世界文学批评的自觉和自信也相对缺乏。

非洲文学，当然指的是非洲人创作的文学，但流散到其他国家和地区的第一代非洲人对非洲的书写也应该归入非洲文学。也就是说，一部作品是否是非洲文学，关键看其是否具有"非洲性"，也就是看其是否具有对非洲历史、文化和价值观的认同和对在非洲生活、工作等经历的深层眷恋。非洲文学因非洲各国独立之后民主政治建设中的诸多问题而发展出多种文学主题，而"非洲性"亦在去殖民的历史转向中，成为"非洲流散者"（African Diaspora）和"黑色大西洋"（Black Atlantic）等非洲领域或区域共同体的文化认同标识，并在当前的全球化语境中呈现出流散特质，即一种生成于西方文化与非洲文化之间的异质文化张力。

非洲文学的最大特征就在于其流散性表征，从一定意义上讲，整个非洲文学都是流散文学。②非洲文学实际上存在多种不同的定义和表达，例如非洲本土文学、西方建构的非洲文学及其他国家和地区所理解的非洲文学。中国的非洲文学也在"其他"范畴内，这是由一段时间内的失语现象造成的，也与学界对世界文学的理解有关。从严格意义上讲，当下学界认定的"世界文学"并不是真正的世界文学，因此也就缺少文学多样性。尽管世界文学本身是多样性的，但我们现在所了解的世界文学其实是缺少多样性的世界文学，因为真正的文学多样性被所谓的西方主

---

① 古尔纳之前6位获得诺贝尔文学奖的非洲作家依次是作家阿尔贝·加缪，尼日利亚作家沃莱·索因卡，埃及作家纳吉布·马哈福兹，南非作家纳丁·戈迪默、J. M. 库切和作家多丽丝·莱辛，分别于1957年、1986年、1988年、1991年、2003年和2007年获得诺贝尔文学奖。

② 详见朱振武、袁俊卿：《流散文学的时代表征及其世界意义——以非洲英语文学为例》，《中国社会科学》，2019年第7期。作者从流散视角对非洲文学从诗学层面进行了学理阐释，将非洲文学特别是非洲英语文学分为异邦流散、本土流散和殖民流散三大类型，并从文学的发生、发展、表征、影响和意义进行多维论述。

流文化或者说是强势文化压制和遮蔽了。因此，许多非西方文化无法进入世界各国和各地区的关注视野。

## 二、实现真正的文明互鉴

当下的世界文学不具备应有的多样性。从歌德提出所谓的世界文学，到如今西方人眼中的世界文学，甚至我们学界所接受和认知的世界文学，实际上都不是世界文学的全貌，不是世界文学的本来面目，而是西方人建构出来的以西方几个大国为主，兼顾其他国家和地区某个文学侧面和诺贝尔文学奖得主的所谓"世界文学"，因此也就不能实现真正意义上的文明互鉴。

文学是文化最重要的载体之一。文学是人学，它以"人"为中心。文学由人所创造，人又深受时代、地理、习俗等因素的影响，所以说，"文变染乎世情，兴废系乎时序"①。文学作品囊括了丰富多彩的政治、经济、文化、历史、地理、习俗和心理等多种元素，不同民族、不同国家、不同区域和不同时代的作家作品更是蔚为大观。但这种多样性并不能在当下的"世界文学"中得到完整呈现。因此，重建世界文学新秩序和新版图，充分体现世界文学多样性，是当务之急。

很长时间里，在我国和不少其他国家，世界文学的批评模式主体上还是根据西方人的思维方式和学理建构的，缺少自主意识。因此，我们必须立足中国文学文化立场，打破西方话语模式、批评窠臼和认识阈限，建构中国学者自己的文学观和文化观，绘制世界文化新版图，建立世界文学新体系，实现真正意义上的文明互鉴。与此同时，创造中国自己的批评话语和理论体系，为真正的世界文化多样性的实现和文学文化共同体的构建做出贡献。

在中国开展非洲文学研究具有英美文学研究无法取代的价值和意义，更有利于我们均衡吸纳国外优秀文化。非洲文学本就是世界文化的重要组成部分，现已

---

① 《文心雕龙》，王志彬译注，北京：中华书局，2012 年，第 511 页。

引起各国文化界和文学界的广泛关注，我国也应尽快加强对非洲文学的研究。非洲文学虽深受英美文学影响，但在主题探究、行文风格、叙事方式和美学观念等方面却展示出鲜明的异质性和差异性，呈现出与英美文学交相辉映的景象，因此具有世界文学意义。非洲文学是透视非洲国家历史文化原貌和进程，反射其当下及未来的一面镜子，研究非洲文学对深入了解非洲国家的政治、历史和文化等具有深远意义。另外，站在中国学者的立场上，以中国学人的视角探讨非洲文学的肇始、发展、流变及谱系，探讨其总体文化表征与美学内涵，对反观我国当代文学文化和促进我国文学文化的发展繁荣具有特殊意义。

## 三、厘清三种文学关系

汲取其他国家和地区文学文化的养分，对繁荣我国文学文化，对"一带一路"倡议下人类命运共同体的建设也具有重要意义。我们进行非洲文学研究时，应厘清主流文学与非主流文学的关系、单一文学与多元文学的关系及第一世界文学与第三世界文学的关系。

第一，厘清主流文学与非主流文学的关系。近年来，我国的外国文学研究重心已经从以英美文学为主、德法日俄等国文学为辅的"主流"文学，在一定程度上转向了澳大利亚、加拿大、新西兰等国文学，特别是非洲文学等"非主流"文学。这种转向绝非偶然，而是历史的必然，是新时代大形势使然。它标志着非主流文学文化及其相关研究的崛起，预示着在不远的将来，"非主流"文学文化或将成为主流。非洲作家流派众多，作品丰富多彩，不能忽略这样大体量的文学存在，或只是聚焦西方人认可的少数几个作家。同中国文学一样，非洲文学在一段时间里也被看作"非主流"文学，这显然是受到了其他因素的左右。

第二，厘清单一文学与多元文学的关系。世界文学文化丰富多彩，但长期以来的欧洲中心和美国标准使我们的眼前呈现出单一的文学文化景象，使我们的研究重心、价值判断和研究方法都趋于单向和单一。我们受制于他者的眼光，成了传声筒，患上了失语症。我们有时有意或无意地忽略了文学存在的多元化和多样性这个事实。非洲文学研究同中国文学走向世界的意义一样，都是为了打破国际上单一和固化的刻板状态，重新绘制世界文学版图，呈现世界文学多元化和多样性的真实样貌。

对于非洲作家古尔纳获得诺贝尔文学奖，许多人认为这是英国移民文学的繁盛，认为古尔纳同约瑟夫·康拉德、维迪亚达·苏莱普拉萨德·奈保尔、萨尔曼·拉什迪以及石黑一雄这几位英国移民作家[①]一样，都"曾经生活在'帝国'的边缘，爱上英国文学并成为当代英语文学多样性的杰出代表"[②]，因而不能算是非洲作家。这话最多是部分正确。我们一定要看到，非洲现代文学的诞生与发展跟西方殖民历史密不可分，非洲文化也因殖民活动而散播世界各地。移民散居早已因奴隶贸易、留学报国和政治避难等历史因素成为非洲文学的重要题材。我们认为，评判是否为非洲文学的核心标准应该是其作品是否具有"非洲性"，是否具有对非洲人民的深沉热爱、对殖民问题的深刻揭示、对非洲文化的深刻认同、对非洲人民的深切同情以及对未来生活的美好憧憬。所以，古尔纳仍属于非洲作家。

的确，非洲文学较早进入西方学者视野，在英美等国家有着较为丰硕的研究成果。我国的非洲文学研究虽然起步较晚，然而势头比较强劲。有一个重要的问题应该引起重视，那就是我们的非洲文学研究不能像其他外国文学的研究，尤其是英美德法等所谓主流国家文学的研究一样，从文本选材到理论依据和研究方法，甚至到价值判断和审美情趣，都以西方学者为依据。这种做法严重缺少研究者的主体意识，因此无法在较高层面与国际学界对话，也就在很大程度上失去了外国文学研究的意义和作用。

第三，厘清第一世界文学与第三世界文学的关系。如果说英美文学是第一世界文学，欧洲其他国家的文学和亚洲的日本文学是第二世界文学的话，那么包括中国文学和非洲文学乃至其他地区文学在内的文学则可被视为第三世界文学。这一划

---

[①] 康拉德 1857 年出生于波兰，1886 年加入英国国籍，20 多岁才能流利地讲英语，而立之年后才开始用英语写作；奈保尔 1932 年出生于特立尼达和多巴哥的一个印度家庭，1955 年定居英国并开始英语文学创作，2001 年获诺贝尔文学奖；拉什迪 1947 年出生于印度孟买，14 岁赴英国求学，后定居英国并开始英语文学创作，获 1981 年布克奖；石黑一雄 1954 年出生于日本，5 岁时随父母移居英国，1982 年取得英国国籍，获 1989 年布克奖和 2017 年诺贝尔文学奖。

[②] 陆建德：《殖民·难民·移民：关于古尔纳的关键词》，《中国社会科学报》，2021 年 11 月 11 日，第 6 版。

分对我们正确认识文学现象、文学理论和文学思潮及其背后的深层思想文化因素，制定研究目标和相应研究策略，保持清醒判断和理性思考，都具有十分重要的意义。

第四，我们应该认清非洲文学研究的现状，认识到我们中国非洲文学研究者的使命。实际上，现在呈现给我们的非洲文学，首先是西方特别是英美世界眼中的非洲文学，其次是部分非洲学者和作家呈现的非洲文学。而中国学者所呈现出来的非洲文学，则是在接受和研究了西方学者和非洲学者成果之后建构出来的非洲文学，这与真正的非洲文学相去甚远，我们在对非洲文学的认知和认同上还存在很多问题。比如，我们的非洲文学研究不应是剑桥或牛津、哈佛或哥伦比亚等某个大学的相关研究的翻版，不应是转述殖民话语，不应是总结归纳西方现有成果，也不应致力于为西方学者的研究做注释、做注解。

我们认为，中国的非洲文学研究者应展开田野调查，爬梳一手资料，深入非洲本土，接触非洲本土学者和作家，深入非洲文化腠理，植根于非洲文学文本，从而重新确立研究目标和审美标准，建构非洲文学的坐标系，揭示其世界文学文化价值，进而体现中国学者独到的眼光和发现；我国的非洲文学研究应以中国文学文化为出发点，以世界文学文化为参照，进行跨文化、跨学科、跨空间和跨视阈的学理思考，积极开展国际学术对话和交流。世上的事物千差万别，这是客观情形，也是自然规律。世界文学也是如此。要维护世界文明多样性，要正确进行文明学习借鉴。故而，我们要以开放的精神、包容的心态、平视的眼光和命运共同体格局重新审视和观照非洲文学及其文化价值。而这些，正是我们所追求的目标，所奉行的研究策略。

## 四、尊重世界文学多样性

中国文学和世界上的"非主流"文学，特别是非洲文学一样，在相当长的时间里被非主流化，处在世界文学文化的边缘地带。中国长期以来是世界上人口最多的国家，没有中国文学的世界文学无论如何都不能算是真正的世界文学。中国文学文化走进并融入世界文学文化，将使世界文学成为名副其实的世界文学。非洲文学亦然。

中国文化自古推崇多元一体，主张尊重和接纳不同文明，并因其海纳百川而生生不息。"君子和而不同"①，"物之不齐，物之情也"②，"万物并育而不相害，道并行而不相悖"③。"和"是多样性的统一；"同"是同一、同质，是相同事物的叠加。和而不同，尊重不同文明的多样性，是中国文化一以贯之的传统。在新的国际形势下，我国提出以"和"的文化理念对待世界文明的四条基本原则，即维护世界文明多样性，尊重各国各民族文明，正确进行文明学习借鉴，科学对待传统文化。毕竟，"文明因交流而多彩，文明因互鉴而丰富"④。共栖共生，互相借鉴，共同发展，和而不同，相向而行，是现在世界文学文化发展的正确理念。2022年4月9日，大会主场设在北京的首届中非文明对话大会以线上线下相结合的方式举行，共同探讨"文明交流互鉴推动构建新时代中非命运共同体"，体现了新的历史时期世界文明交流互鉴、和谐共生的迫切需求。

英语文学在很长一段时间里被窄化为英美文学，非洲基本被视为文学的"不毛之地"。这显然是一种严重的误解。非洲文学有其独特的文化意蕴和美学表征，具有重要的研究价值，对其他国家和地区的文学也具有重要借鉴意义。在非洲这块拥有3000多万平方公里、人口约14亿的土地上产生的文学作品无论如何都不应被忽视。坦桑尼亚作家阿卜杜勒拉扎克·古尔纳获得诺贝尔文学奖，绝不是说诺贝尔文学奖又一次爆冷，倒可以说是诺贝尔文学奖评委向世界文学的多样性又迈近了一步，向真正的文明互鉴又迈近了一大步。

## 五、"非洲文学研究丛书"简介

"非洲文学研究丛书"首先推出非洲文学研究著作十部。丛书以英语文学为主，兼顾法语、葡萄牙语和阿拉伯语等其他语种文学。基于地理的划分，并从被殖民历

---

① 《论语·大学·中庸》，陈晓芬、徐儒宗译注，北京：中华书局，2018年，第160页。

② 《孟子》，方勇译注，北京：中华书局，2018年，第97页。

③ 《论语·大学·中庸》，陈晓芬、徐儒宗译注，北京：中华书局，2018年，第352页。

④ 习近平：《在联合国教科文组织总部的演讲》，《人民日报》，2014年3月28日，第3版。

史、文化渊源、语言及文学发生发展的情况等方面综合考虑，我们将非洲文学划分为4个区域，即南部非洲文学、西部非洲文学、中部非洲文学及东部和北部非洲文学。"非洲文学研究丛书"包括《南部非洲精选文学作品研究》《南非经典文学作品研究》《西部非洲精选文学作品研究》《西部非洲经典文学作品研究》《东部和北部非洲精选文学作品研究》《东部非洲经典文学作品研究》《中部非洲精选文学作品研究》《博茨瓦纳英语文学进程研究》《古尔纳小说流散书写研究》和《非洲文学名家创作研究》共十部，总字数约380万字。

该套丛书由"经典"和"精选"两大板块组成。"非洲文学研究丛书"中所包含的作家作品，远远不止西方学者所认定的那些，其体量和质量其实远远超出了西方学界的固有判断。其中，"经典"文学板块，包含了学界已经认可的非洲文学作品（包括获得诺贝尔文学奖、布克奖、龚古尔奖等文学奖项的作品）。而"精选"文学板块，则是由我国首个非洲文学研究国家社科基金重大项目"非洲英语文学史"团队经过田野调查，翻译了大量文本，开展了系统的学术研究之后遴选出来的，体现出中国学者自己的判断和诠释。本丛书的"经典"与"精选"两大板块试图去恢复非洲文学的本来面目，体现出中西非洲文学研究者的研究成果，将有助于中国读者乃至世界读者更全面地了解进而研究非洲文学。

第一部是《南部非洲精选文学作品研究》。南部非洲文学是非洲文学中表现最为突出的区域文学，其中的南非文学历史悠久，体裁、题材最为多样，成就也最高，出现了纳丁·戈迪默、J. M.库切、达蒙·加格特、安德烈·布林克、扎克斯·穆达和阿索尔·富加德等获诺贝尔文学奖、布克奖、英联邦作家奖等国际奖项的著名作家。本书力图展现南部非洲文学的多元化文学写作，涉及南非、莱索托和博茨瓦纳文学中的小说、诗歌、戏剧、文论和纪实文学等多种文学体裁。本书所介绍和研究的作家作品有"南非英语诗歌之父"托马斯·普林格尔的诗歌、南非戏剧大师阿索尔·富加德的戏剧、多栖作家扎克斯·穆达的戏剧和文论、马什·马蓬亚的戏剧、刘易斯·恩科西的文论、安缇耶·科洛戈的纪实文学和伊万·弗拉迪斯拉维克的后现代主义写作等。

第二部是《南非经典文学作品研究》，主要对12位南非经典小说家的作品进行介绍与研究，力图集中展示南非小说深厚的文学传统和丰富的艺术内涵。这

12 位小说家虽然所处社会背景不同、人生境遇各异，但都在对南非社会变革和种族主义问题的主题创作中促进了南非文学独特书写传统的形成和发展。南非小说较为突出的是因种族隔离制度所引发的种族叙事传统。艾斯基亚·姆赫雷雷的《八点晚餐》、安德烈·布林克的《瘟疫之墙》、纳丁·戈迪默的《新生》和达蒙·加格特的《冒名者》等都是此类种族叙事的典范。南非小说还有围绕南非土地归属问题的"农场小说"写作传统，主要体现在南非白人作家身上。奥利芙·施赖纳的《一个非洲农场的故事》和保琳·史密斯的《教区执事》正是这一写作传统支脉的源头，而纳丁·戈迪默、J. M. 库切和达蒙·加格特这 3 位布克奖得主的获奖小说也都承继了南非农场小说的创作传统，关注不同历史时期的南非土地问题。此外，南非小说还形成了革命文学传统。安德烈·布林克的《菲莉达》、彼得·亚伯拉罕的《献给乌多莫的花环》、阿兰·佩顿的《哭泣吧，亲爱的祖国》和所罗门·T. 普拉杰的《姆胡迪》等都在描绘南非种族隔离制度的社会悲剧中表达了强烈的革命斗争意识。

第三部是《西部非洲精选文学作品研究》。西部非洲通常是指处于非洲大陆西部的国家和地区，涵盖大西洋以东、乍得湖以西、撒哈拉沙漠以南、几内亚湾以北非洲地区的 16 个国家和 1 个地区。这一区域大部分处于热带雨林地区，自然环境与气候条件十分相似。19 世纪中叶以降，欧洲殖民者开始渐次在西非建立殖民统治，西非也由此开启了现代化进程，现代意义上的非洲文学也随之萌生。迄今为止，这个地区已诞生了上百位知名作家。受西方殖民统治影响，西非国家的官方语言主要为英语、法语和葡萄牙语，因而受关注最多的文学作品多数以这三种语言写成。本书评介了西部非洲 20 世纪 70 年代至近年出版的重要作品，主要为尼日利亚的英语文学作品，兼及安哥拉的葡萄牙语作品，体裁主要是小说与戏剧。收录的作品包括尼日利亚女性作家的作品，如恩瓦帕的小说《艾弗茹》和《永不再来》，埃梅切塔的小说《在沟里》《新娘彩礼》和《为母之乐》，阿迪契的小说《紫木槿》《半轮黄日》《美国佬》和《绕颈之物》，阿德巴约的小说《留下》，奥耶耶美的小说《遗失翅膀的天使》；还包括非洲第二代优秀戏剧家奥索菲桑的《喧哗与歌声》和《从前有四个强盗》，布克奖得主本·奥克瑞的小说《饥饿的路》，奥比奥玛的小说《钓鱼的男孩》和《卑微者之歌》

以及安哥拉作家阿瓜卢萨的小说《贩卖过去的人》等。本书可为 20 世纪 70 年代后西非文学与西非女性文学研究提供借鉴。

第四部是《西部非洲经典文学作品研究》。本书主要收录 20 世纪初至 20 世纪 70 年代西非（加纳、尼日利亚）作家的经典作品（因作者创作的连续性，部分作品出版于 70 年代），语种主要为英语，体裁有小说、戏剧与散文等。主要包括加纳作家海福德的小说《解放了的埃塞俄比亚》，塞吉的戏剧《糊涂虫》，艾杜的戏剧《幽灵的困境》与阿尔马的小说《美好的尚未诞生》；尼日利亚作家图图奥拉的小说《棕榈酒酒徒》和《我在鬼林中的生活》，现代非洲文学之父阿契贝的小说《瓦解》《再也不得安宁》《神箭》《人民公仆》《荒原蚁丘》以及散文集《非洲的污名》、短篇小说集《战地姑娘》，诺贝尔文学奖获得者索因卡的戏剧《森林之舞》《路》《疯子与专家》《死亡与国王的侍从》以及长篇小说《诠释者》。

第五部是《东部和北部非洲精选文学作品研究》，主要对东部非洲的代表性文学作品进行介绍与研究，涉及梅佳·姆旺吉、伊冯·阿蒂安波·欧沃尔、弗朗西斯·戴维斯·伊姆布格等 16 位作家的 18 部作品。这些作品文体各异，其中有 10 部长篇小说，3 部短篇小说，2 部戏剧，1 部自传，1 部纪实文学，1 部回忆录。北部非洲的文学创作除了人们熟知的阿拉伯语文学外也有英语文学的创作，如苏丹的莱拉·阿布勒拉、贾迈勒·马哈古卜，埃及的艾赫达夫·苏维夫等，他们都用英语创作，而且出版了不少作品，获得过一些国际奖项，在评论界也有较好的口碑。东部非洲国家通常包括肯尼亚、坦桑尼亚、乌干达、卢旺达、南苏丹、索马里、埃塞俄比亚、厄立特里亚、吉布提、塞舌尔和布隆迪。总体来说，肯尼亚是英语文学大国；坦桑尼亚因古尔纳获得诺贝尔文学奖而异军突起；而乌干达、卢旺达、索马里、南苏丹因内战、种族屠杀等原因，出现很多相关主题的英语文学作品，引起国际社会的关注；乌干达、卢旺达、索马里、南苏丹这些国家的文学作品呈现出两大特点，即鲜明的创伤主题和回忆录式写作；而其他 5 个东部非洲国家英语文学作品则极少。

第六部是《东部非洲经典文学作品研究》。19 世纪，西方列强疯狂瓜分非洲，东非大部分沦为英、德、意、法等国的殖民地或保护地。第二次世界大战前，只有埃塞俄比亚一个独立国家;战后,其余国家相继独立。东部非洲有悠久的本土语言书写传统,有丰富优秀的阿拉伯语文学、斯瓦希里语文学、阿姆哈拉语文学和索马里语文学等,不过随着英语成为独立后多国的官方语言,以及基于英语成为世界通用语言这一事实,在文学创作方面,东部非洲的英语文学表现突出。东部非洲的英语作家和作品较多,在国际上认可度很高,产生了一批国际知名作家,比如恩古吉·瓦·提安哥、纽拉丁·法拉赫和 2021 年诺贝尔文学奖得主阿卜杜勒拉扎克·古尔纳等。此外,还有大批文学新秀在国际文坛崭露头角,获得凯恩非洲文学奖(Caine Prize for African Writing)等重要奖项。本书涉及的作家有:乔莫·肯雅塔、格雷斯·奥戈特、恩古吉·瓦·提安哥、查尔斯·曼谷亚、大卫·麦鲁、伊冯·阿蒂安波·欧沃尔、奥克特·普比泰克、摩西·伊塞加瓦、萨勒·塞拉西、奈加·梅兹莱基亚、马萨·蒙吉斯特、约翰·鲁辛比、斯科拉斯蒂克·姆卡松加、纽拉丁·法拉赫、宾亚凡加·瓦奈纳。这些作家创作的时间跨度从 20 世纪一直到 21 世纪,具有鲜明的历时性特征。本书所选的作品都是他们的代表性著作,能够反映出彼时彼地的时代风貌和时代心理。

第七部是《中部非洲精选文学作品研究》。中部非洲通常指殖民时期英属南部非洲殖民地的中部,包括津巴布韦、马拉维和赞比亚三个国家。这三个紧邻的国家不仅被殖民经历有诸多相似之处,而且地理环境也相似,自古以来各方面的交流也较为频繁,在文学题材、作品主题和创作手法等方面具有较大共性。本书对津巴布韦、马拉维和赞比亚的 15 部文学作品进行介绍和研究,既有像多丽丝·莱辛、齐齐·丹格仁布格、查尔斯·蒙戈希、萨缪尔·恩塔拉、莱格森·卡伊拉、斯蒂夫·奇蒙博等这样知名作家的经典作品,也有布莱昂尼·希姆、纳姆瓦利·瑟佩尔等新锐作家独具个性的作品,还有约翰·埃佩尔这样难以得到主流文化认叮的白人作家的作品。从本书精选的作家作品及其研究中,可以概览中部非洲文学的整体成就、艺术水准、美学特征和伦理价值。

第八部是《博茨瓦纳英语文学进程研究》。本书主要聚焦 1885 年殖民统治后博茨瓦纳文学的发展演变,立足文学本位,展现其文学自身的特性。从中国学者的视角对文本加以批评诠释,考察了其文学史价值,在分析每一作家个体的同时又融入史学思维,聚合作家整体的文学实践与历史变动,按时间线索梳理博茨瓦纳文学史的内在发展脉络。本书以"现代化"作为博茨瓦纳文学发展的主线，根据现代化的不同程度，划分出博茨瓦纳英语文学发展的五个板块，即"殖民地文学的图景""本土文学的萌芽""文学现代性的发展""传统与现代的冲突"以及"大众文学与历史题材"，并考察各个板块被赋予的历史意义。同时，遴选了贝西·黑德、尤妮蒂·道、巴罗隆·塞卜尼、尼古拉斯·蒙萨拉特、贾旺娃·德玛、亚历山大·麦考尔·史密斯等十余位在博茨瓦纳英语文学史上产生重要影响的作家，将那些深刻反映了博茨瓦纳人的生存境况，对社会发展和人们的思想观念产生了深远影响的文学作品纳入其中，以点带面地梳理了博茨瓦纳文学的现代化进程，勾勒出了博茨瓦纳百年英语文学发展的大致轮廓，帮助读者拓展对博茨瓦纳英语文学及其国家整体概况的认知。博茨瓦纳在历史、文化及文学发展方面可以说是非洲各国的一个缩影，其在文学的现代化进程中表现得尤为突出。这是我们考虑为这个国家的文学单独"作传"的主要原因，也是我们为非洲文学"作史"的一次有益尝试。

第九部是《古尔纳小说流散书写研究》。2021 年，坦桑尼亚作家古尔纳获得诺贝尔文学奖，轰动一时，在全球迅速成为一个文化热点，与其他多位获得大奖的非洲作家一起，使 2021 年成为"非洲文学年"。古尔纳也立刻成为国内研究的焦点，并带动了国内的非洲文学研究。因此，对古尔纳的 10 部长篇小说进行细读细析和系统多维的学术研究就显得非常必要。本书主要聚焦古尔纳的流散作家身份，以"流散主题""流散叙事""流散愿景""流散共同体"4 个专题形式集中探讨了古尔纳的 10 部长篇小说，即《离别的记忆》《朝圣者之路》《多蒂》《天堂》《绝妙的静默》《海边》《遗弃》《最后的礼物》《砾石之心》和《今世来生》，提供了古尔纳作品解读研究的多重路径。本书从难民叙事到殖民书写，从艺术手法到主题思想，从题材来源到跨界影响，从比较视野到深层关怀再到世界文学新格局，对古尔纳的流散书写及其取得巨大成功的深层原因进行了细致揭示。

第十部是《非洲文学名家创作研究》。本书对 31 位非洲著名作家的生平、创作及影响进行追本溯源和考证述评，包含南部非洲、西部非洲、中部非洲、东部和北部非洲的作家及其以英语、法语、阿拉伯语和葡萄牙语等主要语种的文学创作。收入本书的作家包括 7 位获得诺贝尔文学奖的作家，也包括获得布克奖等其他世界著名文学奖项的作家，还包括我们研究后认定的历史上重要的非洲作家和当代的新锐作家。

这套"非洲文学研究丛书"的作者队伍由从事非洲文学研究多年的教授和年富力强的中青年学者组成，都是我国首个非洲文学研究国家社会科学基金重大项目"非洲英语文学史"（项目编号：19ZDA296）的骨干成员和重要成员。国内关于外国文学的研究类丛书不少，但基本上都是以欧洲文学特别是英美文学为主，亚洲文学中的日本文学和印度文学也还较多，其他都相对较少，而非洲文学得到译介和研究的则是少之又少。为了均衡吸纳国外文学文化的精华和精髓，弥补非洲文学译介和评论的严重不足，"非洲英语文学史"的项目组成员惭凫企鹤，不揣浅陋，群策群力，凝神聚力，字斟句酌，锱铢必较，宵衣旰食，孜孜矻矻，黾勉从事，不敢告劳，放弃了多少节假日以及其他休息时间，终于完成了这套"非洲文学研究丛书"。丛书涉及的作品在国内大多没有译本，书中所节选原著的中译文多出自文章作者之手，相关研究资料也都是一手，不少还是第一次挖掘。书稿虽然几经讨论，多次增删，反复勘正，仍恐鲁鱼帝虎，别风淮雨，舛误难免，贻笑方家。诚望各位前辈、各位专家、非洲文学的研究者以及广大读者朋友们，不吝指疵和教诲。

2024 年 2 月

于上海心远斋

# 序

东部非洲东临印度洋，西至坦噶尼喀湖，北起厄立特里亚，南至鲁伍马河，约占非洲总面积的12%，地形以高原为主，大部海拔1000米以上，是非洲地势最高的部分，沿海有狭窄低地。东非大裂谷纵贯南北，谷地深陷，两边陡崖壁立，沿线的乞力马扎罗山、肯尼亚山、埃塞俄比亚高原等多火山。地处地中海、印度洋、大西洋水系的分水地区，多数河流东流注入印度洋。尼罗河发源于西部山地。湖泊众多，除维多利亚湖、基奥加湖外，多属断层湖，并顺裂谷带呈串珠状分布，构成著名的东非大湖区。以热带草原气候为主，但垂直地带性明显，高山地区凉爽湿润，沿海低地南部湿热，北部干热。

东部非洲国家包括肯尼亚、坦桑尼亚、乌干达、卢旺达、索马里、埃塞俄比亚、厄立特里亚、吉布提、塞舌尔和布隆迪等国。东非沿岸各国坦桑尼亚、肯尼亚、索马里等都具有悠久的历史，人类居住史最早可以追溯到公元前1000年左右。古代各地先后形成阿克苏姆、僧祇、阿德尔、阿比西尼亚等国。公元前5世纪到6世纪，阿拉伯、波斯、印度、埃及、希腊、罗马的商人先后来到东非海岸，运来念珠、布匹、铁器工具，运走香料、象牙、犀角、龟板、椰子油。7世纪阿拉伯帝国崛起后不久，内部发生争执和分裂，失败者为逃避战祸和政治迫害，迁居东非沿海地区，与当地居民融合，在北部产生了索马里阿拉伯文化，在南部形成了斯瓦希里文明。10—15世纪，是东非海岸的桑给帝国时期。桑给帝国并不是一个真正统一的国家，在各城邦中长期居于霸主地位的是基尔瓦苏丹国。975年，波斯人哈桑·阿里·伊本（625—669）率七艘大船征服基尔瓦及其邻近岛屿，后建立了基尔瓦苏丹国，并很快发展成东非海岸的贸易中心。到14世纪，索法拉、安格舍、莫桑比克、桑给巴尔、奔巴、蒙巴萨、马林迪、基斯马尤、摩加迪沙等城邦的苏丹都变成了它的封臣。桑给帝国各城市国家普遍实行奴隶制。16世纪，葡萄牙人开始殖民扩张，在桑给巴尔和奔巴两岛共统治了150年，最终被阿曼苏丹赶出了东部非洲。19世纪西方列强疯狂瓜分非洲，东非大部沦为英、德、意、法等国的殖民地或保护地。第二次世界大战前，只有埃塞俄比亚一个独立国家。战后，其余国家相继独立。

自古以来，东部非洲各国部落民族很多，都有自己的语言，沟通存在较大障碍。在殖民统治期间，英语、法语等欧洲语言成为学校教学语言，在一定程度上促进了非洲内部各部落民族间的沟通。独立后，很多国家将英语、法语等欧洲语言指定为官方语言，和民族通用语言并用。肯尼亚的官方语言是英语和斯瓦希里语；乌干达的官方语言为英语和斯瓦希里语，通用卢干达语等地方语言；坦桑尼亚以斯瓦希里语为国语，与英语同为官方通用语；索马里的官方语言为索马里语和阿拉伯语，通用英语和意大利语；在埃塞俄比亚，阿姆哈拉语为联邦工作语言，通用英语，主要民族语言有奥罗莫语、提格雷语等；厄立特里亚全国主要用提格雷尼亚语、阿拉伯语，通用英语和意大利语；吉布提的官方语言是法语和阿拉伯语，主要民族语言为阿法尔语和索马里语；塞舌尔的官方语言为克里奥尔语、英语和法语；卢旺达的官方语言为卢旺达语、英语、法语和斯瓦希里语；布隆迪的官方语言为基隆迪语和法语，部分居民讲斯瓦希里语。

东部非洲有悠久的本土语言书写传统，有丰富、优秀的阿拉伯语文学、斯瓦希里语文学、阿姆哈拉语文学和索马里语文学等，不过随着英语成为独立后多国的官方语言，以及英语成为世界通用语言这一事实，在文学创作方面，东部非洲的英语文学表现突出。东部非洲的英语作家和作品较多，在国际上认可度很高，产生了一批国际知名作家，比如恩古吉·瓦·提安哥、纽拉丁·法拉赫和2021年诺贝尔文学奖得主阿卜杜勒拉扎克·古尔纳等等，此外还有大批文学新秀在国际文坛崭露头角，获得凯恩非洲文学奖等国际大奖。

东部非洲各国的独立时间不同，国家面积、人口、经济情况差异很大，英语文学产出也很不均衡。总体来说，肯尼亚是英语文学大国，坦桑尼亚因古尔纳获诺贝尔文学奖而异军突起，而乌干达、卢旺达、索马里、南苏丹因内战等原因，出现很多相关主题的英语文学作品，引起国际社会的关注。乌干达、卢旺达、索马里、南苏丹这些国家的文学作品呈现出两大特点，即鲜明的创伤主题和回忆录式写作。其他东部非洲国家英语文学作品极少，主要原因有两点：一是和英语使用情况有关，如布隆迪不使用英语，埃塞俄比亚的主流文学是阿姆哈拉语文学，英语文学比较薄弱；二是厄立特里亚、吉布提、塞舌尔不论是国土面积还是人口数量都很小，并且长期政局不稳定，目前几乎还没有有价值的英语文学作品可寻。

北部非洲，简称北非，习惯上指撒哈拉沙漠以北、地中海沿岸的非洲大陆北部地区，包括埃及、利比亚、突尼斯、阿尔及利亚、摩洛哥、苏丹等国。北非文学有深厚的阿拉伯语文学传统，埃及的《一千零一夜》对欧洲文学甚至世界文学都产生了深远的影响。1988年获得诺贝尔文学奖的马哈福兹是北非和整个阿语文学界最重要的当代作家。历史上，埃及和苏丹曾被英国殖民，利比亚被意大利殖民，突尼斯、阿尔及利亚、摩洛哥被法国殖民，英语和法语成为这些国家的通用语言，但是英语和法语文学在这些国家并没有形成大气候，意大利语在利比亚也没有产生什么影响。进入21世纪后，一些长期在英国生活的北非作家的英语文学作品开始崭露头角。他们的创作数量和质量得到国际社会的认可，用英语讲述的北非故事引起世界更广泛的关注。

本书收录了18篇评析文，涉及16位作家的18种作品，文体各异，包括10部长篇小说，3篇短篇小说，2部戏剧，1部自传，1部纪实文学，1部回忆录。评析文以国别、作品数量和出版时间为排列顺序，分别是坦桑尼亚、肯尼亚、卢旺达、乌干达、索马里、南苏丹、苏丹、埃及。坦桑尼亚不是英语文学出产最大国，但是古尔纳是东部非洲第一位诺贝尔文学奖得主，他的创作以小说为主，共出版10部长篇小说。2022年上海译文出版社推出了《天堂》《来世》《海边》《赞美沉默》《最后的礼物》5部译著。本书收录了古尔纳3部小说《朝圣者之路》《遗弃》和《砾石之心》的评析文，期望通过片段译文的呈现和对整部作品的介绍、分析和评价，引领读者走进古尔纳广阔的文学创作世界。瓦桑吉是坦桑尼亚另一位英语多产作家，《赛伊达的魔法》在国际上享有很高声誉，小说重构了基尔瓦奴隶贸易以及德国殖民时期充满痛苦的民族历史。

肯尼亚是英语文学出产大国，以恩古吉为代表的作家早已深入世界读者之心。本书选取了他的戏剧《德丹·基马蒂的审判》和回忆录《战时诸梦：童年回忆录》作为评析对象，以展示更丰满的恩古吉作品风貌。本书还向国内读者推出乔莫·肯雅塔文学奖得主梅佳·姆旺吉的小说《白人男孩》，以及当代文坛新秀伊冯·欧沃尔的小说《蜻蜓海》、艾琳·穆切米–恩迪里图的短篇小说《迦梨的祝福》。弗朗西斯·伊姆布格的戏剧《城市里的背叛》是肯尼亚戏剧经典，被列入东非学校的教材。

乌干达短篇小说成绩引人瞩目，很多作家获得过凯恩非洲文学奖。本书选取了莫妮卡·恩耶科的《奇怪的果实》向读者展示乌干达内战对民众造成的巨大创伤。卢旺达大屠杀成为卢旺达文学的一个重要主题，不同作者对大屠杀创伤有不同的看法和感受。吉尔伯特·加托雷的小说《往事随行》以后现代手法表达了创伤不可愈的痛苦和遗憾，斯科拉斯蒂克·姆卡松加的小说《尼罗河圣母》则书写了创伤的治愈之旅。索马里文学因纽拉丁·法拉赫的创作而举世瞩目，他的小说《连接》以高超的"连接"叙事艺术展现了索马里内战的复杂性和人们的复杂情感世界。

南苏丹于2011年宣布独立，和苏丹的内战得以了结，但是内战中上百万的孩子失去了父母和家园。部分孩子以难民身份得到联合国难民署的救助，被美国家庭收养，这些孩子被称为"遗失的男孩"和"遗失的女孩"。他们长大后以回忆录方式重述了当年的经历，约翰·布尔·道和玛莎·阿凯切合作的回忆录《遗失的男孩女孩》便是这样一部作品。

在全面铺开非洲英语文学史的研究过程中，我们注意到北部非洲英语文学的存在，以及几位闪耀世界文坛的作家，如苏丹的莱拉·阿布勒拉、贾迈勒·马哈古卜、埃及的艾赫达夫·苏维夫等。他们都用英语创作，并且出版的作品数量较多，获国际奖较多，评论界好评不断。但是整体而言，北部非洲有丰富的阿拉伯文学，而英语文学没有形成大气候，因此这些作家被纳入本卷，与其他卷一起，来展示整个非洲英语文学的全貌。本书评析的作品是莱拉·阿布勒拉的小说《尖塔》、贾迈勒·马哈古卜的纪实文学《尼罗河交汇线》、艾赫达夫·苏维夫的短篇小说《矶鹞》，以展示北部非洲英语文学的风貌。

　　本书评析的大部分作品在国内无译本，节选片段译文均为相关作者自译，研究资料主要是英语资料，在国内属于拓荒之作，克服了很多困难，初步了解了一些相关非洲语言，如斯瓦希里语、索马里语等，系统研究了东部和北部非洲复杂的历史和文化传统。评析文作者都是国家社科基金重大项目"非洲英语文学史"研究团队成员，是国内非洲英语文学研究起步较早的中青年学者，在项目负责人的带领下已积累2—5年的研究经验，发表过一定数量的论文，在国内学界得到认可。本书是国内首部东部和北部非洲英语文学作品鉴赏，期望以文本细读、理论指导的方式为国内读者和学界打开东部和北部非洲英语文学阅读、欣赏、研究之窗。

卢　敏

2024 年 2 月

# 目录 | CONTENTS

# 坦桑尼亚文学概况

坦桑尼亚联合共和国，简称坦桑尼亚，地处非洲东部、赤道以南，北与肯尼亚和乌干达交界，南与赞比亚、马拉维、莫桑比克接壤，西与卢旺达、布隆迪和刚果（金）为邻，东临印度洋。坦桑尼亚旅游资源丰富，非洲三大湖泊维多利亚湖、坦噶尼喀湖和尼亚萨湖均在其边境线上，海拔5895米的非洲第一高峰乞力马扎罗山世界闻名。坦桑尼亚的著名自然景观包括恩戈罗恩戈罗火山口、东非大裂谷、马尼亚纳湖等，另外还有桑岛奴隶城、世界最古老的古人类遗址、阿拉伯商人遗址等历史人文景观。1964年4月26日坦噶尼喀和桑给巴尔组成联合共和国，10月29日改国名为坦桑尼亚联合共和国，首都为多多马。原首都位于达累斯萨拉姆，现今仍为该国主要商业城市以及大部分政府机关的所在地。达累斯萨拉姆也为坦桑尼亚的主要港口。

坦桑尼亚文学主要由斯瓦希里语和英语两种语言构成。斯瓦希里语文学有深厚的历史传统，最早的手稿可追溯到18世纪，以宗教主题的史诗为主。夏班·罗伯特（Shaaban Robert, 1909—1962）是坦桑尼亚著名的斯瓦希里语诗人、小说家和语言学家，被誉为"东非的莎士比亚"，创作了20多部作品，包括诗歌、散文、小说和寓言等。英语文学中出现诺贝尔文学奖得主阿卜杜勒拉扎克·古尔纳和享有世界声誉的莫耶兹·瓦桑吉，他们的作品都力图反映坦桑尼亚悠久的历史、欧洲殖民影响、复杂多元的东非文化和现当代生活。

第一篇

阿卜杜勒拉扎克·古尔纳小说
《朝圣者之路》中的幻灭、救赎与身份重建

阿卜杜勒拉扎克·古尔纳

Abdulrazak Gurnah，1948—

## 作家简介

阿卜杜勒拉扎克·古尔纳（Abdulrazak Gurnah，1948— ），2021年获诺贝尔文学奖，是来自坦桑尼亚的当代著名作家，出生于非洲东海岸的桑给巴尔岛，母语是斯瓦希里语，用英语写作。1968年去英国求学，1980年到1982年任教于尼日利亚的巴耶鲁大学，1982年取得肯特大学博士学位，1985—2017年任肯特大学英语和后殖民文学教授。古尔纳的作品主要涉及身份认同、流散以及殖民主义和奴隶制的遗产形成等问题。他共出版了10部小说：《离别的记忆》（*Memory of Departure*，1987）、《朝圣者之路》（*Pilgrims Way*，1988）、《多蒂》（*Dottie*，1990）、《天堂》（*Paradise*，1994）、《绝妙的沉默》（*Admiring Silence*，1996）、《海边》（*By the Sea*，2001）、《遗弃》（*Desertion*，2005）、《最后的礼物》（*The Last Gift*，2011）、《砾石之心》（*Gravel Heart*，2017)、《今世来生》（*Afterlives*，2020），还有若干短篇小说。多部小说曾入围布克奖长名单、短名单，短篇小说《我母亲在非洲住过农场》（*My Mother Lived on a Farm in Africa*，2006）获英联邦作家奖。古尔纳对非洲文学推介做出了重大贡献，主编了两卷《非洲文学论文集》（*Essays on African Writing 1-2*，1993，1995）、《剑桥萨尔曼·拉什迪研究指南》（*The Cambridge Companion to Salman Rushdie*，2007），发表了若干后殖民作家研究论文，是《旅行者》（*Wasafiri*）杂志的特约编辑。

## 作品节选

《朝圣者之路》
(*Pilgrims Way*, 1988 )

Dear Catherine, The ennui is getting to me out here. It can kill you sometimes as it stretches endlessly ahead of you. I pace up and down these long empty back corridors, counting until the numbers are just a jumble in my brain. Sometimes I hide in the disused radium store, so I can talk to the skull and cross-bones warning on the door. Admit it, you were pleased that I asked you, weren't you? But you were right to refuse, I think. You probably found the idea quite strange. I understand why you refused more than you do yourself. I know that you will dutifully protest at this. You see, I know you better than you realise, although not as well as I would like to. And without saying so, you will feel impatience at my absurd sensitivity. Good Lord, you'll think, don't they ever give it a rest? Can't these buggers sing any other tune? Can't we just be people living in the same place, sharing and learning from each other? Can't we just make the decisions that seem right to us without having race or something thrown at us? Well, no, you can't. I know it's a dreary business, especially when you give so much of your time and selfless concern and your generous care. This is not to mention your quiet and unsung rejection of cheap racism, and your approval of such measures as Bengali folk-dancing on TV and your often declared crush on Sidney Poitier. I kinda dig him myself, honeychile. After all this, do I dare connect your rejection of me with my socio-cultural and sub-cutaneous deprivation? How can I explain to you that we are an unfortunate people who don't know about gratitude? We know about resentment, about frenzy. We are quick to take offence, primed to blow. So next time I invite you to have dinner with me, your best course will be to say yes, and look pleased about it. Otherwise I will make up my mind to be annihilated. You have heard about how we do it, haven't you? How, when the time requires, we can glaze our eyes and go off in search of the leafmould dungeons of our benighted grandfathers? How we can let the precious gift of life depart from us as if it were a trinket in order to show somebody how upset we are? You have heard, I'm sure, of the spiritual intensity of our sulks. I've thought a lot about you since I last saw you, and I feel that it is in your interest to be associated with me.[1]

亲爱的凯瑟琳，我在这里的生活越来越无聊了。它有时会杀死你，因为它在你面前无休止地延伸。我在这些长长的、空荡荡的走廊里踱来踱去，数着数字，直到那些数字在我脑子里成了一团乱麻。有时我躲在废弃的镭仓库里，这样我就能和门上的骷髅警告对话。承认吧，你很高兴我邀请你，对吧？但我认为你拒绝是对的。你可能会觉得这个想法很奇怪。我比你自己更理解你为什么拒绝。我知道你会对此认真地提出抗议。你看，我比你想象的更了解你，虽然不如我想的那么了解。不用说，你会对我荒谬的敏感感到不耐烦。天哪，你会想，他们从来没有休息过吗？这些混蛋就不能唱点别的曲子吗？难道我们不能只是生活在同一个地方的人，互相分享和学习吗？难道我们就不能做出对我们来说正确的决定，而不被种族或其他东西所影响吗？嗯，不，你不能。我知道这是一项沉闷的工作，尤其是当你付出如此多的时间、无私的关心和慷慨的关怀时，更不用说你对廉价种族主义的无声抵制，以及你对电视上的孟加拉民间舞蹈等的认可和你经常宣称的对西德尼·波蒂埃的迷恋。我自己也有点喜欢他，亲爱的。在这一切之后，我是否敢把你对我的拒绝与我的社会文化和次等肤色联系起来？我怎么能向你解释，我们是一个不幸、不懂得感恩的民族？我们知道怨恨，知道狂热。我们动不动就生气，并随时准备出击。所以下次我邀请你和我共进晚餐时，你最好的做法是答应，并表现出满意的样子，否则我将会被彻底打败。你听说过我们是怎么做的，对吗？当时间需要的时候，我们怎么能蒙蔽双眼，去寻找我们愚昧的祖先的

---

[1] Abdulrazak Gurnah, *Pilgrims Way*, London: Bloomsbury, 1988, pp. 47-48.

腐叶地牢呢？我们怎么能让珍贵的生命像小饰品一样从我们身边离去，以便向别人展示我们有多难过？我敢肯定，你已经听说了我们生闷气的程度。自从我最后一次见到你，我想了很多关于你的事情，我觉得我们的交往对你有好处。

（姚梦婷 / 译）

**作品评析**

## 《朝圣者之路》中的幻灭、救赎与身份重建

## 引 言

　　《朝圣者之路》（*Pilgrims Way*）是2021年诺贝尔文学奖得主坦桑尼亚作家阿卜杜勒拉扎克·古尔纳的第二部作品。该小说讲述了一位来自坦桑尼亚的非洲学生达乌德（Daud）移民英国后遭遇种族歧视，因种族问题而游离在社会边缘，最后在英国女友凯瑟琳的爱的鼓励下倾吐痛苦的成长经历与坦桑尼亚政治动荡的创伤记忆。古尔纳用细腻、富有同情心的笔触讲述了一段不为人知的故事，聚焦移民流亡异乡面临的种族、身份和历史问题，具有世界性的文化意义。本文通过分析达乌德移居英国后遭遇的种族歧视和由此产生的一系列心理认知变化，从对英国美好幻想的破灭到爱情带来的心理救赎再到重建身份，来探讨移民所面临的文化冲突和身份重建问题。

## 一、"圣地"的幻灭

　　故事发生在20世纪70年代，主人公达乌德为了躲避政治动荡，从坦桑尼亚来到英国读书，希望在这里开启梦想的生活。然而，现实却并没有他想象中的那么美好。"二战"以后，大量海外殖民地的居民不断涌入英国，他们在缓解劳动力紧缺的同时，也带来了严重的社会问题，如住房紧张、失业率上升、教育资源不

足等等，由此引发了主流白人的排外情绪，种族歧视现象也随之而来。在20世纪60年代的英国，经常可以看到待出租的空房窗户上挂着"黑人、爱尔兰人、狗不得入内"的牌子，女王殖民地的棕色皮肤臣民是不受欢迎的房客。同样，在政府职业介绍所，工作岗位也充满了种族歧视——雇主会明确指出黑人不允许被告知职位空缺①。可见，当时的英国是一个充斥着各种形式的种族歧视的国家。

小说以达乌德和一位老人在酒吧喝酒的故事开篇，暗示了英国白人与黑人的种族问题。达乌德买了半品脱最便宜的啤酒，喝起来又酸又淡，但他闭上眼睛一饮而尽。角落里的老人倚着酒杯，向达乌德投来不怀好意的笑容，然后点了点头，似乎是为了安抚他不安的心绪。这没有为他带来一丝安慰，因为在他看来，这不过是阴险狡猾的帝国主义殖民者在掠夺财富时试图分散无辜人民的注意力罢了，正如扒手在偷盗时故意上演的一场虚伪戏码。对此，达乌德尽可能地扮出一脸愁容的样子，眼睛呆滞而茫然，无视老人的滑稽动作。显然，他对这种现象早已习以为常，扮演着种族歧视剧本里事先设定好的角色，以避免公开的暴力冲突。这一故事让小说笼罩着一股压抑感，也是达乌德悲惨阴郁生活的开始。

他被赶出酒吧，在街上受到光头仔的威胁，甚至温和友善的符号和标识对他来说也成了一种折磨，比如一家名为"黑狗"的酒吧。"当我第一次来的时候，"达乌德解释说，"最大的惊喜是不断的嘲笑……种族歧视似乎已经成为英国人生活的一部分，我开始把像黑狗这样的名字当作一种有意的侮辱。即使是现在，当我去一个叫黑狗之类的地方时，也得鼓起勇气去。"②对于英国无处不在的种族歧视，达乌德从惊讶逐渐演变成一种偏执。在这个社会里，即使是最温和的象征、名字或图像也会变成一种发自内心的种族侮辱。疯狂病态的种族主义不仅加深了白人的偏见，也残害了黑人内心的纯真。

除了遭受白人种族主义的折磨之外，达乌德与其他黑人的关系也没有想象中的那么和谐。这首先体现在他与西印度群岛女性的交往中，特别是他与来自牙买加的谢尔顿护士的关系中。她对达乌德很友善，但也很疏远。

① Lyiola Solanke, "The Stigma of being Black in Britain", *Identities: Global Studies in Culture and Power*, 2018, 25(1), p. 49.

② Abdulrazak Gurnah, *Pilgrims Way*, London: Bloomsbury, 1988, p. 70.

她的目光落在达乌德身上，微笑着……自从他告诉她，她让他想起了他的母亲后，她就对他产生了某种情愫。初见时，她一脸不屑地看着他，警告他保持距离，不要因为他是黑人就向她投怀送抱。①

那么，是否能够将谢尔顿护士与达乌德母亲两人的相似看作巧合，或者仅仅是因为性格和举止呢？如果这两者都不是的话，那么种族是最有可能将她们联系起来的因素。谢尔顿护士自己也推断出了这种联系，所以警告达乌德不要因为他们都是黑人而对她抱有期望。在英国被边缘化的黑人群体并不团结的事实在小说第二章结束时也得到了证实。考虑到图廷附近有很多黑人居民，达乌德开玩笑地问毛里求斯查坦护士此次旅行是否安全。她回答说："无知的孩子，我们在这个国家都是黑人。"这实质上是指一个黑人不会受到另一个黑人的伤害。但叙述者在此处进行了干预，称该评论"足以说服任何人她在撒谎"②。尽管黑人之间的区别对英国的种族主义者来说几乎没有任何意义，但查坦仍然意识到将所有黑人混为一谈的问题，因此她笑得很不真诚。可见，"黑色"并不能把文化多元的桑给巴尔人、牙买加人和毛里求斯人团结起来。

此处，古尔纳敏锐地感知到20世纪70年代被称为"黑人英国"团体的困境，这个来自不同民族和种族的人们在过去的几十年里团结一致对抗种族主义，如今正面临分崩离析的危险。"黑人英国"是一个由移民、外国人以及少数族裔组成的联盟，他们因都有被边缘化的共同经历而凝聚在一起。它早在1948年"帝国疾风号"带着第一批西印度群岛人抵达英国后不久就形成了③。同时，"黑人帝国"也是行为、政治和艺术的产物，正如迈克尔·埃尔里奇所说："它是一个战略联盟、想象的社区和公共领域"，是"被艺术家和知识分子精心创造出来的，他们在短时间内听取了大量有思想的公民的意见"④。但这个团体并不能代表所

---

① Abdulrazak Gurnah, *Pilgrims Way*, London: Bloomsbury, 1988, p. 7.

② Abdulrazak Gurnah, *Pilgrims Way*, London: Bloomsbury, 1988, p. 17.

③ Emad Mirmotahari, "From Black Britain to Black Internationalism in Abdulrazak Gurnah's *Pilgrims Way*", *English Studies in Africa*, 2013, 56(1), p. 18.

④ Michael Eldridge, "The Rise and Fall of Black Britain", *Transition*, 1997 (74), p. 34.

有成员的利益，种族、民族和文化的冲突仍然存在。在20世纪70年代早期，南亚人超过西印度群岛人成为移民英国的最大群体。亚裔青年本能地被雷鬼文化的叛逆所吸引，但独特的亚裔视角和经验一直未得到充分认识。早在1968年，加勒比艺术家运动就承认了两个移民社区之间的根本差异，当亚洲人开始获得经济权力，两个群体的阶级差异也越来越明显，这无疑对团体的协调平衡构成了威胁。80年代的"萨尔曼·拉什迪事件"对"黑人英国"也产生了不利影响，当南亚穆斯林对《撒旦诗篇》表示强烈抗议时，人们怀疑南亚穆斯林在英国社会中是否有一席之地，英国有色人种的经历和价值观的异质性变得非常明显[①]。"黑人英国"的解体归根结底是由于其自身的多样性，它不能代表所有族群的利益，而是为对抗英国，由"统一的"外来人群"被迫"结成的政治联盟。

达乌德在家乡的创伤性记忆让他对不同种族间的团结产生怀疑，因此，他与其他黑人也保持距离。那场国际学生聚会则说明了多元文化主义的脆弱和其敷衍的形式。聚会中，只有国际学生被邀请参加，包括马来西亚人、西印度群岛人、非洲人，甚至还有"某种欧洲人，深色皮肤和亮红色头发的保加利亚人、希腊人或亚美尼亚人"[②]，叙述者想要表明这些学生的差异甚至比共同点更重要，而他们唯一的共同点是都不符合英国社会的标准——白人和新教徒。达乌德遇到了一群西印度群岛护士，他"知道如果和她们说话，她们会忽视他并走开，认为他只是为了那件事"[③]。具有讽刺意味的是，在这场国际聚会上，留学生们的交流对象大多局限在来自相同国家或地区的群体之间，不愿意向外迈出一步。这表明不只是黑人群体间，其他族群之间也有很多偏见和矛盾，而这样一个种族、文化差异明显的团体几乎不可能形成真诚的友谊和团结。

小说中，达乌德交了两个朋友，一个是有种族主义倾向的英国人劳埃德，另一个是来自塞拉利昂的黑人民族主义者和泛非主义者卡尔塔。他与劳埃德相识于课堂上，为了满足各自的需求而成为"朋友"。当时，达乌德经济拮据，常常因饥肠辘辘而受到同学的嘲笑，黑人身份更让他饱受欺凌。劳埃德虽生活优渥，却

---

① Emad Mirmotahari, *Islam in the Eastern African Novel*, New York: Palgrave Macmillan, 2011, pp. 94-95.

② Abdulrazak Gurnah, *Pilgrims Way*, London: Bloomsbury, 1988, p. 23.

③ Abdulrazak Gurnah, *Pilgrims Way*, London: Bloomsbury, 1988, p. 23.

也被同学排挤。也许是同病相怜,劳埃德开始扮演一个朋友的角色,为达乌德提供日常所需的食物,这正好满足被贫穷和种族歧视双重打击的达乌德的需求。作为回报,劳埃德可以享用现成的饭菜和一个作为替代的社交圈。这一段基于互利互惠原则的"友谊"贯穿了整部小说。

但实际上,他们所谓的"友谊"并不是纯粹平等的,达乌德虽然很厌恶劳埃德的种族主义言论,但为了生活只能委曲求全。为了迎合劳埃德的口味,达乌德甚至开始学着做·些英国美食。尽管"香肠让他消化不良……菠菜使他腹泻,奶酪肯定会妨碍他",但比起食物的满意程度,生存是第一位的。他们的关系恰恰印证了皮雷斯的观点:"个体之间的食物交换可以用来象征他们的相互依赖和互惠,而在没有互惠的情况下为另一个人提供日常食物,可以表示一个人对下级的支配地位。"①这种支配地位不仅体现在劳埃德对食物的持续供应上,也体现在达乌德作为食物准备者所扮演的从属角色上。

关于另一位朋友卡尔塔,达乌德与他的关系是除凯瑟琳以外最为复杂的。第一次见面时,"卡尔塔用左手握拳,达乌德对他点头微笑"。左手握拳,是非洲民族主义者之间表示团结和同志情谊的姿态②。达乌德对他点头微笑,礼貌中透露着疏远,原因在于他对坦桑尼亚的记忆。一开始,达乌德欣赏卡尔塔温和的无政府主义态度,但在英国的几个月里,卡尔塔变得脾气暴躁、尖酸刻薄和愤世嫉俗,尤其体现在对劳埃德的谩骂和讽刺上,他对劳埃德的厌恶也让达乌德感到震惊。在达乌德看来,卡尔塔的行为既不能教育他也无法惩罚他,是徒劳无功的。此外,卡尔塔作为一名激进的非洲民族主义者,猛烈抨击帝国主义和殖民主义对非洲大陆的掠夺和迫害,但虚伪地与一名白人女子有染,将女性的身体当作惩罚的场所。"我告诉你,她只是个两面派白人婊子,我要和她鬼混,直到我该回家为止。"③这一点也是善良真诚的达乌德所无法认同的。

小说中,达乌德无法与黑人或白人形成真挚友好的关系,加剧了他的孤独

① Maria José Pereira Pires, "Dealing with Appetites: Angela Carter's Fiction", Unpublished PhD Thesis, University of Lisbon, 2013, p. 23.

② Emad Mirmotahari, *Islam in the Eastern African Novel*, New York: Palgrave Macmillan, 2011, p. 93.

③ Abdulrazak Gurnah, *Pilgrims Way*, London: Bloomsbury, 1988, p. 183.

感和无归属感。学业上的失败让他无法回到故乡桑给巴尔岛，无颜面对含辛茹苦送他来英国读书的父母。与家人、文化和故乡的脱节使他沉湎于与世隔绝的孤独中，并安慰自己从中获得快乐。"他坚持认为独自生活是出于选择。他很享受自己的独居生活，通常不邀请别人，或者只是偶尔，而且一直觉得没有必要。他自给自足、老练，完全没有恐惧，是独立和勇气的典范。"① 他的公寓破旧不堪、肮脏霉烂，几乎无法居住。除了在医院收入微薄，支付不起更好的房子这一事实之外，达乌德不介意房子的状况恰恰反映了他因痛苦的过去而深受折磨的内心。

英国在殖民地总是表现出一副自由平等、社会安定的样子，这让生活在水深火热中的达乌德将英国当作理想的国度，却没有意识到这是一张无法兑现的"空头支票"。"朝圣者"这个词具有双重含义，它既指外国人，也指前往圣地的人。达乌德的英国之行虽然是对"圣地"的朝拜，却具有讽刺意味，因为这个国家并没有给他带来救赎，反而让他时时想到他在坦桑尼亚经历的种族冲突和暴力。无处不在的种族主义、黑人群体的疏远、真挚友谊的缺失以及破烂不堪的住所让他的梦想逐渐破灭，游走在崩溃的边缘。


## 二、爱的救赎

在生活看似暗淡无光、如同一潭死水时，一位名叫凯瑟琳·梅森的英国女人走进了他的生活。她不仅解救了困在牢笼中的达乌德，也改变整部小说的走向。他们是在医院里认识的，凯瑟琳是一名年轻美丽的护士，深深地吸引了达乌德。本来看似毫无交集的两个人在值夜班的空隙，通过聊天慢慢熟络了起来。与其说达乌德是被凯瑟琳的美丽所吸引，倒不如说他是喜欢她沉静和从容不迫的样子，一点也不像其他对什么事都大惊小怪的英国女人。在这个充满种族歧视的国度里，达乌德随时都有被殴打的风险，凯瑟琳的出现为他的生活带来了一丝安定与希望的可能。

---

① Abdulrazak Gurnah, *Pilgrims Way*, London: Bloomsbury, 1988, p. 44.

起初，达乌德不愿意向凯瑟琳袒露自己的过去。对他来说，那些回忆是痛苦耻辱的，并且他认为没有相同经历的凯瑟琳是无法理解他的，直到意识到她的目标是帮助和拯救他。

她不会明白这些的。她为什么要问一些她不可能理解的事？强迫他谈论他宁愿忘记的事情？他甚至没有和像他一样的人谈起过这些……其他人也是来这里征服世界的，最后却成了停车场服务员和会计。但她仍然等待着，期待着，认真等待他袒露自己的灵魂。他可以看出她想帮助他，把他从自己身上拯救出来。她想让他证明自己不是沉沦于此，而是有理由在乡下流浪，看起来既悲惨又有趣。①

达乌德之所以愿意向一个英国女人袒露那段创伤性记忆以及移民带来的耻辱，也许是出于对她的爱，但更多是由于凯瑟琳是合适的听众。与小说中的其他白人不同，凯瑟琳能够超越对黑人移民的刻板印象，以不同的方式解读他的故事。听说达乌德在英国求学失败，她没有和其他种族主义者一样把失败归结为黑人天生智力低等。相反，她认为达乌德聪明睿智，其中一定另有隐情。可见，凯瑟琳认为他同样具有人权和人性，而不是种族主义者眼中天性懒惰、智力低下的外来入侵者。"拒绝承认他人的人性以及这种拒绝的可怕后果是古尔纳小说的核心，在小说中，精心策划的敌意和些许的友好的并置创造了一个替代空间，使得关系成为可能。"②凯瑟琳的友好姿态造就了这段爱情，正好印证了蒂娜·斯坦纳的观点。

五年前，达乌德将自己的梦想都寄托在英国，但两年前学业失败让他的美梦彻底破碎。为了谋生，他在医院当了一名清洁工，工作繁忙却收入微薄。渐渐地，他对自己的认知也从"坚韧机智"走向"痛苦和绝望的废墟"，这不仅与学业上的受挫有关，也因为与家人和故乡长期失联。当他的父亲收到他被学校开除的信时，给达乌德写了一封"只有十来行"的短笺，"你母亲没有提到你的名

---

① Abdulrazak Gurnah, *Pilgrims Way*, London: Bloomsbury, 1988, p. 64.

② Tina Steiner, "Writing 'Wider Worlds': The Role of Relation in Abdulrazak Gurnah's Fiction", *Research in African Literatures*, 2010, 41 (3), p. 126.

字。她发誓不这样做，直到上帝怜悯你，给你指明摆脱任性的道路"①。这表明达乌德实际上已经与家人断绝了联系，也意味着与曾经的社区、故乡失去了联结，但又无法融入英国社会，成为游离在第三空间的孤独流亡者。

凯瑟琳的出现为他创造了与这个世界的唯一联系，那就是纯洁美好的爱情，在一定程度上弥补了与家人、故乡分离的无根感。格里桑将"关系身份"作为"根性身份"的替代定义，它"与世界的创造无关，而与文化接触中有意识的、矛盾的体验有关"。因此，关系身份是"在混乱的关系网络中产生的"，没有对从属或投射领土的权利感，而是将土地视为"一个人给予和拥有而不是攫取的地方"②。也就是说，格里桑将关系视为"给予和拥有"的空间，而不是占有和控制的地方。达乌德与凯瑟琳的关系是平等自由的，这与劳埃德的支配性关系截然相反。布伯指出，主权思想在真正的关系中没有一席之地③。尽管他们的种族、阶级和肤色截然不同，读者感受到的却不是主权、支配和占有，而是自由、平等和给予。

达乌德与凯瑟琳的关系也招致了许多种族主义者的谩骂，包括陌生人和凯瑟琳的父母。一天晚上，达乌德和凯瑟琳在坎特伯雷的街道上遇到两个英国年轻人，听到了一番种族主义的陈词滥调。看到这两个身强力壮的英国人向他们走来，达乌德感到一种恐惧。其中一个人挑衅地对达乌德说："给我们一个吻。"尽管凯瑟琳的手臂在达乌德身上颤抖，但她仍然轻蔑且愤怒地回应道："你为什么不滚开？你真可悲！"凯瑟琳的勇敢反击使达乌德惊恐不安的心安定下来，他第一次感受到了被保护的感觉。他拥抱了她，对着星光闪闪的夜空露出了灿烂的笑容④。她想要告诉达乌德："要像个男人一样接受这一切，鄙视我的折磨者，有尊严地对待自己。要勇敢！"凯瑟琳敢于直面种族主义的勇气深深地感染了达乌德，让他重新思考自己的身份和行为。

---

① Abdulrazak Gurnah, *Pilgrims Way*, London: Bloomsbury, 1988, p. 65.

② Édouard Glissant, *Poetics of Relation*, Ann Arbor: University of Michigan Press, 1997, p. 144.

③ Martin Buber, *Between Man and Man*, London: Routledge, 2002, p. 94.

④ Abdulrazak Gurnah, *Pilgrims Way*, London: Bloomsbury, 1988, p. 85.

除此以外，凯瑟琳在面对一个年轻富有的白人医生和收入微薄的黑人清洁工做出的选择，充分说明了她对达乌德的爱是纯粹真挚的，没有掺杂种族主义偏见和贪慕虚荣的想法。一边是年轻有钱、魅力十足的医生，"是每个年轻护士的梦想"，一边是顾影自怜、贫穷自卑的清洁工，任谁都会选择前者，就像达乌德所说的："这个带她出去的人可能穿着夹克，拥有农场、汽车和小马。我不知道她对我做了什么，最后总是要这样的。她会回到她所熟悉的舒适的方式。你能怪她吗？我的房子有味道，我的身体散发着倦怠和自怜。"①但最后凯瑟琳还是选择和达乌德在一起，甚至搬进了他贫民窟般的房子里和他一起生活，为达乌德的生活重新燃起了希望，也证实了女人并不都像卡尔塔所说的那样，是两面派，只是为了在他们身上满足生理需求。

凯瑟琳与达乌德的结合是因为爱，也因为他们能够救赎彼此。一方面，达乌德为生活迷茫的凯瑟琳给予了莫大的勇气去追随梦想，和她在家人身上未曾感受到的爱，成为她的支持和依靠。凯瑟琳与家人关系紧张，父亲希望她变得聪明成功，母亲致力于将她塑造成第二个自己，而事业有成的哥哥理查德总是在不停地嘲讽她。当护士并不是她真正想做的，她有真正想要做的事，但还不知道那是什么。这些故事让凯瑟琳听起来很可悲，但在达乌德看来她既勇敢又有趣，敢于做真正的自己。另一方面，凯瑟琳的爱让达乌德得以正视过去、有尊严地面对自己，将他从自怨自艾、悲惨失败的生活中解救出来。黑色肤色使他在60年代的英国既"显眼"又"透明"。在酒吧里、大街上甚至荒地边，他是光头仔眼中最显眼的存在；而在整个社会中，他又是无人问津的边缘人，没有人好奇他的故事。于是，他强迫自己不再回忆过去，但现实中的一切却让过去的记忆不断重现，以至于他开始疯狂地给现实中的和想象中的人写信。直到凯瑟琳出现，他才鼓起勇气向她倾诉故乡政治动荡、家破人亡的创伤性记忆，重新思考家人、身份和历史，将自己融入更广阔的黑人群体中。

虽然达乌德对凯瑟琳的感情也有一些种族意味，但他对她的爱总是可以在字里行间感受到。正如蒂娜·斯坦纳指出的那样，他们的爱情证明了美好的发生，

---

① Abdulrazak Gurnah, *Pilgrims Way*, London: Bloomsbury, 1988, pp. 121-122.

"当古尔纳小说中的个体角色通过融洽、移情或爱的体验，认识到他们彼此之间的联系，尽管他们经常面临着不对称的定位"①。他们之间的相互给予促成了一段平等美好的爱情，救赎了在苦难生活中痛苦挣扎的彼此。

## 三、身份重建

正如前文所示，达乌德由于逃离坦桑尼亚的政治动荡而来到英国求学，却遭遇严重的种族歧视。虽然达乌德在英国经常被种族主义者嘲讽，但他在坦桑尼亚时生命和安全都因为不够黑而受到威胁，这是小说的核心悖论。从他与好友博西的对话中，我们可以推测出他们既不是阿拉伯人也不是非洲黑人，而是两者的混血。

总有一天，这些多少个世纪以来被我们看作、用作奴隶的人会团结起来并切断那些奴役他们的人的喉咙。到那时，印度人会回到印度，阿拉伯人也会逃回他们的阿拉伯，你和我呢？我们怎么办……我们会被像牲口一样地屠宰掉……有谁会在乎我们呢？他们只会告诉我们这就是非洲，属于他们的非洲，尽管我们比他们在这片土地上生活了更多年。②

博西富有洞察力的言论预示着一场因种族、文化和狭隘民族主义对抗导致的政变正在酝酿之中，桑给巴尔第三种身份已无任何立足之地，即将面临被屠杀的命运。桑给巴尔问题源于欧洲殖民时期种族建构导致的对抗，在西方影响与教化之下，英国所谓"尊重当地传统"的管理模式，是将西方的种族范式引入非洲，造成种族仇恨与对抗，最终引发桑给巴尔种族暴力。达乌德和博西是在桑给巴尔岛生活了世世代代的本土人，在英国殖民者到来后被划分为"设拉子人"。这种身份自身

---

① Tina Steiner, "Writing 'Wider Worlds': The Role of Relation in Abdulrazak Gurnah's Fiction", *Research in African Literatures*, 2010, 41(3), p. 127.

② Abdulrazak Gurnah, *Pilgrims Way*, London: Bloomsbury, 1988, p. 144.

毫无意义，但在桑给巴尔"政治时代"选举过程中被强化成一种政治身份，造成政治环境极不稳定，最终受到民族主义的影响，引发了桑给巴尔一月革命。

达乌德正是在身份随着历史消散之际逃到英国，博西则永远留在了那片饱受磨难的土地上。但事与愿违，英国的种族主义和仇外情绪使他无法融入这里，并且时刻让他想起在坦桑尼亚经历的种族冲突。他曾经是民族主义者所仇恨的混血儿，移民英国后被纳入不加区分的黑人范畴。本土人与入侵者的身份，移民与非移民的身份、黑与非黑的身份，哪一个才是达乌德身体内部真实的自我？这些身份在达乌德看来都不"真实"，却又"真实"存在。这些身份一直处于不断的变化和转换之中。

斯图亚特·霍尔在《最小的自我》中反思身份认同、文化认同时特别强调："事实上'黑人'绝对不可能一直存在于此……它总是一种不稳定的身份认同，表征在心灵上、文化上和政治上……它也是被建构起来的、被叙事的、被言说的，而不单单是被发现的身份认同问题。"[1]与传统本质主义身份观不同，霍尔认为身份不是本质的、稳定的、统一的，而是复杂的、多元的，在文化、政治和心理等维度被表征出来、被建构起来的。同样，达乌德的"黑人身份"也是西方中心主义话语建构的产物。20世纪70年代，撒切尔政府推行的寻找"英国性"是一项"狭隘、排他"的政治工程，统治者试图借此重建具有"英格兰身份"的英国人在英国社会体系中的掌控和支配地位[2]。

在此背景下，英国把来自不同文化的所有移民都作为与英国文化对立的同一个团体看待。种族主义者用"黑"来遮蔽所有其他的"颜色"，为族群和文化差异显著的非裔人群建构了一个统一的身份——黑人。同时，英国在文化上采取了同化政策，试图同化包括非裔加勒比人和亚裔移民在内的所有移民群体。而移民需要为同化付出巨大代价，放弃"你"（移民）的身份而成为"我们"。达乌德也一度试图融入英国社会，习惯英国的食物，但身体却本能地提出抗议。同

---

① Stuart Hall, "Minimal Selves", In: Appignanesi, Lisa(Ed.) *The Real Me: Post-Modernism And The Question Of Identity* ICA Documents 6. London: The Institute of Contemporary Arts, 1987, p. 45.

② Stuart Hall, "Ethnicity: Identity and Difference", *Becoming National: A Reader*, G. Eley & R. G. Suny. New York: Oxford University Press, 1996, pp. 346-347.

时，种族冲突在英国本土的不断上演也表明这种梦想的不切实际。最后，他选择与他的旧身份（混血儿）和新身份（黑人）和解，既没有忘记过去，也不把自己限定在过去，而是拥抱差异，将自己定位于一个具有多样性、混杂性和差异性的黑人群体中。这恰恰符合霍尔所提出的"新族性"，超越了简单的族性认同的同一性概念，它把认知从同一性中解放出来，凸显其差异性和异质性，以及其建构和塑造的功能。①在与凯瑟琳的交往中，当他遭遇到种族问题时，他的黑人身份意识开始觉醒，为自己是黑人而感到骄傲，以对抗白人种族主义。达乌德逐渐形成了国际黑人意识，超越了前英国殖民地，还包括美国和加勒比地区的其他文化空间②。达乌德以为凯瑟琳要选择白人医生时，他安慰自己说："所以，面对事实，准备好像个男人一样接受这个事实，而不是像没有黑人自豪感一样到处哭诉。"③达乌德知道凯瑟琳将他看作一个黑人，而凯瑟琳因为一个英国医生而摇摆不定时，"黑人"身份是他用来暂时保护尊严的盔甲，防止被一个更富有的白人轻视。除此之外，达乌德对自己更广阔的黑人身份认同表现在他对板球比赛的痴迷，尤其是在西印度群岛队战胜英格兰队时的欣喜若狂。板球作为殖民者与被殖民者在战场上的比赛，从英国人把它带到海外就开始了。小说中反复出现的板球比赛带有强烈的政治意味，因为达乌德支持西印度群岛队而痛恨英格兰队。在1976年的英国-西印度群岛系列赛中，迈克尔·霍尔丁带领西印度群岛队大败英格兰队。听到这一胜利消息的达乌德无比欣喜，在餐厅公开庆祝，让对板球完全没有兴趣的凯瑟琳感到厌倦。这一行为象征着与他通常感到疏远的西印度群岛社区和解，体现了更为广阔的黑人身份意识。同样，达乌德对二十年前大西洋对岸的马丁·路德·金的逝世表示哀悼也表现了他更大的政治同情。

达乌德的另一个身份重建是对穆斯林身份的重新发现。很明显，达乌德将自己置于一个反殖民主义的伊斯兰社区中，具有宗教和种族色彩。卡尔塔也没有忘记这一事实：

---

① 邹威华，伏珊：《伯明翰学派"新族性"文化政治研究》，《复旦外国语言文学论丛》，2018 年第 1 期，第 52 页。

② Emad Mirmotahari, "From Black Britain to Black Internationalism in Abdulrazak Gurnah's *Pilgrims Way*", *English Studies in Africa*, 2013, 56(1), p. 23.

③ Abdulrazak Gurnah, *Pilgrims Way*, London: Bloomsbury, 1988, p. 159.

反正是你们发现了我们，不是吗？在你们这些信奉死后生命的基督教徒出现并发现我们之前，我们并不存在。你把上帝带给我们。你将我们从永恒的诅咒中拯救出来。将光明……带入我们的野蛮本性。①

达乌德起初不愿意进入坎特伯雷大教堂，是因为他不喜欢将大教堂作为旅游景点，并且认为这座建筑是为了彰显权力和虚荣，而不是为了表示对上帝的敬仰。"这不是为上帝建造的，而是为了展现人类的聪明才智，这就是为什么几百年来数以万计的朝圣者来到这里的原因。"②作为一名穆斯林，达乌德对于坎特伯雷大教堂的无宗教性是持批评态度的。在小说结尾，凯瑟琳和达乌德在教堂墓地被一群白人男子攻击。他们打断了达乌德的手臂，"直到他毫无知觉地躺在教堂的阴影里"，他们甚至对着凯瑟琳的脸打了一拳。这场殴打象征了白人对黑人和基督徒对穆斯林的敌视。但在某种程度上来说，这次去坎特伯雷的朝圣就是去麦加的朝圣，因为正是在基督教英格兰的中心，达乌德重新发现了自己的宗教身份。这不是源于达乌德对伊斯兰教教义和实践的认同，而是源于他对英国的精神中心坎特伯雷的抵抗。更广阔的黑人身份和伊斯兰教都是古尔纳用来削弱种族和民族特权的工具，也是为了避免以种族主义对抗种族主义。

达乌德和凯瑟琳一同参观坎特伯雷大教堂实际上是一次反朝圣之旅，是征服而不是致敬。凯瑟琳"向他展示了耳堂，以及骑士和国王的纪念碑"，然后"带他到现代圣徒和殉道者的礼拜堂，在这里缅怀马丁·路德·金"③。她认为马丁·路德·金是现代圣徒和殉道者中最重要的人物，这也是为什么她把"最好的放在最后"。马丁·路德·金不仅是反种族主义斗争的烈士，还体现了达乌德和凯瑟琳的关系的隐喻——"钢琴键"，即黑人和白人共享世界的理想，以及黑人反抗的需要，承认并拥抱如凯瑟琳那样与黑人一起反对种族主义的白人。凯瑟琳和达乌德证明了马丁·路德·金的信念，如果要实现白人和黑人的自由平等，两者就必须相互依存。

---

① Abdulrazak Gurnah, *Pilgrims Way*, London: Bloomsbury, 1988, p. 34.

② Abdulrazak Gurnah, *Pilgrims Way*, London: Bloomsbury, 1988, p. 201.

③ Abdulrazak Gurnah, *Pilgrims Way*, London: Bloomsbury, 1988, p. 200.

　　小说的结尾是救赎性的，因为达乌德征服了英国这个"歌利亚"，虽然他是一个流亡者，但达乌德仍然不屈不挠，没有被他的困境所征服。而给达乌德带来希望的是爱，一份与种族、肤色、宗教无关的纯洁的爱。与凯瑟琳的爱情不仅让他收获了一段珍贵真诚的关系，还给予他对抗种族主义、重建身份的勇气和信心。通过达乌德和凯瑟琳的故事，古尔纳也许为流亡生活提供了一种新的解决方案，那就是爱。只有白人和黑人相互合作、相互依存，才能如钢琴上的黑白两键一样，谱写出一曲和谐优美的交响乐。

（文/上海师范大学 姚梦婷）

第二篇

阿卜杜勒拉扎克·古尔纳小说《遗弃》中禁忌之恋
的叙事艺术

## 作品节选

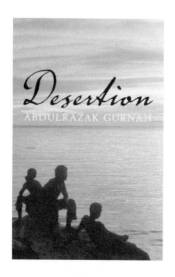

《遗弃》（*Desertion*，2005）

The night after he heard Jamila's story, he dreamed about her. He was sure it was her, although at the beginning of his memory of the dream she was only a presence sitting in a yard in the dark. She was silent at first but he knew she was there. He felt her there. Something vibrated in the air. She began to hum almost inaudibly, and slowly the sound strengthened and her voice rose in a modulation that hovered out of reach of his hearing. But he felt her there, and her humming voice burred against his skin. Her silhouette grew solid like a thickening of the night. In her song he heard the notes of primitive sorrow, notes of loneliness and of fear of pain. Later he saw her in a dimly lit room, perhaps underground or in a cave, lying on her back, fully dressed on a mat. A long-haired beast squatted on her belly, looking guilty but unmoving, paralysed by obsession. The desperation of the beast was so clear that Amin woke up, and feared that he had cried out, but Rashid was breathing easily a few feet away from him. He's probably dreaming of Oxbridge, Amin thought.[1]

听了贾米拉的故事后的那个晚上，他梦见了她。他确信那就是她，尽管在他开始的记忆中，她只是一个坐在院子里的黑影。她起初沉默不语，但他知道她在那里。他感觉到她在那里。空气中有什么东西在颤动。她开始低声哼了起来，几乎听不见。慢慢地，那声音加强了，她的声音变高了，在他听不见的地方盘旋

---

① Abdulrazak Gurnah, *Desertion*, New York: Pantheon Books, 2005, p. 167.

着。但他感觉到她就在那里，她那嗡嗡的声音刺痛了他的皮肤。她的身影变得坚实起来，就像黑夜变得越来越浓。在她的歌声中，他听到了原始的悲伤、孤独和对痛苦的恐惧。后来，他在一间光线昏暗的房间里，也许是在地下，也许是在一个山洞里，看见她穿着衣服，仰面躺在一张垫子上。一只长毛野兽蹲在她的肚子上，一副内疚的样子，但一动不动，被她迷住了。野兽的绝望太明显了，阿明醒了过来，担心自己大叫过，但拉希德正在离他几英尺远的地方轻松地呼吸。阿明想，他可能梦见了牛津和剑桥。

（林晓妍 / 译）

# 《遗弃》中禁忌之恋的叙事艺术

## 引　言

《遗弃》是古尔纳的第七部小说，小说背景是东非海岸的桑给巴尔，这一背景出现在古尔纳的多部小说中。小说以两个爱情故事为主线，一个是殖民时期的白人马丁·皮尔斯（Martin Pearce）和黑人瑞哈娜（Rehana）之间的禁忌之恋，另一个是独立时期作为"罪恶"象征的贾米拉（Jamila）与阿明（Amin）之间的恋情。贾米拉是瑞哈娜的孙女，在即将独立的桑给巴尔依然被视为"罪恶"，她与阿明的恋情也遭到阻碍。看似简单的小说情节，却呈现出作者高超的写作技巧。小说家玛萨·曼吉斯特（Maaza Mengiste）曾这样评价古尔纳的作品："他在创作中是毫不退缩的，但同时又非常同情东非人民，真诚地书写他们。他写的故事通常都没有巨大冲突，讲述的是人们没有听到过的故事。"本文从叙事角度出发，探析古尔纳小说的魅力所在。

## 一、拉希德对马丁和瑞哈娜故事的叙述

《遗弃》分为三部分，共十章。小说时间跨度大，情节发展与桑给巴尔从殖民到独立的漫长过渡时期重合，第一部分讲述1899年即殖民时期的故事，第二部分与第三部分的前两章讲述20世纪中期的故事，最后一章则是故事的延续。每章的叙述者，除去第八章因摘抄自阿明的日记本而为阿明外，其余均为拉希德

（Rashid）。拉希德是家里最小的孩子，比哥哥阿明小两岁，家里最大的孩子是姐姐法丽达（Farida），比阿明大两岁。虽然拉希德是叙述者，但仅有三章以第一人称"我"讲述，其余均为第三人称叙述，每一部分讲述重点放在不同人物身上。作者开篇便写道："有一个关于他第一次看见的故事。事实上，故事不止一个，但随着时间的推移和故事的讲述，所有的故事元素融合成了一个整体。"①显然，读者只有读完整部小说才能梳理出完整的故事情节。

上述引文中提到的"他"是指小说第一章标题中的人物"哈撒纳里"（Hassanali），他的"第一次看见"是小说故事的缘起。1899年，在蒙巴萨以北一个小镇上，超市店主哈撒纳里是当地清真寺祈祷的召集者，每天清晨扫净尘土，打开寺门，等待祈祷者的到来。一天，他发现街道上隐隐约约有一个影子，最终发现是一位筋疲力尽的人。他虽然不想让晨祷者看到这个倒在地上的外来者，但还是被三位年长者看到了，并将外来者安置在他家。"白人，玛玛卡·宰图尼自言自语。一个欧洲人。"②小说中多次使用"白人"（mzungu）一词，特别是在第一部分讲述殖民时期时出现的频率最高。斯瓦希里语出现得并不多。作者对斯瓦希里语的使用与章节的主要人物相关，哈撒纳里在桑给巴尔生活已久，斯瓦希里语是他的日常用语，出现频率最高，特别是在他与姐姐瑞哈娜的交流以及当地人的话语中。虽然叙述声音（拉希德）与聚焦人物（哈撒纳里）不同，但作者有意改变叙述声音，这样一来，"叙述声音在一定程度上也就成了聚焦人物自己的声音；换句话说，它成了叙述者与聚焦人物之声音的'合成体'"③。

小镇上的人对于救助一位白人是持消极看法的，这无异于看到"会飞的马或者会说话的鸽子"。这与当时的殖民环境息息相关，殖民者对非洲自以为是的强占与教化，让人们避而远之。"他突然警觉起来，担心和那个人单独在一起，这就像他让自己和一头野兽靠得太近。"④瑞哈娜和哈撒纳里的妻子玛丽卡

---

① Abdulrazak Gurnah, *Desertion*, New York: Pantheon Books, 2005, p. 3.

② Abdulrazak Gurnah, *Desertion*, New York: Pantheon Books, 2005, p. 16.

③ 申丹：《叙述学与小说文体学研究》，北京：北京大学出版社，1998年，第209页。

④ Abdulrazak Gurnah, *Desertion*, New York: Pantheon Books, 2005, p. 9.

（Malika）同样对这位白人很抵触，但是瑞哈娜依然给他喂了东西。医生为这位陌生人检查身体，确保他无恙。当地人问医生，欧洲人的骨头真的能自愈吗？这一书写显然是对殖民者在非洲建立的"白人至上"的讽刺。

对于这位白人，作者直到第二章才揭开他的神秘面纱。他叫马丁·皮尔斯，是一位东方主义者，在路上被索马里向导抢走了财物。尽管第二章标题为"弗雷德里克"（Frederick），但并非聚焦于这位殖民政府官员在非洲的所见所闻。该章与第四章《皮尔斯》的内容多涉及殖民，这也使得读者会忽略拉希德的叙述声音。弗雷德里克代表了自以为是的殖民者，他自信满满地问马丁："你对这一切怎么看？我们身处1899年，你对新世纪有什么看法？我们会比刚毅的前辈做得更好吗？这地方的本土人会被清除掉，变成一个类似美国的地方吗？还是我们会看到他们变成文明的、勤劳的国民呢？"也许他更期望得到肯定的回答，但是作为东方主义者的马丁代表了一部分正视欧洲殖民本质的人。马丁说："我想我们迟早会看到我们在这些地方做了些什么。我想我们以后会看到自己不那么迷人了。总有一天我们会为自己所做的一些事情感到羞愧的。"①作者采用第三人称叙事，看似与1899年的桑给巴尔拉开了距离，但实际上通过典型的殖民政府官员思维，更加客观地呈现了外界对殖民主义的批判：

在葡萄牙人建造了耶稣堡并把所有东西都搬到蒙巴萨后，这个小镇大概被遗弃了一个世纪左右。想想看，他们真是忘恩负义。大约40年前，桑给巴尔的苏丹·马吉德想出了一个绝妙的主意，要复兴小镇，使之成为种植园殖民地。理论上，他对整个海岸线拥有主权。于是他派出了阿拉伯人和一支俾路支雇佣军，以及成千上万的奴隶。前十年左右的收成非常好，所以送来了更多的奴隶，当地人也开始袭击附近的部落，以获得更多的奴隶。这个城镇又繁荣起来，创造了巨大的财富。②

---

① Abdulrazak Gurnah, *Desertion*, New York: Pantheon Books, 2005, p. 85.

② Abdulrazak Gurnah, *Desertion*, New York: Pantheon Books, 2005, p. 45.

弗雷德里克带有殖民者的狂妄自大，也有认清现实的一面，承认殖民在带来了经济繁荣的同时，也引起各部落混战和实施奴隶压榨。而这一书写在第三人称的叙述下，更加具有现实意义。"在非洲，没有人需要任何东西来提醒他们英国的力量是多么的强大。如果他们真的需要提醒，那么上一年在恩图曼发生的可怕事件，已经传到这里了，并将会重新引起人们的注意。"①尽管作者对于殖民过程中的统治没有进行细致描写，但间接地展现了坦桑尼亚在殖民统治下的艰难。

虽然第二章"弗雷德里克"和第四章"皮尔斯"中谈到殖民相关内容，第一章"哈撒纳里"和第三章"瑞哈娜"中却很少涉及，主要是对哈撒纳里一家日常生活的书写。瑞哈娜已经22岁了，在当时来说，她的年纪有些大了，要赶快嫁出去。她曾三次拒绝已婚男人的求婚，因为他们希望她成为他们的第二位甚至是第三位妻子。哈撒纳里的朋友阿扎德（Azad）很喜欢瑞哈娜，但是她依然拒绝了，这也再次引发兄妹之间的争吵。最终她被阿扎德打动并嫁给了他，婚后仅七个月，阿扎德便要跟随一位船长远行，留下瑞哈娜孤独地等待。尽管瑞哈娜对哈撒纳里将马丁带回家里不满，但她依然照顾马丁，因而也只有她在马丁破烂不堪的衣服里发现了他仅有的物品：一本书。

作者对马丁的叙述多是正面的，他和瑞哈娜坠入爱河。两人第一次见面，马丁便被瑞哈娜深深吸引，此后的几次拜访更是加深了两人的情感。但是哈撒纳里坚决反对瑞哈娜嫁给白人，两人之间的关系也成为当地丑闻。拉希德在叙述中承认，很难说出这种看法是如何产生的。结果是马丁以探亲为借口前往蒙巴萨，随后瑞哈娜也去了，两人公开生活在一起。

## 二、拉希德对阿明和贾米拉故事的叙述

作者对马丁和瑞哈娜的恋情没有进行细节描写，这与第二部分的第六章《阿明和贾米拉》中，对阿明和贾米拉恋情的聚焦式描写形成对比。普林斯曾在《叙

---

① Abdulrazak Gurnah, *Desertion*, New York: Pantheon Books, 2005, p. 37.

事学词典》中对"聚焦"做了定义:"描绘叙事情境和事件的特定角度,反映这些情境和事件的感性和观念立场。"①作者这一处理与叙事人物相关,拉希德是阿明的弟弟,他对两人恋情的进展有清晰的认知,而对半个世纪之前的恋情知之甚少。法丽达、阿明和拉希德在独立前的桑给巴尔接受典型的殖民者教育。法丽达尝试过很多次入学考试,但都没有成功,成为小镇上的裁缝。阿明从师范学校毕业,回到家乡成为一名老师。拉希德学业有成,为考上牛津大学而努力。贾米拉是法丽达的客户之一,是瑞哈娜和马丁的孙女。阿明曾在学校见过贾米拉,但两人没有说过话,直到他从师范学校回家后,在姐姐法丽达的制衣店里看到贾米拉。了解到贾米拉是瑞哈娜和马丁的孙女后,阿明做了一个关于贾米拉的梦。"听了贾米拉的故事后的那个晚上,他梦见了她。他确信那就是她,尽管在他开始的记忆中,她只是一个坐在院子里的黑影。她起初沉默不语,但他知道她在那里。他感觉到她在那里。空气中有什么东西在颤动。她开始低声哼了起来,几乎听不见。慢慢地,那声音加强了,她的声音变高了,在他听不见的地方盘旋着。"②

引文中几次提到阿明感受到贾米拉在那里。梦具有不真实性,尽管不清楚,但是阿明确认梦里的人是贾米拉。第二天,阿明骑车经过她的房子,这似乎使他感到快乐。两人在法丽达的制衣店逐渐熟悉,并开始大胆交往,阿明会偷偷去贾米拉家里:

之后,他们躺在那里交谈,阿明觉得自己很勇敢,很快乐,好像他已经在一些要求很高的行为中证明了自己。她靠近他躺着,抚摸着他,惊叹于他的年轻和完美,而他也在抚摸着她,闻着她身体的芳香。③

姐姐法丽达是第一个知道他们恋情的人,并对此强烈反对:"你要记住像她这样的人生活在和我们不同的世界里。妈要是知道了也会这么说的。他们不是我

---

① 罗钢:《叙事学导论》,昆明:云南人民出版社,1994年,第174页。

② Abdulrazak Gurnah, *Desertion*, New York: Pantheon Books, 2005, p. 167.

③ Abdulrazak Gurnah, *Desertion*, New York: Pantheon Books, 2005, p. 192.

们这类人，她会这么说。他们对要求做什么和什么是体面有不同的看法。你必须小心不要伤到自己，也不要伤到他们。"①两人很长一段时间在秘密恋爱，阿明的父母发现两人的爱情后十分愤怒，逼迫阿明承诺不再见她，并且询问阿明每天的行程以防止两人相见。人们对于瑞哈娜和马丁的恋情依然不能接受，这也导致他们的孙女贾米拉很难被当地人接受。对阿明和贾米拉的叙述中，读者不仅能感受到两人之间的爱意，也能感受到叙述者拉希德对阿明的同情和默默支持。

在整部小说中，拉希德承担旁观者的角色，讲述相隔半个世纪的两段恋情。第一部分瑞哈娜和马丁的恋情显然缺少细致书写，而且加入了许多殖民内容。在阿明与贾米拉的恋情中，作者更注重人物情感的描写，桑给巴尔的独立过程成为重要的叙述时间节点。这不仅与故事背景相关，更与叙述者相关。

## 三、相关故事的他人视角重复叙事

尽管小说多从拉希德的角度出发讲述事件，但在不同章节对于同一件事存在重复讲述的现象。小说具有虚构性，但是在作者的反复讲述中，读者从不同角度出发看待事件，进而对事件和小说主题有了更全面的认知。

哈撒纳里收留白人后，殖民政府得到消息，弗雷德里克带人将马丁带回他的住所。他认为哈撒纳里将马丁的私人物品扣留了下来，派人去抢回。在第一部分第三章"瑞哈娜"中是这样讲述的："他们不打招呼，也没有说一句礼貌的话就闯进了我们家。甚至萨拉马莱克姆或霍迪都没有。他们冲了进来，带着他们的人走了，哪儿都没看就带着席子和所有的东西走了。"②他们不仅来了一次，第二次时，弗雷德里克一行变本加厉，坚持认为哈撒纳里把马丁的东西藏起来了，甚至在瑞哈娜看起来，他要拿鞭子打哈撒纳里。"哈撒纳里以为要他向白人行贿，问他要多少钱。随从说，不，不，将那人的财物归还他，不管是什么都给他。于

---

① Abdulrazak Gurnah, *Desertion*, New York: Pantheon Books, 2005, p. 185.

② Abdulrazak Gurnah, *Desertion*, New York: Pantheon Books, 2005, p. 56.

是，瑞哈娜走到洗衣台上，那里放着打算明天洗的白人的破衣服。她将它们拿起来，递给那个红脸男人。随从走上前，从她手里接过东西。只有这些了，她说，然后生气地朝门口挥手让他们离开。"①

两次威胁哈撒纳里交回马丁的物品，是在马丁不知情的情况下发生的，很大程度上是出于弗雷德里克对黑人的不信任。由于这一章是从瑞哈娜角度讲述，所以原文中并没有出现弗雷德里克和马丁的名字，与第二章中对马丁和弗雷德里克的简单介绍并不冲突。对于哈撒纳里家两次被要求还回马丁物品、被诬陷为小偷这一行为，在第二章《弗雷德里克》中也未提及。在第四章《皮尔斯》中，也仅仅在马丁去哈撒纳里家表示感谢时一笔带过。"店主从站台上爬下来，打开侧门走了出来。人群散开了，紧张的气氛开始缓和下来。马丁意识到，他们都以为他会傲慢地、有要求地来，也许就像弗雷德里克上次来时的样子。"②对同一事件，一繁一简的描写代表着事件双方的不同视角和受影响的不同程度。无论是第一次随意带走东西还是第二次弗雷德里克威胁打人，都给哈撒纳里一家蒙上阴影，反映了殖民者自以为道德优于黑人的思想。马丁是一位东方主义者，也许不会恶意揣测哈撒纳里，但他也从未怀疑弗雷德里克会做出恐吓行为。

小说中有三处提及马丁出现在小镇的原因，文字一次比一次简洁。第一次是马丁被弗雷德里克带走后，两人聊天时，作者用了近三页的文字说明马丁被抢始末。第二次是在第四章《皮尔斯》中，马丁去哈撒纳里家致谢，与当地人聊天时提到，有近一页的内容以问答形式说明了原因。

他和一支狩猎探险队一直在内陆旅行，但他们想去更远的西部，他决定去海岸。

他自己去吗？

不不，但在路上，他和向导走散了，不得不靠自己来到这里。

---

① Abdulrazak Gurnah, *Desertion*, New York: Pantheon Books, 2005, p. 57-58.

② Abdulrazak Gurnah, *Desertion*, New York: Pantheon Books, 2005, p. 103.

这些向导是谁？他们一定是抢劫了他，然后抛弃了他。他们是野蛮人吗？索马里人。①

相比于第一次描写中马丁详细讲述朋友们对去西部狩猎的执着以及对索马里人的信任，这一次描写显然更简洁。这与诉说对象相关，马丁对本地人有所保留。第三次则是出现在第八章《阿明》中，该章是阿明的日记。贾米拉在讲述祖母的故事时，也讲述了马丁到来的原因。"他已经在内陆迷路好几天了，被索马里向导抢劫并抛弃了。当他们把他带回家时，是她的祖母瑞哈娜几天来第一次给英国人喝了一口东西。"②三次描写马丁的到来，每一次都有不同，虽然是在重复同一件事，但是贾米拉的叙述更直白。前两次讲述马丁均在场，而贾米拉讲述的是一件对她而言遥远的事情。祖母瑞哈娜告诉贾米拉，贾米拉告诉阿明，读者通过阿明的日记再次看到这一事件。除了第一次讲述聚焦于马丁本身的经历，其余两次重复均为他人声音的转述，叙事的长度变短。

## 四、遗弃主题的反复揭示

当然，作者的重复叙事并不局限于对事件的反复讲述，更主要的是对主题的多维强调。标题"遗弃"（desertion）一词在小说中并未出现，但与其含义相近的单词abandon（抛弃，遗弃）则多次出现。如马丁被索马里人半途抛弃，瑞哈娜被阿扎德抛弃。瑞哈娜在蒙巴萨和马丁同居后，马丁回到英国，留下她一人在蒙巴萨。法丽达多次考试不能如愿，最终却成为诗人，她抛弃了殖民教育，成长为新时代独立女性。然而作者似乎也抛弃了她，第十章中，"哈撒纳里""弗雷德里克""瑞哈娜""皮尔斯""阿明与拉希德""阿明与贾米拉""拉希

---

① Abdulrazak Gurnah, *Desertion*, New York: Pantheon Books, 2005, p. 105.

② Abdulrazak Gurnah, *Desertion*, New York: Pantheon Books, 2005, p. 237.

德""阿明"均作为章名，而"法丽达"却没有作为章名。古尔纳的《遗弃》中不仅涉及以上主题，还包含"移民所产生的异化和孤独，以及深入探索了关于支离破碎的身份和'家'的含义"①。小说叙述者拉希德的学习成绩并没有哥哥阿明优异，但是他坚持下来，并在老师的鼓励下飞往伦敦学习深造。在异国他乡，他意识到桑给巴尔与英国的不同，也感受到外界对非洲的轻视。

他们每周洗一次澡，如果洗的话，就会全家都在同一盆肮脏的水里洗。他们用纸擦屁股。每次你和他们握手时，一定要马上去洗手，当然也不要不洗手就碰食物。他们的女人都是妓女。他们喝血、吃蹄和毛，还和动物交配。当你听他们说话时，你会觉得世界是他们创造的。诗歌、科学、哲学，他们所做的一切，他们所知道的一切，他们是向我们学习的。②

这是拉希德在课堂上听到的无稽之谈，欧洲殖民者依然执迷于自身的文化，漠视非洲文化和非洲人。"我在伦敦学到的是如何在漠视中生活。"③这是拉希德最深刻的感悟。而在伦敦的多年生活也使他难以适应故乡的变化，独立后的桑给巴尔的生活彻底改变了。"这让我以为我们的统治者已经悄悄地溜走了，但我们已经习惯于服从，仍然在无人监督的情况下做着奴隶般的工作。"④虽然拉希德时刻惦念，但他再也没有回到命途多舛的家乡。"我开始觉得自己被驱逐了，被放逐了。"⑤拉希德开始了对故乡的被动遗弃，直到文化遗弃。

尽管拉希德一直与家人保持稳定的信件往来，但桑给巴尔的局势变得越来越紧张。"我们不能提及苏丹或旧政府的名字。它只持续了一个月，然后一切都立刻改变了。新国旗已经不存在了。即使是出于好奇拥有它，也是违法的。我已经

---

① Felicity Hand. "Becoming Foreign: Tropes of Migrant Identity in Three Novels by Abdulrazak Gurnah", Sell, Jonathan P. A. ed.. *Metaphor and Diaspora in Contemporary Writing*, London: Palgrave Macmillan. 2012, pp. 39-58.

② Abdulrazak Gurnah, *Desertion*, New York: Pantheon Books, 2005, p. 216.

③ Abdulrazak Gurnah, *Desertion*, New York: Pantheon Books, 2005, p. 214.

④ Abdulrazak Gurnah, *Desertion*, New York: Pantheon Books, 2005, p. 245.

⑤ Abdulrazak Gurnah, *Desertion*, New York: Pantheon Books, 2005, p. 221.

开始忘记了。我不记得上面那簇丁香是什么颜色了，是棕色还是金色。国歌已经被遗忘了。我觉得没人能哼出这首歌。如果他们这样唱了，他们肯定会挨打，甚至更糟。有人被杀。我不能写这些东西。"[1] "数百人离开，数千人被驱逐，有些人被禁止离开。政府想让我们忘记这里以前的一切，除了那些激起他们的愤怒并使他们做出残忍行为的事情。我忘了自己，如果被人发现我写的这些东西，我就有麻烦。"[2] 阿明的日记成为拉希德了解桑给巴尔状况的最直接途径。独立日时，阿明写道："我希望他不要错过这一天，即使他不在这里，也要有办法记住他。"[3]

作者从个人、家庭、国家、文化等多个层面揭示了"遗弃"主题，流亡异乡的拉希德成为历史记忆的书写者。通过两个恋爱事件以及对家庭的影响，作者巧妙地描绘了殖民主义对非洲文化、地理、政治和人们生活造成的影响。古尔纳的作品中经常会出现斯瓦希里语、阿拉伯语，极大地丰富了英语文学内容，他关于流亡和历史记忆的书写也扩展了非洲文学的界限。

小说中曾提到种植园主人和部分欧洲人对于欧洲占领和统治非洲并不持乐观态度。他们并不认为英、法、荷等欧洲国家会一直在非洲拥有统治权。在弗雷德里克和马丁的谈话中，马丁显然并不认同欧洲文明。中国与东非很早就有贸易往来，但从来没有侵略非洲，而欧洲国家抵达之后便是宣布主权，肆意掠夺。"据说与中国有贸易往来，尽管我对此持怀疑态度。如果中国人在15世纪远道而来，为什么他们后来又掉头往回走？到中国有很长的路要走，他们为什么不留下来掌管这里？"[4] 欧洲人的到来，破坏了非洲的原有进程，对非洲人的伤害与压迫远大于所谓的文明发展。

（文/北京外国语大学 林晓妍）

---

[1] Abdulrazak Gurnah, *Desertion*, New York: Pantheon Books, 2005, p. 246.

[2] Abdulrazak Gurnah, *Desertion*, New York: Pantheon Books, 2005, p. 247.

[3] Abdulrazak Gurnah, *Desertion,* New York: Pantheon Books, 2005, p. 245.

[4] Abdulrazak Gurnah, *Desertion*, New York: Pantheon Books, 2005, p. 91.

第三篇

阿卜杜勒拉扎克·古尔纳小说《砾石之心》中的戏仿

## 作品节选

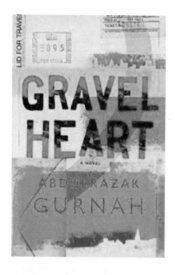

《砾石心》
（*Gravel Heart*, 2017）

It is summer now but the weather has turned stormy and unsettled, heavy rain and hail and then brief sunshine. The language people speak on the news and in public has changed too since those killings in New York, and the talk is all about Muslim fanatics and terrorists. They speak a familiar language of freedom but plan to enforce it with violence. I guess that is familiar too. You would not recognise the way some of the bearded ones speak either, how it was all a plot by Kissinger and the Jews, who planted the bombs to make it seem that Muslims had done it so that America could take over the Muslim world and crush it. They are so full of rage and hatred and contemplate cruelties with such righteousness that it sounds nothing like those stories of our lives that we took in so avidly when we were young: the return to Medina, the Night Journey, the Dome of the Rock. I feel even more of a stranger here now. I hate it but still I stay. I feel like a traitor but I am not sure who it is that I am betraying.[①]

现在是夏天，但天气已经变得暴风频起，变幻莫测，大雨、冰雹，然后是短暂的阳光灿烂。自从纽约发生了那些杀戮事件后，人们在新闻中和公共场合使用的语言也发生了变化，谈话内容都是关于恐怖分子。他们说着人们熟悉的关于自由的语言，却计划用暴力来巩固自由。我想这种情况也很常见。那些穆斯林的

① Abdulrazak Gurnah, *Gravel Heart*, London: Bloomsbury, 2017, p. 150.

说话方式也让人无法辨认了。有的美国人说这一切都是基辛格和犹太人的阴谋，他们安放炸弹，让人觉得是穆斯林干的，这样美国就可以占领穆斯林世界并摧毁它。他们心中充满了愤怒和仇恨，带着一种正义感设想着残忍之事。这听起来与我们年轻时候如饥似渴地阅读的那些生活故事截然不同：重返麦地那、夜行之旅、圆顶清真寺。如今，我感到在这里更像一个陌生人。我讨厌这里，但我仍然留了下来。我觉得自己像是一个叛徒，但我并不确定我背叛了谁。

（杜冰蕾 / 译）

**作品评析**

# 《砾石之心》中的戏仿

## 引　言

　　《砾石之心》和古尔纳之前的小说不同，在书写家族历史和人际关系时，海洋几乎不再出现。主人公萨利姆离开坦桑尼亚也没有戏剧化的原因，他获得舅舅的资助来到英国，进入大学学习。小说的总体结构是对英国作家莎士比亚《一报还一报》和俄国作家契诃夫《樱桃园》的戏仿，同时又对这两部戏剧进行了再创作，大大丰富了《砾石之心》的道德和哲学视野。古尔纳在小说中选取的两部戏剧，学术界均将其定义为悲喜剧。所谓悲喜剧并非悲剧与喜剧的简单叠加，也不是滑稽因素与悲剧式体悟的混合。它归根结底是一种新型的喜剧艺术，是传统喜剧的发展与升华，强调对悲剧性情感、事物的喜剧化表达①。契诃夫曾说："在生活里……一切都是掺混在一起的——深刻的或浅薄的，伟大的与渺小的，可悲的和可笑的。"②现实生活中悲剧性与喜剧性的交错现象，为作家、艺术家提供了无限生动的审美对象和驰骋才能的广阔天地。鲁迅在《再论雷峰塔的倒掉》中写道："悲剧将人生的有价值的东西毁灭给人看，喜剧将那无价值的撕破给人看。"③《砾石之心》中所展示出的人生百态，悲喜交错，体现了人类社会生活

---

① 董晓：《试论契诃夫两大戏剧体裁之关系》，《俄罗斯文艺》2010年第4期，第14页。
② 叶尔米洛夫：《契诃夫传》，张守慎译，北京：人民文学出版社，1960年，第101页。
③ 鲁迅：《鲁迅全集》（第一卷），北京：人民文学出版社，1981年，第297页。

的日常面貌。本文将结合文本，探讨该小说中对《一报还一报》和《樱桃园》的戏仿，以期深入了解这部小说的主旨。

# 一、戏仿

戏仿是西方文学理论中一个重要的概念。戏仿（Parody），又译作戏拟、仿拟，在西方文学理论中是一个关于文学技巧的概念。戏仿这一概念是从古希腊关于艺术本质的模仿说演变而来。柏拉图将客观世界的本质定义为理式，亦即理念。因此，柏拉图将艺术本质理解为："艺术只能模仿幻象，见不到真理（理式）。"①尽管柏拉图对艺术的定义是将艺术贬低化，但我们可以确定艺术的手段主要就是模仿，无论模仿的是真理还是理念。亚里士多德对艺术本质也做了定义："史诗和悲剧、喜剧和酒神颂以及大部分双管箫乐和竖琴乐——这一切都是模仿。"②这种模仿是对原作品的尊敬，在模仿中文本有所改变，其所产生的阅读效果也是正常的。

而戏仿从创作心理、创作过程以及读者接受来看，和模仿都相去甚远。这还是要从古希腊说起，在这一时期已经出现了戏仿的作品。但是，古希腊的典籍也有失传的问题。一些探讨戏仿的专著已经指出，由于缺乏这一时期的资料，对这一时期戏仿的研究大多是概要性的，非常简略。亚里士多德在《诗学》第二章提到了戏仿的第一位作者赫格蒙以及其他人③。

到了古罗马时期，戏仿的内涵有所丰富，也有了一定的变化，但和古希腊时期没有太大的差别。昆体良将戏仿定义为转变韵律和改变一些词语的中性形式。一直到中世纪，戏仿的创作实践和理论都没有变化和发展。中世纪的戏仿开始指向宗教文本，学习圣经故事的幽默叙述风格。这一影响直到文艺复兴时期依然

---

① 朱光潜：《西方美学史》，北京：人民文学出版社，2002 年，第 43 页。

② 亚里士多德：《诗学》，罗念生译，上海：上海人民出版社，2006 年，第 17 页。

③ 玛格丽特·A.罗斯：《戏仿：古代、现代与后现代》，王海萌译，南京：南京大学出版社，2013 年，第 255 页。

存在。文艺复兴时期，虽然戏仿的题材还大多局限于《圣经》这样的宗教文本，但戏仿的理论内涵有了新的内容。如但丁的《神曲》虽然戏仿宗教文本，但其具有的批判功能已经大大丰富了戏仿理论，这为后世的理论家提供了文本，来讨论戏仿的批判社会功能。塞万提斯的《堂吉诃德》是第一部具有现代意义的戏仿作品。这部作品无疑极大地丰富了戏仿的层次和理论特征，为后世作品提供了一个典范，也为后世理论家对戏仿的理论探讨和挖掘提供了基础。从《堂吉诃德》就可以看出，戏仿和其他美学概念如反讽、讽刺、嘲笑等相互联系、相互融合，呈现出你中有我、我中有你的态势。

戏仿进入现代时期的标志是俄国形式主义的出现。俄国形式主义对后世的文学理论影响颇大。俄国形式主义之后，对戏仿理论有重大推动作用的是米哈伊尔·巴赫金。俄国形式主义将戏仿提到文学本质的高度，并将其理论化，巴赫金将戏仿提高到哲学层面。戏仿通过文学反映了世界的本质。巴赫金指出："对于中世纪的戏仿者来说，一切都是毫无例外的可笑，诙谐，就像严肃性一样，是包罗万象的：它针对世界的整体、针对历史、针对全部社会、针对全部世界观。这是关于世界的第二种真理，它遍及各处，在它的管辖范围内什么也不会被排除。"[①]在巴赫金看来，戏仿包含了一切的话语，而话语可以反映世界的本质，因而戏仿也就包含了世界。西方学者已经指出，说话就是一种模仿，而文学只不过是我们说话的一种方式。小说的话语就是融汇了社会语言的复杂话语，小说的文体、类型也是融汇了社会语言的文体和类型。巴赫金把戏仿看作对话和双重声音的形式。戏仿的话语成了两种声音进行斗争的竞技场，是两种声音的斗争性融合。两种声音存在距离，相互激烈地反对，但又完美地存在于一个文本之中。巴赫金还谈到戏仿具有不同的种类。戏仿的话语是变化的，一个人可以戏仿另一个人的风格，也可以戏仿另一个人看待社会的态度、思考和说话的态度；戏仿的深度也是不同的，可以戏仿表面的形式，也可以戏仿非常深刻的话语法则。更进一步，作者使用戏仿话语的方式也是不同的，在态度

---

① 巴赫金：《巴赫金全集》（第六卷），李兆林、夏忠宪等译，石家庄：河北教育出版社，1998年，第97—98页。

上有尊重的和攻击的，在表现方式上有显现的和隐在的①。戏仿就是作者使用另一个人的话语表达他自己的目的。

巴赫金以拉伯雷、陀思妥耶夫斯基的文学实践为主要对象，系统地阐释了戏仿的复调性与风格化。戏仿的概念还在不断丰富和扩大。戏仿的概念尽管仍无法确定，但可以建立一个完整而全面的意义系统，将随着文学文本和理论的发展而不断完善。法国批评家克里斯蒂娃结合巴赫金的文论，第一次指出了互文的现象，即"任何文本的建构都是引言的镶嵌组合；任何文本都是对其他文本的吸收与转化"②。戏仿是互文手法的一种。从广义上来讲，互文性是一切文学作品的重要特征，因为一切文本都是源自先前存在的文本。

巴赫金的理论通过考察文本间的对话关系，把过去、现在、未来贯通起来，把不同的民族文化贯通起来，把不断嬗变的学派贯通起来。他的分析表明：交往互补是必需的，但结果不是融合而是各自充实、交锋；借鉴和吸纳是必由之路，但目的全在于创新——产生新的文本③。巴赫金曾说过："一般说来，戏剧，很可惜，总是被独白化的。在剧院里，多声性、不同声音和它们世界的同等价值，从来没有出现过。"④戏剧在展现作品复调性上存在一定局限，在《砾石之心》中，古尔纳将戏剧文本融入自己的小说文本，在原有的基础上创新，通过创新产生新的文本，使用另一个人的话语来表达自己。巴赫金在自己的著作里同样引入了长远时间的概念。因为在长远时间里，任何东西都不会失去其踪迹，一切都面向新生活而复苏。在新时代来临的时候，过去所发生过的一切，人类所感受过的一切，会进行总结，并以新的含义进行充实⑤。

---

① 查鸣：《戏仿在西方文学理论中的概念及其流变》，《山东社会科学》2012年第5期，第52页。
② 朱莉娅·克里斯蒂娃：《符号学：符义分析探索集》，史忠义等译，上海：复旦大学出版社，2015年，第87页。
③ 白春仁：《巴赫金——求索对话思维》，《文学评论》1998年第5期，第101—108页。
④ 巴赫金：《巴赫金全集》（第四卷），白春仁等译，石家庄：河北教育出版社，1998年，第425页。
⑤ 巴赫金：《巴赫金全集》（第四卷），白春仁等译，石家庄：河北教育出版社，1998年，第413页。

## 二、《砾石之心》对《一报还一报》的戏仿

古尔纳借鉴了莎士比亚的基本情节和关键人物——卑鄙下流者的求欢，执法者的伪善伎俩，拿自己的贞操去换兄弟性命的弱势女性，但加入了莎翁戏剧中无法对应的两个人物——主人公萨利姆（Salim）和其父亲马苏德（Masud）。莎翁的《一报还一报》通常被定义为介于喜剧和悲剧之间的"问题剧"。《砾石之心》则给读者描绘了一个更为鄙俗的世界，一个黑人所要面对的非常真实残忍的世界。《砾石之心》不仅展现了坦桑尼亚的法治、公正等问题，还有外界对黑人的曲解和迫害。对比《一报还一报》，古尔纳的这部小说更接近悲剧。在莎翁的戏剧中，恶人得到惩治，罪不至死的人得到救赎；而《砾石之心》中的反英雄叙事则让读者看到历史洪流中小人物的悲剧命运。

《一报还一报》中，维也纳公爵决定离城外出一段时日，于是指定安哲鲁为代理执政官，在自己离开期间管理城邦。当地一名年轻人克劳迪奥同未婚妻朱丽叶发生关系，致其怀孕。安哲鲁决心动用废弃已久的严峻刑法，以惩治纵欲行为。按照法律，克劳迪奥要被处死。克劳迪奥的姐姐伊莎贝拉是一位见习修女，她被克劳迪奥的好友路西奥说服，为救弟弟去向安哲鲁求情。见到美貌的伊莎贝拉，安哲鲁产生了邪念，许诺可以释放克劳迪奥，条件是伊莎贝拉委身于他。伊莎贝拉拒绝了安哲鲁，并告诉弟弟，她必须保持自己的贞操，所以他必须赴死。公爵伪装成一名神父留在城中，暗中观察安哲鲁的执政情况。他说服伊莎贝拉假意依从安哲鲁的要求，然后将和安哲鲁幽会的女性换成玛丽安娜。后者曾是安哲鲁的未婚妻，因嫁妆不够，被他抛弃。事后，安哲鲁背弃对伊莎贝拉的承诺，仍然计划对克劳迪奥实施死刑。不过公爵从中斡旋，安哲鲁的计划未能得逞。公爵假扮神父来到狱中，准备替克劳迪奥找一名合适的替死鬼。在这出戏剧的第四幕第三场，出现了一个不同寻常的小角色巴那丁。巴那丁在狱中已经呆了九年，对自己杀人犯罪的事实供认不讳。但是他在狱中无任何悔罪表现，"他这个人认为

死亡不过是酒醉后的一场酣睡；对于过去、现在和未来，他毫不在乎，无忧无虑，一点也不担心；他罪孽深重，对生死麻木不仁"[1]。小说《砾石之心》的题目便出自公爵同巴那丁的对话。死刑当日巴那丁喝了一夜的酒，未作忏悔。当时人们认为，未作忏悔而死去的人，其灵魂不得永生。公爵看着巴那丁，忍不住感叹："死活都不合适，真是铁石心肠！"[2]

2017年，古尔纳接受采访时谈到小说题目的来源，他回答："'砾石之心'就是铁石心肠，心硬如石。有一颗砾石之心，就是冷酷无情，没有同情心。"2019年，阿努帕玛·莫汉和斯雷亚·M.达塔问及古尔纳选用莎士比亚《一报还一报》的意图时，古尔纳回答：

在我看来，这部以回忆为核心主题的小说中，题词本身就已经说得很清楚了。我喜欢它所提供的神秘而权威的建议，如果要详细阐述的话，反而会限制它的意义。《一报还一报》在某些方面也是一部神秘的剧作，但最重要的是，它讲述了正义言辞的滥用，用于自我满足。从这个意义上说，它是苏菲警告的反面，是小说所探讨的硬币的另一面。我想象小说中呈现的亲密关系，是一个持续的交流和协商过程。[3]

《砾石之心》中的埃米尔和《一报还一报》中的克劳迪奥相对应。克劳迪奥害怕死亡，对死后的世界倍感恐惧，他宁愿面对令人厌恶的尘世生活的折磨：衰老、病痛、贫穷和牢狱，也不愿坦然赴死。克劳迪奥得知姐姐伊莎贝拉如果同意委身于安哲鲁，牺牲自己的贞洁，他就能免于死刑的惩罚，于是恳求伊莎贝拉为自己牺牲，让自己活下去。他向姐姐哀求："亲爱的姐姐，让我活下去。为了挽救弟弟的性命犯下的罪，上天可会将之赦免，让罪恶变成美德。"[4]

---

[1] 莎士比亚：《一报还一报》，彭发胜译，北京：外语教学与研究出版社，2016年，第78页。

[2] 莎士比亚：《一报还一报》，彭发胜译，北京：外语教学与研究出版社，2016年，第82页。

[3] Anupama Mohan, Sreya M. Datta, "Arriving at Writing": A Conversation with Abdulrazak Gurnah, *Postcolonial Text*, 2019, 14(3-4), p. 5.

[4] 莎士比亚：《一报还一报》，彭发胜译，北京：外语教学与研究出版社，2016年，第59页。

埃米尔则处于和克劳迪奥类似的处境中：埃米尔同副总统的女儿阿莎（Asha）发生关系，被阿莎的哥哥哈吉姆（Hakim）拘押监禁。埃米尔同克劳迪奥一样，也有一个美貌的姐姐赛义达（Saida），不同的是赛义达已婚已育，组建了自己的家庭。赛义达和丈夫马苏德前去请求哈吉姆放出自己的弟弟时，哈吉姆垂涎她的美貌，想将她据为己有。后来赛义达单独找哈吉姆，他丝毫不掩饰自己的私欲，并告诉赛义达他能动用手中的权力将哈吉姆放出来，只要赛义达屈从于他。赛义达一开始严词拒绝，虽和已准备将自己的一生献给修道院的伊莎贝拉不同，赛义达有了妻子和母亲的身份，她仍坚持不带给自己的丈夫和儿子羞耻。但手握大权的哈吉姆似乎洞悉人心，他步步紧逼：

哈吉姆又向前倾了倾，带着一种戏弄的愉快微笑着。"我认为你会是个有道德的女人，你刚刚说的话名副其实。我无意伤害你或羞辱你。我渴望得到你，但我不想贬低你。我要你把你的身体交给我，仅此而已。如果你想救出你的兄弟，你别无选择，只能照我说的去做。几年前，你父亲被当作叛徒枪杀，你的兄弟也早已被怀疑，此外他还虐待了一名未成年人。你必须明白，除了按我要求的去做，没有什么能救他。没有人会干涉这件事，即使是副总统也不会，因为他们会看到，作为兄弟，我有权对此事做出最后决定。我会给你几个小时考虑这件事，我会安排你在我们这里谈话后去看你的兄弟，这样你就可以看到他很好，毫发未伤……但是，我想在明天前得到你的答复。至于羞耻，我会尽一切努力谨慎地安排事情，这样你和你的家人就不会感到尴尬。我想让你明白，我不想伤害或羞辱你。"①

在哈吉姆的安排下，赛义达终于见到了自己的弟弟。赛义达向弟弟讲述了哈吉姆的要求，埃米尔先是忍不住咒骂了一句："噢，真是个下流坏子！"他沉默了一会儿，思考着姐姐说的话，然后问赛义达："你会这么做吗？"赛义达忍不住为埃米尔的铁石心肠惊呼："噢，埃米尔，你的心就是块石头。"②埃米尔像克劳迪奥一样，请求姐姐为自己牺牲：

---

① Abdulrazak Gurnah, *Gravel Heart*, London: Bloomsbury, 2017, p. 239.

② Abdulrazak Gurnah, *Gravel Heart*, London: Bloomsbury, 2017, p. 243.

"他们会在这里伤害我，"他恳求道，"他们可能把我关在这里几十年……或者更糟……甚至会杀了我。你不知道那个人有多冷酷无情。救一个兄弟的性命有什么错？不管他怎么想，你都可以说你在做一件高尚而勇敢的事情，为拯救你兄弟的生命。"①

当赛义达问埃米尔应该如何向自己的丈夫马苏德交代时，埃米尔露出了胜利者的微笑，他觉得马苏德不用知道。通过埃米尔同姐姐的对话，古尔纳展现了小说中不同人物的性格，再现生活的复调本质。古往今来，无论何时社会上都存在着像埃米尔这样的人，他们善于钻营，以遵循不平等的社会规则为荣，牺牲他人成就自己，铁石心肠，对他人没有同情心。

古尔纳在这里展现了人性的不可改变。福斯特在《小说面面观》中写道："人类本性不可改变，这种不变的人性接连不断地生产出散文体虚构作品，而小说的发展，也蕴含了人性的发展。"②走投无路的赛义达最终还是救埃米尔心切，委身于哈吉姆。哈吉姆并未像安哲鲁那样食言，他放出了埃米尔，阿莎和埃米尔后来也结为夫妻，埃米尔也因此进入外交部工作，事业平步青云。但以此为代价的是主人公萨利姆整个家庭的破碎：父亲不堪这份屈辱，搬出家去；萨利姆从小就知道自己的家庭似乎隐隐地笼罩在阴霾里。多年后，埃米尔准备将萨利姆带往英国学习，萨利姆通过房间墙上的小孔听到舅舅同母亲的对话。他听到埃米尔舅舅莫名地大笑："你自己做得也不是太差。"这时赛义达已经有了哈吉姆的孩子，因为哈吉姆的帮助，她在独立后社会混乱的坦桑尼亚也有了一份稳定的工作。埃米尔在这场事件中表现出来的铁石心肠，展现了人性的丑恶和自私；哈吉姆倚仗权势，逼迫弱势女性的行为，反映了坦桑尼亚革命后混乱的社会秩序和法律体系，以及无权无势的平民百姓别无选择的艰难处境。

---

① Abdulrazak Gurnah, *Gravel Heart*, London: Bloomsbury, 2017, p. 243.

② E. M. 福斯特：《小说面面观》，杨淑华译，北京：人民文学出版社，2021 年，第 133 页。

# 三、《砾石之心》对《樱桃园》的戏仿

契诃夫的剧本里有许多悲剧性的东西，但不是用悲剧形式表达出来的，而是和一些偶然的、荒谬的、因而也是可笑的事物糅合在一起。叶尔米洛夫指出："世界文学史上还没有一个人像契诃夫这样深刻地挖掘过幽默的宝藏，展现了它的数之不尽的种类、形式和细致入微的色调。契诃夫是伟大的探险家，他在喜剧性的广袤无垠的大陆上发现了许多新的国土和领域。呈现在喜剧形式里的悲伤的内容和包藏在正剧，甚至悲剧形式里的喜剧内容——这两种生活的和美学的矛盾，无可抗拒地吸引了契诃夫，从他的少年时代起，直到他生命尽头。"[1]契诃夫所处的社会是腐败的社会，他看到，主宰这个社会的是一群极其愚蠢的压迫者，他们带有荒谬可笑的特性，但是，从更高的历史视角来看他们，他们又是很值得怜悯的，带有悲剧性。因此，要反映当时的社会真实，就必须反映悲剧性和喜剧性的交叉。

就这方面说来，契诃夫和莎士比亚很接近，在莎士比亚的作品里，悲剧因素也和喜剧因素结合在一起[2]。古尔纳在《砾石之心》中选择这两部戏剧作为戏仿对象，有其独特用意。他进一步发展了这两位大家悲喜结合的创作特点，展现了流散在外的黑人疲惫、倦怠、伤感的生存状态。多年后，萨利姆在英国国家大剧院观看《樱桃园》时，同剧中人物产生了强烈的共情。《樱桃园》是契诃夫在身体无比虚弱之时写下的"天鹅之歌"，学界对《樱桃园》的悲喜定义颇有争议。剧中樱桃园的易主、砍伐，既象征着当时俄国社会阶级的新旧更替，也代表着人类对美丽事物的不舍告别，一种复杂而无法言说的忆旧情感。

---

① 叶尔米洛夫：《论契诃夫的戏剧创作》，张守慎译，北京：中国戏剧出版社，1985年，第243页。
② 叶尔米洛夫：《论契诃夫的戏剧创作》，张守慎译，北京：中国戏剧出版社，1985年，第241页。

《砾石之心》中，萨利姆也处在坦桑尼亚刚独立，社会非常混乱腐败的时期，掌握权力的哈吉姆和尤素福（Yusuf）以剥夺他人、损害他人来满足自己的私欲。更多的坦桑尼亚平民就像萨利姆一家一样，只求在那个艰难的社会平安无事，不想伤害任何人，也绝不想招惹任何人，但是他们却在社会中无法生存。他们愈想讨好社会，社会愈是愚弄他们。他们的命运史是在可笑的形式中发展的悲剧史，他们既使人憎恶，又使人同情、使人沉重，令人说不清他们的哪些行为是属于喜剧性的，哪些行为是属于悲剧性的。

小说中，成年后的萨利姆在英国国家大剧院观看《樱桃园》时，剧中人物击中了他内心。他随着剧中人物一起哭泣：

在最初的几分钟里，我沉浸在戏剧中，对话的悲怆和美丽的舞台布景和灯光迷住了我。瓦妮莎·雷德格瑞夫饰演柳鲍芙·安德烈耶夫娜·郎耶夫斯卡那，科林·雷德格瑞夫饰演她喋喋不休的哥哥加耶夫。哥哥和姐姐扮演剧中的哥哥和姐姐，但他们演得非常好。不知从哪儿冒出来的柳鲍芙·安德烈耶夫娜痛苦地说："要是我能卸下这重担，要是我能忘记我的过去就好了，我感到我的眼睛因为中年母亲哀悼她的孩子而痛苦地刺痛。"人类的悲伤似乎总是建立在对过去的悔恨和痛苦之上，无论时间、地点和历史如何变化，都不会发生太大的改变。后来，在她讲述自己背叛丈夫和失恋的故事时，我为她哭泣。戏剧最后，罗巴辛的工作人员砍伐果园时，我知道斧头砍进樱桃树的声音会一直萦绕在我的脑海里，就好像这些敲击是对我自己身体的一种暴力。三个小时很快就过去了，最后我站了起来，和其他人一样，热烈鼓掌。①

《樱桃园》中的女主人公柳鲍芙·安德烈耶夫娜背弃自己的丈夫，投向另一个男人的怀抱，儿子在一场事故中溺亡。在剧中，她曾两次为儿子的死亡而深深懊悔。台上的柳鲍芙无比痛苦地忏悔，要是能把这个重担卸掉就好了，要是能忘

---

① Abdulrazak Gurnah, *Gravel Heart*, London: Bloomsbury, 2017, p. 134.

记过去就好了。这位中年母亲的演绎打动了萨利姆，在这里，他可能希望看到母亲能对自己有所忏悔，心中也埋下了对过去事物的告别。

赛义达从未和儿子坦诚交流这件事，她的心可能也从丈夫坚决离开自己的那一刻凋零。但是从萨利姆的只言片语中，读者可以发现母亲内心对这种生活感到无比矛盾：赛义达的公寓刚装上电话时，她其实不喜欢接哈吉姆打来的电话。这也影响到了萨利姆，他也很讨厌接打电话。赛义达离世时只有53岁，年龄并不大。和萨利姆来往的书信中，她也从未告知过他自己的疾病，只是说医生什么都查不出来，让他一切放心。她一生都活在忧思之中，但不想给自己的孩子带来担心。小说中，母亲的声音很少，最后事件的还原也只是男性的重新叙述和猜测。我们没有听到赛义达像柳鲍芙那样在舞台上哭泣忏悔，只能凭想象走进这位母亲苦难的内心。

通过戏仿契诃夫的《樱桃园》，古尔纳还传达了另一层意思：沟通的不可能性。焦菊隐在《樱桃园》的译后记中写道："荒凉的夜晚，各人怀各人的忧郁，自私，人类灵魂之无法沟通，矛盾之增强。"[①]《砾石之心》与《樱桃园》中的悲剧性与喜剧性重合的人物，大多属于非崇高性质的悲喜二重组合形态。古尔纳或契诃夫笔下的人物都是非常平凡的人，他们的悲剧，用鲁迅的话说，都是"几乎无事的悲剧"。他们一生一世都是忙人和诚实人，这不是很可爱吗？然而，他们却在忙碌中消磨着生命，造成几乎无法觉察的悲剧。这种悲喜组合体，不带任何英雄色彩与崇高特性，但往往带有更高、更典型的意义。小说中的人物并不是在"对话"，很多时候他们往往在自言自语。萨利姆在英国时，有很多未曾寄给母亲的信。哪怕是寄出的信，萨利姆也美化了自己在英国生活时的真实感受。他寄出的信都经过自我审查，远在坦桑尼亚的母亲也从未如实向萨利姆讲述发生的一切。

《砾石之心》中"沟通的不可能性"让人触目惊心，亲人之间的交流因为权力和贪欲的阻碍，也不再诚实，拒绝敞开心扉坦诚交流，所谓的爱在权力的重压下也变得脆弱。2013年，古尔纳接受蒂娜·施泰娜的采访时回答，写《砾石之

---

① 安东·巴甫洛维奇·契诃夫：《万尼亚舅舅·三姐妹·樱桃园》，焦菊隐译，上海：上海译文出版社，2014年，第280页。

心》的灵感来自于自己在桑给巴尔的母亲去世，因为自己在英国布莱顿，三天后才知道母亲离世的消息，一切祷告完成后也未能赶上母亲的葬礼①。这件古尔纳亲历之事是《砾石之心》的灵感之一。蒲安迪有言，自传体的写作背后的动机都和悔恨有关，带有内省自己往事的反讽意味。

萨利姆在母亲葬礼结束后回到坦桑尼亚，在和阔别多年的父亲交谈后表达出自己这几年无所作为、无处可归的迷茫和悔恨，甚至展示出绝对的悲观主义论调。萨利姆无法说服自己靠着哈吉姆的施舍获得一份稳定工作，他内心的尊严感让他无法留在桑给巴尔岛。父亲问他是否想留下来，他犹豫了一下，转换了话题，同父亲讲述自己在英国遇到的朋友和爱人。如果我们留心一下日常生活中的现象，就会发现，大多数人在表示最痛苦最难以启齿的心绪时，往往只会说出最少的言语，甚至说出极不相干的言语。萨利姆向父亲总结了自己毫无意义的前半生："这些年我什么都没有做，我也不知道我为什么要回去。但我还是要回去，继续过自己那个不完整的人生，直到命运给我带来些什么。"但父亲马苏德告诉萨利姆，他还可以爱别人，找到人生的意义和价值。

萨利姆17岁时离开桑给巴尔岛，前往英国读书后，萨利姆的爷爷马林·叶海亚（Maalim Yahya）回到坦桑尼亚，把马苏德接往吉隆坡。马林是吉隆坡的一所大学的学者，在空余时间用自己的钱开办孤儿院，给孩子们提供免费的基础教育。马林不仅研究伊斯兰教义，还施舍济贫、善待孤儿。马苏德也投身于父亲的慈善事业中，并在帮助他人中慢慢忘记了自己的伤痛：

远离了在坦桑尼亚经历的失望和羞耻，我开始感到我的活力又回来了。我已经习惯了一种感觉，那就是我所遭遇的一切和我所做的一切都没有得到解脱或赦免，但在吉隆坡，我感觉到另一些事的开始。

我在吉隆坡收获到的是，我父亲不仅信仰宗教，而且信仰人。②

① Tina Steiner, "A Conversation with Abdulrazak Gurnah", *English Studies in Africa*, 2013, 56(1), pp. 157-167.
② Abdulrazak Gurnah, *Gravel Heart*, London: Bloomsbury, 2017, p. 249.

《砾石之心》中每个主要人物都是从一个特别的侧面看待世界的，对世界的描绘也是从这个视角进行的。各视角间形成复调小说的对话性。小说结构的所有成分之间都存在着对话关系，如同对位旋律一样相互对立着。正如巴赫金所说，对话关系这一现象，比起结构上反映出来的对话中人物之间的对立关系，含义要广得多；这几乎是无所不在的现象，浸透了整个人类的语言，浸透了人类生活的一切关系和一切表现形式，总之是浸透了一切蕴涵着意义的事物。①小说展现了一种生活的荒芜底色，生活中的荒芜惆怅一直徘徊在那里，作为一个大背景在那里存在着。但小说并不想传递出虚无主义，主人公们的自白、同他人的对话，展现出了一种不屈服的存在主义哲学。小说中人物的悲剧因素都不带崇高性质，或者说，都不带英雄的特性和伟大的特性。但是，这并不是说，在他们身上毫无价值可言。他们的性格带有悲剧因素，正是因为他们生来就具有一种最基本的价值，这就是人的价值，但他们的这种非常神圣的价值，被不合理的社会力量撕毁了。而且，他们纵然不幸成为世界的戏子，自我作践或被他人作践，却仍然保持着人的某些品质。

## 结　语

在《砾石之心》中，古尔纳主要以莎士比亚的《一报还一报》和契诃夫的《樱桃园》作为文本内容的戏仿对象，反映了对社会、人性和人生之间错综复杂的关系的洞视与批判，对黑暗社会中反常的性欲、扭曲的价值观进行毫不留情的暗讽。小说中，萨利姆最终因为母亲去世回到坦桑尼亚，父亲马苏德得知消息后也回到家乡，一家人最终以这种方式团聚。《砾石之心》是向过去告别的作品，书中的人物对过去并没有明确的态度，他们逃避、沉默，可是要生活下去，就无法掩盖过去。古尔纳在《砾石之心》中告诉我们，并非只有大吵大闹才会产生矛盾和隔阂，观察生活和周遭的世界就会发现，所谓的平静也同样让人无所适从。

---

① 巴赫金：《巴赫金全集》（第五卷），白春仁、顾雅玲译，石家庄：河北教育出版社，1998年，第54页。

对于小说中展现出的绝望感，作者没有采取克服或者打败的手法，而是接受和适应。对于小说中的主人公来说，绝望感仿佛是身体上一直存在的一个器官，人们无法战胜这个生而有之的东西，只能接受和适应。古尔纳的这部小说抛弃了惊心动魄的戏剧冲突，呈现了流散在英国的黑人生活，虽然没有那么深刻，但是契合他们的生存状态——一种无所事事的悲哀。小说表现生活本身的进程，而不是单纯地创造个别鲜明的人物形象，读者在阅读过程中会体会到某种无可奈何的生活之流。抛开他们的肤色、他们的信仰、他们身上背负着的沉重秘密，他们和其他人种一样，想爱想被爱，意图追索人生的终极意义。

（文/上海师范大学 杜冰蕾）

第四篇

莫耶兹·瓦桑吉
小说《赛伊达的魔法》中的历史重构

莫耶兹·瓦桑吉

Moyez Ghulamhussein Vassanji, 1950—

# 作家简介

莫耶兹·瓦桑吉（Moyez Ghulamhussein Vassanji，1950— ）是当代最负盛名的作家之一，同时也被誉为非洲英联邦的文学英雄。瓦桑吉于 1950 年出生于肯尼亚内罗毕，成长于坦桑尼亚的达累斯萨拉姆，后在内罗毕大学求学。因表现优异，瓦桑吉在 20 世纪 70 年代先后前往美国麻省理工学院以及宾夕法尼亚大学攻读核物理专业。1990 年，他移民至加拿大多伦多定居并放弃物理学术研究，全身心地致力于他所喜爱的文学创作，并在该领域大放异彩。瓦桑吉自开始写作以来著作颇丰，目前共出版了 8 部小说、2 部短篇故事集以及 1 本回忆录，且获得了多项大奖。其中，以坦桑尼亚和肯尼亚为背景的处女作《麻袋》（*The Gunny Sack*, 1989）获得 1989 年英联邦作家奖（Commonwealth Writers Prize），《秘密之书》(*The Book of Secrets*, 1993) 和《维克拉姆·拉尔的中间世界》( *The In-Between World of Vikram Lall* , 2003) 分别获得了 1994 年和 2003 年的吉勒小说奖（Giller Prize for Fiction）。瓦桑吉作品中的历史背景与人物形象都与他的生活息息相关，大多以肯尼亚、坦桑尼亚的殖民历史为背景。此外，他的作品主要聚焦于居住在东非但具有多重身份的群体，反映出东非各国多元种族社会的性质，为东非英语文学文化的发展做出了重要贡献。

## 作品节选

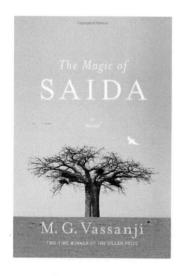

《赛伊达的魔法》
（*The Magic of Saida*,2012）

"The sea holds many secrets, you understand? Kilwa is an old town. Slaves were brought here, from the south. Many died. Others? sent off to Zanzibar, Bagamoyo, Arabia, India. Know this. Those are the bones of our ancestors." So she told him. Know this. Eyes fixed into his. But before she said "India" she had drawn a long breath. There were African slaves in India? Slaves everywhere?[1]

That so much of our history lies scattered in fragments in the most diverse places and forms —— fading memories, brief asides or incidentals in a book and in archives —— is lamentable, but at least they exist. All we need do is call up the fragments, reconfigure the past.[2]

"大海蕴藏着许多秘密，你明白吗？基尔瓦是一个古老的城镇。大量的奴隶从南方被带到这里。许多死了。其他呢？有的被送往桑给巴尔、巴加莫约、阿拉伯，甚至印度。记住这一点。那是我们祖先的骨头。"她紧紧地盯着他。但在她说出"印度"之前，她深吸了一口气。印度也有非洲奴隶吗？到处都有非洲奴隶吗？

我们的历史有那么多碎片散落在不同的地方以及形式中：褪色的记忆、简短的旁白，书中和档案中的偶然记录。这是可悲的，但至少它们是存在的。我们所要做的就是整合碎片，重构过去。

（尹欣怡／译）

[1] M. G. Vassanji, *The Magic of Saida*, New York: Random House, 2012, p. 50.
[2] M. G. Vassanji, *The Magic of Saida*, New York: Random House, 2012, p. 131.

**作品评析**

# 《赛伊达的魔法》中的历史重构

## 引 言

莫耶兹·瓦桑吉被誉为加拿大当代最负盛名的作家之一，其作品多聚焦于生活在东非，而后再次移民至美国或加拿大的印度移民，侧重于殖民历史、种族差异、散居意识、归属感等方面的书写。瓦桑吉于1950年出生在肯尼亚的内罗毕，后因家庭原因搬迁至坦桑尼亚的达累斯萨拉姆。他在内罗毕大学学习期间，获得了前往美国深造的机会，之后移民加拿大，开始了其写作生涯。瓦桑吉丰富的人生经历和多重身份帮助他形成了深刻而多维的思想。他经常关注边缘化的个体，并且探究其生活和身份如何被影响，历史怎样影响和塑造现实，以及个人历史和公共历史如何重构等问题[①]。通过非洲亚裔记忆的再现，瓦桑吉试图重现殖民以及种族问题给非洲人所带来的殖民创伤和身份矛盾。

通过个体碎片化记忆的拼凑，《赛伊达的魔法》建构了一幅关于个人、家庭甚至国家历史的宏大画面。这本小说以主人公卡迈勒·旁遮普（Kamal Punja）的视角，为读者展现了东非沿海地区基尔瓦的风貌，生动地描述了一个具有多重身份的男孩在非洲动荡的历史时期中的曲折经历。本文通过对《赛伊达的魔法》的分析，让读者了解瓦桑吉所重构的基尔瓦奴隶贸易以及德国殖民这一段充满

---

① Amin Malak, "Ambivalent Affiliations and the Post colonial Condition: The Fiction of M. G. Vassanji", *World Literature Today*, 1993, 67(2), pp. 277-282.

痛苦的民族历史，从而揭示这段历史给东非弱势群体所带来的殖民创伤以及身份矛盾。通过《赛伊达的魔法》这部小说，瓦桑吉模糊了文学写作与历史写作的界限，用虚构文本唤醒人们的历史意识，从而接近历史真相，拒绝遗忘。

## 一、历史真相与文本重构

新历史主义强调历史的多元性和碎片性。在新历史主义学者海登·怀特看来，历史是一堆"素材"，而对素材的理解和连缀就使历史文本具有了一种叙述话语结构[1]。瓦桑吉的《赛伊达的魔法》在总体上呈现出时间和情节的碎片化特征。叙述者常常在叙述中通过回忆片段穿梭于过去与现在之间，还任意安排了多重线索以及跳跃式的叙述，巧妙地将主人公及其家庭中复杂曲折的故事整合在支离破碎的叙事时间中。正如叙述者借助主人公卡迈勒所指出的："我们的历史有那么多碎片散落在不同的地方和多样的形式中：褪色的记忆、简短的旁白，或书中和档案中的偶然记录。这是可悲的，但至少它们是存在的。我们要做的就是挑出碎片，重构过去。"[2]由此，借助于散落在历史中的碎片，瓦桑吉在《赛伊达的魔法》中展现了个人与民族历史的复杂画面。

瓦桑吉对历史的重建是以尊重历史为前提的，他不会为了创作小说而歪曲历史事实。因此，在写每一部作品之前，他都会广泛地浏览历史文献，甚至深入当地请教有类似经历的老人，以便创造出符合历史事实的细节和人物。正如他在一次采访中所说：

我必须研究坦噶尼喀抵抗德国殖民主义的细节。这个国家的伊斯兰教，包括被称为苏非派或塔利卡的民粹主义版本……我还查阅了纽约朔姆伯格黑人文化研

---

① 朱立元：《当代西方文艺理论》，上海：华东师范大学出版社，2014 年，第 358 页。
② M. G. Vassanji, *The Magic of Saida*, New York: Random House, 2012, p. 131.

究中心图书馆的报纸档案，访问了坦桑尼亚的基尔瓦，在那里我看到了一些古老的坟墓，并遇到了一位药师。我在网上订购了相当多的书。[①]

瓦桑吉对待历史严谨态度使得《赛伊达的魔法》具有一定的历史真实性，但这部小说更像一部精心编织的叙事故事集，通过坦桑尼亚出版商马丁·基戈马（Martin Kigoma）对主人公卡迈勒记忆的复述而巧妙构建。

在序言中，叙述者以神秘的语调，小心翼翼地提到了存在于卡迈勒记忆深处的"金吉基蒂勒"。通过小说的进一步发展可以得知，"金吉基蒂勒"不仅指代卡迈勒的初恋赛伊达，而且暗示了德国殖民与东非人民反抗的血泪历史。由此可见，在小说的开端，文本与历史之间和谐的交融关系就得到了充分的展现。"金吉基蒂勒就像学校里的每个孩子都知道的那样，是一个人的名字，这位先知在一个世纪前领导了当地人反抗德国殖民统治的伟大的神水之战。"[②]这里的"神水之战"在西方话语主导的历史记载中被称为"马及马及叛乱"，是坦桑尼亚反抗德国统治者蔓延最远且扬名最广的起义。在小说中，瓦桑吉借助卡迈勒父亲一族的记忆，展现了德国在坦桑尼亚的殖民历史，并且从受压迫者的角度讲述了殖民扩张的残酷性、破坏性以及对当地土著身心造成的巨大创伤，从而谴责了殖民扩张当行为。

在《赛伊达的魔法》中，诗人奥马里（Omari）根据亲身经历而写的诗集《即将到来的现代》（*Composition of the Coming of the Modern Age*），讲述了19世纪末的一段"瓜分东非"的历史。祖先旁遮普·德夫拉杰（Punja Devraj）在19世纪末从印度来到东非，后被任命为基尔瓦苏丹国的大使。他在此处亲眼见证了德国人暴力占领基尔瓦以及当地人民激烈的反抗。"两个德国军官着陆，带着全副武装的非洲民兵和大量的行李……苏丹国的绿色旗帜被德国士兵粗暴地扯了下

① Clarence Reynolds, "M.G. Vassanji: Interview", *Mosaic Magazine*, 2013, April 9[2021-10-25]. https://mosaicmagazine.org/m-g-vassanji-interview.

② M. G.Vassanji, *The Magic of Saida*, New York: Random House, 2012, p. 1.

来。"①当德国殖民者带着三船人马登陆基尔瓦的海滩时，当地的"叛乱分子"立即被追捕并被击毙，他们的尸体被摆放在博玛对面的鱼市上，武装部队"穿着靴子持枪进入清真寺"②。从以上这些言简意赅的文字中可以看出，征服者依靠残暴的武力进行袭击、掠夺和征服，而这只是历史上德国在坦桑尼亚殖民侵略的一个小小缩影。事实上，在19世纪末，德国殖民者否认并无视阿曼苏丹帝国对东非海岸和内陆地区的统治，无情地向阿曼苏丹重要领地桑给巴尔派遣军舰，迫使苏丹做出让步③。瓦桑吉在此批判了德国殖民者屠杀当地居民、掠夺土地和财产等残暴行为，这使得东非殖民地成为了一片更加黑暗、充满更多血泪的土地。

在殖民者的蛮横统治下，非洲土著从未停止反抗。一些顽强抵抗的非洲人拒不屈服，最终被残忍杀害，比如历史上反抗德军的姆克瓦瓦酋长。然而，也有些人因为极度的恐惧而逃避、退缩甚至屈服。在《赛伊达的魔法》中，瓦桑吉运用半真实半虚构的叙事手法，生动地重构了这两类人的历史肖像。旁遮普·德夫拉杰秘密策划了一场反抗起义，并说服尧族的首领哈桑尼·马孔甘尼亚（Hassani Makungania）作为领袖加入了他们。他们偷偷地从桑给巴尔订购武器和弹药，同时招募更多的起义人员，其中包括诗人卡里姆·阿卜杜勒卡里姆（Karim Abdelkarim）以及赛伊达的祖父奥马里·本·塔米姆（Omari be Tamim）。然而，奥马里无意中向德国士兵透露了起义计划，这一疏忽导致了密谋失败。旁遮普、哈桑尼以及其他同谋者因此被捕，并在基尔瓦中心广场的大芒果树上公开被绞死。阿卜杜勒卡里姆和奥马里侥幸逃过了绞刑，前者逃出了基尔瓦，后者则投靠了德属东非。

虽然这次起义失败了，但正是这些星星点点的个人或部落起义最终形成了燎原之势，马及马及战争爆发了。这一战争在德属东非的东南部爆发，代表了一种反抗德国殖民统治的新形式——大规模的起义运动。在《赛伊达的魔法》中，精神领袖金吉基蒂勒是被关注的焦点，"他是抵抗运动的精神和灵感"，被当地

① M. G. Vassanji, *The Magic of Saida*, New York: Random House, 2012, p. 136.

② M. G. Vassanji, *The Magic of Saida*, New York: Random House, 2012, p. 138.

③ Robert M. Maxon, *East Africa: An Introduction History*, Morgantown: West Virginia University Press, 2009, pp. 133-134.

人誉为神圣的先知。他声称，只要喷洒特殊神水（历史上称为Maji），就可以对德国的枪弹免疫。由此，这种神水在德属东非的东南部地区迅速传播，"战斗像野火一样蔓延全国，向南，向西，然后从那里向北进攻德国人……"[1]水可以浇灭火，但人的身体怎么能抵抗大炮的轰击呢？更不用提德国殖民者是如此残暴。德国当局立马下达命令，大肆屠杀起义者并且烧毁庄稼，这导致数百万当地人死于饥饿。小说没有直接描述马及马及战争的场景，但瓦桑吉以客观且极度克制的语气暗示了战争的残酷。在德国指挥官看来，只有饥饿和欲望才能带来最终的屈服。讽刺的是，"殖民者一般站在文明等级的'最高端'俯视非洲人及非洲文明"[2]。他们以文明和进步自诩，认为非洲黑人是等待着被拯救、被开化的野蛮人。然而，他们才是真正的毫无人性的野兽。瓦桑吉通过当地非洲人的个人故事揭露了殖民者的残酷，讽刺了"白人至上"的优越感。

瓦桑吉擅长以冷静和客观的视角，观察和描述非洲人所遭受的迫害。他不仅在小说中重建了德国殖民的血泪历史，还暗示了更早以前跨越印度洋的非法奴隶贸易。《赛伊达的魔法》在零散的回忆碎片中，不断地提及奴隶贸易在基尔瓦历史上的重要地位，这对主人公卡迈勒试图恢复遗忘的故事也至关重要。事实上，大部分关于奴隶贸易的书籍都聚焦在大西洋两岸的奴隶贸易——非洲黑人被运送至北美和南美的奴隶市场，而东非海岸的奴隶贸易却没有得到足够的重视，甚至没有过多的记载。基尔瓦在历史上是东非沿海最大的奴隶集中港口之一，人们在此主要从事印度洋奴隶贸易。事实上，英国于1873年废除奴隶制时已经规定非洲奴隶贸易的非法性。然而，由于大量缺少奴隶，使得奴隶贩子能够通过非法交易获取巨大的利益，因此，奴隶贩子不顾禁止奴隶贸易的条约，偷偷从基尔瓦出发，沿着西印度洋海岸将奴隶贩卖到非洲北方地区。

东非沿海非法奴隶贸易在《赛伊达的魔法》中，是基于卡迈勒的母亲一族的记忆来重构的。根据卡迈勒的回忆，一提到母亲的祖先，她总是支支吾吾，似乎羞于启齿。有一次，卡迈勒告诉母亲，他在一个隐蔽的海滩上发现了人骨。母

---

[1] M. G. Vassanji, *The Magic of Saida*, New York: Random House, 2012, p. 161.
[2] 朱振武：《非洲英语文学的源与流》，上海：上海人民出版社，2019年，第60页。

亲为了告诫他不要独自前往海边，情不自禁地对他说："大海蕴藏着许多秘密，你明白吗？基尔瓦是一个古老的城镇。大量的奴隶从南方被带到这里。他们中许多已经死了。其他奴隶呢？被送往桑给巴尔、巴加莫约、阿拉伯和印度。记住这一点。那是我们祖先的骨头。"①年轻的卡迈勒越发对母亲的祖先感到好奇，坚持询问关于祖母的部落马图姆比的情况。虽然母亲一族因奴隶贸易而深受创伤，但她仍然希望卡迈勒能记住那段历史。她最终不再三缄其口，向卡迈勒透露尧族奴隶贩子在非洲内陆抓捕其他族人，之后在基尔瓦的奴隶市场上出售。"一天，尧族的手下抓住了我的祖母，她叫玛通比。首领马孔尼亚把她卖给了一个印度人。"②卡迈勒对此大为震惊，在他的印象中，马孔尼亚在奥马里口中是反抗德国殖民统治的牺牲者，是一位英雄，而在母亲口中却是一个走私奴隶、贪婪的商人，由此可以看出东非奴隶历史的复杂性。在那个时代，非洲各个部落之间的战争频繁，战败方的许多俘虏被战胜方所奴役。外来者，如阿拉伯人和印度人，可以很容易地购买到大量奴隶。此外，欧洲人也带着他们自己的产品，如武器和棉花，去非洲购买和交换奴隶。为了谋求更大的利益，一些部落为了获得大量的奴隶故意发动战争。对奴隶的需求，直接或间接地推动了非法奴隶贸易的进程。

瓦桑吉不像历史主义者那样，用精确的时间点和空间元素来呈现整个历史，而是切断了宏大的历史叙事，并通过视角的转换和时间的跳跃，将历史事件融入虚构的情节中。在人们获得真实的历史事实之前，他发现了尽可能多的"他的故事"，通过人物的言语、举止或舆论报道来展示历史事件。这些细节弥补了宏大历史叙事生动性的不足，既体现了小说的审美品质，又保持了历史真实性。瓦桑吉没有分析东非殖民或奴隶制，也没有分析殖民时期每一次反抗的内在因果关系，只是提供了德国在东非殖民的最基本的历史事实，给读者留下了"历史想象"。面对西方历史学家忽视的东非残酷的殖民和奴隶贸易的事实，瓦桑吉勇敢地站出来，以文学的方式编织"他的故事"，将相关的传说和民间轶事串联起来，以"讲故事"的方式反抗殖民主义和种族主义。事实证明，瓦桑吉对殖民和奴役暴力所造成的"历史"的重建，表现了他将历史真相加工成文学作品的能

① M. G. Vassanji, *The Magic of Saida*, New York: Random House, 2012, p. 50.

② M. G. Vassanji, *The Magic of Saida*, New York: Random House, 2012, p. 50.

力，以及文学再现历史真相的可能性，使得历史真相与文学文本能够平等对话，充分体现"历史文本性"的主张。

## 二、文本历史性与殖民创伤

文学不是被动地反映历史事实，而是积极地参与历史意义的建构。在历史叙事中，作为类型化而被融入文学文本的经验，要经受赋予真实事件以意义的能力的考验[①]。作为一种虚构的形式，文本成为一种更好的记录流离失所者历史的方式。在这个问题上，《赛伊达的魔法》与瓦桑吉的其他文本一样，试图通过对虚构作品中特定矛盾与现实问题的详细分析，突出殖民统治的残酷和东亚裔非洲人的困境。在《赛伊达的魔法》一书中，非洲的悲惨经历处处可见，巨大的悲痛深深烙印在每一个非洲人民的心中。在某种程度上，殖民主义和种族主义造成的这种创伤源自每一代非洲人后裔。本部分主要分析两代人物奥马里和卡迈勒的不可治愈的创伤，旨在加深读者对东非奴隶贸易和黑暗殖民时代的理解。

德国殖民给非洲带来的创伤不仅存在于战争的鲜血中，而且还深切地印刻在被殖民者的脑海中。对于那些在反抗殖民统治战争中存活下来的人，或是屈服、或是逃离，都不可避免地在心中留下了伤疤。小说中《现代时代的到来》一章讲述了德国殖民的残酷历史，充斥着血腥暴力和暗无天日的压迫感。在马及马及战争即将结束之时，屈服于德国殖民者的奥马里已经成为一位颇有声望的校长，但他的心从未感到安宁。他时常梦见基尔瓦的勇士被绞死的场景。"基尔瓦的谋反者一个接一个地被带到他们面前，最后一个是印度的旁遮普，他们全都被吊死在芒果树的树梢上，这段记忆永远铭刻在奥马里的脑海里。当他看到战士们的生命从他们身边消逝时，他颤抖着，哭泣着。"[②]为了尽力弥补之前所犯下的过错，奥马里秘密帮助阿卜杜勒卡里姆，为他提供一些粮食，不料后来他们之间的信件被德国人发现，奥

---

① Hayden White, *The Content of the Form: Narrative Discourse and Historical Representation,* Baltimore and London: The Johns Hopkins University Press, 1987, p. 45.

② M. G. Vassanji, *The Magic of Saida*, New York: Random House, 2012, p. 150.

马里再次在德国人的威胁下背叛了自己的哥哥。次日，阿卜杜勒卡里姆被捕并被判处绞刑，而奥马里则被褒奖为抓捕反叛者有功的"英雄"。

由于背叛和失去阿卜杜勒卡里姆，奥马里一直生活在悔恨内疚之中，如同他时常想的，他所写和所说的每一句谎言都是对基尔瓦战士和所有因抵抗而被绞死的人的背叛。这是对他的语言及其优美诗歌的背叛，背叛得如此之深，以致于令人难堪，这是对他的人民的背叛，这些奥马里都知道。这两次背叛使得他的一生受尽心理上的折磨，甚至因内疚几乎失明。虽然此时奥马里已经成为基尔瓦颇有名望的诗人，但他对于当年的背叛始终愧疚难忘，似乎一生都活在梦魇和恐惧之中，这也最终导致了他的自杀——他吊死于基尔瓦勇士被绞死的芒果树下。"当德国人来的时候，战争是我们的战争。我们失去了他们。但是这里没有纪念碑，也没有雕像来纪念那些死去的战士。只有老芒果树可以作证。"①这里的芒果树就像一个见证人，见证着一段无法掩盖的血腥、残酷的殖民历史，一种难以忘怀的民族精神。这些流血牺牲似乎最终会被世人所忘记，只有老芒果树一直静默于此。此外，芒果树也象征着卡迈勒历史重建的框架，它代替了老诗人奥马里缺失和未完成的历史。

除了奥马里所经受的殖民创伤，瓦桑吉在《赛伊达的魔法》中也涉及"中间者"遭遇到无根漂泊、边缘化体验等流散症候，致力于突出"他者"的身份问题。这些双重身份者"面临着不同文化尤其是异质文化之间的冲突和融合，而异质文化的冲突也是流散的核心问题"②。同时，这也是瓦桑吉自身所面临、所思考的问题。在《赛伊达的魔法》中，母亲虽然让卡迈勒谨记关于非洲人被奴役、被贩卖的悲惨历史，但仍不愿意让他作为一个非洲人在基尔瓦活着，因为她深刻地了解非洲人所遭受的不平等待遇甚至种族歧视。于是，母亲最终决定把卡迈勒送往达累斯萨拉姆和印度籍叔叔同住，并期望他成为一个真正的印度人。结合自己的经验，瓦桑吉接受采访时表示："当我想起我在东部非洲沿海——达累斯萨拉姆——长大的时候，我感到十分吃惊，因为意识到人们对差异有多么宽容，同

---

① M. G. Vassanji, *The Magic of Saida*, New York: Random House, 2012, p. 176.
② 朱振武：《非洲英语文学的源与流》，上海：上海人民出版社，2019 年，第 64 页。

时，在不同的种族和社区中也存在着很多的无知和歧视。"①的确如此，虽然叔叔一家都对卡迈勒非常友好，但卡迈勒并不能完全融入印度社区的生活，因为他仍然具有非洲人的特征，他的说话方式、深棕色的皮肤和卷曲的头发使他在新的印度社区环境中显得与众不同。此外，卡迈勒也不得不接受新的印度文化，他必须学习他们的语言，崇拜他们的神，唱"奇怪"的赞美诗。身份的模糊性和不确定性导致他一直活在自我矛盾中，最终身陷文化撕扯与身份焦虑之中。在印度社区甚至学校老师的"另眼相待"下，卡迈勒有了新的外号"golo"，这一词的原意是奴隶或仆人。尽管奴隶制被废除了很长时间，但对于黑人的种族歧视却并没有减少。更可怕的是，奴隶的低下地位似乎已经融入非洲人的骨子里。"黑人"这一特征似乎就代表了他们卑微、低下的身份，他们在自己的土地上受到其他种族的歧视和压制，甚至在他们的后代身上也是如此。

瓦桑吉在小说中借由卡迈勒在乌干达遭遇的一场政变来引出其对自身身份问题的思索与追寻。伊迪·阿明将军发动政变并掌权后，下令将所有亚洲人驱逐出乌干达。一夜之间，亚洲人变成了"外国人"和"腐败工程师"，而非洲民众为他们的"解放"欢呼。卡迈勒在这种集体的欢欣鼓舞中获得了作为非洲人的认同感，他发自内心地为长期受压迫的非洲人获得自由而欢呼。然而，从历史上看，乌干达的政变似乎与外国势力有关。根据记录，"在政变后的第一年，英国和以色列的联系非常明显。英国政府是第一个承认阿明政权的"②。这位激进的独裁者在篡权之后，粗暴残忍地对待当地人民，尤其是对亚洲人。在《赛伊达的魔法》中，新政府命令抢劫、掠夺亚裔的财产，并轰炸亚裔难民营，造成数百名平民死亡。这时，亚裔人民的苦难从卡迈勒的心理描述中被捕捉到："这里聚集了亚裔被驱逐者所有的辛酸、痛苦和悲伤……而那些前往难民营的人不知道他们终将在哪个大陆上生活。在这里有太多听说过的恐怖故事，关于家庭入侵，骚扰和绑架。"③此时的卡迈勒发现自己再次站在了十字路口。作为一名印度裔非洲

---

① Clarence Reynolds, "M.G. Vassanji: Interview", *Mosaic Magazine*, 2013, April 9. https://mosaicmagazine.org/m-g-vassanji-interview [2021-10-25].

② Mahmood Mamdani, *Imperialism and Fascism in Uganda*, London: Heinemann Educational Books, 1983, p. 62.

③ M. G. Vassanji, *The Magic of Saida*, New York: Random House, 2012, p. 262.

人，他为非洲人终于能够在自己的土地上抬起头来而感到由衷的高兴，然而，当他看到亚裔此时的遭遇以及难民营的惨状时，他又为自己为非洲人欢呼感到内疚。他每时每刻都陷入到双重"他者"的尴尬中，黑皮肤的他是印度社区眼中的他者，而印度人的身份则让他成为了非洲人眼中的他者。

正是他非洲"奴隶"身份使得他为伊迪·阿明将军的决策欢呼。正是这个被亚裔社区定义的"家奴"产生了共鸣，对他们的辱骂和羞辱感到畏缩，在学校里也遭受了他们的折磨。他想起了母亲，并在深夜偷偷哭泣，因为他只不过是一个混血的杂种。[1]

由于乌干达政府对亚裔的极端迫害，他拗不过女友沙米姆和叔叔的请求，于是与沙米姆一同移居加拿大读书。在加拿大的岁月里，沙米姆更加认同他们的印度身份。然而，当他们一家去参加印度人集会时，卡迈勒根本无法融入那些圈子，"他会一边喝着酒，一边等着他们，沉浸在他那呆滞的孤独中，细细品味他的非洲诗集。当他们从哈诺回来时会容光焕发，见到他们认识的人，参加熟悉的仪式，而他会嫉妒，感到不完整，不满足"[2]。卡迈勒在加拿大的生活无法给予他归属感，他感到与周围的一切都格格不入，无所适从，孤独和空虚如影随形。卡迈勒渴望寻求共同的归属感，于是他把目光转向了他的儿女，给他们讲述关于祖先的非洲血统，可孩子们根本不愿意接受。在经历了身份模糊和不确定后，卡迈勒决定改变自己的处境，开始努力探寻以及重建自我身份之路。他独自一人沉浸在对基尔瓦历史的研究中，希望有一天可以将非洲家族史记录给他的后代。那年冬天，卡迈勒因为参加一个医学会议而去了巴哈马。当在阳光下眺望静谧的大海时，这熟悉的感觉似乎使他感受到了从未有过的宁静。此时，他的脑海中不停地回响着"金吉基蒂勒"，"他知道他正在被召唤"。于是，迷惘于身份认同的卡迈勒希望返回基尔瓦——他的"根源之地"，寻找自己的非洲身份，记录被遗忘的东非历史。

---

[1] M. G. Vassanji, *The Magic of Saida*, New York: Random House, 2012, p. 263.

[2] M. G. Vassanji, *The Magic of Saida*, New York: Random House, 2012, p. 275.

## 三、历史与文本的交融

《赛伊达的魔法》以慷慨激昂的反抗运动、性格鲜明的人物群像将读者带入20世纪以来东非的殖民与反殖民时代。这部历史小说跨越一百多年的时空，将一段坦桑尼亚历史编织进主人公的家庭，呈现出历史和文学的有机融合，具有史诗般的特征。

一方面，瓦桑吉强调社会历史语境对于理解文学作品的重要性。在《赛伊达的魔法》中，他运用时间碎片化的叙事方法，从宏观的角度将坦桑尼亚一个多世纪历史上发生的重大事件归纳为一个时代。为了寻找有关非洲人民的社会运动和历史事件的真相，瓦桑吉试图从文本的碎片中拼凑出关于错位、流散和移民的故事，以期重现民族遗失的历史。在小说中，卡迈勒是基尔瓦地区历史的主要见证人。当他重新回到基尔瓦时，发现当年的著名诗人奥马里并没有留下任何诗集，甚至连一张纸都没有。"除了一些传闻或记忆碎片，它们无一幸存。"[1]他不断地回忆过去的事件，寻找过去的物证，开始拼凑这段历史并且记录下关于他自己的故事。在整部小说中，卡迈勒以一个受过科学训练的医生的头脑，试图从各国殖民战争、不同种族的冲突这些混乱的叙述碎片中，整合出合乎逻辑的叙述，最终口述给坦桑尼亚出版商马丁·基戈马。因此，这部小说不仅是卡迈勒在坦桑尼亚的寻根之旅，也是他对这段支离破碎的历史的重构。

值得注意的是，这段历史的重构与西方主流文化所记载的并不一致。它从卡迈勒作为非洲人的视角出发，详细地展示了这段跨越百年的历史，包括德国暴力占领东非、西印度洋上秘密的奴隶贸易、"马及马及叛乱"的真相、印度商人对非洲女性的性剥削、乌干达政变后对亚裔的驱逐暴行等等。此外，小说还记录了基尔瓦地区独特的文化细节，比如信仰的神灵、穆斯林开斋节、美食米烙面饼、

---

[1] M. G. Vassanji, *The Magic of Saida*, New York: Random House, 2012, p. 176.

斯瓦希里语的诗节等等。由此可见，瓦桑吉对历史事实的再现颠覆了"大写的历史"，创造了东非印度人独有的"小块历史"。他从边缘化和被压迫的小人物出发，为我们认识殖民主义暴力下的非洲形象与殖民创伤提供了文本依据，同时传达出历史的真实内涵。

　　另一方面，瓦桑吉也注重文学作品对于读者社会意识的塑造作用。这些后殖民论者常常比白人知识分子有着更多的文化焦虑，更多地体悟到认同上的尴尬和痛楚①。瓦桑吉在《赛伊达的魔法》出版后的一次采访中强调了自己的创作动机：

　　讲述自己的故事对于过去被殖民的国家和文化来说尤为重要，因为他们接受了来自其他国家(如欧洲国家和美国)的世界观。但在某一国家内部也同样重要，比如印度或美国，你有所谓的主流或精英讲述国家故事，还有很多其他故事没有得到更广泛的受众。②

　　他不断地探索历史——社会、政治、种族和个人——以及历史对现在挥之不去的影响，即几乎被遗忘的事件如何继续塑造现代生活和文化。瓦桑吉将他对现实的反思融入历史文本中，并不断在文本中抛出疑问：非洲黑人或少数族裔的边缘化是否已经结束？西方霸权不复存在了吗？尽管瓦桑吉接受了西方的精英教育，但他和他笔下的卡迈勒一样，始终没有忘记自己的根，并且坚持关注非洲个体的存在。

　　毫无疑问，瓦桑吉在《赛伊达的魔法》中出色地实现了这一目标。在一个多世纪的东非历史中，没有被历史所记载的形形色色的小人物登上了历史舞台。此外，小说还表现了黑人与白人、黑人与棕色人种之间的种族冲突，颠覆了官方历史，重构了非洲人自己的历史。事实证明，小说通过卡迈勒跳跃的记忆、坎坷的经历以及对历史资源的收集和思考，体现了瓦桑吉在西方主流话语掩盖之下对普

---

① 生安锋：《霍米·巴巴的后殖民理论研究》，北京：北京大学出版社，2011年，第90页。

② Karen De Witt, "Interview with M. G. Vassanji", 2013, March 27. http://www.washingtonindependentreviewofbooks.com/index.php/features/interview-with-mg-vassanji [2021-10-25].

通人进行挖掘的意识。此外，通过虚构人物和历史事件的互动和对话，瓦桑吉意在呈现出非洲个体在这个历史变迁的时代中的复杂情感以及对时代变化的深刻反思。瓦桑吉在小说创作的过程中尽可能地贴近历史真相，呈现出文本再现历史的想象，用虚构文本唤醒人们的历史意识，从而发出自己的声音，避免自己的历史被遗忘。

## 结　语

当代小说家瓦桑吉的《赛伊达的魔法》通过独特的非线性叙事，再现了坦桑尼亚一百多年动荡的历史，并且生动地展现了东非人民的日常生活以及不同种族之间的冲突，构成了一幅个人、家庭甚至民族历史的宏伟图景。小说从新历史主义的角度，重构了德国殖民和基尔瓦奴隶的历史，突出了殖民统治的残暴和亚裔非洲人的困境。一方面，历史具有文本性。瓦桑吉对历史事实的再现颠覆了西方主流文化的"历史"，创造了东非印度人独有的"历史"。他以被边缘化和被压迫的人物为视角，重建了坦桑尼亚奴隶制和德国残酷殖民的简史。另一方面，文本也具有历史性。瓦桑吉通过文本的重构揭示了这段历史给边缘化人群所带来的殖民创伤以及身份矛盾。最终，卡迈勒回到了非洲，并对失落的历史进行了记录，发出了属于非洲人自己的声音。通过这一结局，瓦桑吉完成了对文本再现历史的想象和批评，用虚构文本唤醒人们的历史意识，从而接近历史真相，拒绝遗忘。

(文/上海师范大学 尹欣怡)

# 肯尼亚文学概况

　　肯尼亚共和国，简称肯尼亚，位于非洲东部，赤道横贯中部，东非大裂谷纵贯南北。肯尼亚是人类发源地之一，7 世纪，东南沿海地带形成一些商业城市，阿拉伯人开始到此经商和定居。1890 年，英、德两国瓜分东非，肯尼亚被划归英国，英国政府于 1895 年宣布肯为其"东非保护地"，1920 年改为殖民地。1964 年 12 月 12 日肯尼亚共和国成立，仍留在英联邦内，乔莫·肯雅塔为首任总统。肯尼亚是撒哈拉以南非洲经济基础较好的国家之一。农业、服务业和工业是国民经济三大支柱，茶叶、咖啡和花卉是农业三大创汇项目。肯尼亚是非洲著名的旅游国家，位于国家中部的非洲第二高峰肯尼亚山是世界著名的赤道雪山，雄壮巍峨，景色美丽奇特，肯尼亚国名即来源于此。斯瓦希里语为肯尼亚国语，和英语同为官方语言。

　　肯尼亚文学由英语、斯瓦希里语、康巴语、基库尤语和罗语等五种语言构成。英语文学是肯尼亚文学的重要组成部分，20 世纪 50 年代的"茅茅"起义是很多文学作品讨论的主题。肯尼亚英语文学以小说、戏剧、诗歌为主，作品多以肯尼亚独立以后复杂的社会历史和现实生活为基础，展现了民众的总体生存面貌及社会变迁。作品题材宽泛，涉及本土文化、殖民史、独立斗争、城市底层、政治腐败、犯罪、艾滋病等话题，大多与种种社会矛盾相关，展现出具有本土特色的艺术特征。

第五篇

恩古吉·瓦·提安哥
戏剧《德丹·基马蒂的审判》中的革命女性形象

恩古吉·瓦·提安哥

Ngugi wa Thiong'o, 1938—

## 作家简介

恩古吉·瓦·提安哥（Ngugi wa Thiong'o, 1938— ）是肯尼亚当代著名作家。恩古吉对有关语言殖民、文化侵略、书写反抗的反思与探索已成为后殖民论争的焦点所在。恩古吉出生于肯尼亚利穆鲁一个贫困的农民家庭，曾在动荡不安的年代里接受了英国教会学校的教育。非洲文化和西方文化的冲突，本土语言和前宗主国语言的碰撞，使得其早期作品《孩子，你别哭》（*Weep Not, Child*, 1964）、《大河两岸》（*A River Between*, 1965）、《一粒麦种》（*A Grain of Wheat*, 1967）充满了文化冲突。

恩古吉1967年从英国利兹大学回到肯尼亚，并在内罗毕大学任教。1968年，他将英语文学系改为非洲文学与语言系，推动了肯尼亚民族语言文学的变革。1977年，他用基库尤语写成的剧本《我想结婚就结婚》（*I Will Marry When I Want*, 1977）在利穆鲁的一个露天剧场上演。同年，其高度政治化的小说《碧血花瓣》（*Petals of Blood*, 1977）出版。这两部作品公开批评了肯尼亚政府的新殖民主义，因而得罪了当权者，恩古吉未经审判就被关进了监狱。出狱后，他因政治迫害而被迫流亡英国（1982—1989）和美国（1989—2002），22年后才得以返回祖国。迄今为止，恩古吉发表了10部长篇小说、3部儿童文学作品、3部剧本、1部短篇小说集以及多篇散文与学术论文。其中，剧本《我想结婚就结婚》，小说《十字架上的魔鬼》（*Devil on the Cross*, 1980）和3部儿童文学作品是用肯尼亚的民族语言基库尤语创作而成的。之后，古稀之年的恩古吉又陆续出版了三本自传，《战时诸梦：童年回忆录》（*Dreams in a Time of War: A Childhood Memoir*, 2010），《回忆录：诠释者之家》（*In the House of the Interpreter: A Memoir*, 2012）和《织梦者的诞生：一位作家的觉醒》（*Birth of a Dream Weaver: A Writer Awakening*, 2016）。

《战时诸梦：童年回忆录》书写了恩古吉在肯尼亚从1岁到16岁（1939—1954）的童年故事，第二次世界大战和"茅茅"起义是该自传的重要背景。该书记录了恩古吉小学前的生活和小学期间的经历和精神世界。在整个学习过程中，这个男孩努力而勤奋，但是祖国所遭受的英国殖民统治者带来的动荡和贫困等问题一直困扰着他。年轻的恩古吉目睹殖民统治的暴力和人性的黑暗，他的生活充满忧虑和恐惧，没有安全感。他讲述个人的斗争以及国家和民族的斗争。面对肯尼亚殖民主义的挑战，恩古吉不断成长，追求自己的梦想，希望实现自己的目标。恩古吉的童年，整个国家都处于贫困之中。他的生命中充满了绝望，但没有任何人有权剥夺和打破他的梦想。

《回忆录：诠释者之家》讲述了恩古吉从家乡利穆鲁到联盟高中的求学故事（1955—1958），时间跨度从他17岁开始，到20岁结束。恩古吉将此自传分为五个部分："家庭和学校的故事""灵魂冲突的故事""街头与密室的故事""两个任务的故事""一个门前猎犬的故事"。每一部分又分为较小的部分，共七十五章。

《织梦者的诞生：一位作家的觉醒》书写的是恩古吉从21岁到26岁（1959—1964）的人生轨迹。他在乌干达完成了大学学业，并寻找自己成为作家的可能。恩古吉的生活场景从肯尼亚转移到了乌干达坎帕拉的麦克雷雷大学。在学习期间，他暂时远离了满目疮痍的祖国，去追求自己的作家梦。

恩古吉以英语书写的作品多获得世界性声誉，但他又是倡导使用民族语言进行写作的主力军，这是后殖民时代作家从语言和文化层面对殖民主义残余的反抗，对回归自我身份认同的努力，也是文学对滋养它的土地和人民的反哺。

## 作品节选

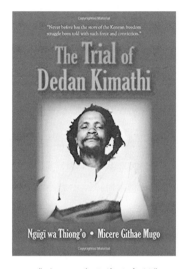

《德丹·基马蒂的审判》

（ *The Trial of Dedan Kimathi*, 1976 ）

The enemies of our people are strong

They have the bombers

They have machinegun fire

Their striking power is awesome

Why should I hide that from you ?

They have greater and more efficient

Weapons of propaganda.

The radio, newspapers, schools,

Their universities where they give Our children

An education to enfeeble minds, Make them

slaves, apes, parrots Shadows of the men and

women they could have been.


But they are also weak,

Very weak, the famed giant

on mosquito legs.

Our love of freedom is our bullet

Our successes are our newspaper

But

Stronger than any machinegun fire

Stronger than the Lincoln and

Harvard bombers

Mightier than their best generals

Is our unity and discipline in

struggle

With unity, discipline

Along correct lines

People's line

With unity and discipline

In our total commitment to

The liberation of us

who sweat and labor

We can move mountains

We can yet cut off the giant's

legs and mammoth head

Truth is our atomic bomb

But

Discipline is our hydrogen bomb[1]

我们人民的敌人很强大

他们有轰炸机

他们有机枪

武力惊人

为什么我应该隐瞒你们呢?

他们拥有更强、更高效的宣传武器。

广播,报纸,学校,他们的大学

降低孩子的自主意识,

让他们成为奴隶、猿猴、鹦鹉

他们本来可以成为男人和女人的影子。

但他们很弱,

非常虚弱,好似蚊子腿上的著名巨人。

---

[1]Ngugi wa Thiong'o, Micere Githae Mugo, *The Trial of Dedan Kimathi*, London: Heinemann Educational Books, 1976, pp. 69-70.

我们对自由的热爱是我们的子弹

我们的成功是我们的报纸

但

比任何机枪火力更猛

比林肯和哈佛轰炸机更强大

比他们最好的将军更强大的

是我们在斗争中的团结和纪律

团结、纪律

沿着正确的路线

人民路线

恪守团结和纪律

在实现解放的过程中

我们抛头颅、洒热血

我们可以移山

我们还可以砍断巨人的腿

和猛犸象头

真相是我们的原子弹

但

纪律是我们的氢弹

（段蓓蕾 / 译）

**作品评析**

# 《德丹·基马蒂的审判》中革命女性形象分析

## 引 言

肯尼亚作家恩古吉·瓦·提安哥集小说家、剧作家及文学评论家等多重身份于一身，且被看作后殖民主义理论的先锋人物，多次被提名为诺贝尔文学奖的候选人，在非洲文坛有着举足轻重的地位，对世界文学发展亦影响甚大。近年来，他的小说广受关注，如早期三部曲《大河两岸》《孩子，别哭》《一粒麦种》等。其作品的主要特点为聚焦于非洲的"茅茅"起义时期，以肯尼亚最大的部落基库尤族为故事背景，揭露殖民期间非洲人民所遭遇的迫害与掠夺。事实上，恩古吉正式进军小说之前，凭借于1962年创作的第一部戏剧《黑色隐士》走进公众的视野，踏入文学殿堂。时隔十多年，他与米希尔·吉塞·穆戈（Micere Githae Mugo）共同创作的剧作《德丹·基马蒂的审判》于1976年出版。随后，恩古吉又相继推出了两部剧作《我想结婚就结婚》《明日此时》（*This Time Tomorrow*），但相关研究甚少。本文通过对剧中女性形象的分析解读，深入阐释恩古吉的《德丹·基马蒂的审判》。

《德丹·基马蒂的审判》的故事源于未载入非洲历史的革命人物基马蒂的事迹。基马蒂作为"茅茅"起义的领导者，是人民群众心中"神"一样的存在，无所不能。但他有一次不幸被捕，殖民者强迫基马蒂承认犯暴乱罪[1]。尽管经历

---

[1]Ngugi wa Thiong'O, Micere Githae Mugo, *The Trial of Dedan Kimathi*, London: Heinemann Educational Books, 1976, p. 3.

了多次身体与精神上的折磨，他宁死不屈。最后，通过众人的努力，基马蒂成功出狱。不过作者的初衷重在体现"肯尼亚人民为打破英国殖民者长达六十年的压迫、剥削所做出的不懈努力，而不是对历史的重述"[1]，更不是对基马蒂个人英雄行为的吹捧。

作品中共提到了四位女性，其中有参加"茅茅"起义的两位女性，包括一位无姓氏的女性与一位叫万吉如的女性；另外两位女性则指一个逃跑的女性和基马蒂遇到的盲人女性。为什么只有一位女性拥有自己的姓名？在传统文学中，女性一直处于边缘化地位，尤其是黑人女性，总是被刻画为标准女性美的对立面，即强壮、性欲强、放荡[2]。但恩古吉笔下的女性勇敢地对传统发起了挑战，不再单纯地依附于男性，局限于家庭。如历史上的万吉如，同基马蒂一样，亦是"茅茅"起义的一员，清瘦骨感，战如猛虎，强健有力，面对敌人时毫不畏惧。[3]因此，不同对象眼中的女性形象截然不同。笔者立足于文本，依次从殖民者、男性及作者三个角度分析恩古吉笔下的"女战士"形象，揭示剧中人物的多元性和立体感。

## 一、殖民者眼中的"女战士"

《德丹·基马蒂的审判》中，恩古吉笔下的肯尼亚女性形象不仅是对动荡现实生活的反映，更是对女性生活处境的一种体现。作品始于法庭之上，基马蒂正在接受审判，自由之歌四周环绕，刚劲有力。随着歌声的暂停，首幕剧情开始展开，剧中的第一位主要女性登场。作者写道："一位约三四十岁的女性赤脚走上舞台。她面容姣好，体格强健，身穿女款粗布衣。虽然看似普通，但她明显独具远见。"[4]这是作者对这位女性的细腻描写，为后文埋下了伏笔。舞台上，女人

---

① Ngugi wa Thiong'O, Micere Githae Mugo, *Preface. The Trial of Dedan Kimathi*, London: Heinemann Educational Books, 1976, p. 4.

② 周春：《美国黑人女性主义批评研究》，成都：四川大学出版社，2007年，第100页。

③ Ngugi wa Thiong'O, Micere Githae Mugo, *The Trial of Dedan Kimathi*, London: Heinemann Educational Books, 1976, p. 10.

④ Ngugi wa Thiong'O, Micere Githae Mugo, *The Trial of Dedan Kimathi*, London: Heinemann Educational Books, 1976, p. 8.

缓缓移动，身后跟随着一个身穿绿色制服的白人士兵约翰尼（Johnnie）。他手握枪支，好似她是罪犯，不可轻举妄动。随后，士兵要求她出示通行证，否则不能进入，这与恩古吉的个人经历极其符合。少年时期，他就读于当时的联盟高中，接受殖民教育。无论是回家还是外出，持有通行证才能通行。在个人散文里，他也多次提到类似事件，对这种举措的讽刺之意溢于言表。

剧中女人未按照要求出示通行证，白人士兵试图做出不正当行为，掀起她的裙子。在士兵的眼中，女人好似玩物。他不断地上下打量、挑逗、戏谑，甚至发表了一系列猥琐言辞："不错。美腿，嗯！长相出众，嗯！"①女人为了尽快脱离此地，便和士兵进行了交谈，但她手上的篮子引起士兵的注意。士兵命令她把篮子放在地上："现在，双手抱头，向后退一步，两步。很好。不要玩花招。"②此刻，女人在士兵眼中便是嫌疑犯，并没有明显地按性别对待。

随后，士兵便独自享受篮子中的食物，丝毫未征求女人同意。女人试图阻止，焦急地说："不要吃，长官，主人，绝不能吃。这是我平息敌人的唯一武器。"③士兵对此感到疑惑，反问道："敌人？"④女人机智地回答："饥饿。如果你吃了，我会死的。我耗费了那么长时间才做好面包。看！我的香蕉几乎被你吃完了。你应该去死。求你可怜可怜我这个穷苦的女人吧。"⑤听到女人的不断哀求，也许是内心的征服感在作祟，士兵心生愉悦，说道："对我来说，你并不穷苦。你所需要的只是一支牙刷，一盆水，一块肥皂，以及一双高跟鞋。"⑥这就是殖民者高傲、冷血的心态，不管当地人民的遭遇，依旧我行我素，扰

---

① Ngugi wa Thiong'O, Micere Githae Mugo, *The Trial of Dedan Kimathi*, London: Heinemann Educational Books, 1976, p. 9.

② Ngugi wa Thiong'O, Micere Githae Mugo, *The Trial of Dedan Kimathi*, London: Heinemann Educational Books, 1976, p. 10.

③ Ngugi wa Thiong'O, Micere Githae Mugo, *The Trial of Dedan Kimathi*, London: Heinemann Educational Books, 1976, p. 11.

④ Ngugi wa Thiong'O, Micere Githae Mugo, *The Trial of Dedan Kimathi*, London: Heinemann Educational Books, 1976, p. 11.

⑤ Ngugi wa Thiong'O, Micere Githae Mugo, *The Trial of Dedan Kimathi*, London: Heinemann Educational Books, 1976, p. 11.

⑥ Ngugi wa Thiong'O, Micere Githae Mugo, *The Trial of Dedan Kimathi*, London: Heinemann Educational Books, 1976, p. 11.

乱一切，强力推行殖民者心中的先进文化，宣扬"造物主"精神。正如西蒙娜·德·波伏瓦所指出的："他者并非将自我界定为他者来界定主体，他者是因为主体将自己确认为主体，才成为他者的。但是，为了不致使他者反过来成为主体，就必须屈从于这种被看成异邦人的观点。"①

但身为"茅茅"起义的一员，这位女性深知自己肩上的责任。她以身犯险，独自一人冲在前线，企图借助送食物接触到基马蒂。遗憾的是，把守的士兵破坏了整个计划。尽管她伪装成平民，气场依然强大，可以沉着应对各种角色及突发情况。比如，当士兵注意到她手上的篮子，突然变得非常警惕时，她虽内心紧张，却想尽办法分散他的注意力，打趣道："我应该同街坊四邻讲讲……也吃根香蕉。多么美好的早晨！多么奇妙的一天啊！"约翰尼并没有放在心上，脸上微笑，似乎在掩饰刚才的害怕。约翰尼解释道："当然，白人也会饥饿，更何况是为了与那些血腥歹毒的人斗争，一夜未眠，粒米未进。这……这只是一个小检查，以防你携带枪支。你看起来像茅茅一员，基马蒂的女人，称为万吉如。她纤瘦有力，肌肉强健，蜂窝战中如同老虎。难怪恐怖分子称她为上校……你知道吗？她咬我。为什么呢？因为我想看看她是否是女人。就连我们的非洲人，盖蒂，胡果，穆闻丹达，甚至沃姆巴瑞亚都害怕她。"②此刻，女人是一位勇猛的革命战士，为实现肯尼亚独立、解放人民而奋战，就像万吉如一样。然而，这些为国家独立而战的起义者被殖民者认为是"恐怖分子"。

此后，剧中的第二位女性被父亲送到殖民者约翰家里，帮忙采摘茶叶。因此，作为奴隶的她受尽了虐待、折磨。

尽管她们出身不同、遭遇不同，但在高高在上的殖民者眼里，她们是一样的，是危险、诱惑的象征，更是蝼蚁般的存在。

① 西蒙娜·德·波伏瓦：《第二性》，郑克鲁译，上海：上海译文出版社，2015 年，第 14 页。

② Ngugi wa Thiong'O, Micere Githae Mugo, *The Trial of Dedan Kimathi*, London: Heinemann Educational Books, 1976, pp. 10-11.

## 二、男性眼中的"女战士"

相较于其他地区而言，非洲的经济与文化发展缓慢，女性地位低下，很难
实现男女平等。大部分有关非洲的文学作品，书中欧洲白人男性往往占据上风，
但女性特别是黑人女性，也成为不可或缺的要素，以此来衬托他们的"威风"。
《德丹·基马蒂的审判》中，欧洲男性角色一反常态，不再是主角。剧中基马蒂
作为主人公，表面上作者是在极力宣扬基马蒂坚持不懈、奋力反抗的革命事迹，
事实上他是肯尼亚人的代表，成功获救的功劳大部分归于剧中的三位无名女性。
尽管她们没有姓名，但她们却拥有共同的实现肯尼亚独立的信仰。只有如此她们
才能代表参加革命的广大女性，而不仅仅是个人。

《德丹·基马蒂的审判》中，恩古吉对非洲女性的刻画，或多或少体现了欧
洲文学对他的影响，尤其是对有色人种的描写范式，如文中对非洲女性的情欲化
或妖魔化叙写，也完全符合萨义德在《东方学》中所说的："她们代表着无休无
止的欲望，她们或多或少是愚蠢的，最重要的是，她们甘愿牺牲。"①

第一位女人上场时，文中对她的描写极其丰富。不管是外貌、体态或性格，
皆应有尽有。作者对她做出了这样的评价：集母亲、女人与战士于一体②。而
后，第一位女人的所作所为更是将其体现得淋漓尽致。

起初，混乱之时，女人试图借此机会逃脱士兵的盘问，随即看到一位女生正
在街上被一个年轻高大的男生追赶。此时的她严肃教育了男生，告诫他要快速长
大，去做正确的事情。"你是某个女人的孩子吗？我真想扭断你的脖子。当探子
和军队战车遍布尼亚睿时，你却在街上追逐斗殴。你的良心在哪里？难道你不知

---

① Edward W. Said, *Orientalism: Western Conception of the Orient*, London: Penguin, 1977, p. 207.

② Ngugi wa Thiong'O, Micere Githae Mugo, *The Trial of Dedan Kimathi*, London: Heinemann Educational Books, 1976, p. 8.

道你已经足够成熟了吗？这种行为会被轻易送去曼亚尼。她做了些什么？"①男生一脸委屈，道出事情原委，原来是女孩抢了他用来兑换零钱的钱。之后，女人为了阻止这场"闹剧"般的追逐，更是为了树立榜样，弥补了他的全部损失。同时，女人发现他的眼睛直勾勾地看着篮子里的面包，便让他去买些吃的，叮嘱他务必把零钱还给她。在这位男生眼里，女人既是一位引路人，更是一位充满爱心的母亲。她所做出的一系列行为对他影响深远，也改变了他心中对女性的看法，不再以"小偷、妓女"之词称呼那个女生。再次遇到女生时，他俩又争斗了一番，但随即给女生道歉。两人之间的战斗终于结束。

接着，女人的战士一面开始体现。女人在和男生交谈之后，决定派他去送篮子，并告诉他，卖橘子的水果摊贩是接头人。当男生到达目的地时，却遇到了女扮男装的女人。女人之所以如此，是因为之前约好的人迟迟未出现。她便决定亲自扮演。男生得知具体情况后，内心对女人的看法又发生了改变，下定决心参加战斗。此时，作为战士的女人，为了保证解救任务的成功，完全把生死置之度外。对她来说，性别不是无法跨越的鸿沟，唯有独立才是真理。后文中，作为"茅茅"起义的领导者，基马蒂亦盛赞这位女人："你认识这个女人吗？她无怨无悔，执行了多少次远距离任务？她从监狱、从殖民者的爪牙下救过多少人？她冒险训练出多少英勇的战士？"②

剧中第二位女性的出场方式截然不同。女生未给男生零钱，因此被这位年轻健壮的男生追赶，二人不断地纠缠。在男生眼中，女生是"骗子、荡妇"③，如此另类的出场，让读者不禁好奇其中的真正原因。恩古吉采用了倒叙手法，在后文重塑这位女性形象。她曾经也是一个孝顺的女儿，生活在幸福的家庭。不幸的是，她在学校遭受了性骚扰，因此选择辍学。原本打算留在家里自学的她，被父亲嗤之以鼻。在父亲眼里，她的行为愚蠢至极，现在的她好似废铜烂铁，一文不

---

① Ngugi wa Thiong'O, Micere Githae Mugo, *The Trial of Dedan Kimathi*, London: Heinemann Educational Books, 1976, pp. 15-16.

② Ngugi wa Thiong'O, Micere Githae Mugo, *The Trial of Dedan Kimathi*, London: Heinemann Educational Books, 1976, p. 73.

③ Ngugi wa Thiong'O, Micere Githae Mugo, *The Trial of Dedan Kimathi*, London: Heinemann Educational Books, 1976, p. 15.

值。于是她被送去殖民者约翰家里务工，但在这里遭受了虐待。之后她来到了城市，想方设法避免自己已失去的纯洁之身再遭到玷污。

平凡的她经历着不平凡的生活，在性别歧视的影响下被贴上了"骗子、妓女、无用之人"[1]等标签。由此可见，她多次的尝试并没有赢来好的结果。她深知如果不反抗，自己永远无法摆脱性别歧视，会永远生活在阴影之下。她试图勇敢面对男生时，男生已放弃对她的追逐。事后，二人结伴共同完成第一位女人留下的任务。在此过程中，女生的勇敢、机智改变了男生对她的看法。在遇到假扮水果摊贩的第一位女人时，她问他们是否害怕，男生回答道："我有点……但这个女生……她很强健、勇敢、毫不畏惧。"[2]

"我得到了某位盲人婆婆的祝福，她是一位农民，一位辛勤劳动者。她把她的力量，我们人民的力量传递给我。我感受到了她的不屈信念、坚持不懈，它们已融进我的骨髓。"[3]这段话是基马蒂在第二次审判时发表的言论。殖民者企图通过对"茅茅"起义领导者的判刑，压制其他动乱者并收服肯尼亚，于是他们必须采取非暴力的方式诱惑。监狱里，赫德森多次想要劝服基马蒂，但意志坚定的基马蒂不为所动。他的信念源于这位婆婆，源于这些为生活努力奋斗的女性。他深知女性，尤其是非洲女性处于这个时代的艰难。由于特殊的区域文化，女性既要忍受殖民主义者残酷的剥削、压迫，又要承担沉重的家庭负担。因此，对于身为男性的基马蒂来说，不管是盲人婆婆，还是普通女性，她们才是实现肯尼亚独立的动力，是解放人民的重要支撑力量。

---

[1] Ngugi wa Thiong'O, Micere Githae Mugo, *The Trial of Dedan Kimathi*, London: Heinemann Educational Books, 1976, p. 15.

[2] Ngugi wa Thiong'O, Micere Githae Mugo, *The Trial of Dedan Kimathi*, London: Heinemann Educational Books, 1976, p. 60.

[3] Ngugi wa Thiong'O, Micere Githae Mugo, *The Trial of Dedan Kimathi*, London: Heinemann Educational Books, 1976, p. 36.

## 三、作者眼中的"女战士"

"一位作家需要身边的人……对我来说，创作时，我喜欢听人民的声音……我需要美丽女人充满活力的声音，她们的触摸，她们的叹息，她们的泪水，她们的笑声……"[1]女性形象的塑造是恩古吉作品的重中之重，这也是他的作品为何与同时期其他作品不一样的原因。他的作品描述了非洲女性所受到的性别歧视、种族歧视以及殖民主义者的不公平对待。

也许这与恩古吉青年时期的遭遇有关。年幼时，他很少见到父亲，只有母亲陪伴在他的身边。母亲非常勤劳能干，独自养活一家人。因此，恩古吉选择为女性发声，勇于打破作品中的女性刻板印象。

《德丹·基马蒂的审判》中，年轻女生、女战士、盲人婆婆不仅是实现肯尼亚独立的民族英雄代表，更是充满母性和人性的女性代表。在这部剧中，恩古吉对女性的塑造独具特色。女性脱离不堪的过去，为国家、民族参加战斗，出现在大众视野。与部分男性相比，女性具有心思细腻、聪明伶俐等特点。当年轻男生与女生来到监狱前，男生的恐惧心态暴露无遗，企图直接扔掉手枪，忘却整件事情。女生说道："你就这样成为男人吗？就在几个小时前，你告诉我那个女人的事，我们谈过之后，你还是有信心的，你还有希望。你忘了我们一起做的决定吗？还不到一个小时就忘记了？"[2]一顿教训后，他们又开始讨论未见到水果摊贩的问题。男孩还在因此烦恼，女生却在分析情况，推测女人的意图是要解救基马蒂。他们制订了一套计划：买面包，手枪藏面包中，面包递给基马蒂，基马蒂出狱。为了接触基马蒂，二人怕狱警认出，引起不必要的麻烦，特意伪装成马赛人，虽然计划失败，但足以说明女孩的果断机智。

---

① Ngugi wa Thiong'o, *Detained A Writer's Prison Diary*, London: Heinemann Educational Books, 1981, pp. 8-9.

② Ngugi wa Thiong'O, Micere Githae Mugo, *The Trial of Dedan Kimathi*, London: Heinemann Educational Books, 1976, p. 52.

我们应该意识到,一旦发生战争,女性不应被排除在军事计划之外。恩古吉背弃了占主导地位的父权制,赋予革命女英雄神圣的权力。起初,恩古吉安排女主角女扮男装,加入革命战斗。随后,年轻女孩也凭借个人的勇敢无畏、机智果断,成为解救计划中的一员。实际上,他是在证明不管是年轻女性,还是成熟女性,皆可为国家效力。她们同男性一样,并无实质差别。为赢取肯尼亚独立战争的胜利,为成功解放群众,我们应忽略那些分裂国家的因素,男女团结一致,齐心协力。剧中结尾之处,恩古吉借基马蒂之口,表达了他对革命女性的万分崇敬:"当这场斗争结束,我们将在所有城市的拐角处竖立纪念碑,送给我们的女人。为了她们的勇敢和奉献,为我们的奋斗挺身而出。人类之母,教育我们勤奋与责任。"[1]

## 结　语

《德丹·基马蒂的审判》作为一部历史剧,体现了深厚的政治色彩。因此,恩古吉的女性主义也是具有政治色彩的。在《德丹·基马蒂的审判》中,年轻女孩和男孩共同持枪,阻止了基马蒂的死亡。一时之间,法庭上不论男女,共唱自由之歌。他对"茅茅"起义中女性的讴歌才是最根本的目标——男女平等,齐心协力为肯尼亚战斗。该剧的政治色彩并没有破坏女性形象的塑造,反而引导观众情不自禁地进入深层思考,更能感受到剧中女性形象的饱满。

（文/上海师范大学 段蓓蕾）

---

[1] Ngugi wa Thiong'O, Micere Githae Mugo, *The Trial of Dedan Kimathi*, London: Heinemann Educational Books, 1976, p. 73.

第六篇

恩古吉·瓦·提安哥
自传《战时诸梦：童年回忆录》中的非洲风景建构

# 作品节选

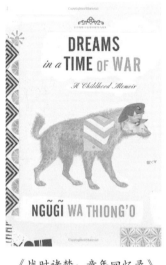

《战时诸梦：童年回忆录》

（*Dreams in a Time of War:*
*A Childhood Memoir*, 2010）

I stand there at the station platform and watch the goods train go by, this time with relief and gratitude. I look around and see some shops. I take my box and drag it toward them. I cannot believe that this is the real Kikuyu Township. It consists of two rows of Indian shops very much like those at Limuru, but far fewer. But I am not interested in the Indian traders behind the counters or the African shoppers. I may have overcome one obstacle, but I have another to worry about.

The information sheet that I had received stated that a school bus would meet students at the station. I am late. The bus must have come and gone without me. I have no idea about the distance to and location of the school. I approach a stranger who looks askance at me and then points to a road, mumbling something about going past the Ondiri marshes, and walks away. I will have to wade through the Ondiri marshes the way I used to do in Manguo, except that then I carried nothing heavier than a bird's egg or a bundle of wet clothes. Now I have a box with my belongings. And then I recall the story of Ondiri that I had read in Mwendwa ni Iri and Ngandi's stories about people disappearing in the bog never to be seen again. Was this the same Ondiri? No, I am not going to walk through the Ondiri bog, no matter what. I will stick to the road.

I am about to start walking toward the road pointed out to me by the stranger when the school bus comes for others on the Mombasa train, which also arrives at that moment. I walk toward it. The teacher, who I learn later is the acting principal, Mr. James Stephen

Smith, checks my name on his list and tells me to enter, as the other students do the same.

It is only after I enter the bus and sit down that I let out a sigh of relief and dare to look ahead. A new world. Another journey. A few minutes later, at a junction off the Kikuyu road, I see a billboard with banner letters so personal that I think it must have been for me alone. WELCOME TO ALLIANCE HIGH SCHOOL. I hear my mother's voice: Is it the best you can do? I say to her with all my heart, Yes, Mother, because I also know what she really is asking for is my renewal of our pact to have dreams even in a time of war.[1]

我站在月台上，看着运送货物的火车从我身边驶过。此时的我松了一口气，满怀感激。我环顾四周，看到了一些商店，我拖着行李箱朝它们走去。我不敢相信这就是真正的基库尤镇，像利穆鲁一样，这儿有两排印度商店，但又少得多。但我对柜台后面的印度商人或非洲购物者不感兴趣。我可能已经克服了一个困难，但我还有一个担忧。

我收到的通知单告知我们，校车会在车站迎接学生。我迟到了，校车一定是没等我就走了，可我不知道学校的位置。我走近一个陌生人，他斜着眼看了我一眼，然后指着一条路嘟囔着"要穿过昂迪里沼泽"之类的话走开了。我将不得不像在曼戈时那样涉水穿过昂迪里沼泽地，只不过那时我只带了一个鸟蛋或一捆湿衣服，而现在我提着一个行李箱。我想起了我在《姆温达·尼·伊利》上读到的关于昂迪里的故事，以及从恩甘地那里听到的关于人们消失在沼泽里的故事。这是同一个昂迪里吗？不，无论如何我都不会穿过昂迪里沼泽，我会坚持走这条路的。

我正要朝一位陌生人指给我的那条路走去，就在这时，从蒙巴萨岛驶来的火车上的其他人来了，校车也到了。我朝校车走去，一位老师在花名册上核对名字之后让我上车，后来我才知道那是我们的代理校长詹姆斯·斯蒂芬·史密斯先生。

上车坐定后，我才松了一口气，如释重负地看向前方，一个崭新的世界正在眼前铺展开，一段新的旅程已经开启。几分钟之后，我在基库尤路的一个路口看

---

① Ngugi wa Thiong'o, *Dreams in a Time of War: A Childhood Memoir*, New York: Pantheon Books, 2010, pp. 255-256.

到了一块布告板，上面的标语如此个人化，以至于我固执地认为这一定是为我而写的："欢迎来到联盟高中。"母亲的声音回荡在我的耳畔：你竭尽全力了吗？我发自肺腑地答道"当然了，妈妈"，我知道她真正的目的只是要重申我们的约定，即使在战争时期也要心怀梦想。

（康媛媛／译）

**作品评析**

# 《战时诸梦：童年回忆录》中的非洲风景建构

## 引 言

1962年，在乌干达麦克雷雷大学就读的恩古吉参加了首届非洲英语作家研讨会。他同索因卡和阿契贝的首次交流成为其决心走上写作道路的转折点。

恩古吉是在肯尼亚和英国两种文化的夹缝中成长起来的作家。于肯尼亚人而言，他是用宗主国语言和民族语言创作的文学家和教育家，曾在祖国动荡不安的年代接受了英国教会学校的教育；于世界文学界而言，他是比肩诺贝尔文学奖获得者的非洲作家。恩古吉在其"自传三部曲"中对个人成长的书写具有独特的价值。非洲作家的亲身经历不是欧美作家在"不在场"的情况下所能虚构出来的，非洲的社会现实更不是殖民者所推崇的文学作品可以客观描述出来的。寄生在肯尼亚富饶大地上的殖民者不会正视肯尼亚人民生活的艰辛。在欧洲文学对非洲的描述中，蛮荒、野蛮、粗俗、神秘曾一直是非洲及非洲人的固有特质。在欧洲话语体系中，非洲也一度被建构为"黑暗的中心"，未开化的非洲人游荡在人类原始时代的黑暗中，没有悠久的历史，没有灿烂的文明，没有独立的自我意识，需要欧洲的文明之光来开启非洲的历史新纪元。而这也恰恰为帝国主义的殖民扩张找到了一个冠冕堂皇的理由。白人笔下的非洲，构建起了读者对非洲的刻板印象。约瑟夫·康拉德（Joseph Conrad, 1857—1924）的《黑暗的心》（*Heart of Darkness*）就是典型的代表。该作品延续了欧洲文学对非洲的定型化再现，将非洲描述为黑暗的大陆。主人公马洛即将前往非洲，航行尚未开始之时，他便感觉此次的目的地迥然不同于此前所去的任何地方，那是一片黑暗的大陆，充满了黑暗的色彩。非洲的局外人从外部讲述的非洲故事，为世人打开了一扇了解非洲的窗，而这扇窗却成了非洲作家想要打破的枷锁和桎梏。

非洲文学研究不能脱离非洲社会现实，走进非洲文学是探索非洲社会现实的途径之一。我们要了解这片土地上的真实面貌，透过文本和文字倾听非洲本土作家的声音。本文通过对恩古吉《战时诸梦：童年回忆录》的分析，在真实情境中解读历史变迁中的非洲风景①的外在特点及其历史内涵，重构被白人妖魔化的非洲大陆。

## 一、风景历史化

风景塑造了作家。作家在一方风景中找寻创作的灵感，作品在一方风景中彰显独特的个性。恩古吉用文字将现实中的非洲风景描绘在纸上，反映了当时的社会情况、风土人情和政治风貌。读者在解读文本时若脱离了非洲大陆这一背景，就无法深刻地体味作品的时代意义和社会价值。作家其实也重构了风景，风景是读者由外而内地理解作家意图和作品内涵的重要途径。"文学作品中的风景，往往是作者情感、意图的外化，是历史、政治、文化的载体。"②解读作品中的景物描写是深度解读文本的重要途径。

恩古吉是风景描写的大师。作为非洲本土作家，他能敏锐捕捉到非洲风景的外在特征并将其刻画得生动传神，也能赋予非洲风景以情感意义，将其同细节描写、人物心理描写以及作品的深层含义等紧密结合起来。《大河两岸》这部作品是恩古吉风景描写的起点，其风景描写中所赋予的历史内涵已能窥见一二。

---

① 本文中提到的"风景"这一概念，英语批评界称之为"landscape"，其内涵包括自然景色和人文景观。
② 代学田：《彼黍离离：非洲风景与殖民主义——〈战时诸梦：童年回忆录〉解读》，《东方论坛》，2013 年第 4 期，第 97—103 页。

两道山梁静静地相对而卧，一道叫卡梅奴，一道叫马库尤。两道山梁之间有一条狭长的山谷，人们称它为"生命之谷"。在卡梅奴山和马库尤山背后，还有无数杂乱无章的山坳和小山，它们像一只只沉睡的狮子，在上帝的土地上睡得又甜又香。

一条河弯曲地流过"生命之谷"；如果没有灌木丛和无数树木遮住河谷，那么，你站在卡梅奴或马库尤山顶上，也许能够一览无余地看到这条河的全貌。事实上，如果你想见到它，你就必须从山上下来，然而即使到了山下，你也不一定能够见到它像蛇一样蜿蜒穿过山谷静静流向远方的、优美的仪态。它叫霍尼亚河，是"复元"或"起死回生"的意思。这条河从未干涸过：它生机勃勃，藐视那连年不断的干旱和变幻莫测的气候，日日夜夜不紧不慢地长流不息。人们见到它，心里就感到无限的快慰。

霍尼亚河是卡梅奴和马库尤的灵魂。就是这条山溪将这里的人、牛羊、野兽和花草树木紧紧地联结在一起。

当你伫立河旁，凝视着这条河流连接起来的、卧狮似的两道山梁时，你会骤然发现它们好像变成了势不两立的敌人。它们俨然相对，好像随时准备为争夺这个近乎与世隔绝的地区的权力而决一死战。[①]

开篇的风景描写动静结合，暗示了核心故事情节及主人公的内心世界。卡梅奴和马库尤两个山脉的对峙，与作品中所展现的内部矛盾冲突是一致的。主人公瓦伊亚吉身处两种对立力量的中间，他努力找寻着两种力量之间的平衡。两座山脉中间的霍尼亚河亦是如此。从地理位置上看，它是两座山的分界，也是两座山的纽带。整部作品中的风景描写有数量也有质量，但是非洲风情不够突出。生机勃勃、藐视那连年不断的干旱和变幻莫测的气候、日日夜夜不紧不慢地长流不息的河可以是世界上任何一条长流不息的大河，只是名称略有不同。用风景来暗示情节发展的写作技巧，同英美作家笔下的风景描写也大同小异。《战时诸梦：童

---

① 詹姆斯·恩古吉：《大河两岸》，蔡临祥译，北京：外国文学出版社，1986年，第1页。

年回忆录》中的风景描写则更富个性，短小精悍，以较少的笔墨蕴藏丰富的历史内涵，管窥风景背后的政治经济色彩。恩古吉的非洲风景描写日益凸显个性的过程，是一批非洲作家风景描写日渐成熟的缩影。

非洲的风景哺育了钦努阿·阿契贝（Chinua Achebe, 1930—2013）、沃莱·索因卡（Wole Soyinka, 1934— ）、纽拉丁·法拉赫（Nuruddin Farah, 1945— ）、恩古吉、阿卜杜勒拉扎克·古尔纳、宾亚凡加·瓦奈纳（Binyavanga Wainaina，1971—2019）等一批书写非洲的作家。阿契贝在其小说《瓦解》（*Things Fall Apart*, 1958）中描绘伊博族人丰富多彩的生活时，用大量笔墨描绘了乌姆奥菲亚的风景；索因卡在其小说《诠释者》（*The Interpreters*，1965）中通过描绘尼日利亚的传统景观，告诉世人非洲不再是干旱饥荒之地，也不是只有种族歧视和部落冲突，而是一片现实与梦境交叠、融汇色彩斑驳与黑暗沉郁的真实的大陆，非欧文化冲突之下暗含的是丰富而真实的人性。但是，非洲风景的描写一直是一个备受争议的话题。在白人作家的笔下，非洲风景被描绘成"幼稚的大陆，没有自我意识之历史，被深沉的黑暗笼罩着"①。同时，非洲又是"一个巨大而充满异国情调的油画布，实际上讲述的却是欧洲人的故事"②。面对欧洲作家对非洲大陆的肆意解读，非洲本土作家开启了用欧洲语言描写非洲本土风景之路。西方评论家却质疑这些非洲作家的风景描写是"被塞在一种来自异域传统的措辞之中，不能给人带来原汁原味、满是非洲风情的时空感"③。

非洲作家能否用殖民者的语言赋予非洲风景以历史内涵、政治经济属性和时代意义，关乎民族使命和本土文学的未来。对此，非洲作家内部也出现了有争议的声音。尼日利亚作家奥比·瓦力（Obiajunwa Wali）指出："任何真正的非洲文学都必须用非洲语言书写，否则，他们只是在追求一个死胡同。"④本土语

---

① Georg Wilhelm Friedrich Hegel, *The Philosophy of History*, Sibree J. trans. New York: Dover Publications, 1956, p. 91.

② C. Loflin, *African Horizons: The Landscapes of African Fiction*, Westport, Conn: Greenwood Press, 1998, p. 3.

③ C. Loflin, *African Horizons: The Landscapes of African Fiction*, Westport, Conn: Greenwood Press, 1998, p. 1.

④ Obiajunwa Wali, "The Dead End of African Literature", *Transition*, 1997(75/76), pp. 13-15.

言有其独特的魅力和优势，但是只有生活在本土环境中的读者才能体会民族语言独特的韵味，其他族群的读者则被拒之门外，造成了作品为本国读者而写却无法走进世界文学的困境。作为肯尼亚基库尤族的后代，恩古吉也面临同样的艰难抉择，他曾坦言："我以为我要停止写作了，因为我知道我在写谁，但不知道是为谁而写。"但恩古吉终究是描写风景的高手，他能敏锐捕捉到非洲风景的外在特征，也能将其与人物心理描写和历史内涵紧密结合起来。在《战时诸梦：童年回忆录》这部自传中，恩古吉站在风景的内部重新回顾那段记忆中的成长岁月，他赋予风景更具体、更丰富的历史内涵，用英语描绘非洲风情。透过历史看风景，既是恩古吉自我成长的自然发展，也是非洲作家对非洲风景的重新建构。

## 二、自然景色：原始生态的变迁

翻开《战时诸梦：童年回忆录》第一章，一股具有浓浓历史沉重感的气息就扑面而来。

多年以后，当我读到艾略特的那句诗——4月是最残酷的月份，我总会回想起1954年的那个4月，回想起那月某天我在利穆鲁所经历的事情。我说的利穆鲁，就是1902年被另外一个艾略特，查尔斯·艾略特爵士，彼时殖民地肯尼亚的总督，当作黄金地产圈起来，然后起名曰"白人高地"的那个地方。那天，天冷得让人难受。昔日重现，现在记忆依旧栩栩如生。[1]

在英语原文的表达中，时间状语从句、主语从句复合在一起。其中修饰语补充说明的正是相关的历史背景信息，这是与恩古吉强烈的历史意识相一致的。正是因为风景中蕴含了丰富的历史内涵，罗斯寇（Roscoe）才会说，不把恩古吉

---

[1] Ngugi wa Thiong'o, *Dreams in a Time of War: A Childhood Memoir*, p. 3.

作品中的人物"和风景联系起来，我们就不能理解任何一个人物的个体性、社会性，以及精神性方面的重要性"①。

在恩古吉的童年回忆录中，殖民主义是非洲风景的油画布上无法掩盖的色彩，森林、铁路和城市都蒙上了殖民主义和帝国主义的底色。"归根结底，帝国主义是一种对地理施加暴力的行径。实际上，世界上的每一个空间都被这种地理暴力给勘探、绘制并最终加以控制。"②欧洲殖民者在占有和榨取非洲的过程中，非洲的风景不可避免地脱离了原本的色彩，这些变化通过童年时期恩古吉的视角呈现出来，建构在文字中。

森林是肯尼亚的原始生态中随处可见的风景。恩古吉小时候生活过的利穆鲁曾经也是森林密布的地方，但是随着时代的变迁和殖民主义的影响，森林也发生了变化，恩古吉用饱含民族意识和爱国热情的文字将这些变化一一在作品中建构出来。

沿着小山一样的牲畜粪堆向下是一片森林。当我还是一个刚刚学会走路的孩子时，自己的双眼看到的世界是：我的兄弟姐妹和母亲们，一大早出了院子之后，似乎就被这片森林给神秘地吞没了，到了晚上，他们又被神奇地吐了出来，完好无损。慢慢长大，我能走得离院子远一些了，森林中的条条小径映入眼帘。我知道穿过森林是利穆鲁镇，铁路对面是白人的种植园，我的哥哥姐姐去那里摘茶叶挣钱养家糊口。③

这段文字是以童年时期恩古吉的视角来展开的，文字充满童趣，又不失真实。森林同生活在其周围的人和谐相处，却也有神秘而不为人知的一面。恩古吉明白，它将人"吞没"和"吐出"的能力背后一定有深层次的原因。随着年龄的增长，他渐渐明白森林通往的是侵略者所建立的种植园。而颇具讽刺性的是，在

---

① A. A. Roscoe, *Uhuru's Fire: African Literature East to South*, Cambridge: Cambridge University Press, 1977, p. 178.

② Edward Wadie Said, *Culture and Imperialism*, New York: Knopf, 1994, p. 70.

③ Ngugi wa Thiong'o, *Dreams in a Time of War: A Childhood Memoir*, p. 10.

种植园里劳动成了恩古吉家人谋生的一种手段。对他们一家来说，种植园意味着经济来源，此时的森林又增添了几分经济内涵。

后来，情形变了。现在我依然不知道，这些变化是突然发生的，还是慢慢改变的。但它们的确变了，先是牛羊都不见了，只留下空荡荡的牲口棚。废物堆不再是堆放牛羊粪便的地方，而只是堆放垃圾的地方。它的高度变得缓和，我也能轻松跑上跑下。母亲们不再耕种我们院子周围的田地了，她们现如今在离院子很远的地方耕种；父亲的茅舍没人住了，他的妻子们走上很远的路程来给他送饭。我看到树木被砍，只剩下光秃秃的树桩；土被翻耕之后，种上了除虫菊。看着森林一点点收缩，除虫菊一点点扩张，让人觉得有些奇怪不安。更加引人注目的是，我的姐姐哥哥们，开始季节性地在这些新的、吞掉我们森林的菊地里干活。以前，他们只在铁道线对面的白人茶田打工。①

尽管茶田还没有吞噬森林，但是随着种植园的面积不断扩张，森林面积逐渐减少，取而代之的是大面积的除虫菊，传统的经济和生活方式受到极大的冲击，新的生产关系登上历史舞台。欧洲殖民者为了转移种族矛盾，开始在非洲扶植黑人代理人，放权让黑人去管理低级的生产形态，让占有资源和享受利益之间的矛盾成为黑人内部的矛盾，减少了白人和黑人之间的直接冲突。殖民者以牺牲生态环境为代价来享受剥削所获得的既定利益，森林逐渐消失的背后是肯尼亚人民所处的水深火热的生活，但恩古吉记忆中的森林本身有其独特的意义。

除虫菊田并没有把森林全部吞没。稠密的小树丛还到处可见。我们常去那里爬树，有时候把两棵树的树枝连在一起，搭成一座桥，或者拽树枝从一棵树荡到另一棵树。②

---

① Ngugi wa Thiong'o, *Dreams in a Time of War: A Childhood Memoir*, p. 11.

② Ngugi wa Thiong'o, *Dreams in a Time of War: A Childhood Memoir*, p. 55.

森林的面积大幅减少，但对孩子们的魅力却依然未减。森林承包了恩古吉童年时期的大多数快乐时光。在那个娱乐方式有限的年代，在树丛中玩耍就是在原生态的自然风景中悠游。恩古吉接受的是西方教育，但他依然对基库尤文化情有独钟。他对心中那片关于森林的记忆的守护，也是对肯尼亚的情愫所在。他对利穆鲁原生态的风景的怀念并未完全排斥和否认殖民主义给肯尼亚风景带来的积极融合。恩古吉在自传中提到了茶叶的出现，这证明他在怀念利穆鲁原生风景的同时，也承认殖民文化在某种程度上融入了肯尼亚的自然风景中。

利穆鲁最早的茶种，是1903年从印度引入的。可是，在我看来，眼前这些茶树，这些一望无际的青枝绿叶，仿佛开天辟地之时就成了利穆鲁风景的一部分。[1]

茶田成为利穆鲁风景的一部分，是肯尼亚内部种族文化融合的一种体现。利穆鲁的茶种来自印度，由英国殖民者带进肯尼亚，但它却和谐地融入当地生态系统中，成为利穆鲁风景的有机组成部分。

恩古吉在这些事情上凸显了肯尼亚民族文化的包容性，更强调不同种族在一定条件下也是可以和谐相处的。肯尼亚社会中的分裂现象，一直是恩古吉所牵挂的问题。由于文化、政治等方面的原因，肯尼亚社会汇集了来自亚非欧的三个族群。亚非欧大陆在地理位置上的界限本就泾渭分明，在同一空间下也是各自"生活在自己的种族之壳中"[2]。欧洲人凭借作为白种人的自我优越感，利用暴力手段剥削、掠夺非洲人。亚洲人迫于欧洲殖民者的种族政策而选择保持沉默。这三个种族的割裂如同肯尼亚自然界中的东非大裂谷，种族间的隔阂和障碍令人触目惊心。借着书写茶田这一展现文化融合的风景，恩古吉认为只要各种族都能抛弃私利和暴力，共享肯尼亚大地的滋养，和谐相处也并非遥不可及。

---

[1] Ngugi wa Thiong'o, *Dreams in a Time of War: A Childhood Memoir*, p. 53.

[2] Ngugi wa Thiong'o, *Homecoming: Essays on African and Caribbean Literature, Culture and Politics*, London: Heinemann, 1972, p. 23.

## 三、人文景观：社会发展的体现

非洲大地接纳了欧洲人和亚洲人，非洲社会迎来了工业文明的冲击。在《战时诸梦：童年回忆录》中，火车和城市的出现打破了非洲纯粹的自然风景，人文景观也在发生变化，道路、桥梁、矿山……都被强加在非洲大地上。恩古吉讲述早年父辈从偏远的木朗阿逃难到内罗毕时对城市和火车的震惊。

他们站在那里，敬畏和恐惧感油然而生。眼前是错落有致的各种石头建筑。道路交错，车辆繁多，各色人等，黑白杂陈。一些白人坐在四轮车上，黑人前拉后推地走着，这些应该就是白人精神，这应该就是内罗毕，那个听说是从大地深处蹦出来的城市。但他们对那些铁道线和那个骇人的怪物还一无所知。它口吐火焰，间或发出一声高喊，让人心血凝固。①

非洲人习惯于以农耕为主的部落生活，内罗毕发生的翻天覆地的变化仿佛从天而降的怪物，给人带来了一种不知所措的恐惧感。内罗毕，这个新兴的城市，是肯尼亚繁华的经济中心，又是殖民时期殖民地政治现状的缩影。"白人坐在四轮车上，黑人前拉后推地走着"，此时的内罗毕阶级矛盾突出，种族歧视、殖民主义笼罩的肯尼亚亦是如此。曾经，内罗毕给父辈带来了恐惧和震撼；如今，内罗毕给新一辈带来了希望和沉甸甸的历史感受。因为自己患上了眼疾，恩古吉和母亲到内罗毕看病，他这样描写第一次身处内罗毕的感受：

能来到大都市，我特别兴奋。我从没有在一个地方见过这么多石头砌成的建筑。这些建筑，是那些我父亲逃离木朗阿时看到的建筑吗？和同父异母的哥

---

① Ngugi wa Thiong'o, *Dreams in a Time of War: A Childhood Memoir*, p. 14.

哥——英国公民——住过的房子一样吗？这些建筑中，有没有哪个，可能是那夜撞上我们房子的那辆卡车出发的地方？它们可能是各不相同的内罗毕。①

每座城市都是无声的历史见证者。它们默默诉说着历史的声音，讲述着从这个城市匆匆走过的人的故事。透过内罗毕的城市建筑，恩古吉由物及人，忆起了父辈的过去，那也是内罗毕记忆的一部分，在时空的交错中和历史有了联系，恩古吉和父亲也有了交集。

农业城市化不是孤立进行的，而总是与工业化相辅相成。铁路是顺应时代的产物，在近现代世界文学作品中也是一个重要的风景象征。作为世界近代史上工业化的产物，作家对火车的评价却褒贬不一，惠特曼称赞其为"现代的典型、运动与力的象征、大陆的脉搏"②；狄更斯描写其为"一列怪物似的火车满载着房屋的骨架和准备建造新公路用的材料以蒸汽本身的速度沿着铁路驶入了乡村"③；卡特关注了铁路所代表的工业文明对农业文明的冲击——"新的、笔直的铁路穿过田野，撕裂了稳定的农业文明精致脆弱的组织"④。

作为欧洲的殖民地，火车也闯进了非洲，出现在了非洲自传之中。西非的法洛拉在其回忆录《比盐还甜》（*A Mouth Sweeter than Salt*, 2004）中，记述了火车给自己及小伙伴们的生活所带来的影响；南非的库切在《孩提时代》中，描写了夜行的火车令自己的内心充满静谧和安详；东非的恩古吉则描写了火车融入当地风景后给肯尼亚及肯尼亚人民带来的种种后果。火车的出现改变了肯尼亚的原始政治生态。他肯定火车的基本属性，即交通工具，并把它接纳为本土风景的一部分。

---

① Ngugi wa Thiong'o, *Dreams in a Time of War: A Childhood Memoir*, pp. 48-49.

② 惠特曼：《致冬天的一个火车头》，载《草叶集》，楚图南、李野光译，北京：人民文学出版社，1994年，第805页。

③ Charles Dickens, *Dombey and Son*, New York: Alfred A. Knopf, 1994, p. 218.

④ Ian Carter, *Railways and Culture in Britain*, Manchester: Manchester UP, 2001, p. 53.

　　这条铁路就是多年前让我的父辈感到恐惧的那条铁路，可如今，它是当地风景中如此寻常的一部分，以至于我的母亲竟然说她要乘火车出行，而我和弟弟吵着要跟她一起去。①

　　19世纪，技术给人们带来了信心，铁路和火车的出现则是进步最重要的象征。它不仅象征技术的进步，而且象征政治扩张和殖民侵略。不过年少的恩古吉最初还是对火车充满了好奇，把这个曾震惊父辈的异国怪物当作奇特的景观。在火车驶进自己的家乡利穆鲁时，他经常看到哥哥姐姐和邻家小孩兴奋地跑去参观，"每周日，我的哥哥姐姐们醒来便做好准备，不是去教堂做礼拜，也不是参加节日活动，而是去看火车"②，自己也乐在其中。但当成年的恩古吉再回首那段和火车相关的岁月时，他看到了火车在进入非洲大地的同时也带来了政治灾难。

　　在《战时诸梦：童年回忆录》中，恩古吉讲述道："从1896年始建于科林蒂尼，途经蒙巴萨岛，穿越肯尼亚内地到达基苏木的铁路线于1901年12月通车。"③英国殖民者在肯尼亚境内修了一条横贯东西的大铁路。铁路为肯尼亚人民的出行带来便利的同时，也引发了大规模的移民潮，"它不仅把欧洲殖民者带了进来，也把印度工人带了进来"④。更令人痛心的是，"非洲原住民失去了自己土地的所有权，他们能支配的只有自己的四肢，他们出卖自己的劳动力为白人殖民者打工、为印度零售店老板打工以换取少量津贴"⑤。随着白人殖民者的涌入，肯尼亚"被分割为只允许白人拥有的白人地区，肯尼亚殖民政府代英国国王管理的王冠区，以及强制安置那些被迁出故乡的黑人的非洲人居留地"⑥。此时的火车不再是力量和希望的象征，它刻在肯尼亚农民心头最深的记忆是"失

---

① Ngugi wa Thiong'o, *Dreams in a Time of War: A Childhood Memoir*, p. 76.

② Ngugi wa Thiong'o, *Dreams in a Time of War: A Childhood Memoir*, p. 77.

③ Ngugi wa Thiong'o, *Dreams in a Time of War: A Childhood Memoir*, p. 76.

④ Ngugi wa Thiong'o, *Dreams in a Time of War: A Childhood Memoir*, p. 76.

⑤ Ngugi wa Thiong'o, *Dreams in a Time of War: A Childhood Memoir*, p. 76.

⑥ Ngugi wa Thiong'o, *Dreams in a Time of War: A Childhood Memoir*, p. 76.

去"：失去自己相依为命的土地，失去自己赖以生存的家园，失去自己拳拳爱国情可放置的地方，失去国家主权独立和人民平等。为了生存，他们不得不在自己的土地上成为最熟悉的陌生人。社会等级、种族歧视也随之而来，而火车本身就是政治社会的缩影和真实写照，"车厢被分成了三等：一等车厢白人专属，二等车厢印度人专属；而非洲人只能坐在末等车厢"①。这种欧洲殖民者强加在非洲及非洲人民身上的以牺牲一个阶级的利益为代价的"进步"，背后隐藏着诸多不可调和的矛盾和危机。

## 结　语

恩古吉在《战时诸梦：童年回忆录》中所描写的风景布满了历史的车轮所留下的痕迹，饱含历史兴衰之感慨。森林在殖民主义的冲刷之下不断变迁，城市和火车被动地镶嵌在非洲大地上。在肯尼亚处于历史蒙尘、国家蒙羞、人民蒙耻的岁月里，自然景色和人文景观像会说话的眼睛一样诉说着历史的沉重、现实的故事和未来的美好。作家理解自然时所坚持的哲学原则影响着他在作品中对现实的处理，他以成年人的思维为孩子视域下的景色赋予了丰富的历史内涵。

（文/山东省菏泽市第二中学 康媛媛）

---

① Ngugi wa Thiong'o, *Dreams in a Time of War: A Childhood Memoir*, p. 76.

第七篇

梅佳·姆旺吉
小说《白人男孩》中儿童眼里的"茅茅"起义

梅佳·姆旺吉

Meja Mwangi，1948—

## 作家简介

梅佳·姆旺吉（Meja Mwangi，1948— ），原名大卫·多米尼克·姆旺吉（David Dominic Mwangi），肯尼亚作家，出生于肯尼亚中部的纳纽基（Nanyuki）。"茅茅"起义期间，英国殖民者采取严厉的报复措施，抓捕和拘留肯尼亚人民。年幼的姆旺吉和他的母亲也曾被短暂监禁，这段拘留生活为他创作《死的滋味》（*Taste of Death*，1975）提供了素材。

姆旺吉曾就读于纳纽基中学，之后在肯雅塔学院学习了两年，又到利兹大学攻读英语学士学位。1972 年，他在法国电视台驻内罗毕英国文化协会的视听部担任音响工程师，业余时间用来写作。其处女作《快点杀死我》（*Kill Me Quick*，1973）获得第一届乔莫·肯雅塔文学奖。20 世纪 70 年代，他又相继发表长篇小说《喂狗的尸体》（*Carcase for Hounds*，1974）、《死的滋味》、《河道街》（*Going Down River Road*，1976）、《蟑螂舞》（*The Cockroach Dance*，1979）等。1975—1976 年间，姆旺吉在美国爱荷华大学作家工作坊学习，并参与了国际写作项目。

多年来，姆旺吉的作品被译成荷兰语、法语和德语等多国语言，在国际上享有盛誉。他曾多次获得国内和国际级别的文学奖项。1978 年，他获得由亚非作家协会颁发的莲花奖。儿童文学作品《小白人》（*Little White Man*，1990）于 2002 年在德国获得德国文学奖。小说《最后的瘟疫》（*The Last Plague*，2000）于 2001 年获得乔莫·肯雅塔文学奖，第二年又提名都柏林文学奖。《白人男孩》（*The Mzungu Boy*，2005）于 2006 年获非洲儿童图书奖、美国国家图书馆协会全国儿童图书奖和美国学校图书馆协会国际荣誉图书奖。他的《大酋长》（*Big Chief*，2007）获得 2009 年乔莫·肯雅塔文学奖英语成人小说三等奖。

## 作品节选

《白人男孩》

（*The Mzungu Boy*，2005）

On the bushes grew many kinds of berries. Some of them were poisonous but most of them were good to eat. I showed Nigel which ones were edible.

"Never eat strange berries," I told him. "They can kill you very quickly. You must watch the birds. Don't eat anything they don't eat."

Nigel had read a great deal about jungles, and he knew some of these rules. But everything he had seen so far was bigger, more awesome than anything he had ever read. He told me again about Tarzan. He lived with the animals and was king of the jungle.[1]

灌木丛上长着多种浆果，其中有些浆果有毒，但大多数都很好吃。我告诉奈杰尔哪些是能吃的。

"永远不要吃奇怪的浆果，"我告诉他，"它们可以很快杀死你。你要观察鸟，不要吃它们不吃的浆果。"

奈杰尔读过很多关于丛林的书，他知道一些丛林法则。但在丛林里，他所看到的一切都比他读过的任何东西都更大，更棒。他跟我说泰山的故事，说泰山和动物一起生活，是丛林之王。

（王星榆 / 译）

---

[1] Meja Mwangi, *The Mzungu Boy*, Toronto: Groundwood Books, 2011, p. 48.

**作品评析**

# 小说《白人男孩》中儿童眼里的"茅茅"起义

## 引　言

　　《白人男孩》是肯尼亚著名作家梅佳·姆旺吉的一部儿童文学作品。故事围绕着肯尼亚男孩凯里尤基（Kariuki）展开，讲述在20世纪50年代，一个12岁的非洲男孩同白人男孩奈杰尔（Nigel）跨越殖民思想的束缚，在丛林中探险，并建立深厚友谊的成长故事。整部小说以儿童的视角展开，叙述残酷的社会现状和无处不在的思想束缚，同时充满儿童天马行空的想象和对理想的不懈追求。

## 一、殖民统治下肯尼亚的社会状况

　　梅佳·姆旺吉于1948年出生于肯尼亚纳纽基。他的母亲曾在当地的一个白人家庭当过女佣，因此姆旺吉很早就接触了欧洲文化和殖民思想。在他4岁那年，"茅茅"起义掀起了肯尼亚独立的浪潮。"茅茅"起义是由肯尼亚当地的基库尤人发动的一系列大规模起义运动，为肯尼亚摆脱殖民统治、争取民族独立做出了巨大的贡献。姆旺吉的成长一路伴随着肯尼亚独立运动，他亲眼见证茅茅党人为了反抗英国殖民统治、建立独立国家所做出的斗争和牺牲，又曾经和家人一同被关入隔离营。如此的童年经历使得姆旺吉将写作重心放在对殖民主义的批判和对国家发展的反思上，并从小人物的视角反映严峻的社会问题。他的作品经常因选材于肯尼亚历史上这一特殊时期而受到赞扬。

小说《白人男孩》的主角凯里尤基来自肯尼亚的一个小村庄，从他身上能够看到姆旺吉童年经历的缩影。对于黑人男孩凯里尤基来说，唯一能够让他放松的地方只有森林深处的湖泊，在这里他才能够短暂逃离布瓦纳·吕安（Bwana Ruin）的殖民统治、校长"第一课"的差别教育、父母布置的繁重农活和村民们对黑人男孩的歧视。一天，他遇到了白人男孩奈杰尔——布瓦纳·吕安的孙子。两个男孩年龄相近，在日常的玩耍打闹中建立了深厚的友谊。他们相约去森林里猎杀最凶猛的野猪，但被隐藏在森林里的一小群"茅茅"起义军抓住。由于奈杰尔的特殊身份，两个男孩被当作人质。起义军的头领决定杀死两个男孩来威胁布瓦纳·吕安并确保基地的安全，而凯里尤基的哥哥哈里（Hari）悄悄放跑了他们，导致起义军的基地被暴露，最终哥哥被杀害。

小说反映出社会中因为阶级、人种、文化冲突等多种问题带来的矛盾，它们从殖民者的政治欺骗、教育的深度影响等方面在文本中呈现出来。小说的开篇就揭示了殖民统治者的欺骗行为。当地的统治者布瓦纳·吕安认为村民中有人偷走了他的枪支，为此他命令全体村民从清晨到下午六点聚集在山洞里，其间不允许进食，仅仅是为了搜查那支丢失的枪支。对于他来说，村民的温饱问题都不在考虑之中，偷窃枪支有可能威胁到他的统治。虽然并没有明确的证据证明枪是被黑人村民偷走的，布瓦纳·吕安却直接指认村民就是犯人，由此可见布瓦纳·吕安对村民的不信任和黑人村民受到的非人待遇。他假装亲切，表面上宣扬自己处处为民，而实际上处处是对村民的欺骗和剥削，而村民对此心知肚明，却没有任何反抗情绪。布瓦纳·吕安如此欺骗道：

当你们从我的牛奶厂中偷牛奶时，我有没有像别人一样把你们关进监狱？没有，对吧？

当你们去年偷我的小麦时，我有没有报警逮捕你们？嗯？

当你们的孩子从我的果园偷水果，闯进我的果园，拿走我的水果，我有没有像其他白人那样，派我的猎犬咬你们？不，我从来没有这样做过。我让你们自己管好自己，对吧？[1]

他在表面上放弃法律手段以彰显自己的宽容大度，但实际上是为自己的利益考虑。在当时的肯尼亚村庄，殖民统治者经常使用类似的欺骗手段。对殖民统治者来说，欺骗是最简单直接的统治方式，因为他们在这个地区有绝对的统治地位，黑人村民大多会对他们盲目服从，即使明白这是欺骗，也没有表现出任何的反抗。因此，殖民统治者隐瞒一部分的事实，真相也不容易暴露。由此可见殖民思想在肯尼亚村民心中根深蒂固和他们对不平等待遇的忍受。

布瓦纳·吕安还在小说中多次强调"我的牛奶厂""我的小麦""我的果园"，这是典型的殖民思想。当时英国殖民肯尼亚，强行从村庄与庄户夺取土地、牲畜等农业基本生产资料，并把这些生产资料聚集在各个村庄的统治者手中，强迫黑人村民劳动，还美其名曰"提供工作岗位"。对于黑人村民来说，他们对法律几乎一无所知，对于接受法律的审判和接受殖民统治者私自的惩罚没有明确的认知。法律比起私自惩罚是相对民主和公平的，但在当时的肯尼亚社会，法律体系还未完善，建立的大多数法律法规都是模仿英国的宪法，根本目的还是在于巩固殖民统治。这些都体现出了当时肯尼亚的社会问题：英国殖民者的绝对统治与人民自主权的丧失。

教育是社会发展和延续必不可少的基本手段，教学条件与理念能在一定程度上反映这个社会的问题。小说中，校长"第一课"的教学理念非常简单，就是无论如何要准时到校以及穿着校服。他多次强调：

"首先……"他开始了说教。

"砰！"他用笞杖狠狠敲打。

"无论你是被军队还是野牛攻击，"他告诉我们，"你必须像往常一样来学

---

[1] Meja Mwangi, *The Mzungu Boy*, Toronto: Groundwood Books, 2011, p. 2.

校，穿着校服，还有……？"

"不迟到！"我们大声回答道。

"首先……"

"砰！"又响起答杖的声音。

"就算你爸的房子着火了，而且你的书还在里面，"他对我们说，"你必须像往常一样来学校，穿着校服，还有……？"

"不迟到！"我们大声回答道。

"再说一遍！"

"不迟到！"

"一直都……"

"不迟到！"

"因为时间是……"

"金钱！"

"非常好，"他对我们说，"首先……"

"砰！"

"无论你感冒、胃痛还是腹泻，"他对我们说，"你必须像往常一样来学校，穿着校服，还有……？"

"不迟到！"我们大声回答道。

"只有什么情况我才会原谅你们不来上学？"

"当我们死了！"我们大声回答道。①

对这位校长而言，教育更像是在完成一种任务。他所追求的不是传授知识、培养能力，而是完成形式上的任务。校长对校园暴力事件和学生小集团中的争斗充耳不闻，不予理睬，这样的学校并不能起到该有的教育作用。在殖民统治期间，肯尼亚的教育是相对落后的，尤其是对黑人孩子的教育。当时肯尼亚学校大

---

① Meja Mwangi, *The Mzungu Boy*, pp. 8-9.

多是根据种族分层的，白人孩子可以使用较好的设备和学习资料，而黑人孩子从学校里得到的更多是先入为主的种族自卑感。

这种分层的教育制度从另一个方面来说，是一种控制黑人、维持殖民统治的手段，最终培养出来的都是毫无反抗精神的半文盲农民。比起直接的暴力起义，教育在革命解放中起着举足轻重的作用。革命需要有识之士来宣传，起义需要演说家去动员，新社会需要人才去建设，而如此的教育制度无法提供社会所需要的人才。托马斯·麦考利（Thomas B. Macaulay）在一次演讲中揭露了殖民教育的目的：

任何文学读者都不能否认，一个好的欧洲图书馆的单一书架就相当于全部的印度和阿拉伯本土文学。殖民的最终目的是组建一个新的阶级去担任我们与我们统治的人民之间的口译员，他们有黑人的血脉，也有英国人的品位、观点、道德与智力。①

虽然他的观点缺乏对本土制度与文化的尊重，但殖民对文化的同化进程的推进作用是不可否认的。同时，当地黑人对白人有着非常扭曲的刻板印象和盲目崇拜，如此的刻板印象是在长期殖民统治下形成的一种相对固定的看法。凯里尤基听说了很多关于白人的谣言，展现了当地黑人对白人形象的具体认识。他们对白人的认识是片面的，是不符合实际的，往往将白人中殖民统治者这一特殊人群看作白人的典型。殖民统治者带有目的性的欺骗也加深了这种错误的认识。如此的刻板印象禁锢了黑人的思想。姆旺吉通过凯里尤基对非洲人眼中的白人形象的质疑，揭示了20世纪50年代肯尼亚社会中普遍存在的思想问题是造成当地黑人奴性思维方式的一大要素，磨灭了当地黑人的反抗意识。小说中，黑人男孩凯里尤基质疑道：

① David Skuy, "Macaulay and the Indian Penal Code of 1862: The Myth of the Inherent Superiority and Modernity of the English Legal System Compared to India's Legal System in the Nineteenth Century", *Modern Asian Studies*, 1998, 32(3), pp. 513-557.

所有白人都很富有，拥有大农场和数不尽的汽车，这是真的吗？他们不吃任何不加糖的食物，这是真的吗？他们不会撒谎和偷窃，这是真的吗？他们在被割伤了之后不会流血，这是真的吗？他们是上帝唯一真正的子民，这是真的吗？巫术不能杀掉他们，这是真的吗？他们死后会直接上天堂，这是真的吗？[①]

殖民统治下的黑人村庄里有明确的等级观念。统治者布瓦纳·吕安以及所有白人的地位稳居其他人之上，接着是黑人男性村民、女性村民和女孩，而男孩和狗的地位是最低的，甚至比饲养的牲畜还低。凯里尤基如此抱怨道："我们村里的一切都按等级制度运行。在所有人之上的是布瓦纳·吕安，玛姆萨布·吕安和任何来村子里的白人，接着是黑人男性村民、女性村民和女孩，然后才是剩下的我们。黑人男孩和村子里的狗在等级制度的最底层，低于饲养的山羊、绵羊和小鸡。我们黑人男孩没有任何权利，在家里没有，在村子里没有，在学校里也没有。"

这反映了姆旺吉童年时期对等级制度的真实想法。白人作为殖民统治者，地位居最高位，黑人男性成人作为社会中主要的劳动力而排行第二，女性由于其特殊的生育作用排行第三，而黑人男孩和村子里的狗被认定为破坏和偷窃的罪魁祸首，地位甚至低于饲养的牲畜。这种等级排序其实就是对黑人价值的排序，把黑人当成廉价劳动力，剥夺了他们作为人的权利。

## 二、跨越鸿沟的友谊

黑人男孩凯里尤基和白人男孩奈杰尔初次相遇，是在布瓦纳·吕安的鱼塘。当时奈杰尔正在钓鱼，而对于黑人村民来说，在布瓦纳·吕安的鱼塘钓鱼是违法

---

① Meja Mwangi, *The Mzungu Boy*, p. 60.

的，是要受到处罚的，因此凯里尤基好心地提醒他。就在一周前，森林守卫抓住一些钓鱼的男孩，把他们带到布瓦纳·吕安跟前。布瓦纳·吕安鞭打了这些男孩，并威胁要解雇他们的父亲。对于黑人男孩而言，在村里的鱼塘钓鱼，在果园摘水果，甚至摘一片树叶，都是偷盗行为，都会受到布瓦纳·吕安的惩罚，严重时甚至影响到整个家庭的生计和安全。凯里尤基的父亲对此害怕到这种程度：

> "我会被解雇的，"他说，"我会失去我的工作!"这还不是全部。他们会把他拖出去绞死，接着会把母亲拖出去绞死。
>
> "然后，"好像这些话还不足以吓到我，"他们会来找你，还有哈里。"
>
> 我父亲并没有编造故事吓唬我。他相信布瓦纳·吕安会这么做，这使我也不得不相信。他眼中的恐惧太真实了。[①]

凯里尤基的父亲是布瓦纳·吕安的厨师。跟其他黑人农民相比，在村子里他有着相对较高的地位。他处处警告凯里尤基不要做任何触犯地主的事，这也不仅仅是为了凯里尤基不挨骂不挨打，更是为了自己不丢失这份宝贵的工作。这份工作是家里唯一的收入来源。

凯里尤基的家庭相较于其他黑人村民来说还算是幸福，没有金钱上的困扰，父亲有稳定的工作，母亲对他犯的过错大多是包庇。凯里尤基作为家里的小儿子还是备受疼爱的，但凯里尤基最憧憬的，还是父母能够给他更多的关怀。凯里尤基也明白自己的家庭地位，他对于这难以改变的事实采取了消极但有效的手段，就是装傻，只回答"不知道"或者"什么都没有"等模棱两可的答案，这些都是逃避的标准答案。凯里尤基有一个秘密基地，是丛林深处的一个湖泊，那里宁静、不为人知，陪伴他的只有鸭子一家。这里对于他来说是一个逃避残酷现实的仙境，鸭子一家也反映了凯里尤基渴望的理想家庭，温馨和睦。

---

① Meja Mwangi, *The Mzungu Boy*, p. 68.

父亲对统治者布瓦纳·吕安的恐惧深深影响着凯里尤基。父亲作为一家之主，肩负一家人安全和生活的责任。在凯里尤基眼中，如此威严高大的形象，却如此恐惧布瓦纳·吕安，这在他的思想上打上了不可磨灭的烙印。如此深刻的服从思想也为后续情节做了铺垫，解释了凯里尤基将"茅茅"起义军的情报几乎全盘托出的原因。由此可见，在20世纪50年代，殖民思想对当地黑人的荼毒已到此般境地，白人统治黑人的思想已深入人心。

而从小在英国长大的奈杰尔，他不理解亲切和蔼的爷爷会做出如此残忍的行为，在鱼塘钓鱼是合理的，不至于到犯罪的地步。而河流是所有人的，所有人都可以在任何时间、任何地点钓鱼。两个男孩虽然年龄相仿，但成长的环境、家庭的教育、掌握的知识和既成的世界观都有天壤之别。

奈杰尔为了报答凯里尤基教他钓鱼，将一条鱼送给了凯里尤基。虽然奈杰尔是出自好心，但正因为这条鱼，凯里尤基受到了惩罚，因为鱼塘属于布瓦纳·吕安，黑人是不允许吃鱼的，而凯里尤基带回的鱼成了偷窃的证据。最后还是奈杰尔出面，证明这条鱼是他送给凯里尤基的，才让凯里尤基一家逃过一劫。由此可见，村庄里黑人白人不平等的现象非常严重。对于凯里尤基来说，和白人男孩奈杰尔的友谊可以让他了解外面的世界，学到学校里不会教授的知识，也可以让他在布瓦纳·吕安面前有了逃避惩罚的余地，但同时也是等级逾越的象征，小小的不经意的举动就有可能带来灾难。在当时英国殖民统治的肯尼亚，这是大部分村庄里的常态，非人道的事件比比皆是，白人和黑人之间有着一条难以逾越的鸿沟。

在遇见白人男孩奈杰尔之后，凯里尤基深刻体会到了社会的不公：

> 我早就放弃去理解成年人的世界了。
> 奈杰尔无法理解黑人男孩的残酷生活。
> "你爸爸没有打过你吗？"我问道。
> "没有，"他告诉我，"从来没有。"
> "那你妈妈呢？"我问。
> 她也没有打过奈杰尔。

"那你的哥哥们呢？"我问他。

他没有兄弟。

那老师呢？我问他。老师难道一直没有用笞杖打你吗？

"从来没有过。"他告诉我。

我忍不住羡慕他。我告诉他一个黑人乡村男孩的生活有多么艰苦。每个人都以打你为乐。只有当你长大了，受割礼，成为一个真正的男人之后，你才能不被打。那时没有人会再碰你了，即使是你的母亲也不行。[1]

黑人男孩凯里尤基认识到了巨大的差异。初遇奈杰尔时，凯里尤基只当他是不懂规矩的淘气男孩，而现在，奈杰尔成了高人一等的白人。凯里尤基不免有些嫉妒害怕，但又被奈杰尔描述的生活深深吸引。他好奇，他憧憬，他期盼，希望自己有一天也能过上如此自由幸福的生活。他的梦想从原来的长大成人，不再挨打，转变成逃离村庄，去遥远的理想之乡。

奈杰尔的话戳穿了布瓦纳·吕安的谎言：

"但布瓦纳·吕安能在黑暗中看见东西，"我说，"你的爷爷能在黑暗中看见东西。"

"他不能，他的眼睛和我一样。"

我们偶然发现了一个真相。

"你爷爷能看出我在想什么吗？"我尝试问道。

"不能。"

我必须确认。

"他们在村子里谣传你爷爷能读心，"我告诉他，"就是看出人们在想什么。他能做到吗？"

"他不能，没有人能做到。"

---

[1] Meja Mwangi, *The Mzungu Boy*, p. 39.

"他能看透你的内心吗？"我接着问，"他能知道你什么时候撒谎吗？"

"没有人能做到，"奈杰尔不耐烦地答道，"他和普通人一样，只能用眼睛看。"

更加不可思议的真相！我迫不及待想回村子告诉大家，即使男孩们永远不会相信我。①

姆旺吉设计如此的白人男孩形象是别有用心的。"男孩"意味着涉世未深，没有受到殖民主义的荼毒，往往不会有严重的种族歧视观念，这样的人物形象才能同黑人友好交流，有其合理性。同时姆旺吉也传达了他的期望，他希望有像白人男孩奈杰尔一样对黑人充满善意的白人出现，点醒沉溺于殖民主义漩涡之中的广大黑人同胞。

## 三、男孩卷入"茅茅"起义

凯里尤基不止一次提到逃离村庄的冲动和对自由生活的幻想。对他而言，英国是个遥不可及的地方，这不仅仅是两国之间实际的遥远距离，更是心理上的难以触及。逃离是无法实现的梦想，他没有足够的能力，没有明确的去向，没有逃离的手段，在他面前只有无尽的森林、凶残的野兽、愚昧的家人、虚伪的统治者等难以克服的阻碍。这也映射出当时肯尼亚黑人的矛盾心理，心中充斥着对殖民统治的抗议，对不公待遇的不满，但逃离的奢望在成长过程和日常农活中逐渐消失殆尽，最终还是受着殖民主义的奴役。

但在布瓦纳·吕安看来，肯尼亚人民对自由的渴望和追求是无法实现和本质错误的。他自诩是为民着想的优秀领导者，认为没有殖民统治的地区只有无尽的贫穷和失业，而村庄里的生活能满足生存的需求。布瓦纳·吕安在一次演讲中说：

---

① Meja Mwangi, *The Mzungu Boy*, p. 56.

"这是我的土地!"他强硬地说。

"这里是我从那里,用我的钱买来的!茅茅党人告诉你,他们会把这片土地从我这儿拿走,再交给你们或者其他人,一派胡言!这永远不会发生,至少不在近两千年,除非你们从我的尸体上踏过去!"

"自由?"布瓦纳·吕安继续说道。

"什么自由。嗯?我再问你们一遍,他们告诉你们什么样的自由?做什么的自由?去哪里的自由?你们没有别的地方可去,你们的部落充斥着穷人和失业者,你们没有回去的土地。对吗?对吗!"①

布瓦纳·吕安无法理解黑人对自由的追求和对独立国家的期盼。在他眼中,肯尼亚到处充斥着贫困和荒芜,只有白人统治的地区才能显露出欣欣向荣的气象,这块土地是根据合法途径归入他名下的,他有权支配这片土地上的一切,而当地村民只是土地的附属品。

两个男孩在一次次的森林冒险中建立了深厚的友谊。他们从火柴聊到飞机,从树果聊到毒蛇,如同多年未见的老友。黑人男孩凯里尤基与白人男孩奈杰尔的友谊是两种文明的碰撞,是在殖民统治下罕见的奇迹,他们之间的友谊跨过了人种的鸿沟,是两种文明、两个社会的交融。姆旺吉在小说中设计他们的友谊,也体现了他对种族平等的渴望和追求。凯里尤基与奈杰尔的友谊是作者理想中的跨越了殖民主义和等级制度的文化融合。

故事的高潮是"茅茅"起义军挟持了白人男孩奈杰尔和来寻找他的凯里尤基。起义军打算利用奈杰尔的特殊身份逼迫统治者布瓦纳·吕安投降,并且为了起义军的根据地和身份信息不被暴露,"茅茅"起义军的领导者卡特—卡特(Cutter－Cutter)决定欺骗布瓦纳·吕安,用两个男孩的生命换取土地。哥哥哈里作为起义军的一员,放跑了凯里尤基和奈杰尔,结果被认为是叛徒而遭到枪杀。

---

① Meja Mwangi, *The Mzungu Boy*, p. 86.

　　杀死两个男孩对于眼前的起义事业确实是最低风险的手段，但从人性的角度来看，这种残忍的杀害行为与英国殖民统治并无本质上的区别，都建立在牺牲一部分人的利益之上。"茅茅"起义军的领导者卡特—卡特不是一个合格的领导者，虽然把白人男孩奈杰尔作为人质来要挟布瓦纳·吕安貌似是一个明智的战略，但把两个男孩都杀死也确实太过残忍。起义的成功与否，不仅仅是看哪方成为统治阶级，更是看政策上的改变和对人民需求的满足，单纯的暴力革命是不能解决问题的。姆旺吉安排这一情节，不是否定起义对肯尼亚独立的伟大意义，反而是对起义的肯定和期望，期望能有优秀的领导者，建立理想的肯尼亚社会，为人民带来幸福的生活。

　　凯里尤基和奈杰尔回到村庄后，却将"茅茅"起义军的信息几乎全盘托出，这也暗示了"茅茅"起义军最终的结局——全军覆没。男孩们单纯无知，还未能理解起义的伟大意义，也没有考虑到情报泄露的后果，因此不能将失败的原因归结于他们泄露情报，根本原因还是在于当地黑人和白人统治者之间的利益冲突。白人贪图非洲广阔的土地和丰富的资源，而黑人要求归还属于他们的国家和自由的生活，双方都不愿妥协而导致冲突不断。

　　哥哥哈里不同于一般起义军，不同于其他黑人村民，他身上有人性的光辉。对起义军来说，他是放跑了重要人质的犯人，是叛徒，是整个起义军暴露的根本原因；但对于两个男孩来说，哥哥哈里是他们的救命英雄。虽然对于武装暴力起义来说，无辜人民的牺牲总是在所难免，但男孩无从得知起义的目的和其深远意义，他们能看到的只是眼前带走亲人的悲痛和无尽的恐惧。姆旺吉设计哥哥哈里这个角色，是对血浓于水的亲情的赞美，是对和平幸福的肯尼亚社会的期盼。

　　故事在丧亲的悲痛中结束。黑人男孩凯里尤基对自己无知的举动后悔，对哥哥哈里的思念，对未来的迷茫，使他迷失在河流的堤岸。白人男孩奈杰尔找到了他。两个男孩静静地坐着，相对无言。这时，洪水突然从远处奔涌而至，带着要吞噬一切的气势。在面对如此的危机，两个男孩相互帮助，相互扶持，及时逃离危机。他们互相依靠着走上回村庄的路，也是黑人白人携手走向未来的路：

> 我们及时从河流中逃脱。洪水沿着弯道，嘶吼如雷，摧毁挡路的一切。它席卷着，恐吓着，带走了动物的尸体、折断的树木和碎片残骸。森林凝视着，颤抖着，再没有什么是安全的了。
>
> "靠着我。"奈杰尔说。
>
> 我搂住他的肩膀，他撑起我，帮助我卸掉压在受伤的脚上的重量。
>
> 我们就这样回到村子里，肩并肩，沿着渔民的小路，身后洪水依旧疯狂地咆哮。①

此结局暗含着姆旺吉对黑人白人平等的社会的展望。白人男孩奈杰尔和黑人男孩凯里尤基相互扶持，在波涛汹涌的社会洪波中携手并进。姆旺吉希望建立和平友好的社会，黑人白人携手发展，没有种族的隔阂，没有殖民主义的掠夺，没有暴力的冲突。如此愿景在黑人男孩和白人男孩相互依靠的肩膀传递，讴歌了他们跨越种族的友谊。

# 结　语

"茅茅"起义虽然以失败告终，但也促使肯尼亚走向了摆脱殖民统治的道路，起义军对殖民统治的抵抗加快了肯尼亚和整个东非民族独立的步伐。在凯里尤基和奈杰尔眼中，"茅茅"起义带来的更多是被白人士兵审问的恐惧和最后导致了哥哥哈里的死亡。而对于茅茅党人来说，一面是根据地暴露的极大风险，一

---

① Meja Mwangi, *The Mzungu Boy*, p. 131.

面是杀死两个孩子的良心谴责，也陷入两难境地。无可否认，起义往往出现在严重的社会问题爆发时，人民无法拥有和平的生活，取而代之的是频发的动乱和无家可归的颠沛流离。姆旺吉设计如此的情节，旨在揭露非洲人民在欧洲殖民统治者和起义者双方残酷的夹击下的痛苦遭遇，将普通人民对于暴力的恐惧、无法逃离的无奈和被支配的无力体现得淋漓尽致。通过黑白两个孩子的友谊，姆旺吉表达了对非洲社会种族平等的美好愿景。

（文/上海师范大学 王星榆）

第八篇

伊冯·阿蒂安波·欧沃尔小说《蜻蜓海》中的
中国后裔

伊冯·阿蒂安波·欧沃尔

Yvonne Adhiambo Owuor，1968—

# 作家简介

　　伊冯·阿蒂安波·欧沃尔（Yvonne Adhiambo Owuor，1968—　）出生于肯尼亚首都内罗毕，在肯雅塔大学（Kenyatta University）学习英语，之后获得英国雷丁大学（Reading University）的电视编导硕士学位和澳大利亚昆士兰大学（The University of Queensland）的创意写作硕士学位。2003—2005 年间，担任编剧和桑给巴尔国际电影节（Zanzibar International Film Festival）的执行董事。2003 年她的小说《低语的重量》（*Weight of Whispers*，2003）获得凯恩非洲文学奖，该小说最初发表在肯尼亚文学杂志《所以呢？》（*Kwani?*）。另一部短篇小说《磨刀匠的故事》（*The Knife Grinder's Tale*，2005）于 2007 年改编成同名电影。她的长篇小说《尘埃》（*Dust*，2014）描绘了 20 世纪下半叶肯尼亚的暴力历史，2015 年该小说不仅被提名英国弗里奥奖（the Folio Prize），还获得乔莫·肯雅塔文学奖（Jomo Kenyatta Prize for Literature）。因对肯尼亚的文学和艺术做出的贡献，2004 年她被《夏娃杂志》（*Eve Magazine*）评为"年度女性"。她的小说《蜻蜓海》（*The Dragonfly Sea*）于 2019 年 3 月出版。她 2005 和 2017 年分别以入住作家和访客身份参加了爱荷华大学"国际写作计划"（International Writing Program）。她也参加一些艺术和创意企业活动，以支持非洲创新经济发展。

## 作品节选

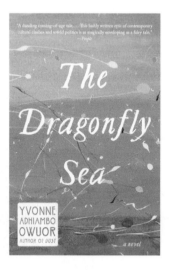

《蜻蜓海》
( *The Dragonfly Sea*, 2019 )

The kusi bombarded the shoreline before easing up to reveal eleven new arrivals, visitors who beamed and bowed as they landed on Pate Island. They had traveled to the southwest coast, to Pate Town, where they stretched out hands in overeager friendship. Mzee KitwanaKipifit, sun-browned and nervous lest his actions be interpreted as dishonorable by the island to which his fate was bound, shifted as he waited for the visitors. Mzee Kitwana prepared to present the guests to the local member of Parliament, the district administrator, the tall, attenuated, and eternally lugubrious police inspector, and select imams and sheikhs from Faza, Siyu, and Pate Town. A tinge of pride, because he could play host, extend the Pate codes of hospitality as if he were a mwenyeji, a person who belonged. He even introduced himself to these guests as "Mzee KitwanaKipifit," much to their bemusement. He replied to their queries in the florid Kipate he had acquired from the island's epics he studied.[①]

The visitors crossed thresholds and the full force of the island's hospitality codes came into effect. They shared family meals. Slept in family homes. They were listened to. They laughed in the right places. They had brought with them so many redwrapped gifts. They spoke often of their desire to harmonize the past; they spoke

---

① Yvonne Adhiambo Owuor, *The Dragonfly Sea*, New York: Alfred A. Knopf, 2019, p. 193.

of a debt of gratitude. It was not clear whose burden the debt was; guest or host. They stood by the domed graves, where they shed a few polite tears. They listened keenly to Mzee Kitwana's explanations in Mandarin. They spoke often of Haji Mahmud Shamsuddin, the one they also called Zheng He.

在南信风"库斯"袭过海岸线之后，岛上新来了11个人。游客们登上帕泰岛时，笑容满面，向人们弯腰示礼。他们去了西南海岸，来到帕泰镇，在那里，他们伸出双手向本地人表达极其热切的友谊。姆责·基拓那·基皮非特已被晒得黝黑，他紧张不安，唯恐岛上的人们认为他的行为不光彩。他的命运和岛屿紧紧相连。但在等待访客时，他逐渐平静下来。姆责·基拓那准备将客人介绍给当地议员，地区行政人员，那位身材高大、瘦削且永远阴郁的警官，并从法扎、西游和帕泰镇邀请了伊玛目和酋长。他带着一丝骄傲，因为他可以以东道主的身份，延续帕泰岛热情好客的准则，就好像他本来就是一个本地人，一个属于这里的人。他甚至向这些客人介绍自己是"姆责·基拓那·基皮非特"，这让他们困惑不已。他用华丽的帕泰岛方言解答了他们的困惑，这个方言是他学习帕泰岛史诗时习得的。

访客们一进门，岛上那热情洋溢的待客之道便展现无遗。他们在当地人家吃饭，住在当地人家里。他们的话语得到了倾听，在适宜的时刻开怀大笑。他们赠送了许多精心包装的礼物。他们反复表达希望像过去一样和谐相处，表达了感激之情。谁来承接这份恩情，是客人还是主人，尚不明朗。他们站在圆顶古墓旁，礼貌地掬一把哀思之泪。他们仔细聆听了姆责·基拓那用普通话做的解释。他们经常谈到哈吉·穆罕默德·沙姆苏丁，他们也称他为郑和。

（卢敏／译）

## 作品评析

# 《蜻蜓海》中的中国后裔

## 引 言

肯尼亚女作家伊冯·阿蒂安波·欧沃尔（Yvonne Adhiambo Owuor，1968— ）是当代国际知名度较高的非洲作家，短篇小说《低语的重量》（*Weight of Whispers*，2003）获凯恩非洲文学奖（Caine Prize），长篇小说《尘埃》（*Dust*，2014）获2014年肯尼亚乔莫·肯雅塔文学奖（Jomo Kenyatta Prize for Literature），并入围英国福里奥文学奖（Folio Prize）短名单。长篇小说《蜻蜓海》（*The Dragonfly Sea*，2019）是非洲作家第一部以"一带一路"和郑和下西洋为重要历史背景的小说，得到国际读者和学界一致肯定，《泰晤士文学副刊》（*The Times Literary Supplement*）、《纽约时报》（*New York Times*）、《人物》（*People*）、《名利场》（*Vanity Fair*）、《东非人》（*The East African*）、《科克斯书评》（*Kirkus Reviews*）、《亚洲书评》（*Asian Review of Books*）等主流媒体均刊载过评论文章。小说的创作灵感来自非洲的"中国女孩"姆瓦玛卡·夏瑞福（Mwamaka Sharifu），但是通过相关报道可以看出，小说中的艾雅娜（Ayaana）和夏瑞福几乎完全不同，她是更多来中国留学的非洲学生的集合，因此小说超越了一般传记或写实的意义，具有更高的象征性。本文将从蜻蜓季风、海娜绘语、瓷器情缘三方面探讨小说的象征含义，解读作者对中非血脉基因和文化交汇、融合和流变的推演。

## 一、蜻蜓季风

2005年是郑和下西洋600周年，国内外都掀起了一股郑和研究热。最让媒体兴奋的研究成果是东非沿海地区确有郑和海员的后裔，肯尼亚帕泰岛女孩姆瓦玛卡·夏瑞福的母亲经头发DNA检测，被认为是中国后裔，夏瑞福由此获得中国教育部特批的公费留学名额，到南京中医药大学学习[①]。关于非洲有郑和海员后裔的说法，最早出现在美国作家李露晔（Louise Levathes）关于郑和的传记《当中国称霸海上》的后记中[②]。1999年，美国记者纪思道（Nicholas Kristof）在《纽约时报》上发表《1492：航海先篇》（*1492: The Prequel*），详述了他在肯尼亚帕泰岛寻访到一些自称是中国后裔的当地居民的情况[③]。南非中文报纸《侨声日报》马上转载了纪思道的报道，同年8月又报道，有台商在索马里摩加迪沙也曾遇到自称是郑和船队后裔的当地人，并听说索马里南港口城市基斯马尤附近有个"郑和村"。这些引起了当时《人民日报》驻南非记者李新烽的极大兴趣。他从2000年开始赴实地调查，在《人民日报》和《人民日报（海外版）》分别发表了12篇"踏寻郑和在非洲的足迹"和20篇"非洲寻访郑和遗迹"系列报道，其中包括帕泰岛上西尤村里自称是中国人后裔的沙里夫家庭的报道[④]。之后李新烽还出版了专著《非洲踏寻郑和路》（2013，英文版*China in Africa: In Zheng He's Footsteps*, 2018）。中国考古学者也不断赴肯尼亚调研，发现了众多与中国相关的遗迹或遗物。

---

① China Daily, "Is this young Kenyan Chinese descendant?", http://www. chinadaily.com.cn /English / doc/2005-07/11/content_459090.htm [2021-1-20].

② Louise Levathes, *When China Ruled the Seas: The Treasure Fleet of the Dragon Throne, 1405–1433*, New York: Simon and Schuster, 1994, p. 199.

③ Nicholas Kristof, "1492: The Prequel", *New York Times*, 1999, June 6.

④ 李新烽：《一组采写了6年的报道——"踏寻郑和在非洲的足迹"系列报道采写体会》，《新闻战线》，2005年第9期，第30页。

　　《蜻蜓海》从计划创作开始到正式出版至少有7年时间。2012年，已经拥有英国雷丁大学硕士学位的伊冯·阿蒂安波·欧沃尔以《蜻蜓季风》（*Dragonfly Monsoon*）创作计划获得昆士兰大学百年纪念奖学金。2年半后，她以《"蜻蜓季风"与想象的海洋：寻觅斯瓦希里海的诗歌地图》（*"Dragonfly Monsoon" and Imagined Oceans: In Search of Poem-Maps of the Swahili Seas*）为论文获得硕士学位[1]。《蜻蜓海》正式出版的题记里写到，小说创作灵感来自2005年肯尼亚帕泰岛上一个女孩获得中国政府奖学金的事件，但小说不是写那位女孩的故事。作者没有提及女孩的名字，在书后致谢名单中，也没有姆瓦玛卡·夏瑞福的名字，可见作者的立意高于写实，充分发挥了文学创作的想象空间和可能性。欧沃尔以《蜻蜓海》为名，是要写一篇关于海洋的故事，所有的人物和重要故事情节都与海洋相关联。小说中，肯尼亚帕泰岛的女孩艾雅娜得益于中国复兴"海上丝绸之路"的计划，在郑和下西洋600年后有幸被确认为中国后裔，乘"国龙"号货船到中国留学。预科结束后，艾雅娜没有按照中国政府的意愿去学中医，而是选择了自己最喜欢的海洋科学研究，毕业后回到帕泰岛成为一名海员。从小说标题"蜻蜓海"到艾雅娜乘货船到中国，再到选择海洋研究专业这些关键点来看，作者通过刻意的安排让女主角的郑和海员后裔身份在小说创作中获得内在逻辑性。大卫·阿米蒂奇称此书"令人惊叹"，"海洋之子"艾雅娜是个"令人着迷的人物"[2]。

　　在小说中，"蜻蜓海"指从印度到非洲东海岸的印度洋，此名源于每年印度洋上随季风迁徙的蜻蜓。每年十月，数百万只蜻蜓乘着季风从亚洲飞越印度洋来到非洲东海岸，次年一月再返回。小小蜻蜓的大规模越洋迁徙是印度洋上的一个奇观。生物学家查尔斯·安德森分析，蜻蜓从印度到非洲东南部的史诗般的迁徙，凭借的是移动的天气系统和季风雨，蜻蜓迁徙的往返路程为上万千米[3]。蜻

---

[1] Yvonne Adhiambo Owuor,*"Dragonfly Monsoon" and Imagined Oceans:In Search of Poem-Maps of the Swahili Seas*, Unpublished MPhil Thesis, The University of Queensland, 2015, p. V.

[2] David Armitage, "Water, Water Everywhere", *The Times Literary Supplement,* 2020 (6099), p. 10.

[3] R. Charles Anderson, "Do dragonflies migrate across the western Indian Ocean?", *Journal of Tropical Ecology*, 2009, 25 (4), p. 347.

蜓成虫的寿命非常短暂，一般在1—8个月，迁徙途中遇到雨水坑洼就可能饮水、产卵，途中也有很多被鸟吃掉。小说开篇写道：

要飞越浩瀚的海洋到南方去，先辈在印度北部的逐水蜻蜓，搭乘了平稳的"季节间"晨风——马特莱风，季风的先声之一。1992年的一天，在深紫蓝色的云层下，这些生命短暂的生物在红树林环绕着的小岛西南海岸安顿下来。马特莱风与皎洁的满月合谋，冲向这座小岛，岛上的渔夫、先知、商人、男海员、女海员、治疗师、造船者、梦想家、裁缝、疯子、老师、母亲和父亲都和缓慢翻滚的绿松石般的大海一样焦躁不安。①

文中的小岛是指东非斯瓦希里海岸拉姆群岛中的帕泰岛。帕泰岛自然风光旖旎。古书中，帕泰镇曾是繁华的商旅胜地，很多国际商船途经或停歇在它的海岸，但肯尼亚独立之后却日渐衰退，变成不被外人所知的穷乡僻壤。艾雅娜是个孤独的孩子，不知道自己的父亲在何方。她喜欢独自一人在海边游泳、玩耍、赶海，看潮起潮落，等待父亲回家。金色的蜻蜓在她头顶盘旋。1992年，在海上漂泊多年的穆希丁（Muhidin）随蜻蜓季风重回故里。1998年，一位从中国南京来的老年游客到达帕泰岛，他第一眼看到的就是蜻蜓陪伴的艾雅娜。多年后，穆希丁成为艾雅娜选择的父亲。中国游客选择艾雅娜做中国后裔的代表，促成艾雅娜和蜻蜓一样往返中非之间。

穆希丁和中国游客都年过半百，经历了复杂的人生，他们分别折射出肯尼亚和中国在20世纪后半叶的发展历程。1944年出生的穆希丁是帕泰岛上渔民和造船工的后代，少年时家人遭遇海难，他是唯一幸存者。刚成年的穆希丁和岛上的富家少女私奔。1963年底，肯尼亚独立前三天，一对双胞胎儿子出生了，但是牛津大学毕业的岳父逼迫他们离婚后，把女儿嫁给了也门的富商鳏夫。穆希丁用岳父给他的"补偿金"买了商船，在三大洋上穿梭，摸爬滚打，灯红酒

---

① Yvonne Adhiambo Owuor, *The Dragonfly Sea*, New York: Alfred A. Knopf, 2019, p. 15.

绿，28年后回到故土。他发现艾雅娜天黑了仍在海水中，担心她的安全，两人由此结缘。没有父亲的艾雅娜在学校遭到同学和老师的歧视，不去上学了。她知道穆希丁有很多书，就让他教她，还叫他"爸爸"。除了学校科目，他们一起研究海，一起研究航海地图，学习航海语言。除了斯瓦希里语、英语、帕泰方言、贝朱尼语，穆希丁还教艾雅娜阿拉伯语、古波斯语、葡萄牙语、古吉拉特语等。"蜻蜓"是她用五种语言学的第一个词[①]。多语种混杂是该小说的一个突出语言现象。穆希丁丰富的航海人生和语言反映了肯尼亚东南沿海地区居民与世界的频繁接触和交流，不过他没有到过中国。那个时期，中国和非洲彼此都感到陌生而遥远。但是随着情节的发展，汉语拼音和汉字不断出现，使作品语言混杂现象更明显，意义更加深刻。

1998年，一位中国游客的到来恰如马特莱风，成为中非交流合作的先声。这位沉默寡言的老者流连于古墓遗迹之中。好客的当地人接纳了他，给他取了个斯瓦希里名字"姆责·基拓那·基皮非特"。他凭借自己的研究证据和智慧，巧妙地推动了中肯合作进程。他曾是政府高官，退休后独自隐居武汉，一年间查阅到很多郑和下西洋的资料，于是前往肯尼亚探寻。在帕泰岛，他陪伴郑和船队中遇难的海员孤魂，精神上得到救赎，与艾雅娜的几次碰面让他感叹"命运"[②]。中东地区动荡之际，他给中国高层人物写了一封信，题为"'一带一路'、文化与机遇"[③]。此信得到回应，中肯专家和外交官来到帕泰岛，艾雅娜被选为"中国后裔"，消息转移了当地人对西方媒体上"阿拉伯之春"的兴趣，中肯交流合作迅速推进。蜻蜓将小说中不同人的命运联系在一起。蜻蜓季风是连接中非友谊的象征，跨越了时间和空间的界限，不仅将几代人的命运连接在一起，还连接了两个不同大陆的文明。

---

[①] Yvonne Adhiambo Owuor, *The Dragonfly Sea*, p. 38.

[②] Yvonne Adhiambo Owuor, *The Dragonfly Sea*, p. 137.

[③] Yvonne Adhiambo Owuor, *The Dragonfly Sea*, p. 113.

## 二、海娜绘语

《蜻蜓海》也是一部女性成长小说，海娜在小说中具有丰富的女性文化意蕴。它像蜻蜓一样在全世界传递信息，被各地女性所喜爱，成为美丽、善良、希望、宽恕、治愈的象征。《蜻蜓海》不但讲述了海娜在东非的传统用法和寓意，而且通过海娜透视当代世界政治风云变幻，以微妙的方式传达出中非合作重塑世界格局乃民心相通之必然。

海娜为热带、亚热带灌木植物，在古埃及文献中就有用海娜美容的记录，古希腊药物学家将其用于美容和药物。在阿拉伯世界，海娜被认为能治多种疾病，并传播到印度、中国及世界各地①。海娜在汉代传入我国，在广东、广西、福建、台湾等省也有栽培。海娜在阿拉伯语、波斯语、英语中的发音都一样，中文也采用音译法。但在我国，海娜与散沫花、凤仙花、指甲花等名称混在一起，造成一定认知混乱。海娜实为散沫花，为千屈菜科、散沫花属植物，原产于东非、东南亚。凤仙花为凤仙花科凤仙花属植物，原产中国、印度和马来西亚，我国大部地区均有分布，多栽植于庭院作观赏用，也被广泛用作传统中药②。散沫花和凤仙花都有染色作用，被用来染指甲，因此都被称作指甲花。新疆维吾尔族将散沫花和凤仙花都称为海娜。这种同名异物现象体现出物种和文化传播的复杂性。

在东非，海娜是女性专属用品，不仅用于染指甲，还可以在手、脚、背部描绘美丽复杂的图案，以螺纹为基本图形。绘者多进行个性化的和即兴的创作，有较高的技艺和审美水平。图案会逐渐褪色，因此常绘常新，变化多端。艾雅娜的妈妈穆尼拉（Munira）靠在家里开美容院来养活自己和女儿。穆尼拉的美容产品都是用植物自制的，她的花园种满各种花卉、香草、果树，如玫瑰、茉莉、迷迭香、

---

① 吴蔚琳：《异药西来：海蒳及其源流》，《文化遗产》，2019 年第 3 期，第 111-116 页。

② 刘涵、高增平、石钺：《散沫花、凤仙花的化学成分及其在化妆品中的应用现状》，《中国药业》，2014 年第 1 期，第 90-91 页。

木瓜、枇杷等。除了依靠花园供给，母女俩还采摘野生花草，如野玫瑰等。美容院里，海娜属高级服务用品。为新娘做海娜是一个庄严而私密的仪式，一群妇女一边为新娘洗浴、精油按摩、香薰，一边传授为妇之道。艾雅娜在妈妈的指导下帮忙调制海娜：

艾雅娜帮着用青柠檬、糖蜜和红茶调制海娜。她看着妈妈用勺子把海娜膏舀出，以大小不一的小圆锥形放在女人搓洗过的皮肤上，画出一个蕾丝图案。艾雅娜很快就被允许在妈妈的植物合剂中加料，包括薰衣草和丁香，再存储在一个黑容器中以备日后使用。穆尼拉看着她做，满是骄傲。她第一次为一位名叫阿莎的新娘做迷人的馨戈，还为穆尼拉做玛拉希。馨戈由依兰依兰、茉莉花、基鲁阿和许多玫瑰花瓣、丁香、檀香按完美比例制成。玛拉希中含有玫瑰水，远近闻名，不少女人从唐加远道而来买她的存货。①

海娜是拉姆地区斯瓦希里新娘必不可少的美妆。女人平时必须把身体严实地包裹在黑袍下，脸上蒙着面纱，不准和男子说话。但在婚礼前，为了增加魅力，她们可以好好打扮一番②。做海娜具有隆重、神圣、亲密的仪式感，参与此过程的女性，把爱与美的精神通过身体传递出来。海娜把女性美好的祝福传达给新郎，希望新郎也会读懂和欣赏海娜，共享美好幸福的人生。

小说多次写到新娘海娜。穆尼拉给女儿艾雅娜做过三次新娘海娜，但三次的意义大不相同。第一次是困顿之下，穆尼拉受美国人口贩子诱惑，让艾雅娜成为色狼的猎物；第二次是艾雅娜去中国留学前；第三次是艾雅娜和赖金结婚时。每次经历都让艾雅娜变得更成熟，坚强，学会宽恕，有主见，最后抓住了自己的幸福。作者在描写做新娘海娜时，并不是单纯地写母女之情，还反映世界政治风云变幻，将个人命运和国际局势紧紧联系在一起。但是作者的写法是隐晦的，这种以小见大、曲径通幽的写作方式展示了作者的功力。这本厚实的小说不是线性叙述的，在

---

① Yvonne Adhiambo Owuor, *The Dragonfly Sea*, p. 82.

② 小康：《非洲奇婚记》，《环球巡礼》，2000 年第 3 期，第 32 页。

共29部分、114章、483页的内容中，一些年份以清晰具体的数字出现，如"1992年""1997年，牛年"等，这些年份在闪回和片段式叙述中，只是作者在她的叙述迷宫中布下的几个提醒标记罢了，一些重要年份则以事件名称代替了。

艾雅娜是妈妈错付爱情的结果。穆尼拉本是帕泰岛名门望族的长女，年轻漂亮，奢华时髦，在蒙巴萨读大学预科期间爱上一个风流倜傥、花言巧语的商人。但当穆尼拉怀孕后，他就彻底消失了。穆尼拉只好到美容院去打工，独自生下艾雅娜。迫于生计，穆尼拉带着孩子回到家乡，父母无法忍受她给家族带来的耻辱，搬离了帕泰岛。穆尼拉一人带着女儿，自然是人们嚼舌的料，但是来美容的女顾客不乏善良帮扶之举。海娜是女人之间情感的纽带。没有父亲的艾雅娜差点成为宗教极端分子的牺牲品。1995年，埃及人法祖尔（Fazul）来到帕泰岛宣扬极端宗教思想，把艾雅娜也拉为蛊惑对象，穆希丁被迫用痛打的方式逼他离开。2001年，穆希丁在也门的儿子——大学教授陶菲克（Tawfiq）和诗人齐利亚布（Ziriyab）及家人遭炸弹袭击，齐利亚布是唯一幸存者。他逃回帕泰岛，和穆尼拉重组了家庭。但不久齐利亚布就被当作恐怖分子抓走了。穆希丁去寻找儿子，也被当作恐怖分子关进监狱。这将穆尼拉母女再次推向绝境。

在穆尼拉极度困窘之时，人口贩子乘机而入，许诺把艾雅娜嫁给世界富豪。穆尼拉给女儿做了新娘海娜，买了新衣服，接待来相亲的瓦马什里克（Wamashriq），不料他一来就糟蹋了艾雅娜。穆尼拉发现时把正在熬制的糖水倒在他身上，也烫伤了艾雅娜的大腿。这次伤痛没有打倒艾雅娜，她报名参加全国考试，经过5个月的拼搏，取得地区第三名的好成绩。恰在此时，岛上来了11位中国游客，他们反复谈到郑和，并寻访古迹、观察岛民的生产生活方式。3个月后，其中6位中国游客在肯尼亚国家博物馆工作人员伴随下又来了[1]。之后电视、收音机里播出岛民中有中国后裔的消息。这些中国游客想找一位中国后裔到中国去，作为中非友谊的桥梁。长得和妈妈一样"肤色较浅、像鸟脚一样纤细苗条"[2]的艾雅娜被确认为中国后裔。穆尼拉和艾雅娜正在经历伤痛，不太相信中

---

[1] Yvonne Adhiambo Owuor, *The Dragonfly Sea*, p. 153.

[2] Yvonne Adhiambo Owuor, *The Dragonfly Sea*, p. 20.

国人没有任何企图，但是到中国去也是当时艾雅娜摆脱困局的唯一办法，母女俩决定冒险。临行前，妈妈再次给艾雅娜做了新娘海娜，表达了她对上次事件的歉意，女儿宽恕了母亲。事实证明，中国人确实把艾雅娜当作后裔而一路尊重、呵护。两次新娘海娜对比出中美两个国家对当代非洲百姓命运的深刻影响。

在前往中国的途中，艾雅娜随身携带的海娜精油套装为她赢得了同船女性的友谊和船长赖金的爱情。艾雅娜用海娜安抚受伤、受惊吓的女乘客，用海娜绘图遮盖赖金身上的伤疤。海娜花纹巧妙地遮盖住伤疤，将疤痕幻化成美丽的图案，将人生的伤痛升华成新生的勇气和力量。

## 三、瓷器情缘

非洲东部沿海地区挖掘出的大量瓷器，博物馆和岛民家中的瓷器以及古墓上镶嵌的瓷器，都是考古界考证中国古船队到达此地的重要物证。丁雨、秦大树的《肯尼亚乌瓜纳遗址出土的中国瓷器》和秦大树的《在肯尼亚出土瓷器中解码中国古代海上贸易》等文献都充分证明郑和到达了肯尼亚东部沿海地区。在《蜻蜓海》中，瓷器不仅是古代中非交流的象征，而且更多地观照当下，反映出改革开放40多年来中国的巨变。赖金修复的破碎陶瓷花瓶，象征着中国人善于应对破碎的局面，具有超强的修复能力和智慧。修复好的瓷器不是原件的再现，而是新旧材料的巧妙结合，是重生的象征。艾雅娜和赖金正如两个被生活打成碎片的人，彼此粘合修补，获得重生。

艾雅娜和赖金的爱情除了象征当代中非交流合作外，还体现出作者的匠心。小说没有明写艾雅娜作为中国后裔来到中国的时间，根据一些细节推算，比如妈妈在艾雅娜临行前给她做海娜，内心波澜起伏：艾雅娜快21岁了，比当年自己错付真情时要大一些①，应该是2010年。2010年中国GDP首次超过日本，成为世界第二大经济体。中非合作论坛已连续召开10年，各种合作项目快速推进，中非合

---

① Yvonne Adhiambo Owuor, *The Dragonfly Sea*, p. 166.

作改变世界秩序的势头也越来越强劲。艾雅娜作为中国后裔，在中国看到的是改革开放的辉煌成果，她在南京、西安、北京、上海等地参加各种文化交流活动，受到至高礼遇。她在广东参观了西非人聚集的生活区，看到很多像她一样的"混血孩子"①。如果《蜻蜓海》只是艾雅娜的故事，那就无法深入到中国改革开放过程中遇到的困难、矛盾和斗争，无法揭示人民百姓做出的贡献。而赖金作为中国改革开放的亲历者，恰好弥补了这一点，这也展示了非洲作家对中国国情的深层了解和掌握。

赖金的海外留学、商海新贵、痛失爱妻、破釜沉舟等经历，折射出中国改革开放弄潮儿大起大落的人生，非常戏剧化，但一切又都是在表面波澜不惊、内部惊心动魄的状况下发生的。赖金出生在天津，父亲是高官，母亲是陶瓷艺术家。赖金幼年丧母，父亲娶了继母。赖金和父母关系疏远，潜心学习，成绩优秀。他到香港上了大学，又去加拿大留学，回国途中遇到梅杏，两人相爱结婚。1995年新年，两人在北京一家高级餐馆参加庆祝会时，遭遇大火，梅杏葬身火海，赖金二度烧伤，脸上、背上留下永久的疤痕。之后，赖金卖掉所有企业、地产，只留下收藏的名贵字画，带着求死的心情一路开车到厦门。但到厦门看到妈祖后，他改变了想法，到上海海洋大学学习后在新加坡工作，当上货船"瑞清"号船长。15年后，赖金接到电话里"上海口音"的安排，让他从东非运回两对长颈鹿、一些郑和沉船的遗物碎片并带回中国后裔艾雅娜，还让赖金把船名改为"国龙"。艾雅娜在中国驻肯尼亚大使馆的安排下，上了"国龙"号，使馆人员舒若兰老师一路陪护她，教她中文和中国文化。

"国龙"号漫长的航行是对郑和下西洋的呼应。虽然跨越600多年，艾雅娜还是要通过海盗和暴风雨的考验，才能成为真正的郑和海员后裔。索马里海盗与"国龙"号短暂交火，明白它的严密武装保卫后，不再恋战。暴风雨不仅考验了艾雅娜，还创造了赖金救美的机会。两个热爱大海、身体受过伤的人，抚慰彼此。同时，他们又都是理性的成年人，知道自己当下的使命，在"国龙"号登陆后，各奔前程。对于艾雅娜来说，一切刚刚开始；而对于"国龙"号来说，一切即将结束。赖金以"破釜沉舟"的决心对抗走私，原来"上海口音"让赖金运回

---

① Yvonne Adhiambo Owuor, *The Dragonfly Sea*, p. 272.

的货物中藏有禁运品：狮子、豹子、穿山甲、斑马、羚羊，还有很多象牙[1]。赖金发现后向船上全体人员道歉并郑重宣布自己承担一切后果，之后他以遇到风暴为名，把6个集装箱丢进了大海。到港后，几乎空船的"国龙"损失2亿，"上海口音"没有收到货，勃然大怒，不支付船员工资，还以渎职罪起诉赖金，赖金被判13个月监禁[2]。入狱前，赖金考虑到出狱后船也到了报废期，就烧掉了船。

赖金以一人之力对抗腐败高官，付出惨重的代价。出狱后他连看大门的工作都找不到，到处碰壁后，赖金来到浙江嵊泗做了一名陶瓷工。他给艾雅娜寄去一只陶瓷花瓶：

一个大泪珠形状的黑漆花瓶——镶嵌着红色、绿色和琥珀色的海玻璃碎片。上面的图像、漩涡和螺纹创造了一个三维景观，羽毛样燃烧的火，引来一只在漆黑夜晚奔跑的近似蓝色的神秘生物。灯光从不同角度照射，它就像会动一样。花瓶散发出一股淡淡的夜来香的芬芳，仿佛粘土中加入了花的精华。[3]

艾雅娜不知花瓶是谁寄的，在地址上看到汉字："破釜，嵊泗列岛，杭州湾，舟山群岛新区。"几天后，艾雅娜又收到一个寄自相同地方的瓷花瓶。艾雅娜对这两个花瓶倍感珍惜，而此时她也正陷入土耳其同学科瑞（Koray）的纠缠中。

艾雅娜的后裔身份是吸引科瑞的根本原因。科瑞想通过艾雅娜接近中国高层官员，了解中国商贸中的一些关键点。科瑞来自富商家庭，以留学生名义先到厦门熟悉环境，为家族参加中国国际投资贸易洽谈会做铺垫。他向艾雅娜发起猛烈进攻，暑假邀请她去了土耳其。在科瑞家，艾雅娜感到他们高档奢华的生活令人窒息，还目睹了一些可怕的家庭秘密。她想脱身时才发现护照被科瑞收走了。为稳住科瑞，她的身体顺从了他，但是精神上绝不顺从。在伊斯坦布尔她找不到肯尼亚使馆，在中国总领事馆的帮助下，她回到北京，重新办了护照。气急败坏的科瑞紧随其后赶回厦门，乘艾雅娜不在时打碎了两个花瓶。破碎的花瓶是艾雅娜

---

[1] Yvonne Adhiambo Owuor, *The Dragonfly Sea*, p. 250.

[2] Yvonne Adhiambo Owuor, *The Dragonfly Sea*, p. 291.

[3] Yvonne Adhiambo Owuor, *The Dragonfly Sea*, p. 375.

情感危机的写照，她一面承受科瑞的胁迫，一面为失踪的穆希丁担忧，绝望之中她不顾一切地去找寄给她花瓶的人。在嵊泗，她惊喜地找到了赖金，深深地理解了"破釜"的含义，在赖金栖身的废弃灯塔里住了两天。回校后，她用机智的办法摆脱了科瑞。不久她收到赖金用清漆、金和铜修复好的花瓶，这种修复法不掩盖裂缝，而是顺着裂缝创造出新的、美丽的图案。

赖金修复的花瓶给予艾雅娜一定情感支持，艾雅娜的出现也给赖金更多的陶瓷创作灵感，但是他们的爱情，正如中非合作，还要走过很多坎坷，要克服很多困难，还要面对各种不满、质疑和责难。面对复杂的人生，他们一直在探寻自己的身份，想要回答"你是谁"的问题。艾雅娜到中国后，发现自己一点也不像中国人。获得学位回到故乡后，她的装束变了，大家都说她是中国人，但是她的短发是中国发型师按国际歌星蕾哈娜的发型剪的。面对父老乡亲的一系列问话，如中国要在拉姆地区建公路、铁路、输油管线、火电站、港口等，是否考虑了当地人的利益、对环境的影响等，艾雅娜一时无法给出明确的答案。[1]这些问题表明后殖民时期非洲人对中国持担心、怀疑的态度。

艾雅娜还要面对阿拉伯世界动荡局势给她带来的家庭伦理难题。她有了一个3岁的小妹妹阿比娜（Abeerah），是穆尼拉和穆希丁的女儿。艾雅娜一直将穆希丁当作自己的父亲，但是穆尼拉和穆希丁的儿子齐利亚布结婚了。他们结婚没多久，齐利亚布就失踪了。穆希丁几年也没有找到儿子，还被当作恐怖分子关进了内罗毕的监狱。艾雅娜去中国前，穆希丁刚从监狱逃出，赶上给艾雅娜送行。之后穆尼拉和穆希丁搬到莫桑比克的奔巴生活。艾雅娜一时无法接受的是，他们一直没有告诉她妹妹的存在。2016年，齐利亚布回到帕泰，原来他在出海时被恐怖分子抓去做了替罪羊，几经辗转在阿布扎比的阿莱茵被释放了，费尽周折终于回来了，同样要面对3岁的小妹妹这个难题。而穆希丁没有见到他的儿子，他出海

---

[1] Yvonne Adhiambo Owuor, *The Dragonfly Sea*, p. 417. 中非合作的建设项目中，有成功也有失败的，内蒙高铁已建成并得到非洲人民的充分肯定。拉姆港项目即将完成，详见四航局、天航局《在肯尼亚拉姆岛建设全新的国际港》，http://www.cccnews.cn/zjxw/sdbd/201912/t20191231_60823.html [2021-1-20]。但是2015年6月8日中国电建签署的肯尼亚拉姆电站建设项目，因为未充分考虑环境保护等问题，受肯尼亚国家环境法庭2016年11月14日发布的一项终止命令的约束，项目禁止进行，详见中国绿发会《"拯救拉姆"下的肯尼亚拉姆燃煤电站项目：绿会"一带一路"生态冲突（EBRs）案例分析》，https://baijiahao.baidu.com/s?id=1631181351778384851&wfr=spider&for=pc [2020-1-20].

一直未归，后来他的戒指被渔夫打捞上来。穆尼拉和齐利亚布这两个被生活榨干的人又生活在一起，他们带着阿比娜去了莫桑比克。

艾雅娜遇到的家庭难题是充满仇恨、战争、混乱的外部世界强加给她的。男性遭到残暴世界的迫害，女性用她们的身体抚慰僵死的灵魂。在暴力摧毁人伦的世界，唯有女性的爱心是常伦。穆尼拉对齐利亚布和穆希丁如此，艾雅娜对赖金也如此。赖金栖身的灯塔被拆除后，他来到肯尼亚。赖金和岛民一起捕鱼、修船、造船，和姆麦·基拓那流连于古墓之中，和郑和海员的幽灵进行跨越时空的沟通。最后，赖金和当年留在帕泰岛的郑和海员一样，净身更衣，皈依帕泰岛的神灵。他被称为贾马尔船长[1]。入乡随俗是中国人融入非洲社会的传统原则。艾雅娜和赖金都不急于结婚，他们想弄清中国对非洲和非洲对中国究竟意味着什么。他们发现中国和非洲有时就是他们个人，而有时又是国家和民族。个人、国家和民族总是纠缠在一起，很难分开。帕泰岛上的居民却等不及了，苏莱曼的妈妈在自家豪宅为艾雅娜安排了新娘海娜，穆尼拉赶回来为女儿绘了海娜花纹。


## 结　语


21世纪，中国在非洲的影响引起世界的关注，其中不乏西方的恐惧和污名化。欧沃尔的《蜻蜓海》以世界政治风云变幻为大背景，从非洲人主体性角度出发，坦然而自信地肯定中非交流悠久的历史渊源，和平而非殖民侵略的本质。欧沃尔在接受美国《出版人周刊》采访时说："事实上，中国在非洲的'在场'并不是新的东西。中国以海上丝绸之路的方式，回归了在非洲的'在场'。"[2]中非交流如"潮起潮落，循环往复，人来人往，不新不奇"[3]。彼得·戈登认为，在这本抒情而沉思的书中，主导非洲的并不是提出"一带一

---

① Yvonne Adhiambo Owuor, *The Dragonfly Sea*, p. 476.

② Karen Adelman, "PW Talks with Yvonne Adhiambo Owuor Crossing the Sea", *Publishers Weekly*, 2018, Dec 17, p. 116.

③ Yvonne Adhiambo Owuor, *The Dragonfly Sea*, p. 467.

路"倡议的中国，而似乎恰恰相反①。这一评论再次肯定了中国"一带一路"倡议的非殖民、非侵略本质。《蜻蜓海》中的中国后裔不是"中国人"，但是中国的高等教育和经历无疑塑造了新一代独特的肯尼亚帕泰岛女孩艾雅娜。伴随艾雅娜成长的蜻蜓、海娜、瓷器，在洲际迁徙、流传，它们既是美丽、易逝的，又具有强大的生命力，通过不断地重生、重绘、修复而获得新生。《蜻蜓海》充分肯定当今中非交流是郑和下西洋的新篇章，少不了暴风雨的考验和彼此的磨合与适应，而和平发展、文明互鉴则是中非合作双赢的基石。

（文/上海师范大学 卢敏）

---

① Peter Gordon, "*The Dragonfly Sea* by Yvonne Adhiambo Owuor", *Asian Review of Books*, http://asianreviewofbooks.com/content/the-dragonfly-sea-by-yvonne-adhiambo-owuor/ [2021-1-20].

第九篇

艾琳·穆切米-恩迪里图
小说《迦梨的祝福》中的"异托邦"空间

艾琳·穆切米–恩迪里图
Irene Muchemi-Ndiritu，1977—

## 作家简介

　　艾琳·穆切米-恩迪里图（Irene Muchemi-Ndiritu，1977—　）出生于肯尼亚内罗毕。后来她搬到美国，在圣地亚哥上大学，并以优异成绩获得国际关系学士学位，之后又在哥伦比亚大学获得新闻学硕士学位，其第一次创作经历是在一个为期六个月的作家工作坊。穆切米-恩迪里图曾在纽约、华盛顿和波士顿做过记者。2017年，她毕业于开普敦大学，获得创意写作硕士学位。穆切米-恩迪里图凭借短篇小说《迦梨的祝福》（*The Blessing of Kali*，2019）入围2019年英联邦短篇小说奖，入围2019年迈尔斯·莫兰基金会奖，并被提名2020年凯恩非洲文学奖。目前，她和丈夫以及三个孩子住在南非开普敦。《幸运女孩》（*Lucky Girl*，2022）是她的第一部长篇小说，讲述了家庭、信仰和文化之间复杂的关系，同时也从非洲视角反映了美国的种族歧视问题。穆切米-恩迪里图目前是企鹅兰登书屋的签约作家、自由撰稿人，也是一名文字编辑。

## 作品节选

《迦梨的祝福》

( *The Blessing of Kali*，2019 )

In that moment, Tessa floated out of her mother's body into the warm water and stayed in there for a minute or so in perfect harmony with the waves of the tub, seeming not to need breath. The midwife lifted Tessa out of the water and laid her on her mother's chest. She was chalky and covered with bright red bits of her afterbirth. My daughter-in-law was breathless from the miracle she had pulled through – yet screaming for her husband who she said was dead on the floor. The nurses brought him back to consciousness with a pale pink strip doused in smelling salts, then stitched his head.

Afterwards, Tessa was wiped down, swaddled tightly like a mummy in a cotton blanket, and handed to Mark, who was still jarred from the high speed of the night's events. He held his daughter far from his chest like a football waiting to be passed on. But, after a while, with no lesson in fatherhood, he cradled her close to his chest. By the window, in the corner of the birthing room, I sat watching with the solemnness granted to me by old age. I knew this child's life would be extraordinary.①

就在那一刻，泰莎从母亲的身体里出来，进入温暖的水中，在那里待了一分钟左右，与浴盆的水波完美地协调，和谐到似乎不需要呼吸。助产士把泰莎从水

---

① Irene Muchemi-Ndiritu, *The Blessing of Keli*, adda, 2019-12-10. https://www.addastories.org/the-blessing-of-kali/ [2021-12-30].

里抱出来，放在她母亲的胸口上。她脸色苍白，身上沾着鲜红的胎衣碎片。我的儿媳因自己刚刚产下的小小奇迹而喘不过气来，但她仍然为自己的丈夫尖叫——她说她的丈夫已经死在了地板上。护士们用一条浸满嗅盐的淡粉色布条帮助他恢复了意识，然后缝上了他磕破的头。

之后，泰莎被擦拭干净，像木乃伊一样被紧紧地裹在襁褓里，交给了马克。他仍在为今晚发生的一切感到震惊。他把女儿抱在离胸口很远的地方，就像抱着一个等待被传递的足球。但是，过了一段时间，尽管还没有接受成为父亲的培训，他就把她贴近胸口，抱在怀中。在产房的角落里，我坐在窗边，带着年岁所赋予我的庄严注视着此情此景。我知道这个孩子的人生注定是不平凡的。

（付天琦 / 译）

# 《迦梨的祝福》中的"异托邦"空间

## 引　言

　　由于殖民者的入侵、种族相互融合以及近代非洲中上阶层留学欧美后返乡，肯尼亚社会的文化日益趋于同一化。《迦梨的祝福》聚焦于以奶奶和印度保姆普丽娅为代表的肯尼亚传统女性与以儿媳安琪为代表的现代非裔美籍女性的生活，书写她们因对家庭和文化的分歧而引发的冲突。奶奶目睹肯尼亚传统语言文化逐渐失落，加之痛失丈夫、与儿子形同陌路，又备受非裔美籍儿媳的冷落，于是借助回忆为自己构筑了一个空间，以创造差异性的空间反对被同质化。这个空间是实际存在的，但又要借助想象力对其进行理解[①]，这与法国哲学家米歇尔·福柯（Michel Foucault，1926—1984）的"异托邦"概念不谋而合。而随着普丽娅——遭遇同样境遇的印度中年妇女——的出现，奶奶渐渐将"异托邦"寄托于普丽娅所构建的空间上，她与安琪的冲突也导致了故事最终的悲剧。本文通过"异托邦"空间对现实空间的映射，揭示现实空间对传统文化的异化，肯定多元性和差异性的多样空间的存在。

---

① M. 福柯：《另类空间》，王喆译，《世界哲学》，2006 年第 6 期，第 52 页。

# 一、"异托邦"的形成与构筑

"异托邦"（Heterotopia）一词最早出现于法国哲学家米歇尔·福柯的著作《词与物——人文科学的考古学》（*Les Mots et les choses: Unearcheologie des sciences humaines*，1966）的前言中。福柯将其与"乌托邦"（Utopia）作对比，认为异托邦空间"从根本上基于庄重的空间"，但此空间内的文化"并不在任何使我们有可能命名、讲话和思考的场所中去分布大量的存在物"①。随后，福柯又在《另类空间》中做了进一步的阐释，追溯空间概念的核心由"定位"到"广延性"再到"位置"的变迁，认为历史是一种共时性的空间延伸，而非历时性的进程。他指出，异托邦"既绝对真实"，同时又"绝对不真实，因为为了使自己被感觉到，它必须通过这个虚拟的、在那边的空间点"②。这近乎于拉康"镜像阶段"（mirror stage）概念中镜像所建立起机体和它的实在之间的关系③。《迦梨的祝福》中的奶奶就存在于这种以现实为基底，但真实与虚拟交错着的镜像般的异托邦空间。福柯尽管没有对异托邦进行准确的定义，但总结出了异托邦的六个特征：一、世界上可能不存在一个不构成异托邦的文化，即异托邦无处不在；二、社会能够以不同的方式使异托邦发挥作用；三、异托邦有权力将几个不能并存的空间并置于一个真实的空间；四、异托邦同时间的片段相结合；五、异托邦既开放又闭合；六、异托邦可以创造出一个显露全部真实空间的幻象空间，也即补偿异托邦④。与其一贯的精神思想相符，福柯在《规训与惩罚》（*Surveiller et punir*）和《疯癫与文明》（*Folie et Déraison*）中所考察的"监狱"和"疯人院"

---

① 米歇尔·福柯：《词与物》，莫伟民译，上海：上海三联书店，2020年，第5页。
② M. 福柯：《另类空间》，王喆译，《世界哲学》，2006年第6期，第54页。
③ 雅克·拉康：《拉康选集》，褚孝泉译，上海：上海三联书店，2001年，第92页。
④ M. 福柯：《另类空间》，王喆译，《世界哲学》，2006年第6期，第54-57页。

都是异托邦的典型例子，旨在"反映、呈现、抗议甚至颠倒日常空间的逻辑"①。而因年龄、种族和文化偏离社会的奶奶，也处于被异化的边缘。肯尼亚的多元文化环境为异托邦的形成创造了条件。奶奶正是站在观察者的视角，将回忆、现实和理想状态融合在同一个空间中，看似是奶奶的独立空间，但在构建的过程中受到外界特别是儿媳安琪和印度保姆普丽娅的影响。奶奶关注到了长期作为殖民地而丢失了传统秩序与文化的当代肯尼亚，借助回忆为自己构建了一个专属的异托邦空间，并逐渐将此空间寄托于代表传统文化的印度保姆普丽娅的空间。印度传统神祇——特别是迦梨女神——的传说是普丽娅构建此空间的来源，这个异托邦空间观察着现实空间的权力运作，并对其进行反抗，走出被同一化的社会，创造具有差异性的空间。

故事以奶奶的视角展开叙述，她与文中出现的其他人物没有过多的交集，大部分时间都是在叙述自己所看到的一切。但值得注意的是，她的叙述是主观的、有指向性的。奶奶眼中的家庭关系破碎不堪，儿子马克（Mark）与他的非裔美籍妻子安琪在美国生活了十八年才重返肯尼亚。他们邀请刚刚失去丈夫卡马乌（Kamau）的奶奶同住，但由于种族、文化差异与年龄代沟，他们之间几乎没有任何共同点。安琪是一名事业型女性，自诩"牺牲自我式"地从美国移居肯尼亚。她对肯尼亚的新生活充满怨气，照顾孩子又分散了她大量的精力，以至于她无法在肯尼亚的职场中找到新的立足点；而在安琪再次怀孕并且执意打掉第二个孩子之后，丈夫马克感到绝望但无能为力。在夫妻关系中，时常争取自主权利的安琪看似占了上风，但马克除了不情愿地接受安琪的决定之外，并没有做出任何实际行动给予其帮助，他对任何事物的态度都是沉默。因此，安琪在家中是权力的拥有者，持有相对的话语权。妻子对于家庭的掌控，再加上丈夫的不作为，导致奶奶在家里陷入了失语的状态，备受冷落，好似一个透明人："安琪走回屋里，我坐在厨房的角落里，她从我身边经过，好像我不存在一样，砰的一声关上了浴室的门。"②

---

① 张锦：《福柯的"异托邦"思想研究》，北京：北京大学出版社，2016 年，第 225 页。

② Irene Muchemi-Ndiritu, *The Blessing of Keli*, adda, 2019-12-10. https://www.addastories.org/the-blessing-of-kali/ [2021-12-30].

福柯认为，空间是"任何公共生活形式的基础，是任何权力运作的基础"①，也正如列斐伏尔（Henri Lefebvre）在《空间的生产》（*The Production of Space*，1991）中指出的："空间不仅是物质的存在，也是形式的存在，是社会关系的容器。"②因此，从一个社区的空间足以窥见社会关系的构成。奶奶在富人社区中显得格格不入。曾经一家人居住的大农场被开发商改造为高级封闭式社区，种植玫瑰和饲养奶牛的土地被围着高高石墙和电网的独栋楼占据，似乎在标榜着富人区的地盘主权。社区中的富人们被封闭在社区的围栏中岁月静好；而外面的世界只是他们茶余饭后的谈资。马克、安琪与邻居——印度神经学博士什里（Shree）及其英国妻子曼迪（Mandy）——坐在花园中，喝着昂贵的南非葡萄酒，讨论着大卖场电梯里令人难以忍受的体味和即将修缮的华丽泳池。更为讽刺的是，我们只能从安琪不耐烦的抱怨中得以一窥"真实的肯尼亚"：拥挤的城市，拥堵的交通，孩子们从肮脏的水坝里取水。什里以肯尼亚本地人的身份嘲笑着安琪伪善的公益事业，认为安琪没有资格抱怨肯尼亚的生活，并以居高临下的态度道出肯尼亚的现状：全球极端贫困指数排名第六，没有福利制度，人们每天争取吃上两顿饭。但到头来，他们作为肯尼亚少数富有的人生活在这里，只是冷眼看着这一切，下一个话题很快转变为新泳池的设计。富人区的空间脱离于外界的空间。人们身处同一片土地，却过着截然不同的生活。作为旁观者的奶奶觉察到了这个空间的荒谬与扭曲、虚伪与脆弱，以及人与人之间的疏离和异化。高墙、空间、话语，让人联想到福柯对监狱和疯人院的描述，正如医务人员在疯人院中享有权威，不是因为他是科学家，而是因为他是一个"聪明人"一样，在这个如安琪所称的"疯狂的国家里"，享有权威的便是富人们。

已去世的丈夫是奶奶唯一的寄托、沟通的对象、连接真实的中介，奶奶理想的空间也随着丈夫的去世而瓦解。被禁锢在荒谬的现实空间中的奶奶频繁地回到丈夫还在世的空间中聊以慰藉："八月里一个风和日丽的日子，寒意已消，太阳也没那么大，我丈夫瘫倒在花园的秋千上，多年来我们一直坐在那里，一边看

---

① 包亚明：《后现代性与地理学的政治》，上海：上海教育出版社，2001年，第13-14页。
② 朱立元：《当代西方文艺理论》，上海：华东师范大学出版社，2014年，第492页。

书一边喝印度奶茶。"①她戴着丈夫最喜欢的红色羽毛花饰和蛋壳珍珠项链，坐在教堂的第三排长凳上——因为那是他们每周日都会坐的固定位置。他们分享着生活中的一切，填满了彼此的时间，更重要的是，两人创造了一个平和而安稳的空间。在一起生活了四十年的丈夫的逝去，带给奶奶极大的打击："感觉就像我被人从一座高高的桥上推下去，蒙着眼睛，双手被绑着，掉进了湍急的河里。每天我都在和溺水的感觉、吞咽水的感觉以及沉在水底不能出来呼吸空气的感觉作斗争。"②儿子马克也曾是奶奶生活中重要的一部分，他不仅是奶奶如今唯一的寄托，也是奶奶与外界社会联结的唯一纽带。但奶奶发现，他不再担心村里没鞋穿的孩子、新闻上那些因洪水而失去棚屋的人们，美国的教育和生活已将他筑造为冷漠的现代都市人。福柯曾举养老院为异托邦之例，因为"养老院处于危机和偏离异托邦的边缘"③，老年的危机和突如其来的孤独令奶奶无所适从，因而，只有回到那个她认为安全而熟悉的空间时，才感到自在与放松。但奶奶凭借回忆所构建的这个空间又并非全部真实的，当奶奶无法忍耐家中夫妻的争吵、极度思念丈夫之时，她的身体全然无法承受一系列的冲击，向宗教求索无果而最终在教堂中晕厥。常规的现实空间与异托邦空间之间的落差逐渐拉大，没有可依仗的权力、失去同过去和传统唯一的联系，奶奶失去了平衡现实与过去的能力，也无力回归自己向往的空间。

## 二、"异托邦"的转移与扩张

在教堂中晕倒后，患糖尿病的奶奶被安琪剥夺了照顾孙女泰莎的权利。在心灰意冷、与所有家庭成员日渐疏离之时，保姆普丽娅的出现改变了这一切。普丽

---

① Irene Muchemi-Ndiritu, *The Blessing of Keli*, adda, 2019-12-10. https://www.addastories.org/the-blessing-of-kali/ [2021-12-30].

② Irene Muchemi-Ndiritu, *The Blessing of Keli*, adda, 2019-12-10. https://www.addastories.org/the-blessing-of-kali/ [2021-12-30].

③ 米歇尔·福柯：《另类空间》，王喆译，《世界哲学》，2006 年第 6 期，第 55 页。

娅是一位印度中年家庭主妇，她的三个儿子都被牛津大学录取了，这也是安琪聘用她的唯一原因。她和奶奶一样刚刚失去丈夫。在尝试去英国同儿子、儿媳一同生活而倍感挫败之后，她回到肯尼亚开启自己的新生活，并尝试做一些对自己来说有意义的事情。丧偶、离亲、孤独，普丽娅的人生似乎就是奶奶人生的翻版，奶奶很快对其产生了亲切感，认为她们早已相识："我知道她是什么样的人，因为我就是普丽娅。"①尽管她们来自不同的文化背景、信仰不同的宗教，但她们很快成了朋友。不同的是，普丽娅相较而言更年轻、更健康，而且她积极地将自己向往的空间付诸实践，以强硬的方式"入侵"他们生活的方方面面。她在房间的各处留下独特的檀香味；试图改变泰莎的饮食口味，不鼓励泰莎吃肉；教泰莎印度语；未经安琪的同意给泰莎穿耳洞，戴金耳钉；甚至，她将甘尼许和湿婆的雕像带进了家里，教泰莎如何祈祷。在奶奶看来：

我不了解这些神，但我了解普丽娅。她是一个虔诚的女人。我信任她。她是家里唯一真正理解我的痛苦的人，理解我多么想念我的丈夫，理解我如此混乱的生活，理解自己是多么无所适从、多么无用的感觉。②

奶奶对普丽娅的经历感同身受，在其出现之后，奶奶再也没有回到自己的回忆空间，而是专注于观照普丽娅在家中的空间构建。在安琪与普丽娅的对抗中，奶奶选择了普丽娅的"阵营"，对普丽娅逐渐"越界"的行为睁一只眼闭一只眼，甚至加以包庇。奶奶将自己代入普丽娅，因为她不顾他人的"传统复兴"行为也正是奶奶渴望完成而无力完成的，奶奶反抗现实空间的异托邦也逐渐转向了普丽娅所构建的空间。同时，普丽娅也将泰莎当作自己的亲孙女，试图将自己的文化全盘灌输给泰莎。泰莎只是一个三岁的儿童，尚未发展出完善的认识自我和认识世界的能力，母亲忙于事业而无法经常陪伴、父亲近乎缺席，无人关注的

---

① Irene Muchemi-Ndiritu, *The Blessing of Keli*, adda, 2019-12-10. https://www.addastories.org/the-blessing-of-kali/ [2021-12-30].

② Irene Muchemi-Ndiritu, *The Blessing of Keli*, adda, 2019-12-10. https://www.addastories.org/the-blessing-of-kali/ [2021-12-30].

生活现实使泰莎同奶奶一样，完全着迷于普丽娅所构建的空间。在那里，她们都是被需要的。从这个异托邦空间中，她们也获得了一个外在性的视角，得以观看权力关系及其逻辑在常规空间运作的细节[①]。在普丽娅与安琪的多次对峙中，两者的形象形成了鲜明的对比。前者总是不慌不忙地坦然应对，而后者则是大呼小叫，却对其束手无策。普丽娅成了安琪的"克星"，奶奶视角的叙述中，也带着幸灾乐祸观看闹剧的色彩。

打破安琪底线，并最终使两人的冲突达到顶峰的，是普丽娅放在安琪卧室的迦梨女神雕像。迦梨（Kali）来自梵语词根"Kal"，意指时间，出自印度神话《女神的荣耀》（*Devi Mahatmya*）。她是湿婆的妻子，也是雪山神女帕尔瓦蒂的降魔相，传说中，她徒手杀死了三界中的恶魔，一口气吸干了他的血液。随后，她却因过于愤怒，用双脚践踏地面，祸及众生。丈夫湿婆为使其平静，只能由她踩在脚下，直到她的愤怒消散，变回雪山神女[②]。普丽娅对迦梨女神有着这样的理解：

在我学会如何向她祈祷之前，我也害怕她，"普丽娅说，"她非常强大——一方面她拥有养育和爱的力量；但另一方面，她会摧毁一切对恢复秩序不利的东西……，迦梨把我们从自我中解放出来。但她也是一个养育者。她是一个非常强大的女神，对母亲来说是个值得祈祷的好女神。庙里的普迦里常说，当你向迦梨女神祈祷时，就像一个孩子向她的母亲哭喊，而迦梨女神总会像听到她的孩子哭泣的母亲一样做出回应。[③]

对于普丽娅来说，迦梨女神是她最为敬爱的神。普丽娅认为迦梨女神的美好品质是母亲之养育和爱的力量，在所有女神中，她是最富有同情心的，因为

---

① 张锦：《"命名、表征与抗议"——论福柯的"异托邦"和"文学异托邦"》，《外国文学》，2018年第 1 期，第 132 页。

② Devi Mahatmya. Encyclopedia Britannica. https://www.britannica.com/topic/Devi-Mahatmya [2021-12-30].

③ Irene Muchemi-Ndiritu, "The Blessing of Keli", *adda*, 2019-12-10. https://www.addastories.org/the-blessing-of-kali/ [2021-12-30].

她为她的孩子们提供解脱。一个成熟的灵魂，参与灵性活动以移除自我的幻相，则能看到迦梨女神是温和且深情的，对她的孩子们充满了无限的爱。看似凶恶的雕像实则被普丽娅赋予了对安琪和泰莎母女的美好寄托。不仅如此，她还强调消除"虚幻的自我"，但这里的"自我"似乎与弗洛伊德所阐述的"代表理性和常识，接受外部世界的现实要求，根据唯实原则行事"①的"自我"有所不同，是专注于肉体和外部世界的、被束缚的"非本真状态"。尽管在海德格尔那里，这个名称并不带贬义，意指沉沦于世界而消散在共处之中②，但在印度教的传说故事中，这类自我是需要被剔除的。普丽娅不仅自己活出真我，并且借迦梨女神劝导安琪不以外在的事物定义自己。同时，普丽娅渴望恢复肯尼亚的传统文化秩序，不在乎对象是谁，也不在乎自己受雇于他人的身份。她所构建的异托邦将现实社会所排挤和抹杀的传统文化置于中心，不是轻描淡写地表达，而是作为抵抗和越界的问题化——在某些方面，异托邦提供了一条逃离权力的途径③。但对印度文化毫无了解的安琪，如此血腥、怪异的形象令她彻底崩溃，并视为不祥之物，她要求普丽娅带着她的各路神仙卷铺盖走人。

## 三、"异托邦"的瓦解与和解

奶奶既无法回到她所怀念的过去，又无力介入普丽娅和安琪的冲突，只能以旁观者的身份观察她们之间对空间和权力的争夺。普丽娅回归传统的举动正是奶奶所向往的；泰莎尽管年纪尚小，对普丽娅的有些行为不明所以，但她也能感受到普丽娅向她投入了全部的爱，在普丽娅离开后产生无所寄托的焦躁。迦梨女神像使安琪忍无可忍，她将普丽娅赶走，借此宣示自己在家中的主权：

---

① 西格蒙德·弗洛伊德：《自我与本我》，林尘、张焕民、陈伟奇译，上海：上海译文出版社，2011年，第7页。

② 海德格尔：《存在与时间》，陈嘉映、王庆节译，北京：生活·读书·新知三联书店，1999年，第204页。

③ Peter Johnson, "Unravelling Foucault's 'different spaces'", *History of the Human Sciences*, 2006, 19(4), p. 86.

　　"拿个盒子，把你所有的神和女神都放在里面，带他们回家，"安琪说，"我的房子不是印度教寺庙，我的孩子也不是你的孙子。你听到了吗?我要你现在就走。"

　　普丽娅看了看马克——这栋房子的主人，但他把目光转移到棕色便鞋上的流苏上。①

　　奶奶和普丽娅作为同代人，对家庭结构有着基本的共识，即妻子让丈夫来管理家务。这也是为何普丽娅在被安琪驱赶时会以眼神求助于马克，期望他作为一家之主发表自己的意见。几个世纪以来，非洲男性都会娶多位妻子以传宗接代，帮助从事农业劳动。时至今日，在大多数非洲国家，一夫多妻制仍然合法。根据肯尼亚人口和住房普查的最新数据，近150万肯尼亚人（占已婚人口的10%）仍是一夫多妻制婚姻，这些数据还未包括未登记的传统婚姻②。在这种大家庭中，妻子顺从而温良的传统观念让上一代人无法接受新时代寻求平等权利的女性："但是现在的女人……她们是如此的不同，她们说话很快，她们说出自己的想法，说出自己无法收回的话。"③安琪正是这样的女人，她生长在19世纪中期就爆发了妇女运动的美国，不甘于做"家中的天使"，不甘于被禁锢在家庭的私人领域中成为男性的附属品。因此，一方面，安琪无法理解奶奶和普丽娅扶持丈夫、甘为人妻的幸福；反过来，她们也无法理解安琪在陌生的社会中找寻自我身份的挣扎，在男权社会为争取自我权利而付出的努力。另一方面，为了保护异托邦，奶奶和普丽娅屏蔽了外界，她们没能通过这个空间看到安琪的阴影，一个"展现于外表后面不真实的空间"④，而只有在以其为镜子的反作用中，才能发现她们并不在她们所认为的所在之处。两代人对彼此的误解，正如A. S. 拜厄特（Antonia Susan Byatt）在《玫瑰色

① Irene Muchemi-Ndiritu, *The Blessing of Keli*, adda, 2019-12-10. https://www.addastories.org/the-blessing-of-kali/ [2021-12-30].

② Nita Bhalla, "Polygamy Breeds Poverty for Kenyan Women and Children", *Global Citizen*, 2018. https://www.globalcitizen.org/en/content/kenya-women-children-polygamy-poverty/ [2021-12-30].

③ Irene Muchemi-Ndiritu, *The Blessing of Keli*, adda, 2019-12-10. https://www.addastories.org/the-blessing-of-kali/ [2021-12-30].

④ 米歇尔·福柯：《另类空间》，王喆译，《世界哲学》，2006 年第 6 期，第 54 页。

茶杯》（*Rose-Colored Teacups*）中所描述的四代女性思想的鸿沟。传统文明在这里作为"玫瑰色茶杯"，普丽娅和奶奶喜欢它的花纹而要珍藏它，安琪厌恶它的色调而要打碎它。对同一个茶杯的不同理解，正是由于彼此盲区中不可见的部分使冲突变得不可调和。

将普丽娅辞退后，安琪并没有再聘请新的保姆。泰莎和奶奶都非常想念普丽娅，尽管泰莎一再问起，但老人和孩子在家中没有话语权，无法改变安琪的决定。泰莎的死亡不是偶然：兴许是泰莎刚刚开始上游泳课，想要自己偷偷练习，或者是那天的天气热得反常，她想跳进泳池避暑。种种迹象所指向的首要原因是，泰莎因那天再次问起普丽娅却得不到回复而感到烦躁不安，遂进行叛逆式的反抗。在即将满四岁那天，泰莎趁奶奶午睡时跳进了刚刚建好的华丽泳池，再也没有醒来。奶奶在泰莎出生时所预言的"一个充满戏剧性的人生"就在闪闪发光的水花中悄然落幕。马克在女儿的葬礼上显得茫然而空洞，而安琪紧紧地抓住前来吊唁的普丽娅递给她的迦梨女神像失声哭泣。普丽娅、奶奶和安琪之间有着根本上的屏障，无法进行有效的沟通，只能对她们都在意的对象泰莎进行各自理想中的养育。当死亡自然地将她们之间的隔阂消融，戳破现实世界中的屏障，她们才得以心平气和地试着理解对方的行为以及个中原因。普丽娅看似在家中建构了一个跳脱的空间，但当悲剧发生时，安琪才发觉普丽娅所信仰的女神并非不可理喻。迦梨女神像只是普丽娅信念的寄托之物，与其说是"迦梨的祝福"，不如说是"普丽娅的祝福"，其传递的关于母爱的力量和自我解放观念才是核心；而奶奶也发现安琪作为异乡人在肯尼亚生活的力不从心，和身为女性无法兼顾事业与家庭的无奈，并以同为母亲的身份理解其失女之痛。

她们之间的冲突可以被归为黑格尔悲剧理论中的第三类冲突，即"由心灵性的差异而产生的分裂"，这种理想的冲突起于"人所特有的行动"，起于两种普遍力量的斗争[1]。"冲突中对立的双方各有它那一方的辩护理由……双方都通过维护且实现伦理理想而陷入罪过中"[2]。此处解决的方式又与黑格尔随后提出的

[1] 吴文忠、凃力：《浅谈黑格尔的悲剧理论》，《人民论坛》，2011年第5期，第218-219页。
[2] 黑格尔：《美学》（第三卷下册），朱光潜译，北京：商务印书馆，1996年，第286页。

悲剧和解说契合，即双方的个别特殊性（片面性）只能靠和解来达到实体性因素的实现。矛盾双方的冲突在造成泰莎死亡的局面后，两败俱伤，双方都选择主动放弃了自己的片面性，抛开自己的意图。

这种和解也解释了她们出发点的一致性，"一旦存在权力关系，那么就会有抗争的可能"[1]，她们的方向不尽相同，但抗争的目的都是占据主流话语的主体空间。女性、异乡人、老人、失落的传统文化，游走在现实空间的边缘地带，其结果要么是被遗弃，要么是被规划为"有用之物"。安琪承受着育儿、工作和在异乡被排挤的多重压力。奶奶的名字在文中自始至终都没有出现，仿佛她只是作为被忽略群体的代表模糊而宽泛地存在。肯尼亚富人区中的人们享受着奢靡的生活、虚假的社交，效仿着西方的精英主义。奶奶提到的斯瓦希里语和基库尤语逐渐边缘化的现象，都是规范化和同一化的体现。普丽娅的空间，也即奶奶由此反观现实空间的异托邦空间，正是奶奶为了避免孙女泰莎被现实的空间异化而试图构建的空间，而这个空间的消失所导致的悲剧，并没有以泰莎的死亡而告终。作为混血儿，泰莎的未来或许会沿袭安琪的人生，在多种族的世界熔炉中陷入被同一化的危机。作为身处非洲的女性，安琪更关注泰莎会被剥夺基本权利，成为男人的附庸。奶奶、普丽娅和安琪所期望的，是不断地为异托邦所代表的边缘人、边缘文化发声，打破主流话语的霸权，因为同肉体的死亡一样令人惋惜的，是多元性和差异性的空间消亡。

# 结　语

《迦梨的祝福》以普丽娅为中心，构建出了反同一化的、反常规的异托邦空间。普丽娅的空间提供了一面镜子，映射出现实空间的阴影。通过这面镜子，普丽娅试图重新构建自己的主体性，向单一的主流文化提出挑战。面对着这面镜子，安琪映照出自己被现实包裹的伪善和功利，以为这面镜子就是现

---

[1] Paul Rabinow, *The Foucault Reader*, New York: Pantheon Books, 1984, p. 249.

实。奶奶游离在自己虚幻又现实的理想空间。西方与东方、男人与女人、主流文化与边缘文化、自我与他者、主体与客体，如果始终陷入非此即彼的二元对立模式，试图将传统文化作为主体，无异于使此异托邦成为禁锢人们的另一座监狱，而泰莎正是这种极端做法的牺牲品。或许，超越二元对立范式，进行平等与多元的对话，才是摆脱同质化、他者化和主体危机，走向丰富而又具有差异性的空间的可行之道。

(文/上海师范大学 付天琦)

第十篇

弗朗西斯·戴维斯·伊姆布格
戏剧《城市里的背叛》中的虚构之国"卡菲拉"

弗朗西斯·戴维斯·伊姆布格

Francis Davis Imbuga，1947—2012

## 作家简介

弗朗西斯·戴维斯·伊姆布格（Francis Davis Imbuga，1947—2012）是肯尼亚作家、文学家及肯雅塔大学教授。他的作品有：《儿子与父母》（*Sons and Parents*，1971）、《城市里的背叛》（*Betrayal in the City*，1976）、《继任者》（*The Successor*，1979）、《卡非拉人》（*Man of Kafira*，1984）、《阿米娜塔》（*Aminata*，1988）和《卡非拉的绿色十字架》（*The Green Cross of Kafira*，2013）等。其中《城市里的背叛》《阿米娜塔》和《继任者》都被用作东非学校的教科书。

1947年2月2日，伊姆布格出生于肯尼亚西部维希加一个小村庄。祖母在他童年时期讲述的故事不仅教给了他人生道理，也给予了他创作灵感。与此同时，基督教的传入带给整个部族的影响也让他耳濡目染。在凯夫伊尔小学读书期间，伊姆布格就展现出了他过人的创作能力。一次偶然的机会，他接触到了莎士比亚的戏剧《裘力斯·凯撒》，引人入胜的剧情和演员逼真的演技激起了他对戏剧的热情。1963年，他进入联盟高中，凭借出色的写作能力和表演天赋在戏剧领域崭露头角。1970年，他进入内罗毕大学攻读文学与英语教育专业学士学位，在此期间他成为"校园作家"中的一员，为国家广播公司肯尼亚之声写作、表演和导演戏剧。四年之后，他继续在内罗毕大学攻读硕士学位。尽管在毕业后，伊姆布格先后在内罗毕大学任职讲师和文学系主任，但他对知识的渴望驱使着他继续深造学习。1988年，他前往美国爱荷华大学攻读戏剧博士学位。1992年他重新回到肯雅塔大学，任文学系副教授。

伊姆布格早期的作品多集中于爱情、道德及文化混乱等主题，但当他意识到传统的非洲社会正在瓦解时，他开始用笔讽刺政府的腐败、背叛及社会罪恶。

## 作品节选

《城市里的背叛》
(*Betrayal in the City*, 1976)

Mosese: For years we waited for the kingdom, then they said it had come. Our kingdom had come at last, but no. It was all an illusion. How many of us have set eyes upon that kingdom? What colour is it?

Jere: I wouldn't know, but I guess it's blood red.

Mosese: It was better while we waited. Now we have nothing to look forward to. We have killed our past are busy killing our future. Sometimes I sit here and look far into the past. There I see my mother slaughtered a senior cock to mark the birth of Christ. Our children will never have such memories. Now there is blood everywhere. Cocks are slaughtered any day, many times a week.[1]

摩西：这么多年来，我们一直在等待一个王国，后来他们说这个王国已经来了。我们的王国最后还是没有到来。一切都是幻觉。我们中有多少人亲眼看见过这个王国？它是什么颜色？

杰尔：我不知道，但是我猜它是血红色的。

摩西：我们等待的时候更好，现在我们没有什么可期待的了。我们已经扼杀了我们的过去，现在正忙着扼杀我们的未来。有时我坐在这儿会回忆过去，我看到我的妈妈为了纪念耶稣诞生杀了一只老公鸡。而我们的孩子将永远不会拥有这样的记忆。现在到处都是血，任何一天都可以杀鸡，一周好几次。

（潘依琳 / 译）

---

[1] Francis Davis Imbuga, *Betrayal in the City*, Nairobi: East African Publishing House, 1976, pp. 31-32.

**作品评析**

# 《城市里的背叛》中的虚构之国"卡非拉"

## 引 言

《城市里的背叛》是肯尼亚剧作家弗朗西斯·戴维斯·伊姆布格的一部戏剧。20世纪70年代，肯尼亚英语文学正处于发酵与繁荣阶段[①]，肯尼亚的作家急切地想要在英语文学中获得话语权，却在呼吁独立自由、宣扬民族精神的同时发现眼前的社会充斥着腐败与背叛。因此，在这个时期，作家们不再在作品中重述和回顾历史，而是着眼于当下的现实社会，伊姆布格也不例外。《城市里的背叛》作为"卡非拉三部曲"中的第一部，通过将现实主义手法与虚构相结合，将后殖民非洲国家治理中的背叛与腐败展现在读者眼前。

## 一、"卡非拉"国中青年知识分子的遭遇

《城市里的背叛》与《卡非拉人》、《卡非拉的绿色十字架》合称为"卡非拉三部曲"。其中，《城市里的背叛》和《卡非拉人》都运用讽刺来表达作者对

---

[①] 朱振武、陆纯艺：《"非洲之心"的崛起——肯尼亚英语文学的斗争之路》，《外国语文》，2019年第6期，第37-39页。

虚构国"卡非拉"政府糟糕的领导能力的尖锐批判。《卡非拉的绿色十字架》是伊姆布格去世后才出版的作品，直接揭露了后殖民时期非洲的独裁政治。

从"Kafira"的名字选择上来看，它是将"Afrika"的字母重新排列得到的，这也暗示虚构之国"卡非拉"正是非洲的缩影。作者在创作中使用"Afrika"而非"Africa"的拼写，一方面是受到东非英语文学早期民族主义和爱国主义的影响，表达了拒绝文化从属，坚持将非洲文化独立于英美社会与文化的思想，另一方面也是向读者传递线索和信号。虚构与现实主义并不冲突，虚构才能更好地帮助作者去除谎言，更好地解开现实中的问题。戏剧看似描绘卡非拉人民痛苦的遭遇、黑暗的社会环境和腐败的政府，实则是对后殖民时期非洲国家政治的批判。戏剧中描绘的社会背景和国家困境映射了肯雅塔政府晚期出现的危机。1975年3月，国会议员约希亚·卡里乌基被暗杀一事印证了肯尼亚政治已彻底演化为威权政治。本有希望出任农业部部长的卡里乌基却被肯雅塔调整为野生动物和旅游部副部长，这让卡里乌基感到愤愤不平，并开始抨击社会发展和政治进程的不公。他的反政府行为引起了肯雅塔的不满，而后在1975年3月2日遭到暗杀。当调查指出暗杀与政府高层有关，且与肯雅塔关系密切后，引起了国内民众的强烈反响①。长期以来支持肯雅塔的基库尤人也参与到纪念卡里乌基的游行中，肯尼亚当局逮捕了其中一名策划游行的学生领袖。同年5月，《城市里的背叛》在肯尼亚国家大剧院首次上演，第一幕便为一对夫妻在墓地埋葬他们在游行中死去的儿子阿迪卡（Adika）。阿迪卡代表抨击政府的青年知识分子，他的死亡象征着青年知识分子的悲惨遭遇。

在《城市里的背叛》中，伊姆布格通过虚构国卡非拉讲述了后殖民时期一个独立的非洲国家经历了独裁政权的影响，描绘了后殖民时期非洲领导人的困境和失败。国家元首鲍斯（Boss）无条件地相信他腐败无能的顾问穆里里（Mulili），致使腐败在这个国家不断蔓延，公民受尽压迫和剥削。大学生阿迪卡的死亡激发了学

---

① 王恪彦：《肯尼亚国家建构研究》（1963—1978），上海师范大学硕士学位论文，2018年，第33页。

生们和其他激进分子的一连串反应，直到排练迎接外国首领的戏剧《城市里的背叛》时，穆里里在贾斯伯（Jusper）设计的圈套中被枪杀，邪恶政权才就此垮台。《城市里的背叛》作为三部曲中最早的作品，能够在当时的时代背景中存活下来，离不开伊姆布格对卡非拉这个独立非洲国家的虚构。卡非拉看似只是剧本中的背景设定，但无论是名字还是剧本中社会状况的描述，都能让读者和观众体会到卡非拉指代的就是后殖民时期政治腐败、治理不力的非洲国家。

伊姆布格在戏剧中虚构的卡非拉社会是肯尼亚的缩影，更是大部分后殖民时期非洲国家的集中体现。20世纪70年代的肯尼亚虽然已经是独立国家，但人民却没有迎来真正的自由与和平。政治上的独裁和镇压、经济上的官商勾结与腐败，让底层人民生活在水深火热之中。在剧本中，以鲍斯、穆里里为代表的卡非拉政府高层充斥着腐败与背叛。而以阿迪卡父母妮娜（Nina）和道格（Doga）为代表的社会弱势群体和底层人民在卡非拉政府的独裁统治下失去了自由。他们心中纵然有无尽的不满，但对暴行的恐惧让他们不得不屈服于政府。在为阿迪卡举行葬礼仪式之前，上层首领为了阻止军官杀死游行学生的消息进一步扩散，以维护社会和平为幌子警告道格和妮娜，不允许举办仪式。妮娜因此劝阻道格暂缓葬礼，她害怕私自举行仪式会招致更大的麻烦，但儿子的死亡似乎触发了道格压抑已久的反抗情绪：

道格：副首领！副首领是谁？你这么快就忘记了那些和高贵的真理具有同等地位的谣言吗？妮娜，当干雷在我们眼前劈裂天空，我们会忘记昨天的暴风雨吗？女人啊！女人从不会想除了夜晚给她们提供庇护的床以外的东西。那个副首领！他和查加加是一个娘胎里出来的，他们都是一丘之貉！①

---

① Francis Davis Imbuga, *Betrayal in the City*, Nairobi: East African Publishing House, 1976, p. 9.

道格激动的言语向我们透露了卡非拉社会中的几个信息。首先，社会中真相和正义的缺失，城市中漫天的谣言让真理成了奢侈品。其次，社会治理并没有可遵循的合理条令，所谓的"治理"多是通过简单粗暴的方式。而从妮娜的紧张和害怕程度来看，这种方式对于胆小又束手无策的弱势群体是很奏效的。最后是卡非拉社会管理阶层之间避免不了的裙带关系。军官查加加（Chagaga）与副首领是兄弟关系，因此副首领为了掩盖查加加在游行中枪杀了阿迪卡的事实，便派人私下阻止葬礼的举行，继续维护社会虚假和平的状况，也让社会中不明真相的群众继续拥护政府。而道格之所以对政府禁令反应如此激烈，就是因为看清了政府的虚伪并对政府感到失望。卡非拉社会中底层人民的无助与愤怒反映的正是肯尼亚人民在威权政治下的境遇。在卡里乌基遇刺后，当时群众曾表示："我们国家的政府高官充斥着腐败，他们在利用暴力来抑制民众的意志，一个自绝于人民的政府，将使我们的国家陷入何种痛苦和悲剧中，还有多久才能结束这种苦难。"[①]

戏剧中摩西（Mosese）、杰尔（Jere）和贾斯伯代表的是社会青年和知识分子群体，他们应当是社会中的变革力量，但一开始也在卡非拉腐败独裁政府的一步一步镇压下失去希望。

摩西：我以前从没见过这样的事。葬礼上的气氛很紧张。我曾幻想过一次卡非拉也许会有些改变，但在那些对话中，我体会到了残酷的现实。卡非拉毕竟是不会改变的。不会，不会因为一个微不足道的学生的死亡而改变。

摩西：一些政客试图把葬礼变成一场政治集会。他们要求葬礼的时间不能超过十分钟，学生不应该抬棺材。学术人员在公共场合哭泣是违法的。我无法忍受这些，所以我和他们讲了我的想法。然后第二天，他们就来找我了。[②]

---

① I. K. Shukla, "Murder as Political Manoeuvre", *Economic and Political Weekly*, 1975, 10(12), p. 497.

② Francis Davis Imbuga, *Betrayal in the City*, p. 29.

这些话是摩西在监狱中回忆他荒唐的被捕原因时说的。他起初对社会变革还抱有幻想和期待，对身边的人还留有信任。但到后来，他的所有幻想都在政府官员来找他的那一瞬间破灭了，这时的摩西彻底失望了。

监狱中的摩西遭受的是生理和心理的双重折磨。一方面，摩西坚持正道、决不屈服的态度让他成了狱警的眼中钉，也招致了不少刁难。另一方面，当摩西得知怀孕的妹妹雷吉娜（Regina）来到监狱为他求情却遭到狱警的拳打脚踢时，怒火与不甘加重了摩西内心的折磨。监狱里遭遇的一切再次磨灭了摩西的希望。多年来，他一直在等待一个独立、和平自由的国家的到来，有人说它已经到来了。但在摩西眼里，当前社会充斥着裙带关系、物质和道德上的腐败，这让正义成了社会的稀缺物。这不是摩西所期盼的王国，别人口中所说的"王国"也只不过是表面现象，没有人能说清这个"王国"的具体样子。这也侧面表明在鲍斯的领导下，卡非拉并没有实现政治和经济繁荣，也没有为百姓带来他们想要的生活。恰恰相反，政府这样的腐败正在一步步摧毁卡非拉的当下和未来。摩西还说，他认为过去的时代更好，因为至少那时候还有期待，而现在已经没什么可期待的了。

摩西是卡非拉社会中追求变革的知识分子的代表，也是推动社会变革的力量。与此同时，在肯尼亚的社会中也存在着这样一群人，他们是包括伊姆布格在内的众多作家。即使眼前的社会让他们和摩西一样看不到希望，但他们从社会政治、经济和文化问题中汲取创作的养分，向大众揭露社会存在的腐败和黑暗，并试图从作品中指出民族的出路。伊姆布格透过摩西的言语，不仅向我们诉说了当时知识分子与作家内心对肯尼亚发展的失望与悲愤，揭露了底层人民生活的窘境，也有力地控诉了后殖民时期政府的无能、腐败和背叛。

## 二、城市里的多重背叛

戏剧中多层次，多方面的背叛，为观众和读者带来了意想不到的反转和丰富的戏剧体验。与此同时，在看似戏剧化的情境背后，却是令人唏嘘不已的政府治理的失败。1963年到1978年，肯尼亚中央集权政治越来越强，伊姆布格通过描绘卡非拉集权政治导致的多重背叛关系和最终政府官员被枪杀的悲剧，反映独立后的肯尼亚在社会治理上存在的问题和隐患。在各种问题和隐患中，最可怕的是卡非拉政府高层为了自己的利益而进行的各种背叛。卡非拉城市里的背叛，还体现在国家对人民期望的背叛。

卡非拉政府高层为了自己的利益而进行了各种背叛，穆里里便是其中一个突出的代表性人物。在阿迪卡的葬礼上，穆里里为了获得鲍斯许诺给他的一片农场，以和平的名义签署了协议，并坚决阻止葬礼的举行。这一举动一方面体现了穆里里对当地文化的不尊重和背叛，另一方面也从侧面向我们展现了后殖民时期非洲的多族群间存在的文化冲突与认同问题。与此同时，穆里里作为高层领导阶级，他在戏剧中几乎和每个人都有交集，也几乎背叛了每个与他有利益冲突的人。

穆里里背叛了与他一同竞争牛奶投标的卡比托（Kabito）。穆里里运用裙带关系轻而易举地赢得了竞标，这意味着卡比托为竞标所做的努力全都白费了。在策划如何迎接外国首领的会议上，卡比托与穆里里就竞标一事发生了争吵。卡比托指出穆里里作为政府官员，不仅置国家发展于不顾，还利用不正当手段夺取人民的利益。心虚的穆里里乘着会议小憩之时，准备借鲍斯之手杀死卡比托，他来到鲍斯面前，如是说道：

穆里里：他在整个委员会面前用血抹黑你的名字。你看，首先，他在参加会议前酗酒了。

穆里里：完全喝醉了。他对每个人大喊大叫，说你抢走了他的牛奶竞标。

穆里里：上帝啊！他说你破坏了卡非拉的经济。还说你在国外私藏了数百万美金。①

---

① Francis Davis Imbuga, *Betrayal in the City*, p. 62.

　　精明的穆里里十分懂得如何利用鲍斯对自己的信任，即便一开始鲍斯对穆里里的话语存疑，毕竟卡比托是鲍斯的得力助手。但穆里里也能通过三言两语的污蔑就让鲍斯对卡比托失去信任并亲自下令处理了卡比托。在休憩的短短三个小时之中，穆里里就让和他作对的卡比托彻底消失了，最后还装作若无其事的样子回到会议室，捏造了卡比托是醉酒驾车发生意外的谣言，试图掩盖自己所做的一切。

　　在卡非拉，鲍斯作为国家元首却有名无实，他的顾问穆里里才是真正的权力行使者。穆里里阿谀奉承的三言两语，便足以左右鲍斯的决策。当国家元首成为政治傀儡，国家的命运往往会走向悲惨的结局。穆里里作为一个独立的个体，他不需要关心国家发展如何，人民期望是否达成，他唯一关心的就是保证在自己利益不受损害的前提下，尽可能拿到更多的好处。因此，整个国家的运行都是建立在穆里里的个人利益之上的。这也体现出了卡非拉政治中的一大弊端，国家高度中央集权的同时又缺乏明确的司法制度，让有心之人有了可乘之机，导致底层百姓受尽压迫、社会正义缺失的混乱局面。在这样的政治状况下，当鲍斯的权力也无法满足穆里里的需要时，鲍斯也免不了被穆里里无情背叛。

　　为了迎接外国首领的来访，鲍斯决定举行典礼以展示国家的和平与繁荣，囚犯们通过出演戏剧也能有机会提前释放。而背叛就在戏剧《城市里的背叛》排练时悄然发生。演出前夕鲍斯前来视察，恰逢一位演员生病缺席，热爱戏剧的鲍斯便提出由他来代替这个角色。开始前，贾斯伯提出戏剧中不可缺少的枪支道具还没有制定好，鲍斯二话不说便把士兵手里的真枪拿过来作为道具，殊不知这支枪将整部戏剧推向了高潮。刚开始，一切都按照剧本原定的走向发展，直到鲍斯发现杰尔和贾斯伯的台词与剧本不符。尽管鲍斯几次提出疑问，也无人回应。旁观者不明所以，只认为这是戏的一部分，只有杰尔与贾斯伯心里清楚，他们正是要借此机会推翻这个腐败无能的统治者。因此他们以演戏为由接近鲍斯，等鲍斯反应过来，枪口已对准了自己。这时，躲在角落的穆里里看出杰尔与贾斯伯的意图，准备悄悄溜走。鲍斯作为他口中的表亲，曾是他向下级官员们炫耀和博取利益的资本，但在关键时刻，他毫不顾及鲍斯曾经带给他的利益，充分表现了穆里里自私自利、无原则背叛的性格特点。

> 杰尔：穆里里，到我这来。（穆里里照做了）这个人是你的表亲。
>
> 穆里里：他只是我的一个远房亲戚，仅此而已。
>
> 杰尔：给我一个不杀他的理由。
>
> 穆里里：没有理由，你可以杀他。
>
> 杰尔：你也同意他应该被杀死吗？
>
> 穆里里：当然！第一，他把所有事情的统治权都放在他手中。第二，他破坏了卡非拉的经济。第三，他统治的时间太长，改变就像休息一样。第四，他杀死了卡比托。
>
> 鲍斯：我听到的都是真话吗？穆里里？（转向杰尔）开枪杀了我吧。让我免受这种背叛。开枪吧！[①]

单从穆里里对鲍斯的称呼上的变化来看，我们就能够发现穆里里对鲍斯的背叛。当他为了自己的竞标向鲍斯求情时，他口中的鲍斯是"表亲"；而当鲍斯遭受危险并很有可能波及自己的安危的时候，他口中的鲍斯却变成了"远亲"。他急于和鲍斯撇清关系，并且为了保证自己的利益，还同意杰尔将鲍斯枪毙。他给出的四条强有力的理由也让鲍斯感受到了极大的背叛。前三条理由表明了穆里里其实对国家统治中的问题看得清清楚楚，但他宁愿利用鲍斯的资源和名义去获取自己想要的，也不愿帮助整个国家更好地发展，实际上他才是整个国家发展的障碍。除此之外，卡比托的死其实很大一部分原因来源于穆里里的挑拨，也是源于他对鲍斯的利用。但他却在大庭广众之下嫁祸给鲍斯。穆里里说出的这一番话让鲍斯感到不可思议，鲍斯无法接受心腹的背叛，他甚至求着杰尔杀了自己。由此

---

① Francis Davis Imbuga, *Betrayal in the City*, pp. 75-76.

可见，卡非拉国家政府内部都尚未建立起稳固的信任关系，也难怪百姓逐渐对国家治理失去信心，对国家发展失去希望。

城市里的背叛还表现在国家对人民期望的背叛。鲍斯作为国家首领，肩负让国家变得越来越好的责任，他手握着权力，却全然不顾赋予他权力的公民们。正如穆里里所说，他变成了一位极权主义领袖，同时也破坏了经济的发展。从杰尔与摩西在监狱中的对话便可以知道，他们被监禁的理由极其荒唐。在鲍斯的领导下，社会上只有虚假正义。一些被公认的杀人犯从未被拘禁，反而是敢于说真话、敢于改变社会的人被抓了起来。这也能够解释为什么尼克第姆和穆里里能够心安理得地背叛人民和他们的使命。尼克第姆和穆里里作为军官，是最应该维护社会公平与和平的一群人，但鲍斯利用手中丰厚的物质资源作为奖赏，使得手下的官兵都被利益蒙蔽了双眼。尼克第姆遵从政府的命令，为了镇压社会中的反抗力量，将毒品放进摩西的车内，以摩西私藏毒品的罪名，将他逮捕了起来。穆里里只把自己的利益放在第一位，鲍斯用一块农场和牛就收买了穆里里，使他无视社会百姓的痛苦。即使杰尔恳求他让那对夫妇悄悄地举行仪式，他的态度依然坚决，无条件遵从鲍斯的命令。同时，穆里里在葬礼之后也背叛了杰尔，他把杰尔为阿迪卡父母求情一事告诉了鲍斯，杰尔也因此遭到逮捕。这不仅反映政府统治的不公正和领导不力，更体现了包括国家元首在内的一系列本应帮助国家向前发展的政府人员，却以压迫和欺负百姓为手段来获取自己的利益。这是穆里里作为军官对自己使命与责任的背叛，也是对人民期望的背叛。

## 三、城市里的腐败气息

随着卡非拉中央集权的不断加强，社会里的背叛丛生，整个城市里弥漫着腐败气息。肯尼亚在独立后采取的土地改革和合作社运动，在一定程度上刺激了经济的发展，但不可否认的是，在发展过程中，由于制度和管理的不当，也造成了国内官僚主义的滋生与合作社管理层的腐败。作者通过卡非拉社会中的精神腐败与物质腐败，向人们揭露独立后的非洲国家在思想和执政环境上面临的困境。

裙带关系和身份高低是卡非拉社会中评判人的标准，也是社会思想腐败的体现。当狱警阿斯卡里（Askari）拿着一杯牛奶茶再次进入监狱时，他和杰尔的对话将卡非拉政府中的腐败展现得一览无余。

阿斯卡里：给，喝点带牛奶的茶，但你甚至不属于我的部落。现在你要得到任何东西都需要你有一个社会地位高的亲戚。而你，因为你认为我是初级军官，你可以以你的唾液为食。你知道我们叫它什么吗？

杰尔：带牛奶的茶。

阿斯卡里：不。它的术语是……的选择性繁殖。

杰尔：人类的进步层的选择性繁殖……[1]

由此可见，即使是在监狱中，腐败的气息也丝毫没有减弱。囚犯身份背景的高低和拥有的裙带关系也被用作区别对待的标准。即使面对的仅仅是一杯牛奶茶的饮用权，狱警阿斯卡里也要考虑囚犯是否是自己部族的人，是否有位高权重的亲戚。阿斯卡里甚至还提到这是一种繁殖的选择，这种思想也意味着社会观念的腐败，使得每个人无法选择的出生和地位竟成了获得尊严的最大障碍。由于执政党与人民的各种利益冲突，真正头脑清醒的人会因为没有背景和关系而被囚禁，而那些颠倒是非的人却能依靠背后的权势在社会中横行霸道，甚至滥杀无辜。监狱变成了关押好人的地方，这样的设置实属讽刺。与此同时，在监狱的外面，政府官员对物质的贪婪欲望让他们背离民众，更加渲染了腐败的政治氛围。在迎接会小组讨论开始前，除穆里里外的其他三位成员的交谈就体现出了在下级官员眼中穆里里的权威地位。

---

[1] Francis Davis Imbuga, *Betrayal in the City*, p. 31.

尼克第姆：不好意思，汤博先生，我认为您有些太正式了。这样好像我们不是朋友。

卡比托：我同意尼克第姆的说法。等到穆里里来了我们再开始正式的程序。你看，你最近才刚刚加入我们，所以也许你对这里做事的方式不了解。爬树者从树的底部开始，而不是从顶部。①

在这段交谈中，我们可以看到这些地方官员做事的态度十分懒散。他们实际对会议内容并不关心，真正关心的不过是自己的利益。卡比托口中所说的"爬树者"实则是在暗示汤博，要让他们完成任务，还得从最基础的报酬谈起。在卡非拉政府官员的观念里，他们的首要考虑不是为人民服务，而是首先保障自己的利益。他们把会议看作做给穆里里看的一个形式，因为穆里里代表的是更上层的权威，因此一切正式程序都要等他到了才开始。而对于穆里里而言，他也十分享受鲍斯带给他的光环和权力。当被问起参加讨论会迟到的原因时，他理所当然地说自己是去处理竞争投标的事情了。他甚至在讨论会上直言不讳地说出自己在大学牛奶供应权的竞标中利用了鲍斯的关系，好像无时无刻不在提醒着其他人自己与鲍斯的亲戚关系，并且还为此感到十分自豪。

穆里里：是的，我给大学供应牛奶的竞标。他们给了一个无名小卒。所以这个早上，我说好的，我们看看大学当局是否知道谁是卡非拉的首领。因此我醒来后就去找了我的表亲，让他帮我找一个说法。

穆里里：哦，天哪！当我告诉他这件事之后，他直接主动拿起电话打给大学。（模仿鲍斯的样子）你好，你是负责大学饮食供应的经理吗？好，听我说……竞标是穆里里的。（大笑）你看，先到先得。②

---

① Francis Davis Imbuga, *Betrayal in the City*, p. 56.

② Francis Davis Imbuga, *Betrayal in the City*, 1976, p. 57.

　　穆里里能够如此肆无忌惮地把他运用裙带关系的过程当作一个笑话讲给下级听，是因为他心里明白，在这个社会中，只要有鲍斯这层关系，即使他们心中对他有不满，也没有人敢质疑他的地位和权力，甚至还会有人跟着附和。这一幕向我们揭示了裙带关系的利用和暗箱操作在卡非拉已经成为政府官员们心照不宣、毫不避讳的谋利手段，也反映了在土地改革时期肯尼亚社会中的官僚主义的滋长。

　　独立后的肯尼亚为找到适应本土需求的土地政策，进行了土地改革。一方面，土地改革发展了农业经济；另一方面，肯尼亚不少官员凭借其所掌握的政治权力，利用土地改革从中牟利，土地兼并趋势明显，肯尼亚政府对此也并没有太多作为。肯尼亚权贵所掌握的大型农场占据了当时肯尼亚耕地的47%，而普通民众只占有全国13%的耕地。①由此可见，社会腐败不仅是在不同层级的政府官员对物质利益的追求上，更是在整个统治阶级的思想观念上得到体现。

　　戏剧以穆里里的死亡为结局，寓意独裁腐败政府的结束，表达了作者对肯尼亚政府变革和对未来的美好期望。在穆里里被枪杀后，戏剧的最后一幕中道格和妮娜作为鬼魂再现，场景再一次回到了墓前。这不仅是与开头他们在阿迪卡的墓地的一幕相呼应，更是象征了卡非拉的变革。值得一提的是，伊姆布格在描写最后的场景时，与第一幕的墓地场景一样，连道格的台词也几乎和开场时一模一样。唯一不同的是，在他们看向坟墓时，躺在墓地里的不再是他们的儿子，而是那个无能的政治顾问穆里里。这样的情景再现，象征着过去那个不公正和混乱统治的社会秩序已经被废除，那些该死的、阿谀奉承的、只顾自己利益的小人已经受到惩罚，以后不会再有无辜的百姓被残忍的统治阶级残害、压迫，人们期待着一个拥有更好的领导和正义的新卡非拉。

---

① Peter Anyang' Nyong'o, "State and Society in Kenya: The Disintegration of the Nationalist Coalitions and the Rise of Presidential Authoritarianism 1963-78", *African Affairs*, 1989, 88(351), pp. 248-249.

# 结　语

伊姆布格在戏剧中描绘了卡非拉底层人民在政府的独裁统治下失去自由，有志于变革的青年也在腐败的政府镇压下失去希望，政府内部充斥着的背叛也令人唏嘘。以维护安全为幌子禁止葬礼仪式其实是当权者的策略，限制人民权利，并通过指责无辜百姓来掩盖政府的过错。在卡非拉，领导者的无能助长了社会中的腐败风气和政府内部的背叛关系，人与人之间的信任少得可怜。文化的背叛、政府官员之间的背叛，甚至对国家元首的背叛都向我们展示了一个国家失败的治理。作者通过描述虚构之国卡非拉的社会状况，表达他对后殖民时期的肯尼亚和其他独立非洲国家治理的思考。在戏剧中，伊姆布格既有力地控诉了后殖民时期非洲政府的背叛和腐败行为，也带给人们对美好未来的展望，为社会变革指明方向。

（文/上海师范大学 潘依琳）

# 乌干达文学概况

乌干达位于非洲东部，是地跨赤道的内陆国。东邻肯尼亚，南接坦桑尼亚和卢旺达，西接刚果民主共和国，北连南苏丹，总面积约 24.15 万平方千米。全境大部位于东非高原，多湖，平均海拔 1000—1200 米，有"高原水乡"之称。乌干达是联合国公布的世界最不发达国家之一，经济基础薄弱，结构单一。农牧业在国民经济中占主导地位，但生产力落后，需引进先进农业生产技术和设备，以提高产量和生产效率。在乌干达国民经济中，粮食种植、建筑和批发零售是支柱产业。乌干达于 1962 年 10 月 9 日宣布独立，但仍留在英联邦内。1986 年穆塞韦尼执政后，结束了乌连年内战的混乱状态，建立并逐步完善以乌干达全国抵抗运动为核心的独特的"运动制"政治体制，力促民族和解，化解宗教矛盾，组成了以"抵运"为主，兼顾各方利益的基础广泛的联合政府，政局日趋稳定。

乌干达官方语言为英语和斯瓦希里语，卢干达语是当地使用最广泛的本土语。乌干达作家用英语创作的文学数量最多，影响力也最大。乌干达内战给乌干达人民带来深重的灾难和难以弥合的创伤，成为乌干达作家创作的主要内容。很多作家亲历内战，因此作品有很强的自传性特点。尽管是相同的主题，但是作家们在艺术手法上各异，表现出独特性和较高的艺术价值，在世界文坛上赢得了应有的地位。

第十一篇

莫妮卡·阿拉克·德·恩耶科
小说《奇怪的果实》中的乌干达内战创伤

莫妮卡·阿拉克·德·恩耶科

Monica Arac de Nyeko，1979—

## 作家简介

莫妮卡·阿拉克·德·恩耶科（Monica Arac de Nyeko，1979—　）是乌干达女作家，1979 年出生于坎帕拉，成长于乌干达北部的基特古姆区，阿乔利人。她曾在坎帕拉的麦克雷雷大学和荷兰的格罗宁根大学学习，分别获得教育学学士学位和人道主义救助硕士学位。作为乌干达女作家协会的成员，恩耶科曾在乌干达的基苏比圣玛丽学院担任文学和英语教师。

莫妮卡·恩耶科撰写的文学作品在国际上广受赞誉，获奖作品涉及非洲战乱和社会相关主题。2004 年她凭借《奇怪的果实》（*Strange Fruit*，2004）入围凯恩非洲文学奖，2007 年以小说《詹布拉树》（*Jambula Tree*，2007）获得凯恩非洲文学奖，同年又入选"非洲 39"榜单（指 39 位 40 岁以下撒哈拉以南的优秀非洲作家）。除了文学创作以外，恩耶科还热衷于参与人道主义领域的工作，她拥有近十年的联合国国际筹款、对外交流、关系管理和协调的工作经验。2004 年，她在总部位于意大利罗马的世界粮食计划署的预警部门担任初级顾问。2006 年，她成为世界粮食计划署喀土穆办事处的报告官员。同年，她又担任人道主义事务协调厅的报告官员。恩耶科自 2009 年起为联合国儿童基金会工作，先是在喀土穆担任报告干事，随后在阿克拉担任外部关系和筹资专家。

**作品节选**

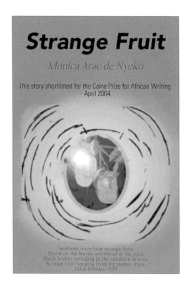

《奇怪的果实》

( *Strange Fruit,* 2004 )

"Pa, pa, where are you taking pa? Leave my Pa alone!"

One kick. She falls down. Piloya moans softly. The earth welcomes her silenced cries and lets her lie still. Her large lilac skirt spreads upon the earth around her, so pure, so calm.

The kicks stop after a while. I hear a faint sound from Mwaka, then everything goes dead. Terrible chills sit upon me.

I start to crawl towards Piloya. I take a quick glance towards the mango tree. I notice something. Two hands knotted behind a back and a frozen stare, curled over a rock plate of bulged eyes. The figure is almost too peaceful to touch. It hangs on the mango tree. It is the new branch grafted to the tree with a sisal rope around its neck like an offering to the sun, to scorch, to ripen and to rot. Mwaka does not swing with the powerful afternoon wind draft. Thirty-three. That is his age. All he is. A number scribbled on a page, a vocal parting of lips, as light as a hair strand. I watch him. My defeated warrior hangs like strange fruit, waiting to be plucked.

I resume my crawl towards Piloya. Two hands pull me back by my legs. I bruise my kneels badly, but I struggle still to crawl on towards my daughter.

I am grabbed again. I dig my nails into the soil. I scratch at the earth till blood soaks underneath my broken fingernails. The veins in my head strain. It feels like I can explode anytime. My breath heats up into a pant. I fight to let some air in my lungs. The lieutenant leans upon the Land Rover smoking his cigarette with a disinterested stare like a lioness leaving a carcass for her cubs after a kill. About six men surround me. They shout things I can't hear. I have to get to my daughter. Where she is, lies the melody whose tune I can hum. One man holds me down. His hands look weak, but he puts my hands together and holds my two wrists in one grip. His other hand separates my thighs. I kick about trying to fight. My hands turn me into a tiger. I scratch. I don't get anywhere. I am scratching air.[①]

"爸！爸！你要把我爸带到哪里去？放开我爸！"

士兵踢了她一脚，她便摔倒了。皮洛娅轻轻地呻吟着。大地安抚着她无声的哭泣，让她静静地躺在它的怀抱中。她宽大的淡紫色裙子铺在她周围的土地上，如此纯洁，如此平静。

踢踏声停了一会儿。我听到姆瓦卡发出微弱的声音，然后一切似乎也都停止了。可怕的寒意袭上心头。

我开始爬向皮洛娅。我迅速朝芒果树看了一眼。我注意到一些东西。映入眼帘的是一双被捆在背后的手，一双凝视着石板的凸起的眼睛。那身影安详得几乎无法触碰。它被挂在芒果树上。它仿佛是嫁接在树上的新生枝条，脖子上套一根麻绳，就像献给太阳的祭品，炙烤、成熟、腐烂。姆瓦卡没有随着午后强劲的风摆动。33 岁。这是他的年龄。他的全部。一个潦草地写在纸上的数字，一个可以发出如发丝一般轻飘声音的嘴唇。我看着他。我那被打败的勇士，就像奇怪的果实，等待被采摘。

我继续向皮洛娅爬去。两只手拽着我的腿往后拉。我的膝盖严重擦伤，但我仍然挣扎着爬向我的女儿。

我又被抓住了。我的指甲抠进土里。我抓住泥土，直到鲜血浸透我断裂的指甲。我头上的血管绷得紧紧的。我感觉自己随时都会爆炸。我的呼吸急促起来。我拼命往肺里吸气。中尉靠在路虎车上抽着烟，目光中透露出一丝无趣，就像一头母狮在杀戮后把尸体留给幼崽。大约六个人围着我。他们呼喊什么我根本听不清楚。我必须去找我的女儿。她在哪里，哪里就有我可以哼唱的旋律。一个男人按住了我。他的手看起来很无力，但他把我的手禁锢在一起，用一只手握住我的两个手腕。他的另一只手分开我的大腿。我踢来踢去，试图反抗。我的手挣扎的样子让我看起来像一只母老虎。我奋力抓挠。而我却抓不到任何东西。我在抓空气。

（徐靖国 / 译）

---

① Monica Arac de Nyeko, *Strange Fruit*, 2004. https://www.author-me.com/fict04/strangefruit.htm [2021-11-30].

**作品评析**

# 《奇怪的果实》中的乌干达内战创伤

## 引 言

　　莫妮卡·阿拉克·德·恩耶科是第一位获得凯恩非洲文学奖的乌干达女作家。她创作了《被拴住》（*Chained*，2001）、《女儿的彩礼》（*Bride Price for My Daughter*，2003）、《奇怪的果实》、《詹布拉树》等短篇小说。此外她还发表过中篇小说《最后一舞》（*Last Dance*，2004），《红色原野上的男孩》（*Children of the Red Fields*，2004）。她的散文《在群星之中》（*In the Stars*）曾获得"战争地区女性的声音"写作竞赛一等奖。出生于"后阿明时代"的恩耶科见证了太多乌干达人民的痛苦，社会的动乱和战火之中弱势群体的生活一直都是她的关注焦点。乌干达在脱离英国殖民之后很长的一段时间里，国家局势仍然动荡不安，尤其是北部边境战火连连，恐怖袭击不断，人民仍然长期生活在内战阴霾之下，暴力和死亡仍然是北部乌干达群众挥之不去的梦魇。恩耶科在《奇怪的果实》中通过描写女主人公索菲娅（Sophia）与丈夫姆瓦卡（Mwaka）相遇、相爱与永别的记忆，展现了乌干达北部阿乔利人所面临的真实境遇。本文拟从创伤视角，对短篇小说《奇怪的果实》进行解读，从而分析内战对乌干达北部阿乔利人带来的创伤体验。

# 一、乌干达内乱

恩耶科曾在一次采访中谈道："描写我的家乡基特古姆，对我来说几乎是一种应尽的义务，所以要做到捕捉发生在这里的点点滴滴，那些我们不能忘怀的，以及在这里不该再次发生的事情。"[1]恩耶科生于基特古姆，她的整个童年都在内战的硝烟之中度过，可以说，她的成长经历就是北部乌干达人民创伤体验的见证。小说《奇怪的果实》的地理空间就设置在基特古姆，它位于乌干达北部边境，距离乌干达首都坎帕拉452千米，是北方阿乔利兰的一部分，被认为是阿乔利人的核心地带。在很长一段时期里，阿乔利兰都处于动荡的局势之中。

早在殖民时期，英国殖民者就采取了"分而治之"的方法将乌干达一分为二，划分为南北两个地区。当时英国的殖民思路是鼓励和引导南部的政治和经济发展，特别是当地的巴干达人。相比之下，阿乔利人和其他北方民族则主要为国家提供劳动力和兵源。由于北方经济落后，又不得不缴纳茅屋税等殖民地捐税，许多阿乔利人被迫到南方做工，沦为巴干达人种植园中的佃农[2]。于是，以巴干达人为代表的南方各族群享受到了英国殖民者给予的特权，他们受到良好的教育，生活上较为富裕，政治上也更有话语权。南北发展严重失衡，受益者居高自傲，北方处于劣势的民族则受到了不公正的待遇。

在《奇怪的果实》里，我们可以看到这种来自南方的偏见。母亲对索菲娅与北方阿乔利乡下男孩姆瓦卡的相爱极为反感，她生气地告诉索菲娅："你是来

---

[1] Monica Arac de Nyeko, Doreen Strauhs, "You Don't Have to Be a Dead, Old English Man to Be a Writer", *The Journal of Commonwealth Literature*, 2010, 45(03), p. 154.

[2] 王涛、王猛：《乌干达圣灵抵抗军产生背景的多维视角分析》，《非洲研究》，2015年第1期，第101页。

自坎帕拉！坎帕拉，老天！"①，并警告她"在回到坎帕拉之前如果再去找姆瓦卡，就会把你的脚绑在铁栏杆上，锁在屋里"②。事实上，索菲娅一家就是阿乔利人，他们生活在首都坎帕拉，来到北方乡村是为了和亲人一起过圣诞节，但是来自南方大都市的她们却和北方血脉相通的族人产生了隔阂。母亲甚至认为阿乔利人传统的求偶舞是轻浮的，可鄙的，是一种极为不体面的行为，和南方人的身份严重不符。这种隔阂来自殖民者对乌干达人民身份的重新建构，破坏了乌干达作为一个国家的完整性，造成了社会的割裂和南北的对立，也为日后的动乱埋下了祸根。

1962年，脱离英国殖民统治实现独立的乌干达没有走向稳定的发展之路，南北差距并没有缩小，民族矛盾也没有得到妥善的解决。北方地区依然冲突不断，其原因就在于历届政府忽视了族群间的利益平衡，成为国家不稳定的根源③。1966年，米尔顿·奥博特发动军事政变，掌握国家最高权力，任职总统期间大力扩张军队，重用北方民族以制衡南方。1971年，阿明推翻奥博特政府，转而笼络南方巴干达人，并清除军队中的北方成分，大量受迫害的阿乔利人出逃，加入全国解放军。1979年，阿明政府被全国解放军驱逐，次年奥博特重掌大权，阿乔利人和北方民族势力重新活跃于政治舞台上，南方人被再一次排挤。1986年，南方人穆塞维尼率军攻破坎帕拉夺取政权，并开始打击阿乔利人的政治军事势力，全国解放军被迫撤入乌干达北部。与此同时，北方众多反政府武装应运而生，圣灵抵抗军组织就是其中之一。这股势力成立于1987年，此后不断发展壮大，并成为撒哈拉南部最具实力和影响力的反政府武装，其头目是约瑟夫·科尼。

对于政府的围剿，约瑟夫·科尼的回应是加强恐怖活动，用武力胁迫民众支持自己，任何胆敢与政府军合作的民众都遭到圣灵抵抗军的疯狂报复。圣灵抵抗军绑架了大量平民，通过洗脑的方式将他们训练成忠诚的游击队员投入战场，其

---

① Monica Arac de Nyeko, *Strange Fruit*, 2004. https://www.author-me.com/fict04/strangefruit.htm [2021-11-30].
② Monica Arac de Nyeko, *Strange Fruit*, 2004. https://www.author-me.com/fict04/strangefruit.htm [2021-11-30].
③王涛、王猛：《乌干达圣灵抵抗军产生背景的多维视角分析》，《非洲研究》，2015年第1期，第104页。

中大多数受害者是儿童和年轻人。被绑架的儿童除了被殴打、强奸和奴役之外，还被迫参与杀害其他试图逃跑的人。"叛军"（Rebels）的字眼多次出现在恩耶科的作品里，她的小说《被拴住》记述了叛军对妇女的暴行。手无寸铁的妇女们被屠杀，被强奸，甚至修道院的妇女也没能幸免。时局动乱，柔弱的女性无法掌控自己的命运，只能任凭叛乱势力迫害。这些战争中被摧残的女性群体，就是整个内战受创群体的真实写照。

叛军给民众带来的苦难在《奇怪的果实》中也有展现，不过这篇小说更多地反映了叛军与政府军的叠加伤害。由于圣灵抵抗军长期活跃于乌干达北部，基特古姆区长时间遭受军事袭击，使得阿乔利人的权益受到严重侵害。他们不仅面临着叛军的威胁，也面临着政府的不信任。由于叛军中绝大部分是阿乔利人，许多当地平民百姓也会成为政府的怀疑对象而遭到清洗。《奇怪的果实》来源于恩耶科对饱受内战摧残的家乡的追忆，以基特古姆为地缘共同体，描绘了女主人公索菲娅心中难以愈合的伤痕。丈夫姆瓦卡先是被叛军强征入伍，后与政府军激战失败后逃回家中躲藏。政府军北上围剿叛军，与叛军有瓜葛的丈夫被搜出后遭折磨致死，这一切悲剧都被索菲娅亲身经历。索菲娅所代表的阿乔利人生活在国家政治的边缘地带，是被割裂于国家之外的族群。他们被当权者排斥，又遭受战乱的侵袭。阿乔利兰是阿乔利人的故乡，也是他们的噩梦之源。

## 二、个人创伤记忆的重现

小说的开篇就是索菲娅的梦境。在潜意识的空间里她又回到了基特古姆，孤独不安的她在黑暗的林间穿梭，寻找着丈夫姆瓦卡。这个梦境发生在姆瓦卡离世之后，在故事里，梦成为索菲娅思念丈夫的重要线索。关于梦境，弗洛伊德指出："它是一种完全有效的精神现象，是一种愿望的满足。"[1]梦境主要来源于日

---

①弗洛伊德：《梦的解析》，青闰译，北京：中国城市出版社，2011年，第25页。

常生活，往日的生活经验、个人感受都可以成为梦境的素材。强烈的思念转化为梦境，在另一个的世界里，她看到了丈夫：

从沉稳的脚步声中可以判断，那就是两年前参加所谓解放战争的那个年轻人，他像阿林加河八月的潮水一样向我涌来。他的双脚带着山的精神与姿态，我伸出我的双手，向他挥动，让他向我走来。他迈出的每一步都让他像一朵芙蓉花一样盛放。为此我已经等了很久，没有什么可以破坏这梦幻般的时刻。①

这里索菲娅对丈夫的姿态进行了重构。他身姿矫健，步伐灵敏，充满了大自然的灵动气息，仿佛也期待着与妻子的久别重逢，幸福的时刻即将来临。然而这样的期待并没有成为现实，这个看似美好的梦境却是遥不可及的。还未等她触碰到姆瓦卡，一切便消失不见：

姆瓦卡的运动轨迹仿佛一条稳定的直线，坠入荒野中。我的丈夫没能留在我身边。没有属于我的欢笑的花瓣，也没有能够承载我重量的风，我的希望还未实现便化为泡影。我虚弱的手臂向前摇晃。我坠落在地上，开始下沉。在这条隧道的尽头，微光变成了一个铅笔尖，眨眼间就变成了黑色。②

多年后的"再见"，竟然连丈夫的脸庞都没有看清楚，任凭她多么声嘶力竭地呼喊，丈夫也没有在她身边停留。这个梦境道明了二人永远分隔的原因——战争，也展现了索菲娅对爱人的深切追忆以及美好愿景的幻灭。梦醒了，她又被拉回到冰冷的现实之中。梦境中与姆瓦卡的重逢是一种失去后心理上的满足，然而梦境无法成为现实。过去经历的创伤与生活融为一体，成为受创者无法抹去的疼

---

① Monica Arac de Nyeko, *Strange Fruit*, 2004. https://www.author-me.com/fict04/strangefruit.htm [2021-11-30].
② Monica Arac de Nyeko, *Strange Fruit*, 2004. https://www.author-me.com/fict04/strangefruit.htm [2021-11-30].

痛。梦境与现实的落差感化为一把打开回忆之门的钥匙，于是，索菲娅的创伤记忆被重启。

首先，索菲娅的创伤体验来自她的原生家庭。母亲一直极力反对索菲娅和姆瓦卡的结合，理由是她们一家来自首都坎帕拉，而姆瓦卡却来自北方的农村，南北地缘上的隔阂使两人之间产生了一道隐形的鸿沟。对于当时正值青春年少的索菲娅来说，她渴望人格上的独立，希望母亲能支持她选择伴侣，然而事与愿违，得到的却是无情的数落与责备。母亲认为姆瓦卡不能给她幸福，甚至称她为"荡妇"。在家庭关系中，母亲处于强势地位，当遭到母亲的强烈反对时，索菲娅心理上更加渴望父亲的回应。虽然父亲对母亲用激烈的言辞呵斥女儿的行为不太赞同，但是并没有有效地给予索菲娅言语上的支持，而是用一种微弱的语调附和着母亲。

巴里·温霍尔德和贾内·温霍尔德在《依赖共生》中提到，异性相吸通常是在试图治愈涉及联结和分离的未治愈的发展性创伤[1]。来自父母双方的压力让索菲娅丧失了家庭生活中的安全感和归属感，她感到孤独，自己仿佛游离于家庭之外。她渴望被理解，想要排解内心的苦闷。当家庭的情感联结出现问题，试图建立新的联系、获取新的安全感和依附感就会成为新的需要，这是一种应对创伤的自然反应。而在姆瓦卡身边，她可以感受到无与伦比的温馨体验。姆瓦卡柔情的拥抱让索菲娅体验到了被呵护的感觉，在他的身边，似乎所有的烦恼都烟消云散了。他就是索菲娅情感的港湾，新的情感联结让索菲娅找到了治愈创伤的可能。母亲的阻挠没能阻止二人的结合，关于婚后的生活，小说是这样记述的：

有一次，我收拾好了行李，并威胁要和皮洛娅一起离开，因为姆瓦卡卖掉了一头牛，我认为卖掉牛这种行为大可不必。那天晚上，他带着一条裙子回家了，

---

[1] 巴里·温霍尔德，贾内·温霍尔德：《依赖共生》，李婷婷译，北京：台海出版社，2018年，第60-61页。

是那一条我在商店橱窗前端详许久的裙子，我也说过它看起来非常漂亮。姆瓦卡买下了它，并把它递给了我。我试图让自己看起来更生气。我忍不住笑了起来。我从他手中接过衣服，去试穿。"下次就不灵了！"我在卧室里喊道。"不会有下一次了。"他说，并笑了起来。①

在阿乔利人的传统观念里，牛是一种极为珍贵的资源。南方经济繁荣，北方则更依赖于农耕，所以牛就成了帮助阿乔利人进行生产生活的重要工具。除了用于耕作以外，牛也是财富和地位的象征，它是结成婚姻关系的重要纽带，也是新娘的主要彩礼②，牛对于阿乔利人来说是一种特殊的存在。索菲娅气愤的是丈夫私自卖掉牛的行为，但没想到的是他竟然是为了换取自己看中的一条裙子。在姆瓦卡的眼中，妻子的好恶似乎比牛更加珍贵，这也不难解释为什么姆瓦卡总是会心血来潮地买一些看似毫无用处的东西回家，他这样做只是为了让妻子开心。我们可以对比《麦琪的礼物》中的德拉和吉姆，虽然他们为对方选取的礼物最后都没有什么实际用处，但是他们通过这种方式证明了对彼此的深情。爱是姆瓦卡和索菲娅之间最深层的羁绊，如果没有爱的加持，再多的财富、再美的服饰也无法填补内心的空洞。这个生活的片段是索菲娅婚后幸福生活的缩影，她体验到了被珍视的感觉，归属感和安全感被重新建立起来。她与姆瓦卡的联结正在治愈着曾经来自家庭的创伤，他们的幸福仿佛也证明了母亲的阻挠是错误的。

但是好景不长，夫妻二人的幸福生活随着叛军的到来戛然而止。丈夫被叛军强征入伍，索菲娅又陷入与丈夫分别的新的创伤之中。在丈夫离开的日子里，思念、孤独与不安成为她生活的主旋律。无论是在梦中还是现实生活里，索菲娅都会去寻觅丈夫的痕迹，担心他的安危，小说里有这样一段描述：

---

① Monica Arac de Nyeko, *Strange Fruit*, 2004. https://www.author-me.com/fict04/strangefruit.htm [2021-11-30].

② Ruddy Doom, Koen Vlassenroot, "Kony's Message: A New Koine? The Lord's Resistance Army in Northern Uganda", *African Affairs*, 1999, 390(98), p. 12.

我看了看姆瓦卡留下来的金属箱。如果我能打开它，或许我就能嗅到他存在的气息。也许那样做的话，聚集的泪水就会消失。但我不能打开他的箱子。人们都说运气就锁在箱子里。打开箱子会让运气散去，让它暴露在风中或恶灵面前。他们会把运气抢走。如果说姆瓦卡非常需要什么的话，那就是他的运气！他的箱子会一直保持原样，一直会。①

丈夫遗留下来的物品是索菲娅思念他的唯一凭证，只要打开箱子，似乎就能感受到丈夫的存在，心里的悲伤也会随之化解，但是她选择让箱子保持原状。索菲娅更愿意相信丈夫还活着，只要锁住箱子，丈夫就会拥有好运气，也会增加他回到自己身边的可能性。弗洛伊德认为，受创的抑郁主体会拒绝承认爱的客体的消失，会陷入沮丧、冷漠的心理情感，会排斥甚至拒绝心理移情②。移情会使受创个体将情绪体验转移到替代对象上，从而实现不良情绪的释放与宣泄。无疑，索菲娅的内心是抑郁的、沮丧的，没有将情感转移投射到丈夫的物品上。这种矛盾的心理反映出失去后的疼痛感，因为受创的心理痛苦太过沉重，她选择了逃避，并试图以这样的方式舔舐自己内心新的伤痕。

## 三、集体创伤的还原

集体创伤是创伤事件对受创群体中每个个体的综合影响，其症状表现具有一定的普遍性和共通性。当灾难发生时，群体中每一个人都逃脱不了受创的命运。小说的地理空间虽然位于战火纷飞的乌干达北部边境，但是恩耶科并没有在故事情节中叙述激烈的战争场面，而是将叛军的到来作为时间节点，通过描绘村落变化来反映内乱带给这个地缘共同体的伤害。在叛军到来之前，小村落是这样的：

---

① Monica Arac de Nyeko, *Strange Fruit*, 2004. https://www.author-me.com/fict04/strangefruit.htm [2021-11-30].
②金莉、李铁：《西方文论关键词》（第二卷），北京：外语教学与研究出版社，2017年，第67页.

这让我想起了战争前的一段时光。当时我来到河边，皮洛娅还是一个蹒跚学步的小婴儿。我让她坐在水边，让她用婴儿的兴奋劲儿打水。光着膀子的女人跳进河里，又浮出水面，小股水流从她们赤裸的身体上滑下，就像神灵在举行净化仪式。孩子们的声音飘来飘去。阿林加河流淌着，朝着只有天空才知道的尽头的地平线前进。一些妇女试图用她们的手工编织的篮子在满满的水中抓鱼。她们每抓到一条鱼都会大笑，她们的声音可以传到基拉克的神圣洞穴里。①

村子傍着阿林加河而生，这条河就是这个村落地缘共同体形成的纽带。德国社会学家斐迪南·滕尼斯（Ferdinand Tönnies）认为，一切对农村地区生活的颂扬总是指出，那里人们之间的共同体要强大得多，更为生机勃勃：共同体是持久的和真正的共同生活，社会只不过是一种暂时的和表面的共同生活。因此，共同体本身应该被理解为一种生机勃勃的有机体②。阿林加河是村民们美好生活的见证与象征，长久的相处、相似的阶级、共同的生活使得这里的人们形成了一种默契一致、生机勃勃的有机体。叛军到来之前，日子充满活力与希望，阿林加河畔到处欣欣向荣。美丽的阿林加河是一泉圣水，养育着周围的芸芸众生，在这里每个人都可以安居乐业，每个孩子都可以快乐成长，此刻的村落共同体极具生活气息。然而随着叛军的到来，平静的生活被打破，阿林加河畔的风貌也出现了异变，小说是这样描述的：

在战前的那些日子里，人们口口相传的阿林加河桥的传说，并没有像现在一样安置那么多不安的灵魂。河里也不像现在这样充满了那么多的水蛭。迷路的灵魂也没有在夜里哭泣，乞求救援。③

---

① Monica Arac de Nyeko, *Strange Fruit*, 2004. https://www.author-me.com/fict04/strangefruit.htm [2021-11-30].
② 斐迪南·滕尼斯：《共同体与社会》，林荣远译，北京：商务印书馆，1999年，第54页。
③ Monica Arac de Nyeko, *Strange Fruit*, 2004. https://www.author-me.com/fict04/strangefruit.htm [2021-11-30].

亡魂、水蛭等阴森的字眼间表现出战争给村子带来的伤害，往日祥和的村庄现在被死亡和恐惧的阴影所笼罩。首先，战争使生活在这个地缘共同体中的女性群体开始出现创伤症状，其中最具代表性的就是索菲娅的同事桑卓。桑卓和索菲娅的经历相似，她的丈夫也被叛军强征入伍。丈夫被带走后，她的行为变得异常起来，在河边洗衣服时她会吟唱丧曲，有时候她会猛烈拍打树干，"好像有什么东西在驱使她伤害自己"①，即使手被严重擦伤甚至流血也不停止。

赫尔曼在《创伤与复原》一书中提到，经历创伤后人会进入一种"禁闭畏缩"的状态②，进入这种状态的人会失去信念，精神变得麻木，并且做出自暴自弃的举动。桑卓身上体现的是"禁闭畏缩"状态下的一种麻木反应，是一种创伤后的症状。她失去了精神支柱，变得失魂落魄，内心积压了无法排解的痛苦，只能诉诸非常规的极端方式发泄，甚至还出现了一定程度的自残行为。她忘记了物理上的疼痛，仿佛变成一个丢了魂的躯壳。恩耶科在小说中捕捉了妇女们的创伤体验，通过创伤症状的描写还原了战乱给她们带来的集体创伤经历。桑卓代表的是未直接参与战争的女性群体，她们是柔弱的，无助的。在生活中，她们扮演的角色是妻子和母亲，同时她们也是村落共同体的重要成员。战乱使她们的家庭遭到破坏，丈夫成为战士，儿女失去父亲。她们的生活的希望与依靠被抽离出去，陷入极度痛苦之中。

此外，恩耶科也将注意力聚焦到战争的直接参与者身上。他们本来是普通的阿乔利百姓，由于国家政治动荡，被迫参加"解放战争"，这些所谓的"战士"甚至不知道战争的意义是什么，就被强行推上战场，成为利益争夺的牺牲品。当叛军到达索菲娅居住的村子时，她见到"军队中男孩的数量甚至比成年人都多，一些男孩甚至连枪都拿不稳"③。同时，索菲娅看到这些孩童的眼神是血淋

① Monica Arac de Nyeko, *Strange Fruit*, 2004. https://www.author-me.com/fict04/strangefruit.htm [2021-11-30].
② Judith Herman, *Trauma and Recovery*, New York: Basic Books, 1997, p. 42.
③ Monica Arac de Nyeko, *Strange Fruit*, 2004. https://www.author-me.com/fict04/strangefruit.htm [2021-11-30].

淋的，让人心生战栗，这与她之前听到的传闻如出一辙："叛军会绑架孩童和年轻人并胁迫他们参与战斗。"①恩耶科在此还原了前文中提到的圣灵抵抗军的恶行。孩童本是天真无邪的，是国家和民族的未来，但是在叛军的威胁和洗脑下，他们成了可怕的战争机器，并将枪口对准了手无寸铁的平民百姓。他们失去了原本属于自己的爱与良知，在战火中被摧残，被异化，变成了嗜血的恶魔。

小说中和这些童军遭遇相似的是姆瓦卡所代表的年轻男性群体，他们被强征入伍，成了童军的"战友"。在索菲娅的记忆中，曾经的姆瓦卡身上满散发着成熟的芒果香气，他身姿灵动，步伐矫健，充满了年轻人的活力。而看到身穿军装的丈夫后，索菲娅心中顿生一种"微妙的距离感和陌生感"②，他变得衣衫褴褛，身材变得更加瘦弱，额头上还出现一条疤痕，脸上曾经焕发的青春气息和手指上留存的生命活力都已经不复存在了。他成了圣灵抵抗军的忠实信徒，并认为"自己是带领国家走向光明前程的重要拼图"③。

在小说里，恩耶科将姆瓦卡的形象塑造成了一个"代言人"的角色，他代表了被叛军洗脑后的平民百姓。他们与自己的家人渐行渐远，成为所属共同体内部的陌生人和边缘人。他们所谓的"事业"是暴力的、具有破坏性的，重建国家的希望也是虚无缥缈的。在小说的末尾，姆瓦卡被围剿叛军的政府军折磨致死。他被恐吓，被殴打，却始终不愿意向政府军透露任何关于叛军的信息。在他眼里，自己似乎是一个合格的"战友"，殊不知，他已经成为被利用的牺牲品。集体创伤是对历史的书写，在那至暗的时刻，每一个阿乔利人都是战争的受害者。

---

① Monica Arac de Nyeko, *Strange Fruit*, 2004. https://www.author-me.com/fict04/strangefruit.htm [2021-11-30].
② Monica Arac de Nyeko, *Strange Fruit*, 2004. https://www.author-me.com/fict04/strangefruit.htm [2021-11-30].
③ Monica Arac de Nyeko, *Strange Fruit*, 2004. https://www.author-me.com/fict04/strangefruit.htm [2021-11-30].

# 结　语

　　恩耶科在小说《奇怪的果实》中为读者还原了乌干达内战的历史，她真实地勾勒出乌干达北方阿乔利人的生活状况，描绘出动乱给当地居民带来的难以忘却的创伤体验。平静的生活被内乱割裂，一切都在硝烟之中成了异变的果实。小说的创伤书写不仅揭示了战争的残酷，包含着恩耶科对内战的反思，也蕴藏着她对阿乔利血统和乌干达人身份的认同。她渴望乌干达成为一个正常安定的国家，南北方不再有对立与冲突，人民可以安居乐业，过上幸福的生活。

（文/上海师范大学 徐靖国）

# 卢旺达文学概况

卢旺达共和国，简称卢旺达，位于东非内陆，西与刚果（金）交界，东邻坦桑尼亚，北与乌干达接壤，南连布隆迪。自然条件优良，气候温和凉爽，湖泊众多，青山连绵，风光优美，有"千丘之国"的美称。比利时殖民统治时期，引入身份证制度，埋下了独立后的种族冲突和 1994 年的大屠杀祸患。1994 年 4 月 6 日，总统哈比亚利马纳因飞机失事遇难，引发了导致百万人丧生的大屠杀。1994 年后，为增强国家凝聚力，政府倡导民族和解。时过境迁，如今的卢旺达社会稳定，经济持续快速增长。

卢旺达的官方语言包括卢旺达语、英语、法语和斯瓦希里语。卢旺达文学中英语和法语文学产出较多，影响力较大。卢旺达大屠杀给卢旺达人民带来巨大灾难和难以磨灭的痛苦，是卢旺达文学的主要创作内容，也是对西方世界以及联合国对卢旺达大屠杀冷漠旁观、任其恶化的强烈谴责。卢旺达作家通过自传性作品剖析大屠杀产生的复杂历史原因、欧洲殖民影响、个体和民族的创伤，探寻民族融合和创伤疗愈之道，并对全世界提出阻止种族大屠杀的强烈呼声。

第十二篇

吉尔伯特·加托雷
小说《往事随行》中的大屠杀不愈创伤

吉尔伯特·加托雷

Gilbert Gatore，1981—

## 作家简介

　　吉尔伯特·加托雷（Gilbert Gatore，1981— ）是卢旺达作家，现居法国。他先后在里尔政治学院和巴黎高等商学院攻读硕士学位，并在大学期间两次获得"大学短篇故事奖"。其代表作《往事随行》（*The Past Ahead*，2008）一经出版，便在商业和文学上取得成功。这部作品成功入围法国的龚古尔奖，并获得法国西部惊奇旅行者文学奖，现已被翻译成英语和意大利语。

　　1981 年，吉尔伯特·加托雷出生于卢旺达。卢旺达当时处于哈比亚利马纳总统执政时期，由于上一届卡伊班达政府带有鲜明"种族复仇"色彩的民族政策已经致使国内矛盾重重，哈比亚利马纳一上台便开始推行"民族和解"政策，调整了过去的一些过激措施，一定程度上缓和了胡图族和图西族之间的矛盾。因此他的政权得到国内大部分人的认可。

　　1994 年 4 月 6 日，哈比亚利马纳总统因所乘飞机失事遇难，卢旺达境内的大屠杀也随之爆发。大屠杀开始后，加托雷与家人逃往当时的扎伊尔。1997 年，他与家人去往法国。就在那时，他渐渐萌生了创作的想法，于是写下《往事随行》一书。

## 作品节选

《往事随行》（*The Past Ahead*, 2008）

In silence they walk on, for a long time. After a while a tree of staggering height rises before them, whose roots, in their effort to bolster it, seem as if they must descend to hell itself. Its foliage, with unexpected exuberance for this region, attracts Niko's curiosity; he moves closer. "It's the tree of life," says the girl. "It grows here on our path so you will consult it. Then your spell will come to an end." Niko is barely listening to what she's saying, fascinated both by the sadness in her voice and the overabundant foliage. Nevertheless, he does notice her emphasis on the word "spell." "Each leaf represents a person, and every time a human being is born a new leaf grows, and every time a human being dies one falls off. Every time a new work generates progress in respect between humans or between humans, animals, and nature, a new fruit grows." Suddenly borne upward by these words, Niko rises into the air and approaches the leaves. There is very little fruit. "Soon the tree will be almost bare," the girl adds. Niko can see that she's right. On each of the leaves he reads a name, two dates, and the mention of a few milestones. One leaf bears the name of Fulgence Uwijoro. Besides the dates of his birth and death, it says: "Studied letters, teacher, diabetic, married to Beata Nyiringoma, four children, killer, life sentence." Poor man, he thinks. What a sad career! Out of curiosity he looks for his own leaf. He finds Gaspard Uzubitse's where, in addition to the dates, he reads: "Blacksmith-potter, married to Elizabeth Munyaneza, three children and one adopted son, alcoholic, died of fatigue." He keeps looking for his leaf but finds only those of other people, unfamiliar ones, acquaintances, or members of his family.[①]

　　他们安静地走了很长一段时间。过了一会儿，一棵参天大树出现在他们面前，树根为了支撑这棵大树，似乎必须深入到地府深处。它的叶子在这个地方有着意想不到的茂盛。这树引起了尼可的好奇心。他靠近了些。"这是生命之树，"女孩说，"它长在我们的路上，你跟它商量，它就可以解除你的咒语。"尼可几乎没听她在说什么，只是被她声音中的悲伤和那茂密的树叶所吸引。不过他注意到了她对"咒语"这个词的强调。"一片叶子代表一个人，每当有人出生，就会长出一片新叶子；每当有人死亡，则会落下一片。人与人之间或人、动物与自然之间有一项新的工作取得进展时，就会结出一个新的果实。"话音刚落，尼可突然腾空而起，靠近了树叶。上面结的果子很少。"很快这棵树就会光秃秃的。"女孩补充道。尼可看到，正如她所说，每一片叶子上都写着一个名字、两个日期，还标注了一些重要事件。有一片叶子上写着福尔根斯·乌维乔诺，除了出生和死亡的日期，上面还写着：研究文学，老师，患有糖尿病，与贝塔·尼玲葛玛结婚，有四个孩子，杀人凶手，无期徒刑。"可怜的人，"他想，"多么悲惨的职业！"出于好奇，他开始寻找自己的叶子。他找到贾斯帕德·乌兹比塞，除了日期之外，上面还写着：铁匠陶工，娶了伊丽莎白·穆尼亚内萨，有三个孩子和一个养子，酗酒，死于疲劳。他一直在找自己的叶子，却只找到了别人的，有不认识的人，有熟人，还有家人。

（唐雪琴／译）

---

① Gilbert Gatore, *The Past Ahead*, trans. Marolijn De Jager, Indiana: Indiana University Press, 2012, p. 84.

## 作品评析

# 《往事随行》中的大屠杀不愈创伤

## 引 言

　　《往事随行》是卢旺达作家吉尔伯特·加托雷的代表作。小说聚焦于卢旺达大屠杀亲历者在屠杀后的生活，揭示他们由于长期受心理创伤折磨而始终无法恢复正常生活的现象。加托雷出生于卢旺达，幼年时期受《安妮日记》影响，以日记体的形式撰写了自己在卢旺达内战期间的所见所闻。大屠杀爆发后，加托雷与家人逃往国外，日记本不幸遗失。此后，他一直尝试还原童年那本日记的内容，渐渐萌生了创作的想法，由此而创作的《往事随行》一书一经出版，便获得了文学和商业方面的成功。此前已有一些作家写过关于卢旺达大屠杀的作品，包括一些小说，但没有一位作家像加托雷一样，在大屠杀期间真正在卢旺达生活过，所以这是"第一部真正意义上由大屠杀亲历者所写的小说"①。作为一段承载着个体及民族创伤记忆的历史，卢旺达大屠杀需要通过特定的叙事方式来再现，因而加托雷在《往事随行》中摒弃传统的叙事方式和叙事时序，采用多重叙事视角、非线性叙事和元小说等后现代主义叙事技巧，并通过插入梦境叙事元素实现对这段创伤历史的再现，使得作品叙事虽充满不确定性，却没有削弱其真实性，反而借助角色的个体心理场景描写，深刻地展现了种族战争的残酷，反映了作者对卢旺达历史和现实的深度思考。

---

① Nicki Hitchcott, "Between Remembering and Forgetting: (In)Visible Rwanda in Gilbert Gatore's Le Passé devant soi", *Research in African Literature*, 2013, 44(02), p. 79.

# 一、卢旺达大屠杀

卢旺达大屠杀爆发于1994年4月，持续约3个月，丧命者近百万人，主要是胡图族极端分子对图西族与胡图族温和派的迫害。这场动乱的起源可以追溯到帝国主义殖民时期。1933年，殖民当局对卢旺达人民进行民族识别并执行民族身份登记制度。1962年，卢旺达独立后，沿袭了过去的民族歧视和民族压迫政策，民族冲突在1994年大屠杀中达到顶点。1994年4月6日，哈比亚利马纳总统因所乘飞机失事遇难，引发了导致近百万人丧生的大屠杀。

卢旺达大屠杀性质之恶、影响之深震惊世界。大屠杀过后，文艺界对这个事件进行了多个向度的书写，包括小说、电影、纪录片和回忆录等。基于幸存者对事件的回忆改编而成的电影《卢旺达饭店》（*Hotel Rwanda*, 2004）是关于卢旺达大屠杀题材的重要影视作品，从多个角度回顾了大屠杀，全方位展示了残酷的种族战争给卢旺达各族人民带来的伤害。让－马里·鲁兰格瓦（Jean-Marie Rurangwa）和韦鲁斯特·卡伊马赫（Venuste Kayimahe）作为幸存者，为学界留下两本重要的回忆录，分别是《为外国人介绍图西大屠杀》（*Le Génocide des Tutsi expliqué à un étranger*, 2000）和《法国—卢旺达种族大屠杀的内幕：一位幸存者的证词》（*France-Rwanda: Les Coulisses du génocide. Témoignage d'un rescapé*, 2001）。

在小说创作方面，加托雷的《往事随行》出版后，引起了学术界的关注，销量也十分可观。此前已有一些卢旺达作家写过相关作品，不过这些作家在大屠杀期间并没有真正在卢旺达生活过。卢旺达作家本杰明·赛恩（Benjamin Sehene）于2005年出版了法语小说《卡萨克下的火》（*Le Feu sous la soutane*, 2005），根据1994年逃到法国的天主教神父慕尼诗雅卡的真实故事改编。该神父在卢旺达大屠杀中犯下屠杀和强奸罪行，后在法国被国际刑事法庭指控并获刑。2006年，另一位流亡法国的卢旺达作家约瑟夫·恩德瓦尼耶（Joseph Ndwaniye）出版了小说《我对妹妹的承诺》（*La Promessefaite à ma soeur*, 2006）。

作为一段承载着创伤记忆的历史，卢旺达大屠杀的再现得到了许多学者的关注。"对于大屠杀的幸存者来说，简单讲讲过去的经历是一种补偿，然而这还不够。回溯过去给他们带来一种对生活的掌控感，并且让他们对于生活中那些无法掌控的事情感到释怀。"①"亲历者的回忆录有时在细节上那么生动，他们使用的成语精准又笃定，他们描绘的意象充满悲观，以至于无论我们是否接受这些回忆录作为历史，它们都给过去所有声称描绘人类绝境的小说蒙上了阴影。"②加托雷在《往事随行》中反映了大屠杀给当年幸存者所带来的无法治愈的创伤记忆。它们往往以不断重复的幻觉和噩梦表现出来，从而导致对过往创伤的重复和模仿等行为。小说中的主角饱受创伤记忆所带来的痛苦与折磨，始终无法步入正常的生活轨道，最终因无法忍受这种痛苦而选择了自杀。小说聚焦于角色的心理状态，层层揭开幸存者所承受的个体深层创伤记忆，展现了种族大屠杀的残酷以及作者的深度反思。

## 二、受害者与加害者的双重叙事

巴赫金借用音乐学中的术语"复调"来说明小说创作中的"多声部"现象③，指的是小说采用两种或两种以上的叙事视角，强调小说叙事声音的多重性和交融性，不同可能性的叙述交替出现。《往事随行》采用了双重叙事视角，一个是聪明美丽、有才华的女大学生伊萨罗（Isaro），在法国中产阶级家庭的舒适环境中长大，是当年卢旺达大屠杀的幸存者；另一个视角是长相丑陋、受人排斥的乡村青年尼可（Niko），他是犯下屠杀罪行的胡图族民兵。

通过伊萨罗的视角，读者可以看到作为大屠杀受害者，即使事件已经过去

① Geoffrey H. Hartman, "The Book of the Destruction", Saul Friedlanders ed., *Probing the Limits of Representation: Nazism and the "Final Solution"*, Cambridge: Harvard University Press, 1992, p. 324.

② Geoffrey H. Hartman, "The Book of the Destruction", Saul Friedlanders ed., *Probing the Limits of Representation: Nazism and the "Final Solution"*, Cambridge: Harvard University Press, 1992, p. 325.

③巴赫金：《陀思妥耶夫斯基诗学问题》，白春仁、顾亚铃译，石家庄：河北教育出版社，1998，第29-66页。

很多年，目睹家人惨遭屠杀的记忆还是会不经意地在某个时刻被某个事件触发。一天早晨，伊萨罗像往常一样准备去上课，却听到收音机中正在播放一条关于屠杀罪犯遭到审判的新闻。伊萨罗为此大受刺激、心神不宁，到学校后依旧浑浑噩噩。她与同学说起那条新闻，却并没有人接她话，她只好又说道："你们听说了监狱里那不可思议的事情吗？"同学却只是冷漠地说："是很可怕，但你能怎么办？"听到这句话，伊萨罗对同学冷淡的态度和自己的无能为力感到前所未有的迷茫和痛苦：

　　她趴下脑袋，肚子里就像装了一块砖头，沉重而痛苦。她试图冷静下来，却没有用……走到车站的时候，她脑海里浮现出这句话，就像是在一台备用的旧电脑屏幕上闪烁：是很可怕，但你能怎么办……他们说这话是为了伤害她吗？他们了解吗，还是他们故意开玩笑？[①]

　　伊萨罗的生活由此发生了一个重大转折，几乎放弃了现有的一切生活。她感到麻木，就好像是行尸走肉。从外表看起来，作为受创者的伊萨罗似乎一直处在正常的生活状态之中，但当创伤记忆被触发后，原来的日常事务仿佛都脱离了它们原有的意义，现实感也不断扭曲。遭遇创伤的人感到与周围格格不入，孤独、疏离和隔绝感扩散至每一种关系，从最亲密的家人到抽象的社群。伊萨罗因此放弃一切社交活动，不再接受父母的爱，不再去上学，也不跟男友和朋友见面。她给自己筑起一道心墙，在精神上变成孤身一人，长期对外部世界几乎没有知觉，处于疏离和心如止水的状态。

　　而通过尼可的视角，读者得以窥见纯朴的青年变成一个残忍的屠杀罪犯的全部心路历程。尼可本是一个淳朴老实的乡村青年，喜欢山羊，会在陶瓷上刻一些有趣的话，甚至痴迷阅读。在大屠杀爆发后，他却被迫拿起枪将自己的父亲杀死。尽管从来不曾在父亲那里获得片刻温情，在内心深处，他还是一直对弑父这个事实感到惶恐。为此，他不断回溯杀人的细节：

---

[①] Gilbert Gatore, *The Past Ahead*, pp. 25-26.

为什么这个人明知道自己要死了还要服从他？或许他认为这是一个礼貌而顺从地死去的问题，他一定非常注重这种态度。不是说在死亡面前，我们性情中最深刻的特征会显现出来吗？他对自己重复道，那么他一定是一个有礼貌和听话的人，而这从来都不是他父亲的强项之一，那他杀死的那个人不可能是他父亲。[①]

尼可安慰自己，他所杀的那个男人顺从而有礼貌，面临死亡时所展现出来的那种气质跟父亲大相径庭，不可能是父亲。尼可一直试图从细节中寻找那人不是自己父亲的证据，以此缓解自己内心的负罪感。然而，随着屠杀动乱愈演愈烈，尼可手下的人命越来越多，逐渐变得麻木不仁。尼可在大屠杀中与胡图族民兵为伍，因为见过太多杀戮，把杀人当成家常便饭。处于大屠杀这样极端反人性、反常态的环境中，尼可逐渐丧失了基本的道德感，对于杀戮和死亡已经失去了正常人类应有的恐惧。此时的他更像动物，而不是具有理性和良知的人类。通过内聚焦视角，作者向我们清晰地呈现了一个纯朴的青年变成一个残忍的屠杀罪犯的心理过程。

## 三、创伤来源的追溯

传统的按时间发展顺序的直线型情节发展模式叫作线性叙事，反之则称为非线性叙事。非线性叙事包括回忆、倒叙、插叙、穿插等多种叙事手法，使整个文本呈现支离破碎的状态，读者需要通过蒙太奇拼贴的手法实现对故事的理解。作者通过碎片化的叙事把过去与现在结合起来，强调过去的创伤会一直伴着受创者活在当下，与之随行，对受创者造成持久的影响。

小说一开头便是尼可独自住进山洞，然而按照事件的时间发展顺序，尼可来到山洞应该在大屠杀之后。此外，小说从第三章开始，不断通过片段"闪回"来

---

① Gilbert Gatore, *The Past Ahead*, 2012, p. 92.

回溯尼可的童年。原来尼可的母亲在生他时因难产而死去。尼可自幼不会说话，甚至没人给他取一个正式的名字：

> 因为他不会说话应答，没人会喊他。所以，尼可很长一段时间根本没有名字。有时大家要喊他，便朝他大叫'尼可！'，意思是'喂！你！'。这个词与他建立了联系，便成了他的名字。①

尼可的父亲漠视他的存在，并且很快又娶妻生子，对于尼可基本没有尽到抚养的义务，任其自生自灭。与外在世界建立关系是人最基本的需求，而尼可在成长过程中，一直缺乏与他人的情感连接，处于孤僻隔绝的状态。

在小说的倒叙片段中，尼可的童年以碎片化叙事的形式呈现在读者面前。将这些片段连接起来，尼可年少时所遭受的孤独与缺爱清晰地显现出来。尼可不仅没享受过双亲的关爱，也没有什么朋友。他曾经把叔叔养的一只山羊当成朋友，那只山羊却被宰了。山羊的死给尼可带来巨大的打击，本就孤僻的少年更不敢再冒险和任何人或任何事建立情感联系。在孤独的童年生活中，尼可对看书产生兴趣，可就连看书这样的行为也被邻里耻笑。一个人的早年经历往往会影响或决定他的一生，儿时被漠视、嘲讽和排挤的经历让尼可精神上孤立无援。他始终孤单一人，长期缺乏归属感和安全感。这种精神状态使得尼可在加入屠杀队伍之后，对于所在屠杀队伍产生了一种归属感，孤僻的人生中第一次产生这种感觉。

在伊萨罗的故事线索中，小说开头描述伊萨罗由于听到新闻而触发创伤记忆，但直到小说倒数第二章，作者才通过伊萨罗养父母写的书信来揭晓伊萨罗的创伤来源。原来伊萨罗是卢旺达人，父亲做着接待外宾的工作，母亲是会计。大屠杀伊始，伊萨罗和家人躲进邻居法国人家里。然而她们躲藏的消息很快走漏风声。下文节选自养父母给伊萨罗写的信：

---

① Gilbert Gatore, *The Past Ahead*, p. 61.

当大屠杀开始时，我们把他们藏在家里，认为也许和外国人在一起他们就不会有任何风险。刚开始确实是这样，但很快谣言四起，说我们隐藏了"野蛮人"。我不想向你解释这个词的含义。目标是你父亲，而你的母亲，正如她的身份证所显示的那样，除了成为他的妻子之外，并没有做错任何事……[1]

通过将伊萨罗养父母所写的这封信完整地呈现出来，小说以伊萨罗的视角，带领读者一起陷入了那段令人痛彻心扉的创伤记忆：

告诉你其余的事情对我来说很痛苦，就像想象你阅读这封信一样痛苦。本来我们打算在第二天与你的父母一起撤离，但一群愤怒的武装青年强行闯入了我们的房子。你的父亲、母亲和你的姐姐、还有你，躲在床底下。当带队士兵问我们有没有藏人的时候，我还来不及思考是说实话还是说谎，你妈妈就已经从藏身之处出来，她挥舞着身份证，乞求他们不要伤害她的丈夫。士兵问床底下有多少人，你妈妈说只剩下两个人了，你爸爸和你姐姐出来了，让你蹲在后面。你的父母被杀，你的姐姐被带走。为确保没有人离开，士兵并没有弯下腰去看，而是从床上射了几发子弹。关于他们对我们的惩罚我不愿多说，因为这与其他一切相比根本微不足道。他们走后，我们不敢往床底下看，认为他们肯定击中了你，害怕发现你的尸体。经过很长一段时间的沉默后，我们听到你小声喃喃："妈妈？爸爸？"我们震惊不已，把你抱出来。那时你大概从你藏身的地方目睹了一切。[2]

心理创伤的痛苦源于无助感。在如此危急的关头，年幼的伊萨罗一个人躲在床下，处于一种极度恐惧、无助、失去掌控力和面临威胁感的状态之中。作为家中的小女儿，伊萨罗成了唯一没有罹难的幸存者，然而亲身经历至亲之人死去的恐怖记忆却影响了她的一生。

后来伊萨罗被法国夫妇带往法国抚养。从表面看来，伊萨罗过上了正常的生

---

① Gilbert Gatoret, *The Past Ahead*, p. 107.

② Gilbert Gatoret, *The Past Ahead*, p. 107.

活，沉痛的过往似乎已经远去。就算危险早已时过境迁，受创者一受到创伤事件有关的特定刺激，还是会产生强烈反应。在小说开头，伊萨罗一听到广播新闻，创伤记忆就被触发，因为她潜意识中关于大屠杀的创伤记忆从未消散。

## 四、创伤记忆的再现

赫尔曼认为，受创者会不断在脑海中重新经历创伤事件，创痛反复侵袭，让他们很难重返原先的生活轨迹。醒着的时候，受创片段在脑海中闪现；睡觉时，则成为挥之不去的梦魇[1]。《往事随行》中，尼可这条叙事线索总是伴有大量的梦境，这些梦境往往具有隐含的意义。

尼可被罐子砸晕，处于昏迷状态时做了一个长梦。梦里先是一个老妇人忧心忡忡地走过来关心他，然后妇人变成一个美丽的女孩向他求爱。根据弗洛伊德所提出的理论，那些在醒觉状态下所不复记忆的儿时经验可以重现于梦境中[2]。现实中尼可缺失亲情与爱情，而他内心深处可能一直渴望这些情感，在梦中他的欲望终于得到满足。在梦中，他听见天上传来的声音，两个声音正在讨论"杀人""流血"以及"很多人都会死去"。然后一个女子出现在他身边，带他去看一棵"生命树"，这棵树上的每一片树叶代表一个人，他看见身边许多人的树叶纷纷掉落在地上：

"一片叶子代表一个人，每当有人出生，就会长出一片新叶子；每当有人死亡，则会落下一片。人与人之间或人、动物与自然之间有一项新的工作取得进展时，就会结出一个新的果实。"话音刚落，尼可突然腾空而起，靠近了树叶。上面结的果子很少。"很快这棵树就会光秃秃的。"女孩补充道。尼可看到，正如她所说，每一片叶子上都写着一个名字、两个日期，还标注了一些重要事件。[3]

[1] 朱迪思·赫尔曼：《创伤与复原》，施宏达、陈文琪译，北京：机械工业出版社，2015，第28页。
[2] 弗洛伊德：《梦的解析》，丹宁译，北京：国际文化出版公司，1998年，第90页。
[3] Gilbert Gatoret, *The Past Ahead*, p. 84.

小说中，按照真实时间线，尼可被罐子砸晕处于昏迷状态的时候，正是大屠杀爆发的时候，因为等他醒来时屠杀已经开始了。作者并未直接使用"大屠杀"的字眼来指明大屠杀事件，却通过尼可的梦境来隐喻大屠杀的爆发。现实与梦境共同推动情节发展，采用虚实结合的手法。在尼克的梦境之中，生命树上的树叶大量掉落，象征着梦境之外有许多卢旺达人失去性命。

大屠杀过后，尼可梦见自己和父亲穿过树林，突然鲜血从树叶的缝隙中渗透出来，他和父亲以及一个陌生女人愉快地散步，突然变成了山羊，无论怎么挣扎都徒劳无功。在这个梦中，陌生女人可能是尼可从未见过的母亲，跟父母一起愉快地散步是他童年从未被满足过的一个愿望。山羊是现实中陪伴尼可童年的唯一伙伴，可是他眼睁睁看着山羊被宰杀。梦里所有人变成山羊，可能是他对山羊的一种情感补偿。梦境往往体现人物现实的精神状态，反映人物所遭受的心理创伤带来的痛苦。尼可梦到与父亲散步时，鲜血从树叶中渗透出来。这个噩梦反映了尼可杀死父亲后所承受的巨大负罪感，那段记忆持续不断地对尼可进行道德拷问与精神折磨。

## 五、创伤复原的尝试

《往事随行》中，元小说叙事技巧的运用也体现了小说后现代主义的特征。元小说将传统小说的隐性叙事变成显性叙事，关注小说本身的创作过程及其虚构成分[①]。尼可这个故事，来源于伊萨罗创作的小说，其实是小说中的一个内置文本。

某种程度上，伊萨罗和尼可一样沉默。在她看来，她一生都在向父母和身边的人隐藏自己真实的情绪。对于伊萨罗来说，只有后来当她允许为自己的过去哀悼时，她终于"放下面具，全身赤裸"[②]。伊萨罗断绝在法国的一切社会关系，申请项目回卢旺达研究大屠杀。后来项目中断，她转而通过写作的方式进行创伤

---

[①] Patricia Waugh, *Metafiction: The Theory and Practice of Self-Conscious Fiction*, London: Methuen, 1984, p. 2.
[②] Gilbert Gatoret, *The Past Ahead*, p. 110.

疗愈。伊萨罗从加害者的角度书写卢旺达大屠杀，尝试与加害者和解，从创伤中走出来。写作确实能帮助受创伤者重建或重写其生命的主导故事，产生与原有记忆中的事件或故事相反的新版本，进而帮助受创者进行积极的审视和反思，最终走出创伤的阴影。小说的结局却告诉我们，想象的和解与现实中的具体实践是存在差距的。

1994年悲剧事件平息后，民族和解问题就成了卢旺达社会中的一个重要问题。为此，卢旺达政府有意识地消除过去的民族差异，制定了一系列民族和解政策，增强国家认同而淡化民族意识。然而，对于受害者家属来说，一边纪念过去，一边与加害者和谐共处并不容易。就像伊萨罗，养父母从来不跟她提及任何过去，希望她就此开始新的生活。然而，大屠杀亲历者的深层记忆无法言说、无法分享，意识深处潜藏着各种被压抑的创伤记忆，使得她们难以从创伤中走出来。

小说中，伊萨罗所创造的人物尼可最终结束了自己的生命，她本人也没有从这本小说的创作中找到慰藉。在写完小说后，伊萨罗想到自己的卢旺达男友基奇托（Kizito）。基奇托从始至终对她关爱备至，是一个十分完美的情人。她本打算向基奇托告白，可是她突然萌生出一个想法：如果是他杀了自己的父母呢？她在卢旺达街头每遇到一个人，都会不可抑制地想：如果面前的这个人就是杀害自己全家的凶手呢？[①]对发生在家人身上真相的不解与仇恨，加剧了过去给她带来的创伤。最后，正是这个悬而未决的谜团促使她选择了自杀，最终离开了人世。不管是加害者还是受害者，大屠杀亲历者的创伤记忆不受控制地浮现，往往难以融入生活。《往事随行》显然不是一部关于大屠杀幸存者治愈成功的小说，在一定程度上表现了悲观主义。加托雷认为往事将会持续向前，历史上的悲剧会对当年的事件亲历者乃至整个国家的未来产生一定程度的影响。

---

① Gilbert Gatoret, *The Past Ahead*, p. 121.

217

# 结　语

在《往事随行》中，作者采用非线性叙事和多重叙事视角，将两位大屠杀亲历者的人生以碎片的形式予以巧妙拼接，层层揭开了两位亲历者在大屠杀中所经历的创伤往事。此外，通过元小说这一叙事技巧，作者巧妙地展现了加害者从淳朴少年到屠杀罪犯这一变化中所经历的复杂心路历程，并揭示了受害者在经历重大创伤后所经历的漫长修复过程。小说中插入了大量异化、荒诞的梦境叙述，呈现了战争和残暴的杀戮给人们带来的巨大阴影及难以走出的创伤。小说以一种独特的后现代主义叙事风格完成了对卢旺达大屠杀的历史书写，一方面解构了传统的叙述，另一方面又再现了历史的深切伤痛，体现了后现代主义小说家认为仅仅再现历史真实不如再现历史创伤的叙事观念。《往事随行》反映了作者对卢旺达历史和现实的深度思考，提醒人类对大屠杀历史事件不断做出深刻的反思。

（文/上海师范大学 唐雪琴）

第十三篇

斯科拉斯蒂克·姆卡松加
小说《尼罗河圣母》中的创伤记忆与治愈之旅

斯科拉斯蒂克·姆卡松加

Scholastique Mukasonga, 1956—

## 作家简介

斯科拉斯蒂克·姆卡松加（Scholastique Mukasonga, 1956— ）是卢旺达最负盛名的作家之一。童年时期她被流放到了布吉瑟拉附近的一个村庄，那里生活环境恶劣，满是携带病毒的野生动物以及蝇虫。1973年，姆卡松加被迫离家逃往邻国布隆迪，后来嫁给了一个法国人，移居吉布提，最终于1992年定居法国。1994年，卢旺达大屠杀夺走了她37位亲人的生命，包括她的父母和兄弟姐妹。2004年，她决意重返卢旺达，追溯家人最后的时光。作为一名社会工作者的经历使她成为被驱逐民众的代言人，她希望能够为那些被边缘化的民众维权。姆卡松加从社会工作者这份职业中感受到自己对他人以及社会的帮助，这带给她心灵上的慰藉，使她有勇气追寻和平，敢于面对并记录下自己以及民众悲惨的经历。

在最早出版的两本回忆录《蟑螂》（*Cockroaches*, 2006）和《赤脚的女人》（*The Barefoot Woman*, 2008）中，姆卡松加根据童年时期被驱逐出境的经历，以第一人称叙述那段黑暗岁月中遭受的磨难，以此来表达自己对亲人以及所有遇难同胞的哀思。2010年，姆卡松加出版了第一部短篇小说集《饥饿》（*Igifu*, 2010），之后逐步开始向长篇小说过渡。2012年，她出版了第一部长篇小说《尼罗河圣母》（*Our Lady of the Nile*, 2012）。这部半自传体小说一经出版便备受赞誉，并于当年获得了勒诺多文学奖，这一奖项促进了姆卡松加在法国出版界的成功。2016年，该作品入围都柏林国际文学奖。继《尼罗河圣母》之后，姆卡松加出版了第二部短篇小说集《山丘的呢喃》（*What the Hills Murmur*, 2014），2016年出版了第二部长篇小说《鼓心》（*Drum Heart*, 2016）。

## 作品节选

《尼罗河圣母》
（ *Our Lady of the Nile*,2012 ）

"You're going to live with the gorillas!"

"I found out that the white woman who wants to save the gorillas will be recruiting Rwandans to train them as assistants. I have all the qualifications: I'm Rwandan, an intellectual, I think I'm quite good-looking, and my father's a well-known businessman. I'll be good publicity for her: she'll be obliged to take me. But what do you intend to do? You're not going to abandon your diploma, are you? You know that the army declared that they took power to reestablish order. They want to calm down the same ones they stirred up. In any case, those folk got want they wanted: the Tutsi's positions. I'll ask my dad to intervene, if necessary. I understand why he so kindly drove me to Goretti's at Ruhengeri: it was to inform army headquarters they could count on his money. They can't refuse him a thing, and when it comes to his daughter, he refuses her nothing."

"I'm done with that diploma. I'm going home to my parents to bid them goodbye. And I'll leave for Burundi, Zaire, or Uganda, anywhere, wherever I can cross the border … I no longer want to stay in this country. Rwanda is the land of Death. You remember what they used to tell us in catechism: God roams the world, all day long, but every evening. He returns home to Rwanda. Well, while God was traveling, Death took his place, and when He returned, She slammed the door in his face. Death established her reign over our poor Rwanda. She has a plan: she's determined to see it through to the end. I'll return when the sunshine of life beams over our Rwanda once more. I hope I'll see you there again."

"Of course we'll see each other again. Rendezvous at the gorillas'."①

　　"你要和大猩猩住在一起！"

　　"我发现那个想拯救大猩猩的白人妇女想招募卢旺达人，训练他们来当助手。我具备所有的条件，我是卢旺达人，念过书，我觉得我长得很漂亮，我父亲是一位著名的商人。我能为她做好宣传，她不得不接受我。但你打算怎么做？你不会放弃你的文凭，是吗？你知道军队宣布掌权是为了重建秩序，他们想平息煽动暴乱的那些人。无论如何，那些人得到了他们想要的位置。如果有必要，我会让我父亲介入。我知道他为什么开车送我去戈雷蒂在鲁亨盖里的家，这是为了通知军队，他们可以指望他的钱。他们没理由拒绝他。至于他的女儿，她从不会拒绝她任何事。"

　　"我受够了那个文凭。我要回家跟父母道别。我要去布隆迪、扎伊尔或乌干达，去任何我能越过边境的地方……我不想再留在这个国家。卢旺达俨然是死亡之地。你还记得他们告诉我们的话吗？上帝整天在世界漫游，到了晚上他会回到卢旺达。可当上帝旅行时，死神取代了他的位置。当他回来时，死神砰的一声把门关上。死神确立了她对我们可怜的卢旺达的统治。她有一个计划，她决心坚持到底。当生命的阳光再次照耀我们的卢旺达时，我会回来。希望到那时候我们会重逢。"

　　"当然，我们会重逢的。在大猩猩那里重逢。"

（陆家赟 / 译）

---

① Scholastique Mukasonga, *Our Lady of the Nile*, trans. Melanie Mauthner, New York: Archipelago Books, 2012, pp. 243-244.

**作品评析**

# 《尼罗河圣母》中的创伤记忆与治愈之旅

## 引 言

哀悼与纪念是斯科拉斯蒂克·姆卡松加小说创作的主旋律。在她的作品中，民族创伤的阴影挥之不去，同时她将记录历史视为当务之急。在一次采访中，姆卡松加表示希望书写出一个与民族迫害无关的卢旺达。《尼罗河圣母》是姆卡松加文学创作的转折点，与以往创作中的哀悼与纪念主题不同，姆卡松加在哀悼欧洲殖民统治下卢旺达悲惨境遇的同时，进一步尝试为卢旺达建立新身份铺平道路。在这部小说中，姆卡松加以自己的母校为原型，描绘了中学女生的日常生活，以及她们之间由于民族仇恨而引发的一场暴动。通过刻画这场暴动中学生们的悲惨境遇，姆卡松加将自己的创伤记忆融入小说中。在书写创伤与暴动的同时，她在《尼罗河圣母》中强调了民族冲突是由政治导致的，并肯定了民族间和平相处的可能。

## 一、创伤记忆的形成

1994年4月6日，卢旺达共和国第三任总统哈比亚利马纳在飞机失事中丧生。这场空难被指控为蓄意谋杀，胡图族与图西族之间的内部矛盾日益激化，最终升级为可怕的种族大屠杀。100多万人在大屠杀中失去了生命，其中大部分为图西族人。当时欧洲国家只疏散了本国公民，最终约有200万人成为难民。大屠杀发生之时，姆卡松加已移居法国，残忍的种族大屠杀夺走了她37名亲人的生命。失去亲人是她难以磨灭的伤痛，而作为幸存者，姆卡松加的心中更是萦绕着深深的愧疚。"在种族灭绝的历史与小说的共同作用下，姆卡松加的作品充满了幸存者的痛苦"①。

幸存者的身份使姆卡松加背负上了沉重的枷锁，在经历生离死别之后，文字是她排遣伤痛的唯一方式。她决定追溯并回忆卢旺达人民以及家人所遭受的苦难。如姆卡松加所言，她所写下的每一页文字都是为受难的人们建起的一座座纸墓。卢旺达自19世纪中叶起便开始不断遭受殖民者入侵，比利时更是利用图西族作为权力执行者，执行严苛的社会政策，使胡图族对图西族充满憎恨，从而激化了彼此间的矛盾冲突。面对不公的待遇，胡图族在长期的压迫下逐渐产生了反抗心理，因此卢旺达内部开始分裂，民族之间的对立也因此产生。

20世纪50年代，欧洲殖民国无力维持海外殖民，卢旺达于1962年获得独立。而自从卢旺达独立以来，种族矛盾导致的流血冲突依旧频繁发生，到了不可调和的地步。胡图族掌握了政治优势，开始建立政党，他们采取暴力方式力图将图西族赶尽杀绝，最终导致内战的全面爆发。图西族常常被胡图族称为"蟑螂"，正如在《尼罗河圣母》中，姆卡松加写道："我做了该做的事，但是我也知道图西族不是人。在这里，我们是蟑螂，是蛇，是啮齿动物。"②

"蟑螂"一词多次出现在姆卡松加的作品中，姆卡松加在回忆录《赤脚的女人》（*The Barefoot Woman*, 2008）中写到，图西族人被流放到布吉瑟拉附近的一个村庄，那里满目荒凉，病毒肆虐，生存环境极其恶劣，死亡等待着被迫流亡的人们。姆卡松加将流亡的地方称为"世界的尽头"，在那里流亡的图西族人注定要承受折磨和屈辱。他们迷失了方向，永远也无法找到回卢旺达的路。姆卡松加的文学创作布满了民族伤痛，暴动和驱逐构成了姆卡松加的创伤记忆。1973年由于

---

① Mrinmoyee Bhattacharya, "Postcolony within the Shadows of Its Past: Genocide in Rwanda through the Works of Sholastique Mukasonga", *Research in African Literatures*, 2018, 49(03), p. 84.

② Scholastique Mukasonga, *Our Lady of the Nile*, trans. Melanie Mauthner, New York: Archipelago Books, 2012, p. 165.

胡图族与图西族之间展开了一场大杀戮，姆卡松加不得不背井离乡，逃往邻国布隆迪，这些经历在《尼罗河圣母》中都有所呈现。

通过小说主人公弗吉尼亚（Virginia）的口吻，姆卡松加讲述了在逃亡过程中成为难民、失去亲人的痛苦。《尼罗河圣母》来源于姆卡松加对母校的回忆，描绘了不同家庭背景的女孩在比利时天主教寄宿学校的生活。小说名"尼罗河圣母"既指小说中的天主教女子寄宿学校，又指学校中的圣母玛利亚雕像，同时还隐含着一个有关卢旺达的传说，即欧洲殖民者认为图西族是来自埃塞俄比亚的入侵者，他们沿着尼罗河来到卢旺达后奴役了胡图族。

这部小说以姆卡松加的母校为原型，以真实的学校生活为背景，讲述了20世纪70年代不同家庭背景女孩们的校园生活。她们当中有残酷的胡图族总统女儿格洛里奥萨（Gloriosa）；胡图族与图西族混血儿莫德斯塔（Modesta）；与图西族同学交好的胡图族女孩伊曼库里（Immaculée）；以及两个图西族女孩维罗妮卡和弗吉尼亚，同时也是小说的主角。1973年，反图西族的言论逐渐吞噬了学校，胡图族和图西族同学之间的关系日益紧张。姆卡松加将小说背景设定在1970年代，这既是1994年卢旺达内战期间的种族灭绝缩影，同时也是为了说明卢旺达内部的民族仇恨在1994年以前便埋下了祸根。姆卡松加的作品在重演历史与书写小说的相互作用下，真实还原了种族灭绝带来的恐惧与绝望。她认为，作为一名卢旺达作家，她有责任通过写作来记录卢旺达社会，反映真实的历史。因此，姆卡松加将她真实的高中生活反映到了小说中。

## 二、创伤记忆的再现

在这部以回忆的方式写成的小说中，姆卡松加重现了逃离卢旺达前往布隆迪的那一年，胡图族和图西族之间日益紧张的关系，这预示着1994年的种族灭绝。小说中，格洛里奥萨故意破坏圣母雕像，将责任归咎于图西族人。在格洛里奥萨的煽动下，图西族学生被残忍杀害、强奸、殴打和驱逐。在《尼罗河圣母》中，有这样一段描写：

他们抓住维罗妮卡，把她带去了教堂。武装分子的首领说，她看起来和墙上画的女魔头一模一样。随后他们脱光了维罗妮卡的衣服，用棍子打她，强迫她赤身裸体地在与她相似的画像面前跳舞，之后把她绑在宝座上，把帽子戴在她的头上。①

姆卡松加对图西族和胡图族之间暴力冲突的描述，主要体现在对格洛里奥萨这一角色的塑造中。格洛里奥萨痛恨图西族，她妖魔化图西族同学，将她们称为"蟑螂""蛇"；还将撒旦称为图西族的神。小说中，反图西族的紧张气氛在格洛里奥萨的言行之中显得格外强烈，渴望权力的格洛里奥萨经常模仿父亲发表一些民族歧视言论。她曾对同学们说：

我父亲说，我们必须一遍又一遍地重复，那些蟑螂还在那里，随时准备回来，甚至部分已经来到我们身边，图西族人，甚至像你一样的半图西族人热切地等待着他们的到来，所以我们永远不要忘记恐吓他们。②

追捕并消灭图西族同学的想法在格洛里奥萨的心中扎根，她坚信不久后学校也会效仿激进分子，将图西族人全部赶走。

就像他们（图西族人）在俄罗斯所做的那样，烧毁教堂，杀害牧师和修女，迫害所有基督徒。随处可见这些人的踪迹，我甚至担心他们中的一些人就在这里，在我们中间，在我们的学校。③

格洛里奥萨破坏圣母雕像的行为将暴力推向了最高潮。由于一直不满意雕像又直又小，鼻子和图西族人类似，格洛里奥萨试图与朋友莫德斯塔一起给雕像重新换一个能够代表胡图族的鼻子，然而在暴力的替换过程中，雕像面部被完全损

① Scholastique Mukasonga, *Our Lady of the Nile*, p. 241.

② Scholastique Mukasonga, *Our Lady of the Nile*, p. 202.

③ Scholastique Mukasonga, *Our Lady of the Nile*, pp. 215-216.

坏了。为了掩盖破坏雕像的事实，格洛里奥萨将此举嫁祸于图西族人，并谎称自己遭受到了图西族人的袭击。格洛里奥萨对修女说道：

我们遭到了突袭，那些男人用黑布遮着脸，我不知道他们人数有多少，但是我敢肯定的是他们想强暴我们，甚至可能杀了我们。于是我们开始反击，捡起石头，大声尖叫。之后那些人被一辆丰田车的声音吓了一跳，逃跑了……但我知道他们是谁，我听到他们在说什么。他们是蟑螂，我父亲是这么说的，他们中仍有一些人躲在山里，他们来自布隆迪，随时准备攻击我们，他们有帮凶：这里的图西族人。①

格洛里奥萨刻意隐瞒并嫁祸给图西族人的目的，是使学校相信图西族人策划暴力袭击蓄谋已久，她的举动无疑证明了胡图族与图西族之间不可调和的矛盾。之后一位无辜的图西族店主受到怀疑并被错误监禁，这一突发事件使格洛里奥萨成为学校中敢于反抗的勇士，几乎获得了接管学校的权力。她联合父亲招募年轻的民兵来殴打恐吓图西族同学，之后引发了一场暴动。

在这场暴动中，伊曼库里拯救了弗吉尼亚，而不幸的是维罗妮卡却难逃厄运。在感谢朋友救助的同时，弗吉尼亚表达了自己对卢旺达彻底的绝望，她说道：

我不想再留在这个国家。卢旺达俨然是死亡之地。……上帝整天在世界漫游，到了晚上他会回到卢旺达。可当上帝旅行时，死神取代了他的位置。当他回来时，死神砰的一声把门关上。死神确立了她对我们可怜的卢旺达的统治。②

这一发生在距离卢旺达大屠杀二十年前的事件，使读者了解到暴力的种子是如何在多年以前埋下的。图西族与胡图族的划分是由殖民者定义的。欧洲殖民者将其对民族身份的误解强加于卢旺达社会，使得卢旺达内部产生对立。姆卡松加认为这一专断的做法无疑改变了卢旺达的社会历史，并造成了民族冲突这一有害后果。

---

① Scholastique Mukasonga, *Our Lady of the Nile*, p. 203.

② Scholastique Mukasonga, *Our Lady of the Nile*, pp. 243-244.

在《尼罗河圣母》中，姆卡松加描写了这一由殖民者来定义的民族划分。在小说中，比利时人方特奈尔（Fontenaille）狂热地痴迷于探寻图西族历史。他将自己的幻想强加于卢旺达社会，在探寻过程中他得出图西族人来自埃塞俄比亚，"（图西族人）他们只要看看自己的鼻子，看看自己皮肤上泛起的红光，就知道自己不是黑人"①。

在遇到维罗妮卡后，方特奈尔坚信她完全符合自己幻想中埃及女神伊西斯的形象，便邀请维罗妮卡来到家中。在方特奈尔的庭院里，维罗妮卡见到了埃及神庙，在墙壁上她发现了埃及女神的雕像以及金字塔。回到学校后，维罗妮卡将这一经历分享给了朋友弗吉尼亚。善良的弗吉尼亚担心朋友的安危，便决定和维罗妮卡一起去方特奈尔的家中。方特奈尔在与弗吉尼亚和维罗妮卡的交谈时，表达了希望由她们二人扮演埃及女神，并提出为她们画像的意愿，这一意愿遭到了弗吉尼亚的拒绝，而维罗妮卡却告诉朋友，自己愿意扮演埃及女神，"他（方特奈尔）把我打扮成埃及女神的样子，为我摄影，为我画像。我就是他的雕像，他的娃娃，他的女神"②。

作为比利时殖民者，方特奈尔通过长相特征对图西族与胡图族进行区分，将图西族人幻想成埃及女神的子民，这些都是他对于民族身份的幻想，而邀请维罗妮卡与弗吉尼亚来扮演埃及女神则是帮助他实现幻想的方式。小说中，维罗妮卡代表着绝大部分图西族人民，是殖民者思想奴役的对象。维罗妮卡甚至在暴动中依旧对方特奈尔抱有一丝希望，希望方特奈尔能够给予自己帮助，为自己寻求庇护。然而不幸的是，残酷的暴动终究夺走了她的生命。对于姆卡松加而言，曾经受到的暴力袭击以及失去亲人的打击是她心中难以磨灭的创伤，而她还是勇敢地选择直面创伤，在异乡漂泊多年后，强烈的思乡之情促使她重返卢旺达。

姆卡松加通过小说再现的方式将真相保存了下来，但由于读者并未亲身经历，因此暴力与恐惧对于读者而言是难以真切体会到的。姆卡松加选择了书写记忆的方式赋予小说生命力，在这一点上她拉近了与读者间的距离。通过书写历

---

① Scholastique Mukasonga, *Our Lady of the Nile*, p. 76.

② Scholastique Mukasonga, *Our Lady of the Nile*, p. 156.

史，姆卡松加的作品反映了过去黑暗岁月中的卢旺达，再现了卢旺达人民的创伤。姆卡松加认为，她有责任重述卢旺达可怕的历史，以避免悲剧再次发生。通过她的作品，读者可以感受到卢旺达人所经历的苦难，并对他们表示同情，这意味着"分担他人的苦难"①。

## 三、创伤治愈之旅

如同以往的创作，姆卡松加的小说《尼罗河圣母》充满了种族灭绝的恐惧气氛。在经历了哀悼之后，姆卡松加希望重建的是一个"未经大屠杀污染的卢旺达"②。当她重返故乡时，她发现，卢旺达虽然成了一个美丽的国家，她再也不会被称为"蟑螂"，但仍是一个充满了泪水的地方③。在这片曾经充满了痛苦的土地上，人们再也不用担心会受到殖民迫害，或是被驱逐出境，曾经的苦难已被美丽的全新的卢旺达所取代。回归故土带给姆卡松加不一样的感受，面对这一全新而又美丽的故乡，她意识到曾经所经历的苦难不该成为卢旺达的全部。在一次采访中她说，曾经的屠杀是卢旺达历史的一部分，作为幸存者她不应永远处于悲伤之中，而应和其他幸存者一起将卢旺达从曾经的痛苦中解救出来，建立一个全新的卢旺达。

姆卡松加试图为全新的卢旺达寻找出路。在小说《尼罗河圣母》中，姆卡松加书写了一段有关大猩猩的经历。自然科学教师德克尔（Decter）每周末最期待的事便是爬上穆哈巴拉山观察大猩猩。他并不惧怕这些大猩猩，相反希望能和它们交流。课堂上，他与学生们分享了在丛林里拍摄的大猩猩图片，并告诉学生，

---

① Jeffery Alexander, *Cultural Trauma and Collective Identity*, Berkeley: University of California Press, 2004, p. 1.

② Nicki Hitchcott, "More than a Just a Genocide Country Recuperating Rwanda in the Writings of Scholastique Mukasonga", *The Journal of Romance Studies*, 2017, 17(02), p. 136.

③ Nicki Hitchcott, "More than a Just a Genocide Country Recuperating Rwanda in the Writings of Scholastique Mukasonga", *The Journal of Romance Studies*, 2017, 17(02), p. 138.

大猩猩是卢旺达的未来，是他的珍宝、机遇，全世界将保护大猩猩的神圣使命委托给了卢旺达。德克尔老师遭到了格蕾迪（Goretti）的反对，她认为是白人发现了大猩猩，正如他们发现了卢旺达，因此大猩猩属于白人。尽管反对声高于支持声，弗吉尼亚和伊曼库里仍然决定加入保护大猩猩的行列，弗吉尼亚说："大猩猩也是卢旺达的，我们不能把它们留给白人。"①随后，弗吉尼亚与伊曼库里踏上了保护大猩猩的旅程，在丛林里她们近距离地看见了大猩猩，留下深刻的印象。在返程中，她们说大猩猩们拒绝成为人类，当它们发现其他大猩猩在成为人类后变得残忍，残害手足同胞时，它们宁愿永远留在山上。

大猩猩的世界代表了姆卡松加心中所希望的未曾受到种族灭绝迫害的卢旺达。"保护大猩猩"也是保护卢旺达，将她从殖民者的手中解救出来，同时也表达了姆卡松加的心愿，即帮助所有卢旺达人在故乡找到回家的路。在大猩猩山上，女孩们感受到了与外部截然不同的平静，那里的和谐环境深深打动着她们。姆卡松加将自己内心期盼的和平世界通过大猩猩山呈现了出来，那里是姆卡松加心中的一片净土，在那里没有民族仇恨，没有殖民迫害，每一个人都能够和平相处。小说最后，弗吉尼亚打算离开卢旺达，离开这一令人绝望的"死亡之地"，她决定和伊曼库里告别，等卢旺达重见光明时在大猩猩山重逢。

姆卡松加通过书写《尼罗河圣母》，展现了她从哀悼过渡到重建卢旺达的心理变化。在描写民族仇恨和暴力时，姆卡松加将自己的创伤记忆融入小说中，这是她直面创伤的第一步。同时，小说中还出现了许多生活中的小插曲，反映了中学女学生们在学校中欢乐与烦恼并存的日常生活。姆卡松加将这些生活中的小插曲与紧张的暴力气氛巧妙融合在一起。维罗妮卡出于担心男友会背叛自己，偷偷骑摩托车溜走，前去向女巫寻求保证男友忠诚的药水；同学们一起用美白霜，使自己看起来像欧洲电影明星；假期结束后，女孩们坐在一起分享从家中带来的食物；四个背景各异的女孩聚在一起讨论最喜欢的香蕉食谱，精心制作香蕉大餐等。其中，比利时王后法比奥拉来到学校访问颇具讽刺意味，阿谀奉承的赫尔默

---

① Scholastique Mukasonga, *Our Lady of the Nile*, p. 103.

尼吉尔神父为迎接王后的到来精心准备了一篇演讲，而王后却对此无动于衷，冷漠地将过于冗长的演讲打断。之后，王后来到教室参观，在课堂上她按照事先计划好的安排回答了老师问的三个问题，便又向学生们提问，询问她们未来向往的职业。王后给出了三个选项：护士、社会工作者以及助产士。为避免令王后失望，学生们只好从这三项职业中随机选择了一项。

在小说中，姆卡松加强调了民族冲突是政治导致的后果，同时也肯定了民族间和平共处的历史根基。小说后半部分描写的暴动与校园的生活片段形成了强烈反差，然而正是这一将暴力与日常生活并置的书写方式，赋予了姆卡松加小说生命力，在还原殖民压迫、种族冲突的同时，肯定了民族间和平相处的可能，呈现给读者一个完整的卢旺达。

## 结　语

《尼罗河圣母》中的圣母是卢旺达的缩影，其中的生活被栩栩如生地建构起来，然而种族冲突却将原本无忧无虑的生活撕裂。姆卡松加将迫在眉睫的紧张气氛与卢旺达人充实而有意义的生活结合起来。《尼罗河圣母》作为姆卡松加创作的第一部小说，是她由哀悼转向探寻"未经大屠杀污染的卢旺达"①的转折点，也是姆卡松加疗伤之旅的开始。通过对中学女生日常生活的描写，突出民族冲突、殖民迫害的同时，书写出了对于卢旺达的全新探索。姆卡松加选择勇敢地面对创伤记忆，而不是逃避。她的创伤记忆激励她通过记录自己的故事来保存真相，使她能够从失去家人的痛苦中解脱出来。通过写作，姆卡松加完成了为她的家人和所有在卢旺达受难的人建造"纸墓"的使命。在《尼罗河圣母》中，姆卡松加通过结合小说中的创伤记忆，再现和重建了冲突、绝望和希望，这既是对卢旺达历史的一

---

① Nicki Hitchcott, "More than a Just a Genocide Country Recuperating Rwanda in the Writings of Scholastique Mukasonga", *The Journal of Romance Studies*, 2017, 17(02), p. 136.

瞥，也是对富有生命力的卢旺达的有力探索。因此，虽然《尼罗河圣母》阅读起来像一部由多个故事组成的小说，但对于读者而言，《尼罗河圣母》则是一次深入了解卢旺达文化的尝试。

（文/上海师范大学 陆家赟）

# 索马里文学概况

索马里联邦共和国，简称索马里，位于非洲大陆最东部的索马里半岛，拥有非洲大陆最长的海岸线。经济上以畜牧业为主，工业基础薄弱。1960年7月1日，索马里共和国成立。长期的殖民统治给索马里带来了严重的后遗症，经济上严重依赖农业和畜牧业，工业落后，是世界最不发达国家之一。政治上，"分而治之"的殖民统治消解了民族意识和认同感，造成今天索马里地缘冲突和派系争斗不止。索马里英语文学正是从战争、冲突中渐渐成长起来，探讨殖民和后殖民时期的种族、身份、流亡、性别和政治等主题，并成为非洲现代文学中富有特色的一部分。独特的社会结构、殖民统治的历史和国家重建过程中的障碍，都极大地激励了索马里英语文学的发展，为作家提供了不竭的创作源泉。

索马里官方语言是索马里语。传统上，索马里文学以口头形式存在，如诗歌、谚语和故事等，由"沙克尔"（诗人）和"拉威斯"（歌手）传唱。随着20世纪索马里文字系统的创立和普及，书面文学作品开始出现，内容涉及社会、政治批判以及对自由的向往，代表诗人是阿卜杜拉曼·谢赫·努尔（Abdullahi Sheikh Nuur），其诗歌《为了自由》深刻表达了对殖民主义的批判和对国家独立的渴望。纽拉丁·法拉赫高产和高质量的英语小说将索马里英语文学提升到享誉世界的高度，他的作品展示了索马里悠久的历史、欧洲殖民影响、非洲宗族势力斗争和水深火热中的百姓等内容，艺术手法精湛娴熟而多变，悲悯之心令人动容。

第十四篇

纽拉丁·法拉赫小说《连接》中的叙事艺术

纽拉丁·法拉赫

Nuruddin Farah，1945—

## 作家简介

纽拉丁·法拉赫（Nuruddin Farah, 1945— ）是索马里小说家、剧作家，当代最具影响力的作家之一。他出生于意属索马里拜多阿，父亲曾在奥加登做英语翻译，母亲是诗人。1946年，因父亲工作原因，一家人搬到了奥加登。英国人离开奥加登时，把许多索马里居民留在埃塞俄比亚，法拉赫一家也在其中。1963年，法拉赫一家搬回索马里首都摩加迪沙。从1966年到1970年，他在印度昌迪加尔的旁遮普大学攻读哲学、文学和社会学学位，并在伦敦出版了他的第一部小说《一根弯曲的肋骨》（*From a Crooked Rib*, 1970）。1974—1975年赴英国伦敦大学学习，1975—1976年在埃塞克斯大学攻读戏剧硕士学位。《裸针》（*A Naked Needle*, 1976）一书出版后，因触及政治，法拉赫被禁止回国，从此开始了长达二十余年的流亡生活。此后，法拉赫曾在美国、英国、德国、意大利、瑞典、苏丹、印度、乌干达、尼日利亚和南非生活，直到1996年才被允许回国，但他选择和妻子阿米娜·马玛住在开普敦。

法拉赫获得了极高的赞誉，以其卓越的文学成就获多个重要奖项，如瑞典的库尔特图乔斯基奖、柏林的莱特尤利西斯奖，以及纽斯塔特国际文学奖。翻译成法语的小说《礼物》（*Gifts*，1990）赢得了圣马洛文学节的奖项。他的书已被翻译成17种语言。

法拉赫的作品非常关注索马里历史和索马里人民的苦难。他的第一个三部曲"非洲独裁统治主题变奏曲"，包括《酸甜牛奶》（*Sweet and Sour Milk*, 1979）、《沙丁鱼》（*Sardines*，1982）和《芝麻》（*Close Sesame*，1983），审视了穆罕默德·西亚德·巴雷的独裁政权。第二个三部曲"太阳里的血"，包括《地图》（*Maps*，1986）、《礼物》（*Gifts*，1990）和《秘密》（*Secrets*，1998），讲述了西亚德政权被推翻后索马里陷入内战的混乱状态，探索索马里独立后的文化认同问题。第三个三部曲"回归索马里"，包括《连接》（*Links*，2004）、《绳结》（*Knots*，2007）和《叉骨》（*Crossbones*，2011），涵盖了索马里1996年到2006年十年间的变化，从文学角度向读者呈现关于索马里内战、海盗和宗教等问题。

除了上述三个三部曲，他还著有戏剧《真空中的匕首》（*A Dagger in Vacuum*，1965），两部短篇小说《为什么这么快就死了》（*Why Die So Soon*，1965）和《风流韵事的开端》（*The Start of the Affair*，2014），以及小说《领土》（*Territoires*，2000）、《近在眼前》（*Hiding in Plain Sight*，2014)和《黎明以北》（*North of Dawn*，2018)。

## 作品节选

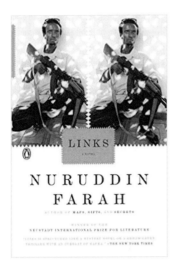

《连接》（*Links*, 2004）

Barely had his feet touched the ground in Mogadiscio, soon after landing at a sandy airstrip to the north of the city in a twin-engine plane from Nairobi, when Jeebleh heard a man make this curious statement. He felt rather flatfooted in the way he moved away from the man, who followed him. Jeebleh watched the passengers pushing one another to retrieve their baggage lined up on the dusty floor under the wings of the aircraft. Such was the chaos that fierce arguments erupted between passengers and several of the men offering their services as porters, men whom Jeebleh would not trust.

Who were these loiterers? He knew that Somalis were of the habit of throwing despedida parties to bid their departing dear ones farewell, and of joyously and noisily welcoming them in droves at airports and bus depots when they returned from a trip. However, the loiterers gathered here looked as though they were unemployed, and were out to get what they could, through fair or foul means. He wouldn't put it past those who were armed to stage a stickup, or to shoot in order to get what they were after. He was in great discomfort that the Antonov had landed not at the city's main airport—retaken by a warlord after the hasty departure of the U.S. Marines—but at a desolate airstrip, recently reclaimed from the surrounding no-man's-land between the sand dunes and low desert shrubs, and the sea.[1]

---

[1] Nuruddin Farah, *Links*, London: Penguin Books, 2005, p. 1.

从内罗毕乘坐双引擎飞机降落在摩加迪沙北部的一个沙地机场后不久，吉布勒赫的脚刚刚接触到地面，就听到一名男子发表了这一奇怪的声明。当他离开跟随他的那个人时，他感到相当的沮丧。吉布勒赫看着乘客们互相推推搡搡，想取回排在飞机机翼下地面上的行李。正是因为这样的混乱，乘客和几个提供搬运服务的人之间爆发了激烈的争论，吉布勒赫不信任这些人。这些游手好闲的人是谁？他知道，索马里人习惯于举行告别聚会，向即将离别的亲人道别，并在他们旅行归来时，在机场和公共汽车站欢欢喜喜、热热闹闹地迎接他们。然而，聚集在这里的游手好闲者看起来好像失业了，他们想通过公平或不公平的手段得到他们能得到的东西。他不相信那些武装起来的人，他们为了得到想要的东西会刺杀或射击其他人。他感到非常不安的是，安东诺夫号没有降落在美国海军陆战队匆忙撤离后被军阀夺回的城市机场，而是降落在一个最近刚收回的荒芜机场，它处于沙丘、低矮沙漠灌木丛和大海之间的无人地带。

（卢敏 / 译）

**作品评析**

# 《连接》中的叙事艺术

## 引 言

纽拉丁·法拉赫是当代最具世界影响力的作家之一，获多个国际奖项，并多次被提名诺贝尔文学奖。早年因作品《裸针》（*A Naked Needle*，1976）被索马里西亚德政府禁止回国，在印度、英国、意大利、美国、苏丹、乌干达和尼日利亚等国之间流亡，但他的小说专注于索马里人民的生活和命运[①]。21世纪初，法拉赫创作了"回归索马里"三部曲，其中第一部《连接》（*Links*，2004）影响力最大，是众多国外学者的研究对象。《连接》向读者重述了20世纪90年代索马里政府倒台，军阀内战不断，联合国维和部队和美军"恢复希望行动"惨遭失败的故事。法拉赫的《连接》与美国记者马克·鲍顿（Mark Bowden）的《黑鹰坠落》（*Black Hawk Down*，1999）以及雷德利·斯科特（Ridley Scott）的同名影片不同，他将更多的笔墨放在索马里人的宗族家庭和伦理道德危机上，反思整个国家遭受人间地狱之苦的原因。该小说展示了法拉赫高超的叙事艺术，主要表现在《连接》与但丁《神曲》的互文性[②]，多重叙述视角和伊斯兰教神秘主义的

---

[①] William Riggan,"Nuruddin Farah's Indelible Country of the Imagination", *World Literature Today*, 1998, 72 (4), p. 701.

[②] 林晓妍，卢敏：《法拉赫的〈连接〉与但丁"地狱篇"的互文性》，《当代外国文学》，2018 年第 3 期，第 114-119 页。

运用。本文将从《连接》与但丁《神曲·地狱篇》的互文性、多重叙述视角和伊斯兰教苏菲神秘主义的运用三方面对其叙事艺术特色进行分析，以期更好地理解《连接》的艺术特色和创作意图。

## 一、《连接》与《神曲·地狱篇》的互文性

在《连接》中，法拉赫以第三人称视角讲述流亡美国多年的吉布勒赫（Jeebleh）重返索马里寻找母亲的坟墓和好友拜尔（Bile）被绑架的小侄女拉丝塔（Raasta）的冒险经历，作品具有一定自传性。法拉赫在《连接》中明确表达了将《连接》和《神曲·地狱篇》构成互文性的意图。主人公吉布勒赫是一位但丁研究者，他在意大利写的博士论文就是关于但丁的《地狱篇》，并且他将《地狱篇》翻译成易懂的索马里语。

朱莉娅·克里斯蒂娃在《词语、对话和小说》一文中提出："任何文本的建构都是引言的镶嵌组合；任何文本都是对其他文本的吸收与转化。"①《连接》由31章和尾声构成，每一部分都以但丁《神曲·地狱篇》中的诗行为引子，在结构和内容上与《神曲·地狱篇》形成互文性。《神曲》分《地狱篇》《炼狱篇》和《天堂篇》，每篇各33章，加上序共100章。《地狱篇》最后一章讲述但丁与维吉尔穿过地心，循着一条深入地下的天然通道攀爬至南半球，再度见到群星。而法拉赫的《连接》分31章，加上尾声共32章，比《地狱篇》少1章。《连接》有意识地引用但丁《神曲·地狱篇》中的诗行影射索马里状况，通过两个文本间的对话，使读者在阅读过程中逐步体会吉布勒赫回到被称为"死亡之城"的首都摩加迪沙的地狱之行。

但丁在《神曲》中描述的地狱共九层，呈漏斗形，一至六层为单层，第七层分三圈，第八层分九囊，第九层分四界，由表及里，层级越深罪孽越重，所受刑

---

① 朱莉娅·克里斯蒂娃：《词语、对话和小说》，祝克懿、宋姝锦译，《当代修辞学》，2012年第4期，第34页。

罚也越重。仔细研究《连接》中的引文，笔者发现法拉赫只引用了《地狱篇》中与地狱第六层、第七层和第八层相关的诗行。这些诗行分散在不同的章中，如第一部分引用了《地狱篇》中第三章、第十章和第二十三章的诗行：

> 由我这里，直通悲惨之城；
>
> 由我这里，直通无尽之苦；
>
> 由我这里，直通堕落众生。
>
> ……
>
> （第三章）

> 你的口音，说明你的出生地，
>
> 是托斯卡纳这片显赫的土地。
>
> ……
>
> （第十章）

> 魔鬼是骗子，又是谎言之父。
>
> （第二十三章）①

这些引文将吉布勒赫与但丁置于同一话语位置，摩加迪沙和地狱互为指涉，文本具有了"双重表述性"②。刚到机场，吉布勒赫就目睹了全副武装的索马里青少年随意开枪杀人的可怕一幕，接着就被自称受命接机的阿弗拉维（Aflaawe）带上出租车，送到戒备森严但设施简陋的旅馆。吉布勒赫无法判断与他接触的人是敌是友，自己是被人监控还是被保护，他所获得的信息哪些是真哪些是假。《地狱篇》引文是对《连接》中故事的高度概括，《连接》中的故事是对《地狱篇》的现代阐释。

---

① 本文论及《连接》中但丁《神曲》的引文均采用黄国彬的译文。参见但丁：《神曲》，黄国彬译，北京：外语教学与研究出版社，2009 年，第 37，154-155，337 页。

② P. Prayer Elmo Raj, "Text/Texts: Julia Kristeva's Concept of Intertextuality", *Ars Artium*, 2015(3), p. 78.

克里斯蒂娃认为文本间的置换，具有互文性：在一个文本的空间里，取自其他文本的若干陈述相互交会和中和①。法拉赫引用《但丁》的文本来提示小说发展进程，使吉布勒赫的索马里之行与但丁的地狱之行平行发展。小说第二部分的两处引文分别出自《地狱篇》第十四章和第二十四章，与地狱第七层、第八层内容相关："神的报应啊……/我看见一群群赤裸的亡灵/在痛哭，人人都哭得十分哀伤……"，"……埃塞俄比亚和红海地区所产，/也从来没有这么繁多凶恶。/中间，赤裸惊怖的阴魂在奔走"②。法拉赫在第二部分不仅承接第一部分引文，而且在小说内容上也进一步深化，通过吉布勒赫寻找母亲的坟墓向读者展示了索马里内部争斗导致无数人死亡。流亡在外的吉布勒赫作为儿子，没有按穆斯林习俗为亡母做过正式的葬仪，为母亲的亡灵无法得到安息而深感愧疚。法拉赫通过引文与但丁的文本呼应，将残酷现实与地狱想象有机结合在一起。

《连接》第二部分引用了《地狱篇》第十一章和第二十八章的诗节"杀人犯、恶意伤人之辈、/蹂躏者、掠夺者……"，"究竟有谁——即使以散文吟唱，/把故事一再重复——能够描述/我此刻所见的全部血污和创伤？"③这些诗节与地狱第六层、第八层第九囊内容相关，与前两部分形成承接。《连接》第三部分通过一位母亲和一位孩子讲述了美军贸然行动给她们带来的痛苦，从索马里人的角度分析了美国战机被击落的原因。

《连接》第四部分引用了第十七章的一句话"于是，我们靠着右边往下走"④。该部分与地狱第七层第三圈内容相关。"右"（right）在英文中还有"正确"的含义。此部分中，吉布勒赫救出了被绑架的孩子拉丝塔，绑架幕后操纵者卡鲁沙（Caloosha）在自己家中死亡。但是法拉赫在尾声部分引用第二十章的诗节，内容仍然与地狱第八层相关。《连接》中的《地狱篇》引文通过对地狱第六层、第七层和第八层内容的循环指涉，意指索马里一时无法走出地狱般的困境。

---

① 朱莉娅·克里斯蒂娃：《符号学：符义分析探索集》，史忠义等译，上海：复旦大学出版社，2015年，第51页。

② 但丁：《神曲》，黄国彬译，北京：外语教学与研究出版社，2009年，第216，348页。

③ 但丁：《神曲》，黄国彬译，北京：外语教学与研究出版社，2009年，第171，401页。

④ 但丁：《神曲》，黄国彬译，北京：外语教学与研究出版社，2009年，第255页。

法拉赫没有以廉价喜剧的方式结束故事，表现出他对索马里和世界局势复杂性的忧患意识，《连接》只有32章的深意即在此。

## 二、多重叙述视角

法拉赫借但丁之作点明了索马里人间地狱的悲惨状况，但《连接》中并没有过多的暴力和血腥描写，很多惨象都是通过受害者或目击者口述的，拉开了读者与悲惨事件的距离，表现出应有的客观性和冷静，体现了法拉赫对索马里困境更深层的道德和文化思考。法拉赫的多重叙述视角自然融合在主人公吉布勒赫的所见所闻中，没有像《地图》的叙述那么"后现代"①。

作为亲历者、观察者和倾听者，吉布勒赫从摩加迪沙北区到南区听到不同人对同一故事的多次叙述。多重叙述视角激发读者对故事进行多角度思考，避免草率的道德判断。在很多事件和遭遇中，有三个被反复讲述的故事：一是拜尔发财的故事，二是拉丝塔的故事，三是美军"黑鹰"直升机被击落的故事。在此重点分析美军"黑鹰"直升机被击落的多重叙述视角。1993年10月，美军"黑鹰"直升机在摩加迪沙南部被击落。美国CNN新闻报道中，索马里人拖着美军士兵的尸体游街的画面深深刺痛了美国人的神经。马克·鲍顿的纪实之作《黑鹰坠落》虽然呈现了双方的视角，但焦点是美军士兵，雷德利·斯科特的同名影片高奏美方"虽败犹荣"的旋律。法拉赫在后记中还特别提到，马克·鲍顿的《黑鹰坠落》为自己的创作提供了珍贵的素材。如果说《连接》与《神曲·地狱篇》的互文性强化了同质内容，又起到巧妙避开更多暴力和血腥描写的作用，那么《连接》与《黑鹰坠落》的互文性则是为了加入异质内容，产生对话和辩论。

《连接》中"黑鹰"直升机坠落事件由索马里前国民军高级军官达雅尔、他的儿媳妇和孙子卡希尔分别叙述，叙述的中心不是美国直升机，而是他们家中无

---

① Sugnet Charles, "Nuruddin Farah's Maps: Deterritorialization and 'The Postmodern'", *World Literature Today*, 1998, 72(4), p. 739.

辜受害的婴儿。达雅尔具有军人的智慧和眼光，他从全局的角度概述了事件背景和各方立场，以及他本人对美军态度的改变。他在政府倒台后就掩埋了枪支，主张和平，起初对联合国维和部队的"恢复希望行动"和美军介入也表示欢迎，但是美军到索马里后的贸然抓捕和轰炸造成严重伤害，他被迫重新拿起枪支。美军10月行动中，达雅尔1岁的孙女被"黑鹰"直升机旋翼带动的气流卷入空中，现在5岁半的孩子像植物人一样。马特雷在对《黑鹰坠落》的影评中特别指出，电影忽略了直升机的副作用。鲍顿的纪实之作中写出了索马里人对直升机的仇恨，因为直升机的噪音惊吓了牲畜和家禽，气流席卷市场摊位，吹散穆斯林妇女的裙袍，甚至把她们怀中的婴儿卷走[①]。

受害婴儿母亲的叙述充满细节和情感，赋予事件真实性和震撼力。吉布勒赫受达雅尔之邀去探望受害母女，在他家里看到大脑和听力都严重受损的孩子。孩子的母亲描述了美军战机到达时妇女和儿童的行动和感受。美军战机在炎热的中午到达民宅上空，离地面极近的直升机将地上的尘沙和窝棚的胶合板都卷到空中。在直升机轰鸣、大地震动和尘沙弥漫中，她惊觉怀里吃奶的孩子不见了：

> 我撕扯衣服，把衣服全撕烂了才相信，我的孩子被刚才突然而来的直升机卷起的沙子吞噬了。然后我看到那个邪恶的人形。游骑兵指着赤身裸体的我大笑着。我停止痛哭，遮盖我的不雅，然后咒骂那些生了这些游骑兵的母亲们。[②]

母亲寻找孩子的疯狂举动令人心碎，而美国游骑兵对穆斯林妇女身体的嘲笑和侮辱则显得极度无知。他们对婴儿的伤害，即使是无意的，也令人发指，丧失人性。这刺激的不只是一位母亲，而是一个家庭、一个宗族、一座城市。这就注定了美军的失败，而电影《黑鹰坠落》对此毫无触及。

---

① James I. Matray, "Black Hawk Down by Jerry Bruckheimer and Ridley Scott", *Journal of American History*, 2002, 89(3) p. 1177.

② Nuruddin Farah, *Links*. p. 276.

卡希尔还是个懵懂少年，战乱让他接受了宗族中某位神秘将领的教导，组建了自己的武装团队，为神秘将领效劳。他以表演的方式叙述了美军直升机被击落的场景："两个带火箭筒的人不知从哪里冒出来，他们向直升机射击，一声巨响，直升机掉下来了。"①卡希尔的表演式叙述是严肃认真、惟妙惟肖的，反映了整个事件给双方造成的巨大伤害和无辜死亡，毫无意义且极度荒诞。

达雅尔、孩子母亲和卡希尔三人是一家人，代表了索马里不同性别、年龄、社会背景的群体。他们的叙述，揭示了美军维和行动变成与整个城市对抗的原因是蔑视当地人，不懂得基本的尊重。《连接》没有否认维和部队的善意、美军战士的牺牲。正如赖特所说，法拉赫的小说是辩论论坛，允许不同的观点存在，希望真相从冲突对立的观点中涌出，因为在法拉赫的小说中，真相是相对的、含混的、开放的②。婴儿事件的多重叙述视角为电影《黑鹰坠落》中成群的索马里平民在大街小巷围堵美军士兵的场景做了深刻的注解。美军的失败揭示了索马里和美国不同的道德价值观，美军的冒失和唐突导致行动的灾难性后果。

## 三、伊斯兰教苏菲神秘主义的运用

《连接》的叙事巧妙地融合了新闻报道、侦探小说、探寻母题和苏菲神秘主义的叙事要素和技巧，其中苏菲神秘主义具有非常重要的作用。苏菲神秘主义既是碎片文本的黏合剂，又使作品超越了廉价侦探小说和新闻报道，起到提升精神内涵的作用。《连接》中，吉布勒赫在《纽约时报》上看到拉丝塔被绑架的新闻报道，以此为契机，决定回索马里寻找拉丝塔。吉布勒赫的决定赋予自己侦探的使命，同时他用寻找母亲坟墓的公开使命来掩盖他的侦探使命，而这两个使命还掩盖了一个更深的复仇使命——杀死卡鲁沙。按照这样的线索，《连接》可以成为一部惊心动魄的侦探小说，充满感官主义的刺激，达到美国大片的效果。但是《连接》通过拉

---

① Nuruddin Farah, *Links*. p. 276.

② Derek Wright, *The Novels of Nuruddin Farah*, Bayreuth: Bayreuth University, 2004, p. 18.

丝塔的故事，营造了充满东方情调的神秘主义氛围，在血腥、暴力之上，铺叙人情伦理、情爱纠葛和精神诉求。

　　法拉赫从历史、宗族家庭和伦理道德的角度来分析索马里的悲剧根源。索马里有悠久的历史，摩加迪沙是非洲撒哈拉沙漠以南最古老的城市之一，但有利的海陆交通位置给它带来了无尽的灾难。目睹索马里的残破现状，吉布勒赫再三追忆历史："索马里半岛遭受来自海洋的侵略者，阿拉伯人，他们之后是波斯人，波斯人之后是葡萄牙人，葡萄牙人之后是法国人、英国人、意大利人，之后是俄罗斯人，最近是美国人。"①摩加迪沙经受了多个世纪的战争消耗，每一拨军队留下的都是死亡和毁灭。而索马里何以依然存在？这貌似悖论的现实揭示了索马里内战不断的根源："金钱是内战的引擎"②，其中最骇人听闻的是受卡鲁沙操纵的阿弗拉维以慈善丧葬之名，将死于街头乱枪下的新鲜尸体的内脏器官通过卡特尔贩卖到中东医院用于器官移植手术。

　　多个世纪的战争在很大程度上强化了索马里宗族制度及其伦理道德，宗族军阀即是其现代产物。曼瑟指出："索马里人口有共同的语言、文化和宗教，被认为是一个真实和一体的国家，在非洲语境中被赋予民族国家之称，但在现实中，它与民族相反。索马里人内部分裂为各宗族，在传统上缺少作为等级权力的国家概念。"③法拉赫的作品也通过孤儿形象颠覆了对宗族的认同。《连接》中，吉布勒赫回忆自己的童年，反思宗族制。他的父亲是个赌徒，输掉了所有家产和房屋，母亲只得离婚，宗族中没有一人伸出援助之手。吉布勒赫的母亲靠卖蔬菜为生，与拜尔的母亲相识。拜尔的母亲是位助产师，不满丈夫多妻而离婚，再婚丈夫又被人害死，一个人带着卡鲁沙和拜尔两个孩子。命运将两个单亲母亲连接在一起，两家合住在一起，拜尔的母亲挣钱付房租买食物，吉布勒赫的母亲管家管孩子。卡鲁沙、拜尔、吉布勒赫之间形成复杂的血缘、宗族和友谊关系：

---

① Nuruddin Farah, *Links*. p. 124.

② Nuruddin Farah, *Links*. p. 152.

③ Abdalla Omar Mansur, "Contrary to a Nation: The Cancer of the Somali State", *The Invention of Somalia*, A. J. Ahmed ed., Lawrenceville: The Red Sea Press, 1995, p. 107.

卡鲁沙是拜尔的同母异父哥哥，他和吉布勒赫是同一宗族。宗族制以多么奇特的方式运作：两个兄弟一个母亲，像卡鲁沙和拜尔，却不被认为是同一宗族的，因为他们的父亲不同，而吉布勒赫，拜尔最亲密的朋友，被认为和卡鲁沙有更亲密的血缘关系，因为他俩是同一神秘祖先的后代。[1]

吉布勒赫无法认同他的赌徒父亲，也无法认同生性暴虐的同宗卡鲁沙。法拉赫笔下的卡鲁沙就是但丁笔下的恶魔形象，对此形象，作者完全采用了传统的善恶分明的写作手法，没有像西方现代作家那样力图剖析他的邪恶心理，或为他的邪恶罪行开脱。20多年前，吉布勒赫和拜尔表达过与卡鲁沙不同的政见，被时任国家安全局副主任的卡鲁沙以叛国罪关进了监狱。几年后，吉布勒赫被秘密带出监狱，送上去肯尼亚的飞机，又经内罗毕大使馆辗转到美国，开始流亡生活，而拜尔在监狱中呆了17年，政府倒台后才出狱。这是吉布勒赫无法认同宗族的重要原因。

拉丝塔的名字遍布整部作品，但是在她被找到之前，她只是存在于报刊报道和人们的口述中，并且被众人一致地描述成具有神性的孩子，这给作品披上了神秘色彩。拉丝塔意为"希望"，其神秘性需要从苏非神秘主义去理解，这样才能更深刻地理解拉丝塔的象征含义。神秘主义是所有宗教共有的社会文化现象，作为诗化的宗教情感潜流，在不同的宗教里具有不同的表现形式，但关于深化内在的精神生活、追求天人合一的主张则大致相同。神秘主义是人的精神产品，反过来又成为人的精神生活甚至物质生活追求的崇高目标[2]。

早期伊斯兰神秘主义比较有名的代表人物，最早提出"神爱"思想的是女圣徒拉比娅·阿达维雅[3]。苏非教徒认为爱是真主的属性之一，真主以它的爱创造了人类，并赋予人类爱的属性。

---

[1] Nuruddin Farah, *Links.* p. 12.
[2] 周燮藩：《苏非之道：伊斯兰教神秘主义》，《中国社会科学院院报》，2003 年 3 月 18 日，第 003 版。
[3] 李琛：《阿拉伯现代文学与神秘主义》，北京：社会科学文献出版社，2000 年，第 27 页。

拉丝塔在很大程度上对应苏菲神秘主义的"神爱"思想，是爱和希望的象征，"她受到孩子们和成人的欢迎，陌生人也会被她的魅力所吸引"①。她和被遗弃的唐氏综合征患儿玛卡（Makka）成为密友，给难民营中的孩子带去欢笑。拜尔深受普罗提诺哲学思想影响，追求和平，生活简朴，严谨自律，心怀苦难大众。在被遗弃的富人豪宅捡到巨款后，他用这笔意外之财创办了难民营。拜尔和拉丝塔之间有血缘、身体和精神上的各种连接，不过拉丝塔是天生完美、神圣的，而拜尔是苦行修炼中的教徒。

人们对拉丝塔的失踪有近十种说法，然而"拉丝塔失踪"真正的作用是连接文本，赋予作品深刻含义。拉丝塔的失踪让拜尔、珊塔（Shanta）、法西耶（Faahiye）深刻反思了他们狭隘的爱，以及由此而生的猜忌、不满与怨恨。拉丝塔的诞生给拜尔带来无比快乐，17年狱中生活使他非常渴望与人亲密接触。他把拉丝塔捧在手上，抱在怀里，以舅舅的亲密身份享受人伦之乐。然而拜尔没有意识到自己的行为排斥了孩子的亲生父亲。年近七旬才结婚生子的法西耶没有机会接近自己的孩子，便对拜尔产生反感。他指控拜尔的钱财来路不明，谴责拜尔在给珊塔接生时接触了她的身体。而学医出身的拜尔是在城市陷入一片混乱的情况下为难产的珊塔接生的。拜尔、珊塔和法西耶之间的矛盾既是家庭伦理的，也是国家民族的。珊塔和法西耶都曾是出色的律师，内战使他们成为无所事事者，事业上的挫折反映在家庭生活矛盾中，在争吵时，珊塔的言语几近疯狂，法西耶的行为几近自杀。

吉布勒赫作为亲历者、观察者和倾听者，分别拜访了拜尔、珊塔、法西耶。三人对家庭矛盾的叙述各有侧重，但对问题的分析和自我剖析有惊人的一致性，由此可以看出法拉赫巧妙地用拉丝塔作为爱与和平的象征，把各种矛盾和碎片化的故事有机地串联在一起，以舒缓的悬念方式层层剖析索马里内乱中的家庭、宗族与人情伦理。拉丝塔最终被吉布勒赫找到，没有受到什么伤害，再次体现了她的神秘力量。拉丝塔的回归，家人矛盾化解，寄托着作者对索马里和平未来的虔诚向往。

---

① Nuruddin Farah, *Links*. p. 54.

# 结　语

法拉赫的创作匠心还蕴含在《连接》的标题中。"连接"从主题上揭示了流亡者吉布勒赫与索马里的各种"连接"，从艺术手法上则暗示了作品独特的"连接"叙述艺术。无论是与但丁《神曲·地狱篇》的互文性，还是对"黑鹰坠落"事件的多重叙事视角，抑或是苏菲神秘主义的运用，法拉赫在《连接》中再次充分展示了其小说"辩论"的特质。小说结尾仅仅暗示绑架者可能是卡鲁沙，杀死卡鲁沙的人可能是受吉布勒赫委托的达雅尔，也可能是拜尔。小说暗示性结局具有东方人伦的委婉与含蓄，与西方同一题材充满暴力和血腥的文本形成鲜明反差。

（文/上海师范大学 卢敏）

# 南苏丹文学概况

南苏丹共和国是位于非洲东北部，东部与埃塞俄比亚接壤，西邻中非共和国，南接刚果民主共和国、肯尼亚和乌干达，北接苏丹。2011年7月9日，南苏丹共和国成立。南苏丹是世界最不发达国家之一，道路、水电、医疗卫生、教育等基础设施和社会服务严重缺失，商品基本依靠进口，价格高昂。国际社会在基础设施建设和公共服务等方面向南苏丹提供了大量援助。南苏丹教育水平相对落后，教学设施匮乏。文盲率超过70%，6岁以上儿童入学率不足40%。

南苏丹文学尚无充分发展，目前对"遗失的男孩"（The Lost Boys of Sudan）的书写是南苏丹文学的主要代表。1983年苏丹内战爆发，大量平民死亡和流离失所，成千上万的孩子失去父母和家人。部分以丁卡族为主的孩子组成群体，步行数千英里找到难民营。2001年，通过联合国难民署的特别项目，大约3800名苏丹"遗失的男孩"被带到美国，开始他们的新生活。这些男孩长大后，一些人以回忆录的方式书写他们在南苏丹和美国，以及回到南苏丹的故事，引起世人广泛关注。其实遗失的孩子中也有很多女孩，"遗失的女孩"的故事同样值得关注。

第十五篇

约翰·布尔·道、玛莎·阿凯切
回忆录《遗失的男孩女孩》中的丁卡女性

约翰·布尔·道

John Bul Dau, 1974—

## 作家简介

约翰·布尔·道（John Bul Dau，1974— ）是南苏丹共和国小说家。他的家乡杜克帕尤尔村在第二次苏丹内战期间遭到政府军的袭击，战火使布尔·道和家人四处流散，徒步逃亡三个月之久。他只身到达了埃塞俄比亚境内的平玉都难民营。受埃塞俄比亚内战影响，1991年5月他动身前往波查拉，次年到达肯尼亚境内的卡库马难民营。一次又一次的逃亡意味着一次又一次的从头开始，最终约有3600名孩子得到联合国难民署的支持去往美国。布尔·道作为其中一名幸运儿，在2001年8月来到美国锡拉丘兹开始半工半读。流亡途中，他偶遇美国著名导演克里斯托弗·迪伦·奎因（Christopher Dillon Quinn）并拍摄了纪录片《上帝不再眷顾我们》（*God Grew Tired of Us*，2006），赢得了外界对难民的高度关注。布尔·道于2007年发表同名回忆录，讲述数万名"遗失的男孩"徒步穿越撒哈拉以南非洲，与武装士兵、野生动物和饥渴疾病做斗争，在文化冲突和身份认同中成长，最终开始新生活的故事。多年后，布尔·道和家人获得联系并团聚，与玛莎结婚。《遗失的男孩女孩》（*Lost Boy, Lost Girl*，2010）一书便是夫妻二人所作的回忆录，以纪念过去的痛苦，感谢当下的生活。此外，布尔·道的第三本书《丁卡：智慧支柱》（*Dinka: The Pillars of Wisdom*，2018）是一部充满智慧的故事集，以轻松的姿态讲述丁卡道德文化，激励人心，发人深省。

玛莎·阿凯切

Martha · Akech, 1983—

## 作家简介

玛莎·阿凯切（Martha Akech，1983— ）与丈夫合著了《遗失的男孩女孩》。她出生于南苏丹朱巴。战争爆发后，朱巴成为激烈的交战中心，年仅六岁的玛莎与父母失散，带着不满三岁的妹妹踏上了逃亡他乡的旅程。凭借着坚韧的毅力和巨大的勇气，玛莎跟随多名"母亲"存活下来，于2001年作为极少数的女性难民来到了美国。痛苦的逃亡经历，让玛莎从小便认识到女性应接受教育，使自己变得强大，从而改善生活、改变命运。

## 作品节选

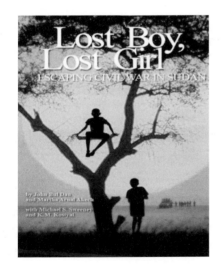

《遗失的男孩女孩》

（*Lost Boy, Lost Girl*，2010）

Remember how I said that we Dinka are storytellers? As Martha and I get our children ready for bed, I tell them many stories from Southern Sudan. I want them to understand their culture and the ancient roots of their family.

Sometimes I tell them of my father. When he was young, he became famous as a wrestler. People knew his name far and wide, and they respected his talent. He had a thick chest and powerful arms and legs, and he could throw any man to the ground. He went from village to village and defeated every local champion. The Dinka admired him as much as any American sports fans look up to an athlete who scores a touchdown or hits a home run.

But my father had another side, and not everyone knew about it. He liked to sing songs just for fun. He would make them up as he worked, and he sang them beautifully.

Eventually he gave up wrestling and became a well-respected judge. But he never stopped singing.

When I introduced myself to people when I was young, I said I was the son of Deng Leek. They often gasped in surprise and delight and said, "You are the son of the man who was the great wrestler!" But my wrestling career was not meant to be. I grew up very, very skinny. I did not have the muscles of my father. Still, people thought I might grow strong someday. They hoped I might keep the family tradition alive.

I never did grow as powerful as my father. But like him, I became a very good singer. I made up lots of songs, and my singing made people happy. One day, my aunt made me an ornamental Sudanese bracelet of sinews and low cow hairs. Many Southern Sudanese men wear such bracelets to show they are stylish and manly. The tufts hang down, and when you dance with a girl you flick your arm and make the cow hairs move. We say it is like flashing your cow's tail. My aunt thought it would look good if I flicked the bracelet while singing.

"Now that you know how to sing a song, will you not be a good wrestler like your father?" she asked me.

I said, "I will do both."

And I have. I have not fought men like my father, and I have not become a professional singer. But I have fought many, many times to stay alive, and I have won that wrestling match every time. I am blessed. Today, living in America, I sing my new song of joy and hope.[①]

还记得我说丁卡人都会讲故事吗？每晚入睡前，我和玛莎都会给孩子们讲述南苏丹的故事。我希望他们了解家乡的文化和家族的根源。

---

① John Bul Dau, Martha. A. Akech, *Lost Boy, Lost Girl—Escaping Civil War in Sudan*. Washington D.C.: National Geographic Society, 2010, pp. 155-156.

　　有时我会给他们讲我的父亲。父亲年轻时是一位出色的摔跤手，无人不知晓他的名字、不钦佩他的才华。他有厚实的胸膛和有力的四肢，可以将任何人摔倒在地。从一个村庄到另一个村庄，他打败了每一位当地冠军。丁卡人对他的敬佩，就像美国球迷对达阵得分或全垒打全胜得分的运动员的钦佩一样。

　　但我父亲也有不为人所知晓的另一面。他喜欢唱歌，唱着玩而已。他会一边工作一边唱，而且唱得很动听。后来，他放弃了摔跤，成为一名受人尊重的法官，但他从未停止歌唱。

　　小时候我向人介绍自己时，我说我是邓·里克的儿子，人们会惊呼道："你就是那个杰出摔跤手的儿子！"不过我的摔跤生涯并未开始。我长得很瘦，没有父亲那样的肌肉。尽管如此，人们仍然认为我有一天会变得强壮，希望我能继承家族传统。

　　我始终没有像父亲一样强壮，但我也像他一样，成了一名优秀的歌手。我创作了许多歌曲，用歌声愉悦人心。有一天，姑姑用牛筋和牛毛为我编了一只传统手镯。多数南苏丹男子都会佩戴这样一只手镯，彰显时尚和男子气概。手镯上的毛发垂下来，当你和女孩子跳舞时，臂腕扬起，毛发也会跟着舞动。我们说这像闪烁的牛尾巴。姑姑觉得我在唱歌时挥动手镯会很好看。

　　"既然你会唱歌，你会不会成为一名像你父亲那样的摔跤手呢？"姑姑问我。

　　"两个我都会的。"

　　的确如此。我不像父亲那样同人战斗，也没能成为专业的歌手。但我已战斗多时。为了生存，我多次奋战，并且在每次搏斗中我都取得了胜利。我很幸运。如今在美国，我唱着欢乐和希望的歌。

（魏国苗／译）

**作品评析**

# 《遗失的男孩女孩》中的丁卡女性

## 前　言

约翰·布尔·道是纪录片《上帝不再眷顾我们》中"遗失的男孩"之一，也是当代南苏丹优秀的人权活动人士之一。到目前为止，布尔·道共创作三部文学作品，《遗失的男孩女孩》是他携手妻子玛莎·阿凯切共同创作的回忆录。该回忆录以战争为背景，分为"和平""战争""逃亡""战争""逃亡"以及"和平"六个部分，讲述了令人伤感的逃亡之路。短暂的快乐童年被突然的炮火打断，他们一路躲避军队袭击和民族冲突，与饥荒、疾病和恶劣的自然环境作斗争，后获得联合国及一些国家的救援，来到美国生活发展，最终和家人重聚，回到南苏丹。值得一提的是，作为一名女性，玛莎在书中讲述自己的故事，打破了偏见之中的非洲妇女形象，争取受教育权，争取婚姻自由，发出了独属于黑人女性的声音。

19世纪之前，南苏丹没有书面的历史。1955年，苏丹宣布独立前夕，约瑟夫·阿古领导黑人部队发动兵变，第一次内战降临至南北苏丹人民头上。直到1972年，苏丹政府与阿古签订《亚的斯亚贝巴协定》，结束了长达17年之久的战争。1983年，第二次内战爆发，约有27000名孩子徒步穿越沙漠到达埃塞俄比亚、肯尼亚、乌干达等境内的安置点避难。绝大多数的幸存者是3岁至13岁的青少年，年龄稍长者被迫充军而死于战场，妇女和女孩则遭奴役、强奸、杀害，到达埃塞俄比亚的仅数百名女孩。2006年，美国著名导演克里斯托弗·迪伦·奎因所拍摄的纪录片《上帝不再眷顾我们》使"遗失的男孩"受到了广泛关注，但幸存数更少的苏丹女孩仍未进入大众视野。本文将结合玛莎的叙述来展现南苏丹丁卡女性抵御暴力、追求独立的故事，了解丁卡女性的成长。

## 一、坚韧聪慧的母亲形象

玛莎出生在朱巴，这座城市依托白尼罗河成为繁忙的港口，一条大路贯通城镇。干湿分明的两个季节让人们的生活也十分规律：湿季运输劳作，干季休养生息。玛莎和妹妹塔比莎（Tabitha）在季节交替中享受着父母的关爱。当朱巴成为交战中心，依丁卡习俗，年幼的玛莎随父母回到了父亲出生的村子，但战火很快也蔓延至此，村庄沦陷。

玛莎的堂姑尼杨亚克（Nyanriak）是玛莎避难途中的第一任"母亲"。父母去邻村教堂前，把孩子们委托给尼杨亚克照顾。忽然枪声划破天际，尼杨亚克带着自己的五个孩子和玛莎、塔比莎一起随众人逃跑。尼杨亚克似母亲一般保护着七个孩子，年仅六岁的玛莎亦如母亲般时刻守护着三岁的妹妹。尼杨亚克不曾抛下玛莎，在意识到自己无力照顾七个年幼的孩子时，她将玛莎和塔比莎托付给同村男子邓（Deng），让他带领孩子们去路途较远但有联合国保护的埃塞俄比亚境内的平玉都难民营。

雅（Yar）是玛莎到达平玉都难民营的第二任"母亲"，也是在其避难过程中真正承担起母亲责任的女性。按照传统，孩子们被教导"尊重长者、言听计从"[1]，"任何与母亲年龄相当的女性都应该称之为'妈妈'，以示尊重"[2]。男孩子按照氏族分组，女孩子则被分给其他母亲或家庭，因此，雅带着自己的三个孩子和包括玛莎在内的四个女孩子一起在难民营生活。雅是一位勤劳坚韧的母

---

① John Bul Dau, Martha. A. Akech, *Lost Boy, Lost Girl-Escaping Civil War in Sudan*, p. 43.

② John Bul Dau, Martha. A. Akech, *Lost Boy, Lost Girl-Escaping Civil War in Sudan*, p. 57.

亲，种菜担水、生火做饭、研磨谷物，尽管日子艰辛，但在雅的照顾下，玛莎又找回了属于孩子的快乐。

1991年5月，埃塞俄比亚旧政权瓦解，关闭了难民营。时隔三年，战火再次燃起，毫无防备的南苏丹人民再度踏上逃亡之路。从平玉都返回南苏丹首先要横渡吉罗河，然而埃方军队的炮火不断轰炸着岸上的难民。雅并没有盲目冲向河边，她找到乘船的队伍，并向其兄长求助，最终带着孩子们搭上船，安全过河。逃亡的路上，人们不仅要警惕枪炮，还要时刻谨防野生动物。天气燥热，饥渴难耐，周遭全是暴力和杀戮，有人在队伍后方永远倒下，有人在绝望中艰难生存。雅带着孩子们跟在队伍缓缓向前。

在路途中，联合国和其他组织会定期送水、谷物、药物等物资，也会有卡车途经人们聚集的地方。人们不顾一切地争抢着散落在地上的大豆和谷粒，已然顾不得掺杂其中的尘土和草屑，因为那些是食物，是救命的东西。"雅带回一些干豆子、玉米和高粱，她让我们把泥土、枯叶、杂草等挑拣出来，我们花了好大功夫才完成，但一想到我们终于有吃的了还是非常开心。雅磨了一些玉米粉，我们才吃上饭。"[1]但并不是所有人都会伸出援助之手，一些卡车司机甚至残忍地戏弄着这些避难者。司机们假意把车停下等后面的避难者追上，待他们坐上车便突然掉头，朝着相反的方向奔驰。雅很聪明，当得知肯尼亚司机喜欢吃烤鸡后，她同当地村民换来了一大只鸡，以此为条件，让司机带着她们一行人快速且安全地穿过了干燥的沙漠。

玛莎的人生中，亲生母亲给予她生命，在避难途中尼杨亚克和雅作为"丁卡母亲"守护着孩子们的性命。当玛莎成长为一名母亲，她选择写一本书，将自己的成长经历讲述给孩子们听。这是把母亲口授故事的传统换了一种方式延续下去，教孩子学会坚韧与感恩。尽管绝大多数的女性在战争中被残害，但幸存女性仍孕育着新生，守护着丁卡的孩子。这些坚韧聪慧的丁卡女性让人们看到了希望。

---

① John Bul Dau, Martha. A. Akech, *Lost Boy, Lost Girl-Escaping Civil War in Sudan*, p. 79.

## 二、被凝视与忽视的苏丹女孩

法国心理学家雅克·拉康提出了凝视理论。对于可能的看，拉康称之为"想象的凝视"；对于不可能的看，则称之为"对象a的凝视"，它实际上就是"实在界的凝视"[①]。吴琼在《他者的凝视——拉康的"凝视"理论》中指出，"想象的凝视"的本质为在人的镜像之看中，真正发挥作用的不是我在看，而是我可能被看，我是因为想象自己有可能被看而看自己的，并且是用他人的目光看自己，从而使理想自我和理想自我的形成在凝视中完成；"实在界的凝视"即对象a的凝视，a不是众多欲望对象中的一个对象，而是唤起欲望的对象——原因，是引发欲望对象或者说使某个对象成其为欲望对象的东西[②]。

"凝视"作为一种视觉实践行为，是一种裹挟着权力和欲望的动态运作模式，包括看的主体以及被看的"他者"。主流意识形态以视觉中心主义的思想观念，将东方视作西方主体凝视下的"他者"，女性被视作男性主体凝视下的"他者"，所以在后殖民主义研究中，西方充当凝视的主体，而东方或被殖民者沦为"他者"。在女性主义研究中，男性是凝视的主体，女性则是被凝视的"他者"[③]。从女性主义分析凝视理论，探讨男性对女性的性别压迫，即女性受到男性权力和欲望的凝视，一方面女性从属于男性主体的统治之下，另一方面女性是男性凝视下的欲望对象，这是女性主义着力的批判点。

在非洲大部分地区，父权根深蒂固，女性多成为性和商品的代名词。同大多数非洲国家一样，南苏丹实行一夫多妻制，男子给女方娘家一些聘礼便可。女性成为孩子保姆和无偿劳动力，子女的婚姻也由家中男性长者做主。在南苏丹，女孩子

① 吴琼：《他者的凝视——拉康的"凝视"理论》，《文艺研究》，2010年第4期，第33-42页。
② 吴琼：《他者的凝视——拉康的"凝视"理论》，《文艺研究》，2010年第4期，第33-42页。
③ 刘明明：《从被看到反抗：凝视理论中"他者"的流变》，华中师范大学硕士学位论文，2017年，第11页。

并不允许去上学，年少时她们要帮母亲做家务，十五岁左右便会被父亲许配给他人。难民营中的女孩子也逃脱不了这般命运，她们接受了父亲或养父安排的婚姻，同"遗失的男孩"在营地结婚生子，组建家庭。玛莎同样面临着这样的事情：

> 但是，现在和雅生活在一起的那个男人，邓，是我的监护人。我称他为"叔叔"，按照惯例，他可以同任何想娶我的人商量，赠与他奶牛就可以得到他的同意。一位年过四十的男子，比我父亲还要年长，找到我的叔叔，说想要娶我。叔叔让我坐在他身边，听他讲一些喜欢我之类的话。我素来诚恳，告诉他我还没有做好结婚的打算，但他会继续讲这些都是为我好，努力说服我。
>
> 我还听说有其他男人和我叔叔讨论想娶我为妻的事情。在当时的丁卡族中，村中男子可以趁女孩独自外出时绑架她，那么女孩子就必须嫁给他。我非常小心，出门时总是和朋友在一起，有时也会在朋友家过夜，因为我担心叔叔会让我随其中一个待选的丈夫生活。[①]
>
> ……
>
> 我看到过其他已婚的女孩，她们的处境比我当下更为糟糕。她们终日劳作，婚后就立马有了孩子，尽管她们自己也还是孩子。那简直是一种绝望的生活。不过，还是有一些朋友认为我该结婚了。传统意义上，所有的丁卡女性都要结婚，因为这会给她们一种归属感。[②]

在父权的统治下，南苏丹女孩承受着男性长者的欲望投射，忍受着丈夫的权力压迫。她们是丧失自由恋爱权利、没有话语权的女儿，是不具备肉体和精神双重完整性的附属品。

她们是被外界忽视的一个群体。美国黑人作家拉尔森·艾里森在他的长篇小说《看不见的人》中讲述了"我"，一个非裔美国人，在19世纪二三十年代的美国南部生活打拼的故事。书中的"我"无名无姓，在社会中争取不到权利、无法

---

① John Bul Dau, Martha. A. Akech, *Lost Boy, Lost Girl-Escaping Civil War in Sudan*, pp. 110-111.

② John Bul Dau, Martha. A. Akech, *Lost Boy, Lost Girl-Escaping Civil War in Sudan*, pp. 116-117.

获得任何地位，人生遭遇被他人忽视，是一个"看不见的人"。南北战争后，美国黑人获得了与白人平等的权利，但实际上仍处于被边缘化、他者化的境地，无法建构自己的身份。21世纪之初，当外界关注起南苏丹"遗失的男孩"，并安排他们前往美国生活学习时，"遗失的女孩"尚未被外界知晓。"她说联合国难民署的特别项目是专门为男生设立的，因为没有人知道难民营中女孩的生存状况。听她一席话，我意识到我们是'看不见的人'。"[1]在男性朋友的帮助下，玛莎得到两张申请表，接受多次调查和采访，最终在2000年12月来到美国西雅图，并在新的寄养家庭里生活。以前的生活本该画上句号，但往日痛苦的记忆却不断浮现在玛莎的脑海里，一方面，战争给人留下的心理创伤难以治愈；另一方面，由于肤色差异、文化冲突，玛莎无法融入新生活。

玛莎在书中讲道："我是这里唯一的黑皮肤，我感觉我是个怪人，美国人似乎都在排斥我……现在，我习惯了身边都是白人，但他们看起来都长一个模样。"[2]黑人在视觉实践中总是被"看不见"，一方面可以归咎为白人的权力压迫，另一方面也是因为缺少正确内视自己的意识。伯纳德·贝尔曾指出："在向外看待其他人和他们认定自己的身份之前，一个人必须首先眼睛向内，找到自己存在的核心——一种历史遗产和成就的产物。"[3]在迥异的文化环境中，玛莎和其他"遗失的女孩"聚在一起，烹饪食物，互相编头发，回忆在避难营的相似社交生活，以此来缓解思乡之苦，唤醒文化之"根"。

## 三、接受教育与选择婚姻

丁卡族讲求言传身教，在日常生活中习得本领，于口授故事中明辨是非。战争爆发前，每到夜幕降临，丁卡族孩子们都会在父母膝下听他们讲述一代代口口相

---

① John Bul Dau, Martha. A.Akech, *Lost Boy, Lost Girl-Escaping Civil War in Sudan*, p. 119.

② John Bul Dau, Martha. A. Akech, *Lost Boy, Lost Girl-Escaping Civil War in Sudan*, p. 132.

③ Bernard W Bell, *The Afro-American Novel and Its Tradition*, Amherst: University of Massachusetts. 1987, p. 199.

传的故事，因此孩子们不去学校接受教育。城市发生战争，南苏丹人民纷纷躲到乡下。战火蔓延，人们又流散他国。一路上，人们躲避军队袭击和民族冲突，受高温之苦，忍饥渴之难，遭疾病之染，更是无暇顾及教育。落足平玉都后的日子逐渐安稳下来，人们会在周末前往教堂做礼拜、唱颂歌，来驱散痛苦，鼓舞人心。联合国也在难民营中建起学校，宣传教育的重要性，鼓励孩子们上学。"教堂和学校对于丁卡而言十分重要，所以，尽管日子艰辛，但我们不曾放弃做礼拜和上学的机会"①，然而身为女孩子的玛莎，则处于不同的境地，"丁卡人并不认为女孩子要和男孩子做一样的事情，也不赞成女孩子去读书"②。随着年龄的增长，女孩子承担起一部分的家务，逐渐接受"也许我明天就能去上学了"③的现实。

获得新知的兴奋感驱使玛莎不断学习。当她在肯尼亚看到女性也可以有力量，有话语权，可以成为医生或教师，她意识到教育可以改变生活。教育促进自我意识的觉醒，为了学习知识并改变命运，玛莎和其他女孩开始有意识地躲避男性的凝视，当得知"遗失的男孩"可以申请去美国时，玛莎瞒着家长进行着自己的计划：

我和塔比莎偷偷溜出去上课，因为我不得不时刻注意着我的养父，一旦被他知道我要离开，他一定会在我离家之前就把我嫁出去，这样他就能拿到男方送来的牛和聘礼。为了不让养父发现我的计划，我告诉他们，好的，也许明年我就会答应嫁给他了。也为了平息这件事情，确保我和塔比莎能够离开卡库马，我变得待他友好起来。④

玛莎带着妹妹去学习美国文化知识，凭借坚韧的毅力完成了学业，21岁时便搬出美国养父母家，寻求独立。

① John Bul Dau, Martha. A. Akech, *Lost Boy, Lost Girl-Escaping Civil War in Sudan*, p. 103.

② John Bul Dau, Martha. A. Akech, *Lost Boy, Lost Girl-Escaping Civil War in Sudan*, p. 61.

③ John Bul Dau, Martha. A. Akech, *Lost Boy, Lost Girl-Escaping Civil War in Sudan*, p. 109.

④ John Bul Dau, Martha. A. Akech, *Lost Boy, Lost Girl-Escaping Civil War in Sudan*, p. 120.

在南苏丹，性别差异使女性无法享有与男性平等的受教育权和择偶权，但越来越多的女性站起来，争取受教育权利，并尝试挣脱传统婚姻的束缚。本书中还讲述了另外一位丁卡女孩逃婚并争取自由的故事。在卡库马，玛丽的叔叔将她许配给一位上了年纪的人，但玛丽的妈妈不同意，遂带着孩子离开营地去往内罗毕，并准备移居加拿大。脱离叔叔控制的玛丽是自由的，她可以选择和谁结婚，也可以选择不结婚，不再受人强迫。受玛丽邀请，玛莎第一次来到内罗毕。高楼林立、灯火通明的大城市让玛莎着迷，那是一个不同的世界，是玛莎所向往的世界。婚姻给丁卡女性以归属感，但也意味着更多的责任与义务。自六岁起，玛莎带着妹妹一路逃亡，共同成长，已肩负起与其年龄不相匹配的重任，在内罗毕看到受过教育的女性可以拥有自己的事业和生活，这让她更坚定了自己不应年纪轻轻就受缚于婚姻的想法。来到美国的玛莎完成学业，并且成为一名护士。工作之余，玛莎设法同其他"遗失的孩子"取得联系，与约翰自由恋爱，后来成为一名人权活动家，为非洲女性发声。

# 结　语

古往今来，非洲女性总是生活在男性的"凝视"之下。苏丹内战爆发之前，她们是丈夫众多妻子之一，是丧失话语权的女儿。在战争和逃亡过程中，她们沦为政府军发泄欲望和愤怒的对象，是被外界所忽视的一个群体。到达美国后，她们是游离在边缘的少数黑人族裔。但在玛莎的故事中，我们看到了不一样的丁卡女性。已婚女性是坚韧而聪慧的母亲，是南苏丹"遗失的孩子们"的守护者和希望。丁卡女孩也不再逆来顺受，她们站起来，为接受教育和追求婚姻自由而战。当女性自我意识觉醒，她们开始反向凝视自己的父亲和丈夫，重塑非洲女性形象。

《遗失的男孩女孩》不仅仅是一本回忆录，它也是约翰和玛莎送给孩子的礼物，更是献给所有为自己生活而奋斗的逐梦人。约翰没有像摔跤手父亲那样战斗，但他在为家乡发展而奋斗。玛莎突破性别的桎梏，不忘丁卡传统又以知识武装头脑，贡献更多的女性声音。苏丹"遗失的女孩"的故事或已成为过去式，但女性成长的篇章仍在书写。一花独放不是春，百花齐放春满园。当今越来越多的女性走向社会发展与变革的潮流中，撑起半边天，我们更应该认识到世界的和谐稳定与发展，需要女性贡献更大的智慧与力量。

（文/上海师范大学 魏国苗）

# 苏丹文学概况

苏丹共和国，简称苏丹，位于非洲大陆的东北部、红海西岸、撒哈拉沙漠东端，是非洲面积第三大的国家。苏丹历史悠久，早在古埃及时期就有文明的存在。1956 年 1 月 1 日苏丹独立，成立共和国。苏丹是一个资源丰富的国家，主要资源包括石油、铁、铜和铬等，但是苏丹经济结构单一，以农牧业为主，工业落后，基础薄弱，对自然及外援依赖性强。

苏丹是一个多民族国家，各族群拥有各自独特的文化和语言。伊斯兰教是苏丹的主要宗教，对苏丹的文化和社会有着深远的影响。苏丹文化具有多样性，加上被英国殖民统治的经历，造就了苏丹文学的独具一格和旺盛的生命力。

自从 1899 年苏丹沦为英埃共管国后，苏丹人民对英国殖民者进行顽强抗争，以爱国主义为特征的苏丹现代文学复兴运动在 20 世纪 30 年代也应运而生。此后数年间，苏丹文学在诗歌、小说等方面都取得了令人瞩目的成就。1989 年的政变引发了大批移民。在国内，新一代作家在阴影下成长起来。尽管受到严格的审查制度、缺乏国家支持和发行量有限等的制约，他们仍然继续书写社会中新的问题，创造一个为受压迫者发声的平台。

苏丹作家成功地将小说、诗歌、民间故事、神学融合在一起。苏丹当代文学朝着更为丰富和多元化的方向发展。苏丹英语文学中，莱拉·阿布勒拉和贾迈勒·马哈古卜的作品以较高的产量和质量引起世界读者的注意。他们对苏丹故事的讲述揭示了苏丹复杂动荡又充满魅力的深层原因，值得探索和挖掘。

第十六篇

莱拉·阿布勒拉小说《尖塔》中的穆斯林图景

莱拉·阿布勒拉

Leila Aboulela，1964—

# 作家简介

莱拉·阿布勒拉（Leila Aboulela，1964— ）是当今享有世界盛誉的苏丹女作家，其母亲是埃及人，父亲是苏丹人。她出生于埃及开罗，在苏丹喀土穆长大，目前居住在英国。孩童时期，阿布勒拉就感受到自己在社会中处于边缘化的位置，深刻感受到两种文化的激烈冲突，体验了冲突带来的痛苦。其小说的主题涉及当今世界关注的诸多重要议题：文化冲突、身份认同、后殖民时代的女性生存状况等。

她的小说创作始于20世纪90年代，代表作有《译者》（*The Translator*，1999）、《尖塔》（*Minaret*，2005）、《敌人的仁慈》（*The Kindness of Enemies*，2015）等，短篇小说集《彩灯》（*Coloured Lights*，2001）、《其他地方，家》（*Elsewhere, Home*，2018）等，她的作品被翻译成14种语言。

阿布勒拉因在小说领域取得的突出成就，获得了多项文学奖和国际性荣誉，包括首届凯恩非洲文学奖，获奖作品为短篇小说《博物馆》（*The Museum*，2000）。《译者》被提名橘子小说奖，并于2006年被《纽约时报》评为年度优秀图书奖，《尖塔》被提名奥其林小说奖和国际IMPAC都柏林文学奖。

## 作品节选

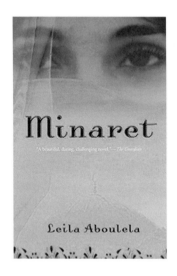

《尖塔》（*Minaret*, 2005）

I could lie in bed all day. A phone call to Aunty Eva to say I was not feeling well, then hack to bed to stare at the ceiling, and I would look at my watch and, strangely enough, an hour had passed just like that, two hours, three. I liked it when I had my period and Anwar kept away from me. The guilt lost its edge then. I liked it that he was not too keen on us meeting in my flat. The aura of my parents weighed on me. Aunty Eva did a clear out and gave me piles of magazines. I cut out the pictures of princesses in exile: daughters of the Shah, daughters of the late King of Egypt, the descendants of the Ottoman Sultan. They were all floating in Europe knowing they were royal, but it didn't matter, it didn't matter anymore. Muslim countries had rejected the grandeur of kings and wanted revolutions instead. After his fall, the daughter of the Emperor Haile Selassie was imprisoned for years in a small room. "Well, I know for sure whose side I'm on," Anwar would say, "the side of the people." He would be happy if Britain became a republic and I would be sad. Uncle Nabeel bought the new biography of Prince Charles and when he finished with it, I read it from cover to cover. "You waste your time," Anwar said but the books he gave me to read always disturbed me.①

我可以整天躺在床上。打电话给伊娃阿姨说我感觉不舒服，然后上床盯着天花板。我会看看手表，感到很奇怪，一个小时就这样过去了，两个小时，三个小

---

① Leila Aboulela, *Minaret*. London: Bloomsbury, 2005, p. 178.

时。我喜欢经期，这样安瓦尔就远离我了。那时，罪恶感就消失了。我喜欢这一点，即他对我们在我的公寓里见面并不太热切。我父母的光环还重重地压着我。伊娃阿姨大扫除后给了我一大堆杂志。我剪下了流亡公主们的照片：伊朗国王的女儿们，已故埃及国王的女儿们，以及奥斯曼帝国苏丹的后裔们。他们都在欧洲漂着，虽然知道自己是皇室成员，但这已无关紧要，再也无关紧要了。穆斯林国家已经拒绝君王的高贵，要求进行彻底变革。皇帝海尔·塞拉西的女儿在他倒下后，被囚禁在一间小房间里多年。"嗯，我很清楚我站在谁一边，"安瓦尔说，"站在人民一边。"如果英国成为共和国，他会很高兴，而我会很难过。纳比尔叔叔买了查尔斯王子的新传记，当他读完后，我把它从头读到尾。"你在浪费时间，"安瓦尔说，但他给我看的书总是让我不安。

（黄芷萱/译）

**作品评析**

# 《尖塔》中的穆斯林图景

## 引　言

　　莱拉·阿布勒拉是苏丹作家，用英语写作，因其对身份、移民和伊斯兰精神的独特探索而受到高度赞扬。在阿布勒拉的代表性作品《尖塔》中，她通过虚构的故事情节展现了穆斯林所面临的困境，并对聚集在英国的穆斯林作了特别细致的描写。相较于其他的穆斯林作家，阿布勒拉更注重非政治部分，描写关于流亡、爱情与信仰的故事。本文拟从穆斯林在欧洲、流亡、爱情与信仰四个角度透视阿布勒拉笔下的穆斯林。

## 一、穆斯林在欧洲

　　2019年10月，莱拉·阿布勒拉在接受凯亚·帕西宁的访谈时，对政治、艺术与作家的作用表达了自己的观点。她说：

　　动荡时期并非新现象。纵观历史，作家们在战争、镇压和灾难中写作。艺术可以给受难者带来安慰，也可以通过质疑不公正来达到政治目的。当我坐下来写作时，我觉得我所做的完全是针对个人的。艺术的作用应该是见证真理，无论它多么复杂、多么令人不安或多么危险。我担心在这个两极分化的时代，细微差别被抛弃，取而代之的是纯粹的简单。"你要么支持我，要么反对我。你要么在船上，要么不在船上"的要求代替了讨论。正因为存在着如此多的不信任，作家们很幸运，因为读者仰慕他们的见解和清晰的表达。我相信作家的地位正在上升，因此他的影响范围将会扩大。[①]

　　莱拉·阿布勒拉认为艺术是超越政治的，虽然作家在表达个人观点时，不可避免地会触及政治问题，但是作家可以通过对社会动荡时期的战争、镇压和灾难的深刻而细致的描写，更清晰地表达真正的思想，避免两级分化的简单判断，给读者带来慰藉和希望。这是作家的影响力和重要性所在。欧美世界对穆斯林的普遍恐惧无疑是由"9·11"事件造成的，但其深层原因是欧美的中心主义、霸权主义和对其他文化的无知与排斥。

　　莱拉·阿布勒拉的作品展示了穆斯林女性的精神世界。《尖塔》以细腻的手法展示了流亡欧洲的穆斯林女性对流亡命运的接受，对爱情和家庭的渴望。她们为维护和平生活而理性隐忍退让，在穆斯林女性共同体中找到互助、支持与身份认同。

　　在阿布勒拉早期的文章《我注定要在苏格兰》（*And My Fate Was Scotland*，2000）中，她写道："我从热的地方移居到冷的地方，从第三世界到第一世界，适应了环境和时差。但在苏格兰，我从一个穆斯林变为世俗人是令人不安的。"[②]正是这段人生经历，让阿布勒拉对穆斯林有了新的认知，她也用她的方式向读者展现了她眼中的穆斯林，这在她的代表性作品《尖塔》中表现得尤为突出。她通过虚构的故事情节，展现了在欧洲的穆斯林所面临的流亡、爱情与信仰的故事。她笔下的穆斯林女性不再渴望接受西方文化，而是在不断增长的宗教信仰中寻求慰藉。对于她笔下的穆斯林来说，伊斯兰教不是一种社会规范，而是个人的信

---

① Keija Parssinen, Writing as Spiritual Offering: A Conversation with Leila Aboulela, by Keija Parssinen. October 2019. https://www.worldliteraturetoday.org/2020/winter/writing-spiritual-offering-conversation-leila-aboulela-keija-parssinen World Literature Today [2021-11-23].

② Leila Aboulela, "And my Fate was Scotland", Kevin MacNeil and Alec Finlay eds., *Wish I Was Here: A Scottish Multicultural Anthology*, Edinburgh: Polygon, 2000, pp. 175–192, 189.

仰。她笔下的穆斯林是自由的，也是虔诚的。这便是阿布勒拉与其他描写穆斯林的作家最大的区别。她曾在一次采访中说：

当我写作的时候，我感到宽慰和满足，因为那些占据我的思想、吸引我、困扰我的东西，都被故事的张力赋予了合理性。我想展示一个有信仰的人的心理、心理状态和情绪。我有兴趣深入研究，不只是将穆斯林视为一种文化或政治身份，而是接近中心，超越但不否认性别、国籍、阶级和种族等。我写的小说反映了穆斯林逻辑，在这个虚构的世界里，因果关系是由穆斯林的理论来决定的。我笔下的人物是普通的穆斯林，在困难的环境中，在一个对宗教毫不同情的社会中，试图践行他们的信仰。①

阿布勒拉的作品以对身份、移民和伊斯兰精神的独特探索为特点，突出了穆斯林在欧洲面临的挑战，并讲述了复杂的人物故事。他们用穆斯林逻辑做出选择，探索了重大的政治问题。她的家庭、个人信仰，以及她在25岁左右搬到苏格兰的经历，对她的作品产生了重大影响。阿布勒拉在一次采访中就谈到她父母的生活就是现代和传统并存，这也成为她生活和写作的一个特征。

《尖塔》中有传统穆斯林，也有受到西方文化影响的穆斯林。阿布勒拉通过对纳伊瓦（Najwa）的穿着、职业、家庭以及宗教的抉择，刻画了主人公的改变，表达了阿布勒拉对伊斯兰文化的推崇和弘扬，以及对日益加深的东方主义偏见的反对。

---

① Waïl. S. Hassan, "Leila Aboulela and the Ideology of Muslim Immigrant Fiction", *NOVEL: A Forum on Fiction*, 2008, 41(2-3), p. 310

## 二、流亡

阿布勒拉很多作品的主人公都是流亡者、新移民，如《尖塔》中的纳伊瓦，《译者》中的萨马尔（Sammer），他们都很孤独，渴望有一个幸福的家庭。同时，他们因为流亡或移民到了西方国家，不再处于穆斯林国家的环境下，所以他们对伊斯兰教的信仰也变得更加纯粹，更加虔诚。

《尖塔》的故事发生在第二次苏丹内战期间，女主人公纳伊瓦出身于苏丹上流社会。她的母亲来自一个富有的家庭，父亲是政府高级官员，家里的大房子由六名仆人管理。纳伊瓦和孪生哥哥都是喀土穆大学的学生。她在大学学习的重点是西服、流行音乐和派对这些西化的课程。在曾经的安逸生活下，纳伊瓦的梦想是结婚，婚后相夫教子。但是在一场政变中，她的父亲被处决。在经历了一系列变故后，纳伊瓦几近崩溃：

在伦敦的最初几周，我们感觉到脚下的地面在颤抖。当爸爸被判有罪时，我们崩溃了，公寓里挤满了人，玛娜在哭，奥马尔敲门，整夜待在外面。当爸爸被绞死时，我们所站立的大地仿佛裂开一般，我们翻滚倒下，似乎没有尽头，仿佛我们将永远坠落，永远不会着陆。①

纳伊瓦和她的家人流亡到伦敦，她不得已成了一名女仆。在做女仆工作时，纳伊瓦曾经骄傲的棱角被一点一点磨平，开始变得小心翼翼。

我一直低着眼睛，低着头，就像我训练自己做的那样。这不是我的第一份工作，我知道一个女仆应该有多么恭顺。我脱掉鞋子，把它们放在门边；我脱下外

---

① Leila Aboulela, *Minaret*. London: Bloomsbury, p. 61.

套，折叠起来放在鞋子上——把它挂在衣架上是不礼貌的。我知道我做的每一件事都必须小心翼翼。第一天至关重要，最初的几个小时，我会被她监视和测试，但是，一旦我赢得了她的信任，她就会遗忘我。这就是我的目标——成为她生活的背景。①

更不幸的是，她的哥哥染上了毒品，在被捕过程中刺伤了一名警察，被关进了英国监狱，判处长期徒刑。而她的母亲，她唯一的亲人，因患病去世了。幸福的家庭在流亡中支离破碎。纳伊瓦曾经享有特权和优渥的生活，而现在穷困潦倒、孤苦伶仃。20年前，在喀土穆上大学的纳伊瓦从未想过有一天她会成为一名女佣，但一场政变迫使这位年轻女子在伦敦流亡。纳伊瓦在异国他乡无依无靠，是信仰支撑着她生存下来，在教义中找到安慰，成为一名虔诚的穆斯林。书中说道：

我家道中落，已经滑到了天花板很低的地方，没有太大的移动空间了。大多数时间我都很好，我接受了命运的判决，而不是沉思或回头看。②

在业余时间，她就会去清真寺。正如迈克·菲利普斯在《卫报》的一篇评论中指出的：“纳伊瓦的皈依并不是简单地向传统屈服。相反，这是一种来之不易的奉献精神，是对她过去生活的一种补偿，而这本书的结尾是一个令人不安的暗示，她所实现的和平是偶然的，而且会受到永久的挑战。”

在经历了人生的大起大落后，纳伊瓦已经可以坦然接受自己沦为社会底层的悲惨命运，这很大程度上归功于清真寺里的妇女向她伸出的援助之手，给予她安慰与支持，这也为她之后成为虔诚的穆斯林奠定了基础。

---

① Leila Aboulela, *Minaret*. p. 65.

② Leila Aboulela, *Minaret*. p. 1.

# 三、爱情

阿布勒拉笔下的穆斯林渴望被爱，渴望幸福的家庭，也害怕被拒绝、被抛弃。他们会勇敢地为了幸福做斗争，但当爱情一次次地以悲剧作结，一次次地经历失落后，他们对信仰的依赖也随之增加，从中寻求慰藉。

在《尖塔》中，纳伊瓦在大学时爱上了她的同学安瓦尔。安瓦尔是一个激进的社会主义者，看不起那些虔诚的戴头巾的学生，认为他们是落后的。而纳伊瓦一家都是穆斯林，她的父亲作为政府高级官员，经常公开向穷人提供爱心捐款，进行祷告，是一个虔诚的穆斯林。安瓦尔甚至通过演讲和印刷品攻击纳伊瓦的父亲，使她倍感尴尬。纳伊瓦大学时期的爱情还未萌芽，便伴随着残酷的政变终结了。

纳伊瓦在伦敦度过了18年之后，另一场政变将安瓦尔送到伦敦。安瓦尔找到纳伊瓦，请求她帮自己的报纸撰写文章，尽管他们一直存在分歧，但他们的关系又开始变得亲近。安瓦尔始终都看不起纳伊瓦和她的信仰，并拒绝与纳伊瓦结婚，在给了纳伊瓦希望后又带给她无尽的失望。最终使纳伊瓦选择与安瓦尔分手的原因，是因为她想要的是安慰，而安瓦尔给她的是对社会严厉的批判分析[1]。书中写道：

有时他会出乎意料地嘲笑我，和他在一起，我永远不会感到完全安全。我们会很高兴地聊天，然后突然谈话就扭曲了。安瓦尔总是不停地强调："银行账户里装满了你父亲骗取的钱。"我和他吵架了。我讨厌和他吵架，讨厌向他解释，但他从来不相信我，即使我是对的，即使我说的是实话，他也有赢得争论的诀窍。[2]

---

[1] Sadia Abbas, "Leila Aboulela, Religion, and the Challenge of the Novel", *Contemporary Literature*, 2011, 52 (3), pp. 430-461.

[2] Leila Aboulela, *Minaret*, p. 163.

安瓦尔过于挑剔，对原教旨主义者充满敌意。在他心目中，宗教受到政治因素和社会因素的影响，但这就是纳伊瓦感到"迷失"的地方。

我不想看这些大道理，因为它们让我不知所措。我想要我自己，我的感觉和梦想，我对疾病、年老和丑陋的恐惧，以及我和他在一起时的内疚。不是原教旨主义者杀了我父亲，也不是原教旨主义者给了我哥哥毒品。但我永远无法对抗安瓦尔。我不知道说什么，也没有勇气。我已经向他屈服了，但他错了，那种罪恶感从来没有消失过。现在我想要一个愿望，一个净化自己、一个恢复清白的过程。我渴望回到上帝的庇护下，我渴望再次见到我的父母，和他们永远在一起。安瓦尔谴责阿里以及像阿里一样心胸狭隘且偏执的人，但他们懂得温柔地保护他们的妻子。安瓦尔很聪明，但他永远不懂得温柔和保护。[①]

使纳伊瓦最终决定离开安瓦尔的导火线，是安瓦尔对她宗教信仰的质疑和讽刺。书中写道：

他知道如何伤害我。他问我："如果你在清真寺听到的话都是正确的，那你亲爱的伊娃阿姨会下地狱的，你怎么证明她为你做的所有事都是好的呢？"我开始结巴，我忍不住大哭了起来，对着话筒呜咽着。他努力忍住笑意，但最后还是忍不住笑出了声。[②]

这次对话使纳伊瓦对安瓦尔彻底失望了。在离开了安瓦尔之后，纳伊瓦更加频繁地去清真寺，开始重新依赖她的信仰。在阿布勒拉的小说中，大多数人信奉宗教时，都认为宗教是一种社会心理镇定剂[③]。纳伊瓦在伊斯兰文化中感受到了力量，支持她继续生活下去。

---

① Leila Aboulela, *Minaret*, pp. 241-242.

② Leila Aboulela, *Minaret*, p. 244.

③ Sadia Abbas, "Leila Aboulela, Religion, and the Challenge of the Novel", *Contemporary Literature*, 2011, 52 (3), p. 453.

当纳伊瓦失去一切时，她开始调整自己的生活，重新找到了一份工作。她通过信仰再次找到自信，在穆斯林社区内寻求安慰和陪伴。由于共同致力于伊斯兰文化，纳伊瓦和雇主拉米亚（Lamya）十九岁的弟弟塔梅尔（Tamer）关系愈加亲密，两人因共同的信仰而互相吸引，慢慢地坠入爱河。在刚来到伦敦时，纳伊瓦直言她对这个新城市的蔑视，有挥之不去的无根感和漫无目的感：

我沿着格洛斯特路走，认为无论在我身上发生什么事情，无论世界上发生什么事情，伦敦都保持不变。连续行驶的地铁，出售吉百利巧克力的报摊，人们下班的匆忙脚步声……我有生以来第一次讨厌伦敦，同时又羡慕英国人如此镇定自若，从不流离失所，从不迷茫。我第一次意识到，在他们平静苍白的面孔边，我那脏兮兮的脸庞……。①

然而，当她开始来到清真寺皈依伊斯兰教，并遇到了塔梅尔的家人后，她对伦敦的看法和描述发生了巨大的变化，开始看到伦敦的美。

塔梅尔对待纳伊瓦是平等而又信任的。当拉米亚误以为纳伊瓦偷窃了她的一条项链后，塔梅尔依旧选择信任她，"'我知道你永远不会拿走任何东西。'他很有信心，以孩子气的方式信任我"②。正如纳伊瓦所说的："我应该感谢你，为我挺身而出，选择站在我的身边。"塔梅尔的信任给了她温暖和安慰。

无奈这段爱情终究不受祝福。当拉米亚发现纳伊瓦和塔梅尔在派对上接吻时，公然斥责纳伊瓦，不允许他们在一起。尽管塔梅尔坚持要与纳伊瓦结婚，但纳伊瓦不想阻碍他的未来。她希望将来塔梅尔再娶第二个妻子，她说："因为我可能无法生孩子……我不希望你和我离婚。我宁愿在你生活的背景下，也是你生活的一部分，总是听到你的新闻。"③所以当塔梅尔的父亲泽纳布（Zeinab）提出只要他们分手，就能让塔梅尔在大学学习任何喜欢的课程，并赞助纳伊瓦去麦加朝圣的要求时，他们都同意了。他们在年龄、社会地位和家庭方面的差异，注

① Leila Aboulela, *Minaret*, p. 174.

② Leila Aboulela, *Minaret*, p. 115.

③ Leila Aboulela, *Minaret*, pp. 254-255.

定这段关系无法持久。在小说结尾，纳伊瓦坚定了她的信仰，准备前往麦加朝圣。她不是以任何家庭成员或国家公民的身份前往，她唯一的身份就是穆斯林。

## 四、信仰

阿布勒拉笔下的故事多是关于伊斯兰文化与西方文化的各种碰撞与冲突，以及穆斯林在这一系列的碰撞与冲突中所经历的挫折、失落和不断成长、转变，通过信仰重新找到人生方向。信仰对于阿布勒拉笔下的穆斯林而言，绝不仅仅是一种社会准则，更是一份发自内心的追求，是内心深处最虔诚的信仰。阿布勒拉区别于其他穆斯林作家的地方，在于她着重描述的是伊斯兰教的非政治部分，是信仰本身。

在《尖塔》中，纳伊瓦在苏丹时就是一名穆斯林，在父母的熏陶和教育下，形式化地做一些慈善行为，包括探访医院和儿童之家，以及向穷人提供爱心捐款。在他们家中，实际上只有仆人在真正地祈祷。由于出生在富贵人家，纳伊瓦不曾思考或关心过政治，也不需要专心学习，因为她不打算工作，她只想结婚生子。西服、流行音乐和派对这些休闲娱乐课程是她唯一的诉求。

到了苏格兰之后，纳伊瓦才开始成为一名虔诚的穆斯林。经历了家庭的重大变故，她不再是高高在上的贵族，她在生活的压迫中感受到了无助，是清真寺的妇女给了她安慰和鼓励，让她对伊斯兰教的信仰得到进一步的发展。阿布勒拉曾在《卫报》记者安妮塔·塞西的采访中说："有一种异化感只有你和上帝有，生命是暂时的，总有一天会消失，这就是宗教所教会我的。无论走到哪里，我都可以随身携带宗教，而其他东西却很容易被我抛弃。"[1]对于阿布勒拉来说，个人的宗教身份比国家身份更加稳定，更加长久。

阿布勒拉在《尖塔》的第一页写道："站在铺满秋天落叶的街上，对面的公园里的树木都变成了银色和黄铜色。我抬头看到树林上可见的摄政公园清真寺的

---

[1] Anita Sethi, "Keep the faith", *The Guardian*, 2005, June 4, http://www.theguardian.com. au. [2021-10-25].

尖塔。"①对于纳伊瓦来说，尖塔是她的参考点，这使她不会在伦敦迷失方向。她在和塔梅尔的一次散步交流中说："我们永远不会迷失，因为我们可以看到清真寺的尖塔，并朝着它回家。"②对于纳伊瓦来说，海外苏丹社区或英国都不是她最终的家，她的家是一个重塑她的地理和心理地图的穆斯林社区③。除了经历了家破人亡等一系列变故之外，还有一个原因，因为她来到了英国，在这里她找到了她想要的自由。

这和阿布勒拉的一段亲身经历有关。在流亡到英国之后，她第一次进入摄政公园清真寺时，见到了戴着头巾的穆斯林妇女。她们把英国作为自己的家，并为自己和孩子慢慢建立了一个新的穆斯林身份。阿布勒拉之后成为一名虔诚的穆斯林，很大程度上是受了这次经历的影响。书中写道：

> 我第一次走进清真寺时，看到一个女孩独自坐着，膝盖上放着一本打开的《古兰经》，正在背诵经文，我坐下来聆听这节经文。房间里还有其他的女士，年长的女人靠着墙壁，一群活泼的母亲带着婴儿。有穿着牛仔裤的青少年，还有一些整洁的中年女士，看起来像是刚下班回来。但引起我注意的是朗诵的女孩，她就像一个天使一般。她一定是上过课，才能读得这么好，或者她妈妈在家教过她，她才会对自己如此有信心。我希望我能像她一样。她面色苍白，神态安详，衣着朴素，面容不丰腴，也不漂亮。她不是我通常羡慕的模样，但我仍然希望能够像她一样。④

由此可见，纳伊瓦深深羡慕着清真寺中的少女。清真寺的尖塔对于纳伊瓦来说，不仅仅是"迷雾中的灯塔"，更是一个"温暖的港湾"。

---

① Leila Aboulela, *Minaret*, p. 1.

② Leila Aboulela, *Minaret*, p. 208.

③ Renata Pepicelli, "Islam and Women's Literature in Europe. Reading Leila Aboulela and Ingy Mubiayi", *Jura Gentium*, 2011. http://www.juragentium.org/topics/islam/mw/en/pepicel. htm. [2021-10-25].

④ Leila Aboulela, *Minaret*, p. 237.

从前在苏丹，阿布勒拉的所有朋友都是自由主义者，对他们来说戴头巾反而是一种不自由的表现，所以纳伊瓦戴头巾会被朋友们说。一次，纳伊瓦最好的朋友看到戴着头巾的妇女的照片时就说："我们应该前进，不要回到中世纪。"①而到了英国，她可以自由地戴着头巾，没有朋友的约束。阿布勒拉解释说："我在一个非常西化的环境中长大，就读于一所私立的美国学校。但我的性格是害羞和安静的，我想戴头巾，但没有勇气，因为我知道我的朋友会劝我不要戴。在伦敦，我不认识任何人。"②而且，在1989年的伦敦，穆斯林还不会面临被歧视的风险，用阿布勒拉的话来说："在英国，穆斯林妇女有更多的宗教自由，但是你必须决定你要用这些自由做什么，所以宗教信仰是我选择的事情之一。"③《尖塔》就是阿布勒拉自身经历的一面镜子。

由于头巾是一种可观察的信仰宣言，赋予女性新的尊严。身边的人不再是为了她们的身体，而是为了她们的信仰而关心她们。纳伊瓦作为一个女人，周围的人如何对待她，在很大程度上取决于她的服装。阿布勒拉很巧妙地用服装的变化来展现了纳伊瓦从一个西化的青少年到一个虔诚的穆斯林妇女的转变。在喀土穆，纳伊瓦穿着紧身裤或短裙，凭借她暴露的服装对他人产生吸引力。这种现象在她选择开始戴头巾的那一天结束了。当她戴着头巾，她才感到舒适，这并不仅仅是因为她受到尊重，而是因为她被隐藏起来了。正如她所说的："头巾就好像是制服，是我们的官方户外版本。没有它，我们的本性就暴露了。"④

在经历了家庭的一系列悲惨遭遇后，生活的重担全部压在了纳伊瓦身上。她感受过无忧无虑的生活，也经历了生活的绝望，纳伊瓦没有被重担压垮，而是选择接受现实、顺应时代，做出改变。

在我父亲被处决之后，在我母亲生病之后，当我从大学辍学，在奥马尔被捕之后，以及我与安瓦尔的关系中，我都感受到了绝望。这个过程花了很长时间，

---

① Leila Aboulela, *Minaret*, p. 29.

② Anita Sethi, "Keep the faith", *The Guardian*, 2005, June 4, http://www.theguardian.com. au. [2021-10-25].

③ Anita Sethi, "Keep the faith", *The Guardian*, 2005, June 4, http://www.theguardian.com. au. [2021-10-25].

④ Leila Aboulela, *Minaret*, p. 186.

很混乱。伦敦有一种特殊的魅力，在爸爸受审前的最初几周里，奥马尔和我玩得很开心，我们不知道我们被流放，我们不知道我们正在寻求庇护，我们的度假公寓很舒适，我妈妈也很慷慨地给予我们零花钱。当我和伊娃阿姨一起工作时，喀土穆的回忆依旧回荡在我身边。而如今，伊娃阿姨的叙利亚朋友既不认识苏丹也不认识我的父母，她雇用我当女仆。我是一个仆人，就像我父母雇用的仆人一样。我并不觉得奇怪，我几乎不介意。在清真寺里没有人知道我的过去，我也没有说起，他们也不会随意对我加以评价。我缺乏宗教教养，没有学位，也没有丈夫，许多人因此对我施以善意和温暖。他们会谈论自己，并将我视为靠福利生活或来自弱势家庭的人。黑暗的生活即将结束，慢慢地，我也会开始安顿下来。此刻，我感觉最糟糕的时候已经过去了。①

在清真寺感受到的温暖，帮助纳伊瓦走出了困境，帮助她走出了过去悲惨生活的阴影，帮助她迎来了新生的曙光，仿佛在一个新的、安全的环境重新出发，身边的人是温暖而善良的，没人会批判或评价她的过去，没人会对她指手画脚。纳伊瓦获得了她想要的自由，获得了向往美好生活的勇气。

在英国，她找到了她想要的自由。受这段经历的影响，阿布勒拉笔下的穆斯林更自由，也更虔诚。

## 结　语

《尖塔》记录了纳伊瓦从骄傲到困惑到低迷最后走向谦卑与平和的过程，也反映了阿布勒拉笔下的穆斯林对于信仰的虔诚追求。在流亡中，是清真寺里的妇女伸出的援助之手带纳伊瓦走出迷茫的困境；在爱情中，是伊斯兰文化给了纳伊瓦安慰和力量。在经历了一系列变故后，伊斯兰文化是她面对困难和孤独的唯一的解脱。在这个过程中，纳伊瓦的信仰也变得越来越坚定，越来越纯粹。与其将

---

① Leila Aboulela, *Minaret*, p. 239.

小说看成是难民的悲惨故事，不如将《尖塔》理解为主角有意识地自我重构的过程。因此，在接受穆斯林的帮助、感受到塔梅尔家人的温暖，以及坚定了伊斯兰教信仰这一系列综合体验后，纳伊瓦成功地重建了她失去的家庭，重构了她支离破碎的生活。

（文/上海市静安区教育学院附属学校 黄芷萱）

第十七篇

贾迈勒·马哈古卜
纪实文学《尼罗河交汇线：记忆中的喀土穆》中的
苏丹国家认同危机

贾迈勒·马哈古卜

Jamal Mahjoub，1960—

## 作家简介

贾迈勒·马哈古卜（Jamal Mahjoub，1960— ）是英籍苏丹裔作家，是当代苏丹文坛颇具国际影响力的作家。他创作的英语文学作品有二十多部，包括长篇小说、短篇小说、侦探小说、纪实文学、诗歌及各类随笔，其作品风格多变，文学成就备受赞誉。他的多部长篇小说已被翻译成阿拉伯语、法语、西班牙语、德语、意大利语、荷兰语和土耳其语等多种语言。马哈古卜曾获2004年法国星盘图书奖、2005年凯恩非洲文学入围奖、2019年英国皇家文学学会翁达杰奖长名单等多项国际文学奖。

马哈古卜1960年出生于伦敦，父亲是苏丹人，母亲是英国人，一家人在英国利物浦生活了几年后回到了苏丹。苏丹动荡的局势迫使马哈古卜的父母于1990年逃离苏丹。马哈古卜的父亲先流亡埃及，后移居英国，最后客死并葬于伦敦。马哈古卜在首都喀土穆度过了童年和少年时期，他先在喀土穆的康柏尼学院就读，后来获得奖学金，进入了英国威尔士的大西洋学院完成了国际文凭课程，然后在英国谢菲尔德大学攻读地质学，并获硕士学位。马哈古卜的一生充满了跨文化的旅程，他一直往返于欧洲和非洲之间。马哈古卜曾做过摩托车快递员、销售经理、家具制造商、厨师、驾驶员、图书馆员、翻译和记者。2002年他受邀到丹麦，在科灵大学担任了一个学期的创意常驻作家。他目前居住在荷兰的阿姆斯特丹。

## 作品节选

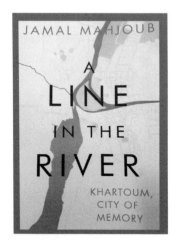

《尼罗河交汇线：记忆中的喀土穆》
（*A Line in the River: Khartoum, City of Memory*，2018）

Even as the Blue and White Niles come together, merging into the main artery that flows north from here, the capital seems to splinter, fragmenting around the point of confluence. By nature this city is plural, a conglomerate of three towns: Khartoum, Khartoum North (or Bhary) and Omdurman. All Asima al-Mutbbalatba – the triple capital. This multiplicity hangs over the city as a stark reminder of the country's nature: diversity, plurality and the potential of unity. This is geography as metaphor.

In continues to duplicate itself, multiplying, spreading outwards in ever-expanding rings into new quarters, neighbourhoods, places that have appeared literally out of nowhere. Houses have sprung out of the ground, mud walls rising up, unfolding themselves from the dust to be dubbed with a host of invented names. This is the shape of Doxiadis's City of the Future. As a metaphor for urban expansion in the twenty-first century, it tells us what is in store for Khartoum. The struggle against indifference, anonymity, the submergence of individuality under a flood tide of demographic growth. This is what most people mean when they talk about change. The torrent of people from out there beyond the horizon, from the great wide nowhere. In the long run, this influx may be the only hope this country has of surviving.

At night you find yourself enmeshed in a transit hub that looms out of the dark. Buses, cars, taxis and minivans churn around trying to find their way, spreading drapes of mineral dust that glitter like murky wings in headlight beams. The city has swollen, overflowing its banks. Out of a sense of wonder, people offer to drive you as far as the Sabaloga Dam to prove to you how far the urban sprawl extends. It is as if they themselves do not quite believe what has happened to their city, what is happening before their very eyes. At independence in 1956, it was less a city than a small town. The population of the entire country was put at ten million. Today, the capital alone rivals that figure.

Night and day, minivans and tiny microbuses hurtle along Africa Road, urgently ferrying people to and from the centre. Crossroads wrap themselves like hot tea and snacks. Oil lamps hiss and two-tone horns sound bursts of exuberance. Jagged fragments of music spill from passing windows. Lively food stalls, roadside vendors and market shacks have materialized to feed the needs of thousands of passing strangers daily. Young boys rush around calling out the destinations places that have just been invented – you won't find them on any map. They lie further out, quarters you have never heard of until you arrive.[①]

青尼罗河和白尼罗河在喀土穆汇合，形成尼罗河的主流，并从这里向北流去。首都喀土穆颇具多元性，被青、白尼罗河划分为喀土穆、北喀土穆和恩图曼三个城区，喀土穆是三城之都。城市弥漫着多元化的气息，也体现着国家的多样性、多元化和团结潜力。城市的地理特点暗含了一定的隐喻意义。

喀土穆不断以环状形式向四周延伸，并进入新的区域，因此出现了一些未名之地。拔地而起的房屋和泥墙，纷纷从尘土中展现自己，并被冠以虚构的名称，这就是规划中的未来之城。作为 21 世纪城市膨胀的象征，它向我们诉说着喀土穆的未来。这是人口激增的洪流与冷漠、无知、消弭个性之间的一场斗争，也是多数人关注城市变化的原因。人流来自天边，来自远处。长远而言，不断涌入的人流是这个国家生存的唯一希望。

到了傍晚，你会发现自己陷入滚滚车流中。公共汽车、小汽车、出租车和小型货车挤作一团，争相前驶，矿物粉尘在车灯照射下格外显眼，如同飞虫的翅膀。城市在膨胀，越过了尼罗河岸。奇妙的是，有人提议开车到萨巴洛加大坝，

---

① Jamal Mahjoub, *A Line in the River: Khartoum, City of Memory*, London: Bloomsbury Publishing, 2018, pp. 176-177.

以验证城市不断扩大的事实，好像他们自己不太相信发生在他们的城市、发生在他们眼前的事情。苏丹1956年独立时，喀土穆与其说是一个城市，不如说是一个小镇。整个国家的人口有一千万。如今，仅首都喀土穆的人口就接近这个数字。

小货车和小面包车日夜兼程，沿着艾非利卡街道疾驰，急切地运送人们往返于城市各处。十字路口汇集了很多茶点和小吃的摊位，油灯发出嘶嘶声，双声喇叭传出阵阵喧闹声，汽车从传来阵阵音乐声的窗户旁疾驰而过。食品摊位、路边摊贩和市场棚屋十分喧闹，这里每天都为成千上万的外来客提供食物。小男孩们四处招揽生意，说些他们杜撰的目的地——你当然无法在地图上找到这些地方。这些地方很遥远，你来这之前从未听说过。

（朱伊革 / 译）

**作品评析**

## 《尼罗河交汇线：记忆中的喀土穆》中的苏丹国家认同危机

### 引 言

马哈古卜从学生时代就开始在杂志上发表文学作品。迄今为止，马哈古卜创作并出版了《祈雨者的航行》（*Navigation of a Rainmaker*，1989）、《尘埃之翼》（*Wings of Dust*，1994）、《标志的时光》（*In Hour of Signs*，1996）、《载体》（*The Carrier*，1998）、《与精灵同行》（*Travelling with Djinns*，2003）、《漂移纬度》（*The Drift Latitudes*，2006）、《努比亚之蓝》（*Nubian Indigo*，法文版于2006年出版，英文Kindle电子书于2012年出版）、《逃亡者》（*The Fugitives*，2021）等8部长篇小说和1部纪实文学作品《尼罗河交汇线：记忆中的喀土穆》（*A Line in the River: Khartoum, City of Memory*，2018）。

马哈古卜还以"帕克·比拉勒"（Parker Bilal）的笔名创作发表了《金色的区域》（*The Golden Scales*，2012）、《狗星崛起》（*Dogstar Rising*，2013）、《幽灵行者》（*The Ghost Runner*，2014）、《燃烧之门》（*The Burning Gates*，2015）、《豺狼的城市》（*City of Jackals*，2016）、《黑色之水》（*Dark Water*，2017）、《高度》（*The Heights*，2019）、《众神》（*The Divinities*，2019）等8部侦探小说。此外，马哈古卜还创作了短篇小说《路障》（*Road Block*，1992）、《制图师的天使》（*The Cartographer's Angel*，1993）、《铅之

手，粘土之脚》（*Hands of Lead, Feet of Clay*，1994）和《失忆史》（*A History of Amnesia*，1995）等，这些作品展现了从19世纪中期到当今苏丹动荡的社会画面。除了长篇小说、短篇小说、诗歌外，马哈古卜还撰写各类随笔表达对遭受战争蹂躏的苏丹的关切。

这位才华出众的作家以其雄心勃勃的文学作品关注着被宗教、文化和政治差异所困扰的苏丹。他的长篇小说《祈雨者的航行》《尘埃之翼》和《标志的时光》被认为是解读苏丹政治事件的三部曲，因为这些小说探索了对新政治的希望，记录了苏丹的历史进程。随后的三部长篇小说《载体》《与精灵同行》《漂移纬度》探讨了非洲移民在欧洲的身份认同、欧洲对非洲的殖民历史和非洲的文化记忆等问题。

马哈古卜的系列长篇小说立足苏丹本土的历史和文化，以敏锐的观察力和丰富的想象力，通过跨文化、跨民族、跨地域、跨历史的多重视角和多元维度，描绘了苏丹人民饱受殖民入侵、内战、动荡和分裂的苦难，书写苏丹国家认同的迷茫和艰难历程，痛陈社会不公与腐败，思考苏丹的未来出路，向世界呈现苏丹的真实社会面貌。马哈古卜的小说多聚焦苏丹普通百姓，语言简洁明朗，文风细腻质朴，体现出鲜明的大众化和时代性，反映了苏丹民众的基本诉求。

## 一、苏丹国家认同危机

马哈古卜的文学创作与苏丹的社会历史密切相关，作品多涉及苏丹动荡多变的社会历史。1956年，苏丹摆脱英国殖民统治获得独立。自1956年独立至今的半个多世纪里，军人发动过多次政变，其中五次成功地夺取了政权。纵而观之，苏丹独立后的历届统治者均将伊斯兰教作为国家意识形态的基础，以实现国家的稳定、团结和统一。然而，苏丹南北矛盾不断扩大和加剧，苏丹南方的分离运动持续高涨，从而引发苏丹南北内战持续不断地爆发。

　　《尼罗河交汇线：记忆中的喀土穆》是马哈古卜创作的一部非虚构性的文学作品，是自传性的回忆录。该作品共五章，分别根据时间命名，即第一章："总是返回，2008"；第二章："过去篇章的历史，2009"；第三章："多样化的城市，2010"；第四章："分割的河流，2011"；第五章："河水分离，2012"。作品以喀土穆2008年至2012年的历史发展脉络为主线，从纵向层面和横向层面深入探讨苏丹历史发展进程中的困境，解读和剖析苏丹国家认同的危机，并思考苏丹未来发展的路径和前景。

　　"苏丹建国后一直面临着民族国家统一构建与国民文化塑造的问题。如何将这样一个沙漠之邦整合成内聚向心之国，在全体人民心中培植起基于国家现代版图的富有凝聚力和感召力的国家情感，一直是苏丹历届政府面临的巨大挑战。"① 苏丹北方是传统的政治中心，经济相对较为发达。苏丹南部多居住着非洲黑人，较为封闭。"独立后的当代苏丹，既是一个有非洲黑人文明传统的国家，又是一个归属于中东阿拉伯世界的国家，同时，它还是一个留有许多西方殖民统治遗产的国家。这多重的属性及它们的互动角力，作为一种历史力量，影响或规定了当代苏丹政治、经济、内政与外交等许多内容。"② 因此，"苏丹作为构建中的民族国家，最大的问题在于全国人民对国家没有统一的认同。这个问题破坏了苏丹多年的和平与统一。"③ 对国家认同危机的思考始终贯穿在马哈古卜的《尼罗河交汇线：记忆中的喀土穆》一书中，南方与北方的国家文化认同互相冲突的历史背景，将马哈古卜置于特殊的历史环境中。作品通过记录马哈古卜重回喀土穆的所思所想、所见所闻以及对喀土穆的历史追溯，并穿插各种人物和历史事件，运用写实、回忆、象征、人物及生活的叠加显影的手法，绘制了一幅幅苏丹的历史风貌和现实图景，创造了一个鲜活的苏丹社会历史发展空间，生动再现了苏丹社会发展的艰难历程，书写了苏丹人民的精神创伤，表达了对和平未来的渴望。

---

① 刘鸿武、李新烽：《全球视野下的达尔富尔问题研究》，北京：世界知识出版社，2008 年，第 61 页。
② 刘鸿武、李新烽：《全球视野下的达尔富尔问题研究》，北京：世界知识出版社，2008 年，第 17 页。
③ 刘辉：《民族国家构建视角下的苏丹内战研究》，北京：中国社会科学出版社，2011 年，第 167 页。

《尼罗河交汇线：记忆中的喀土穆》聚焦苏丹首都喀土穆2008年至2012年的历史，以敏锐的政治眼光、犀利的社会观察力和娴熟的文学艺术技巧，细致地描绘了喀土穆的历史发展轨迹，探讨苏丹的国家认同感，思考苏丹的未来发展愿景。作品通过战争与历史的文学书写、空间和时间的交错变换以及故事与人物的拼贴等现代主义手法，剖析苏丹国家认同的历史文化困惑。

## 二、战争与历史的文学书写

马哈古卜一直迷恋度过童年时期的城市喀土穆。这座城市始终萦绕在他的记忆深处，并勾起了他的创作灵感，因为喀土穆是了解苏丹陷入困境的缩影。本书描述了作者回到喀土穆探寻苏丹陷入困境的深层历史文化原因，寻找答案的过程也逐渐演变成对国家认同的沉思。

战争与历史的书写是本书的一个显著特点。战争画面与历史事件在作品中反复出现，揭示苏丹北部和南部之间难以弥合的社会历史文化鸿沟，强化了作品国家认同的主题，展现了实现国家认同的艰难历程。认同通常是指社会成员对自己归属于某种群体的认知和感情依附，是对自己在群体中的身份、角色、地位等的一种归属意识和感知。国家认同是指生活在某一个国家之内的公民基于对自己国家的历史文化传统、道德价值观、理想信念、国家主权等的热爱而建立起的认同①。国家认同被视为一种重要的国民意识，维系、巩固和强化着一个国家的存在和发展，国家认同具有巨大的辐射效应，对国家民众产生着巨大的号召力和凝聚力，是国家稳定团结和发展进步的重要纽带②。

苏丹是一个拥有众多民族的国家。1956年独立后，只建立了一个单一的政治架构，并未将国内各族融合在一起，缺乏统一的国家认同基础，没有形成各族

---

① 贾英健：《全球化背景下的民族国家研究》，北京：中国社会科学出版社，2005年，第180页。
② 刘辉：《国家认同危机下的苏丹南北内战》，《学术论坛》，2008年第1期，第168-173页。

群都接受的国家认同文化。北方政治家将伊斯兰教和阿拉伯语确定为国家认同的基础，忽视南方独特的宗教、历史、文化和族群，由此激起南方的强烈不满和抗议。南方人民坚决反对建立一个政教合一的国家，而要求建立一个世俗国家，并以非洲主义与之对抗，结果导致南北矛盾加深①。国家长久以来饱受内乱和战争蹂躏。由国家认同危机所引发的一系列社会冲突和矛盾在本书中得到了较为具体细致的再现，战争场景和历史事件相互交织，共同绘制了一幅国家认同危机的画面。如作品第二章对苏丹南北内战的描述：

石油成为吉哈德争夺的重要资源，巴希尔号召年轻人奔赴南方战场，以伊斯兰的名义保卫油田。1999年5月，政府发起了两个月残酷的焦土战争，对南部进行了空袭和炮击。牲畜和粮食被抢，农田被毁，不少人被杀，妇女被强奸。人们徒步走了整整一周才到达安全地带，许多人沿途饿死、病死。②

马哈古卜笔下反复出现的战争场景是表达国家认同危机的重要手段。战争场景的描写给读者留下难以抹去的创伤印记，会在读者的心理空间生成苦痛的阴影，因而成为作品表述国家认同危机的有力方式。此处的战争场景描写阐释并演绎了作品的主题内核，引导读者反思国家认同，也表明增强国家民族认同感的迫切性和必要性。

历史事件是客观存在的事实。马哈古卜从国家认同的角度考察历史事件，让读者通过文本阅读的方式反思国家认同。如第二章描述了苏丹第一副总统兼南方政府主席约翰·加朗所乘飞机失事以及由此引发的暴力冲突。约翰·加朗是苏丹当代政坛的著名人物，他领导的苏丹人民解放运动倡导构建一种以苏丹主义为核心的新的国家认同。作品采用新闻纪实的手法，记叙约翰·加朗所乘飞机失事的原因及其影响。加朗倡导的"我们是阿拉伯人、非洲人，我们是穆斯林、基督教

① 刘辉：《国家认同危机下的苏丹南北内战》，《学术论坛》，2008年第1期，第168-173页。

② Jamal Mahjoub, *A Line in the River: Khartoum, City of Memory*, London: Bloomsbury Publishing, 2018, p. 116.

徒，我们是北方人、南方人，但我们首先是苏丹人"①的苏丹主义对苏丹民众产生了深远的影响，贯穿于整部作品之中。

面对国家遭遇困境、发展艰难的局面，如何走出一条摆脱国家分裂危机之路？如何书写苏丹历史的新篇章？苏丹有志之士一直在进行不懈的探索，一直在勾勒未来的理想蓝图，寻找现实可行的发展道路。而"加朗的身体虽然不在了，但我们会完成他的精神、视界和设想""加朗的灵魂永远存在"②的呼声代表着国家重构的觉悟和愿望，也与作品的主题相互映衬。

加朗遇难事件无疑是对苏丹和平历史进程的重创。作品通过对历史事件的描述，反复引用加朗的国家认同观，将其作为国家认同的坐标，无形中会引导读者去推敲和思考国家认同的沉重话题。作品通过战争场景和历史事件的书写完成国家认同主题的建构。战争场景和历史事件的描写，有助于读者直观形象地解析和认知复杂的国家认同主题，不仅拓展了文本的阐释空间，揭示了实现国家认同的艰难，也成为作品审视和挖掘国家认同内涵的有效视角。

## 三、空间和时间的交错变换

空间是一种社会、历史、文化和地域之间相互关联的多维存在形式，可分为地理空间、社会空间、心理空间等。地理空间是指地域实体的空间。文学作品中的不同人物可构成社会空间。本书带领读者穿梭于广博的历史空间之中，从英国布莱尔城堡到苏丹喀土穆博物馆，从苏丹抗击英国殖民者的战争到苏丹内战，从南方的内乱到达尔富尔危机，从喀土穆的老城区到新城区，从喀土穆宾馆到达尔富尔难民营，从农业灌溉枢纽工程到现代化奶牛场项目，从尼迈尔政权到巴希尔

---

① Jamal Mahjoub, *A Line in the River: Khartoum, City of Memory*, p. 110.

② Jamal Mahjoub, *A Line in the River: Khartoum, City of Memory*, p. 112.

政权，等等。作品的空间交错变换折射了苏丹社会、历史以及南北文化、宗教冲突的复杂状况，涉及政治、战争、宗教、种族、文化等多元化的主题。空间的循环往复赋予作品动态效果和视觉感，编织了一幅幅鲜活的历史画面，多层次、多角度地表现了作品的主题。

如作品的第一章就较为典型地体现了空间的交错变换。开始部分就将读者带到了古老的英国爱丁堡布莱尔城堡游览参观。布莱尔城堡始建于13世纪，城堡里有英国壁画、波斯地毯、中国瓷器、日本漆木器等众多珍品，最吸引作者的是苏丹起义军在与英国远征军的战斗中缴获的长矛、盾牌等战利品。作品叙事焦点随即转移到19世纪末英国军队与苏丹起义军的战斗。1881年，被英国占领的苏丹爆发了马赫迪起义，抗击英国殖民统治者。1884年1月，英国殖民当局派遣戈登率领远征军前往苏丹镇压起义军。士气高昂的起义军在1884年3月包围了喀土穆，一直持续到1885年1月，喀土穆的英国守军弹尽粮绝。1月26日，马赫迪起义军发动总攻，旋即破城，戈登战死。作品笔锋再次变换，叙事焦点又移至喀土穆博物馆。博物馆"四五十年了还没有大的变化，展品被虫蛀，存放展品的木框也损坏了"①，展厅弥漫着"阴郁的气氛"②，展窗里甚至空着，好像"最近被抢劫过"③，"苏丹独立的半个世纪以来一直处于内战之中。这不是一个巧合"④。

作品根据叙事的需要，不断改变地点和场所，人物也处于不断位移中。叙事空间从欧洲跨越到非洲，从古城堡移至战场，再转到喀土穆博物馆。这些空间不仅是人物的活动场所，也是不同文化、不同思想碰撞、交锋和汇集的地方。各个空间片段看似杂乱无关，实则相互交叉、缠绕，构成一个社会空间，体现了社会空间的动态建构。苏丹错综复杂的历史状况和支离破碎的国家图景也得以生动再现。

---

① Jamal Mahjoub, *A Line in the River: Khartoum, City of Memory*, p. 72.

② Jamal Mahjoub, *A Line in the River: Khartoum, City of Memory*, p. 75.

③ Jamal Mahjoub, *A Line in the River: Khartoum, City of Memory*, p. 75.

④ Jamal Mahjoub, *A Line in the River: Khartoum, City of Memory*, p. 75.

作品的时间在现在和过去之间频繁切换，通过众多的空间场景让读者在历史和现实之间游走。作品中散落各处的记忆碎片也让作品的话语时间变得复杂。各章中交错变换的地域空间打破了时间的线性顺序，各色人物和各种事件交替现身于文本空间，形成了碎片化的人物和事件。这些碎片在时间上的"混乱"会让读者在阅读过程中产生历史、现实与未来之间的认知错觉。如第一章《总是返回，2008》中就呈现出时间的非线性切换：时间首先定格在游览布莱尔城堡，随即切换到飞往喀土穆的航班，接着回忆父亲1949年第一次到伦敦，然后追述19世纪末英国将军戈登到苏丹镇压马赫迪起义，又追溯喀土穆的历史，再回顾巴希尔的军事政变，又插入纳迪尔的故事，最后转至与律师讨论达尔富尔问题，等等。这一系列多变的时间链跨越数百年，将杂乱无章的历史事件和人物通过碎片化的时间链条勾连起来，蕴含着过去、现在、将来的诸多瞬间，浓缩了苏丹艰难的社会、历史、文化发展进程。

## 四、故事与人物的拼贴

各种故事和各色人物的拼贴是本书中常用的艺术表现手法之一。不同的故事和人物分别穿插在不同的章节中，其中既有令人感伤的故事，也有给予读者愉悦的人物轶事。故事往往暗含强大的情感表现力，体现了苏丹民众极为复杂的国家认同情怀。插入的人物与故事增加了作品的片断感，赋予作品一张一弛的节奏感，这些故事表面上看似割裂，实则彼此呼应，互为补充，形成一种隐秘的关系网络，为作品搭建起一个有机的整体框架。

第一章《总是返回，2008》中就插入了一个名叫纳迪尔的年轻人的故事。1989年巴希尔执政以后，推行伊斯兰化，取缔各种社会团体和组织。纳迪尔由于为《学生报》撰写文章而被捕入狱。纳迪尔的父亲和马哈古卜的父亲是多年的朋友，而马哈古卜也和纳迪尔从小一起长大。纳迪尔突然失踪，也没有他被逮捕的官方记录。而在监狱中，审讯拷打他的人曾和他在同一所学校学习。"那是段黑暗的日子。我目睹了一些我从未想到的事情，有些人被折磨得很惨，有些人死了。有些人甚至是爬着去上厕所，因为他们的腿被打断了。"①纳迪尔不想再谈论他在监狱的经历，他的不少亲人和朋友都离开苏丹远赴他国。在作者马哈古卜看来，纳迪尔的故事是专制政权的真实写照，也是苏丹民众的尊严受到极大伤害的一个缩影。纳迪尔的遭遇令人怜悯，作品用叙述的手法表达了对国家无序的迷茫和焦虑。

生活中的艰辛和暗淡虽让人感到无奈和失落，但朴实善良的普通百姓也会从生活中寻找乐趣。马哈古卜笔下的苏丹有黑暗和腐朽，也有生活重压下的人性的美好光辉和对生活的乐观态度。第五章《河水分离，2012》讲述了一个出租车司机的故事。这位60多岁的出租车司机是位退役士兵，拿着微薄的退休金，为补贴家用，不得不开着一辆破旧的出租车拉客挣钱。出租车"发动机裸露的引线如同昆虫的触角，汽车熄火时，他就将两根引线触碰在一起，以便重新发动汽车"②。而在行驶途中，若发现有想打车的行人，这位出租车司机会马上停车，和行人讨价还价。当遭到拒绝时，司机摇摇头并说道："我只是想帮助他们，我要的车费也只能付汽油钱。"③这位司机"不抱怨，不谈论政治和国家的腐败"④，因为在他看来，他要比"在街道上爬行的人"⑤幸运多了。他感谢安拉，他的三个孩子都生活得很好，女儿是地质工程师，一个儿子是机械师，还有一个儿子在军队服役。早已凹陷的车座见证了司机的坚韧和乐观。草根阶层的幽默和乐观令人动情，也为我们展现了苏丹人民积极乐观的生活情怀。

女性在苏丹实行伊斯兰法后受到更多的束缚。本书也插入了不少女性的故事，如第一章《总是返回，2008》中有段关于哈利玛的故事。哈利玛16岁的时候，在苏丹铁路部门工作的父亲将她送到印度孟买留学。她起初不愿意离家到国外学习。印

---

① Jamal Mahjoub, *A Line in the River: Khartoum, City of Memory*, p. 66.

② Jamal Mahjoub, *A Line in the River: Khartoum, City of Memory*, p. 326.

③ Jamal Mahjoub, *A Line in the River: Khartoum, City of Memory*, pp. 326-327.

④ Jamal Mahjoub, *A Line in the River: Khartoum, City of Memory*, p. 327.

⑤ Jamal Mahjoub, *A Line in the River: Khartoum, City of Memory*, p. 327.

度的留学经历锻炼了她的独立精神和能力，在哈利玛看来，印度人不干涉他人的生活，可以保持自己的个性发展。在印度留学期间，虽然也遭受过歧视，但她学会了与他人沟通交流。完成学业后，她放弃了到海湾国家工作的机会，回到苏丹当了记者，并报道过达尔富尔危机事件，目前在新闻界已经有一定的名望了。与其他苏丹女性相比，哈利玛是幸运的，被开明豁达的父亲送到国外留学，并成为一名出色的记者。她父亲重视女性健康成长的理念和行为令人崇敬。

本书中插入的故事赋予作品独特的表达方式。让读者倾听不同人物的故事，不仅拓展了读者的视野，还直观生动地展现了苏丹民众的生活热情。作品更是以宏大的视野勾勒了各色人物，如政府官员、雇员、投资商、餐厅服务员、商贩、记者、编辑、考古学家、博物馆馆员、律师、导游、科学家、城市规划师、大学教师、学生、士兵等等，甚至还有在苏丹种植蔬菜的中国农民。多数人物在作品中仅寥寥数笔，如"因为国家而生病"的人权律师、被地雷炸断腿的女孩、冷漠的职员、为国捐躯的烈士等等。人们"生活在尘埃之中"，"生活在被异化"之中，他们也一直在探寻苏丹的"国家身份"，探索适合苏丹发展的政治模式，并认为"容纳多样性"是国家的关键。这些普通人物生活在不同地点，有着不同的生活方式，也有不同的故事。他们构成了一幅生动的人物众生图，既激发了读者的联想，也立体鲜活地展现了苏丹人民对国家认同的不懈探索。

# 结　语

马哈古卜在世界文坛的地位和影响可以和苏丹文学的开拓者，著名作家塔耶卜·萨利赫（Tayeb Salih，1929—2009）比肩。萨利赫用阿拉伯语创作的《迁徙北方的季节》（*Season of Migration to the North*，1966）等小说让苏丹文学走进了20世纪的世界文学。马哈古卜的英语文学作品以更广阔的视野和更多元化的维度，探索苏丹社会历史发展的困境，将苏丹社会、历史、宗教、文化等各个方面立体地多方位地呈现给世界。马哈古卜的文学作品是苏丹社会历史发展的真实写照，构成了苏丹社会历史发展的一幅幅凄美壮观的多彩图景。

（文/上海师范大学 朱伊革）

# 埃及文学概况

　　埃及，全称为阿拉伯埃及共和国，大部分位于非洲东北部，地跨亚、非两洲，西与利比亚为邻，南与苏丹交界，东临红海，北临地中海。埃及为典型的沙漠之国，世界最长的河流尼罗河从南到北贯穿埃及，被称为埃及的"生命之河"。苏伊士运河扼欧、亚、非三洲交通要冲，沟通红海和地中海，连接大西洋和印度洋，具有重要战略意义和经济意义。埃及官方语言为阿拉伯语，科普特人会使用由古埃及语演变来的科普特语。

　　埃及是阿拉伯文学的沃土。从古代的神话、寓言、诗歌，到今天的长短篇小说和戏剧，埃及一直都是阿拉伯世界的执牛耳者。埃及文学人才辈出，塔哈·侯赛因被誉为"阿拉伯盲人文豪""阿拉伯文学一代宗师"。曾获诺贝尔文学奖的现代文学大师纳吉尔·马哈福兹，一生共创作 46 部中、长篇小说和短篇小说集。

　　埃及英语文学近年来开始有所发展，它不仅体现了埃及丰富的历史和文化传统，还展示了埃及作家在用英语表达和创作过程中的创新与适应。埃及英语文学在形式和主题上也显示出一定的创新。一些作家尝试将传统的埃及叙事方式与现代西方文学技巧结合起来，创造出新的表达形式。有的作家在其作品中融入了埃及神话元素，有的则采用了非线性叙事结构，这些都使得埃及英语文学作品具有了独特的艺术魅力。大多数埃及英语文学作品的读者群是国际读者，这在一定程度上限制了其在国内的影响力和发展。随着全球化的深入和信息技术的发展，埃及英语文学正逐渐获得更广泛的国际认可，成为连接埃及与世界的重要文化桥梁。

第十八篇

艾赫达夫·苏维夫
小说《矶鹬》中的流散女性身份困境

艾赫达夫·苏维夫

Ahdaf Soueif, 1950—

## 作家简介

艾赫达夫·苏维夫（Ahdaf Soueif，1950— ）是当代著名的埃及裔英国女作家，也是跨文化写作的杰出代表。1950年出生于开罗一个中上层知识分子家庭。父亲为心理学家，母亲长期从事英语文学和比较文学研究，曾任开罗大学英语系主任，是国家文学艺术奖获得者。艾赫达夫·苏维夫七岁时跟随父母亲前往英国，在阿拉伯语和英语的双语环境中度过自己的童年。1971年，艾赫达夫·苏维夫从开罗大学英语文学专业毕业，1973年获得开罗美国大学的硕士学位，后赴英国兰卡斯特大学留学，专攻文体论，获得博士学位。在与英国诗人和传记作家伊恩·汉米尔顿（Ian Hamilton）结婚后，艾赫达夫·苏维夫基本生活在伦敦。尽管如此，她一直与埃及文学界保持联系，经常出席的文学会议，并与其他女性艺术家关系密切。同时，她活跃于巴勒斯坦的文学界，于2008年发起巴勒斯坦文学节，并担任创始主席一职。现常住于温布尔登，就职于当地的伊斯兰研究中心。苏维夫的移民经历使她深刻体会到东西方之间的差异，因此，她的作品常涉及东西方文化的碰撞。

苏维夫著有短篇小说集《阿依莎》（*Aisha*，1983）和《矶鹬》（*Sandpiper*，1996），前者曾入选英国《卫报》小说奖最终候选名单；后者曾在开罗国际图书展上被评为最佳短篇小说集。《矶鹬》后经重新整理，以短篇小说集《我想你》（*I Think of You*，2007）之名出版。其首部长篇小说《在太阳眼中》（*In the Eye of the Sun*，1992）曾引起西方和阿拉伯文学批评界的热议，她的另一部长篇小说《爱的地图》入围1999年的布克奖，她是首位获得布克奖提名的阿拉伯人。苏维夫也是《卫报》的文化和政治评论员，她一直积极报道埃及革命并于2012年1月出版了《开罗：我的城市，我们的革命》（*Cairo: My City, Our Revolution*）。

## 作品节选

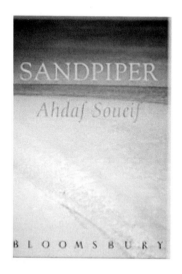

《矶鹬》（*Sandpiper*，1996）

I looked out to sea and, now I realize, I was trying to work out my coordinates. I thought a lot about the water and the sand as I sat there watching them meet and flirt and touch. I tried to understand that I was on the edge, the very edge of Africa; that the vastness ahead was nothing compared to what lay behind me. But even though I'd been there and seen for myself its never-ending dusty green interior, its mountains, the big sky, my mind could not grasp a world that was not present to my senses. I could see the beach, the waves, the blue beyond, and cradling them all, my baby.

I should have gone. No longer a serrating thought but familiar and dull. I should have gone. In that swirl of amazed and wounded anger when, knowing him as I did, I first sensed that he was pulling away from me, I should have gone. I should have turned, picked up my child, and gone.[1]

我望向大海时，试图计算出我所在的坐标。我坐在海滩上看着海水与沙滩相遇、调情、抚摸，我陷入了深思。我试着去理解我正处在非洲的边缘；前方的广阔与我身后的相比微不足道。但是，即使我亲自去过那里，亲眼看到了那片永无止尽的灰蒙蒙的绿色山丘，那辽阔的天空，我还是无法理解这个陌生的世界。我能看见海滩、海浪、远处的蓝色海洋，我的宝贝正在那儿玩耍。

[1] Ahdaf Soueif, *I Think of You*, New York: Anchor Books, 2010, pp. 119-120.

　　我应该离开这里。这个想法不再突兀，而是越来越坚定。我应该离开的。当我第一次发现他想离我远去的时候，当我被震惊和愤怒情绪笼罩的时候，我就应该离开他。我应该抱起我的孩子，转身离开。

（陈彤 / 译）

## 作品评析

# 《矶鹞》中的流散女性身份困境

## 引 言

艾赫达夫·苏维夫是当代著名的埃及女作家和政治文化评论家,不仅在阿拉伯国家家喻户晓,在英语世界也有广泛的影响力。其短篇小说集《矶鹞》(*Sandpiper*,1996)的阿拉伯文改编版《生活的饰物》(*Zīnah al-ḥayāh*,1996)曾在开罗国际图书展上被评为最佳短篇小说集。她的小说作品部部热销,且多由英国著名的布鲁姆斯伯里(Bloomsbury)出版社首版发行。苏维夫在英国和埃及之间的漂泊生活以及她的跨国婚姻,为她的写作提供了丰富的灵感[①]。移民经历让她对东西方文化的差异和矛盾有了深刻的理解。因此,跨文化体验成为她小说的一个重要主题。她的作品中经常出现东西方文化的碰撞和交流,如埃及的民族主义、对西方霸权偏见的回应等。《矶鹞》反映了移民对故乡的思念之情,从不同的角度探索了流散群体归属感的丧失和在异乡的不适经历,表达了对回家的渴望。此外,她还注重刻画来自不同文化背景的女性在家庭、爱情和自我身份之间的转变和斗争。本文探讨苏维夫短篇小说《矶鹞》中女主人公在流散过程中的女性身份困境及其原因,以此来说明苏维夫在《矶鹞》这篇小说中重新定义自我身份的努力以及对流散女性的关注。

---

① Mira Hafsi, "Displacement and Identity in Ahdaf Soueif's Sandpiper and Melody", *AWEJ for Translation & Literary Studies*, 2017, 1(4), p. 96.

# 一、《矶鹬》及流散身份困境理论

《矶鹬》选自同名短篇小说集，讲述了一位英国女人嫁给埃及男人并跟随丈夫到异乡生活的故事。作者通过主人公对婚姻的回忆，将过往与现实联系起来。从叙述者的回忆中，我们得知他们的故事始于爱情，却终于文化的差异。从英国到埃及，文化和身份的差异带给主人公巨大的落差，同时她还面临无法被同化的困境。小说描绘了流散女性的身份危机，突出了移民经常面临的跨文化遭遇、同化和适应等问题。读者可以体会到女性角色在孤独、爱和失落中的挣扎。"她被迫做出选择，但未能取得平衡。"①作品反映了移民对故乡的思念和对新环境不适应的情绪困境，以及因身份杂糅而带来的困惑。冲突的层次包括国籍认同、性别角色和自我选择的斗争。除了移民常见的文化身份冲突，故事还强调了女性身份冲突。随着女儿的出生，女主人公面临着身体和情感上的双重变化，对丈夫的爱将她带到埃及，而当面临身份困境时，对女儿的爱又不允许她离开埃及，回到故乡。随着母亲这一角色的诞生，女性自我的丧失被表现出来。在阿拉伯文学界，大部分作品的主题是书写阿拉伯人的流散经历，而苏维夫引入了一个相反的视角：一个流离失所的西方女性只身来到埃及的流散经历。作者采用第一人称叙事，让读者体验叙述者的心灵旅程，并通过她的眼睛看世界。在整个故事中，我们不知道主人公的名字，但流散生活的痛苦和困惑通过主人公表现了出来。

矶鹬是一种栖息于沿海滩涂、沙洲、山地稻田以及溪流、河流两岸的鸟类。矶鹬繁殖于欧亚大陆，冬季南飞至非洲、南亚次大陆、东南亚及澳大利亚。作者以"矶鹬"为题，一是因为矶鹬是沙滩上最常见的鸟类；二是因为看到从欧亚大陆迁徙而来的矶鹬便联想到自己的移民身份，不禁心生同病相怜之感；三是期望

---

① Raji Narasimhan, "Gender, Nation and Identity in Ahdaf Soueif's Sandpiper", *Indian Journal of Research*, 2016, 3(5), p. 478.

女儿露西能像小矶鹞一样，经过父母的引导，长大后能独立自主地生活，找寻自己的一片天地。

在文化研究中，术语"diaspora"是指"群体暴力分散和重新安置的不同过程，这些过程往往是由持续困扰后代的集体创伤事件造成的"[1]。国内学者认为"diaspora"译为"流散"最妥，首字母大写"Diaspora"一词是犹太人移民和宗教文化传播的结果；首字母小写"diaspora"是指由于各种原因在世界各地形成的散居的少数民族群体，它已成为学者们常用来指代各种移民群体的一个共同术语[2]。广义地说，流散文学可以被视为移民文学的一个范畴。具体来说，流散文学是具有个人流散生活经历的流散作家的创作，是表现个人或群体流散生活的各种文学作品。

加布里埃尔·谢菲尔德（Gabriel Sheffield）提出了两个重要的术语：古典侨民和现代侨民[3]。前者指在全球化之前(主要是第二次世界大战结束之前)的众多散居海外的群体；后者指的是传统散居侨民的后代和受全球化驱动的新移民。他们大多保留着对祖国的记忆和想象，积极构建与社会群体的联系，参与祖国的各种社会活动，不愿意被完全同化。同时，他们与自己所处的国家和社会各阶层广泛交流，参与他们的活动，保持着自己的特点和传统价值观。

侨民写作的一个重要现象是对民族和文化身份的研究。萨尔曼·拉什迪（Salman Rushdie）说："我们的身份既是多面的，又是片面的。有时我们觉得自己跨越了两种文化；有时，我们会两头落空。"[4]由于流散的写作是在两个或两个以上的民族文化之间，其身份不可能是单一的，而是多重的。众所周知，家是一个基本概念，它给人归属感，是人的"根"。当一个人离开熟悉的地方，移居

---

[1] Waltraud Kokot, *Diaspora, Identity and Religion: New Directions in Theory and Research*, Khaching Tololyan and Carolin Alfonso: Routledge, 2004, p. 73.

[2] 杨中举：《"Diaspora"的汉译问题及流散诗学话语建构》，《山东师范大学学报（人文社会科学版）》，2016 年第 02 期，第 39 页。

[3] Gabriel Sheffield, "A New Field of Study: *Modern Diasporas in International Politics*", Gabriel Sheffield ed., Modern Diasporas in International Politics, London: Croom Helm, 1986, p. 64.

[4] Salman Rushdie, *Imaginary Homelands: Essays and Criticism, 1981-1991*, London: Granta, 1991, p. 14.

到另一个国家时，就会产生身份的失落感。一些人愿意接受新的文化，而另一些人则是被动接受。

## 二、流散身份困境

《矶鹞》以第一人称的视角，将回忆与当下发生的事情穿插叙述，向读者讲述了一段跨国情缘。主人公与丈夫十二年前在英国相遇、相爱，四年后结为夫妻并定居埃及，婚后第二年生下女儿露西。开篇是一段景色描写，从主人公的窗户向外望去，是一条白色石头砌成的小径，小径旁有一堵矮矮的白墙，细碎的白沙不时从小径的白色石头上飘过。沿着小径一直走，会看见一片白茫茫的沙滩，沙滩尽头便是汪洋大海。此处便是故事发生的地方，埃及的亚历山大港，他们每年夏天都会来这里度假。亚历山大港是埃及地中海沿岸的一个港口，是非洲和欧洲经济、文化交流的中心。故事的背景设在亚历山大港，象征着丈夫和妻子来自两种文化背景的家庭结构。两种文化未完全融合，意味着他们的跨国婚姻表面似乎是和谐的，但实质并不融洽。

和大多数婚姻一样，一开始总是美好的。婚后第一年，当他们来亚历山大港度假时，她回忆道："第一个夏天没有惆怅，那时我的工作就是在这个全新的地方，全身心地爱我的丈夫。"①尽管来到一个陌生的地方，但那时主人公沉浸在新婚的喜悦中，深爱着自己的丈夫，对异乡的不适应被新鲜感和对丈夫的爱掩盖。他们在亚历山大港以西的海滨别墅里度过一整个夏天，一切对她而言都是新鲜而有趣的。阿拉伯文字、双陆棋甚至她的丈夫，这个她曾在英国相处了四年的爱人。她看着他在家乡的沙滩上冲浪，玩着自己擅长的游戏，和自己的家人在一起。她仿佛看到了一个全新的他，她爱这个更完整的他。夕阳下，年轻的夫妻在

---

① Ahdaf Soueif, *I Think of You*, New York: Anchor Books, 2010, p. 118.

海边散步，一个英国人，一个埃及人，虽然他们肤色不同，但阳光下，他们的爱是那么炙热而又炫目。这一年的夏天新鲜而甜蜜。

可当新鲜感褪去，回归平静的生活，东西方文化和生活习惯的差异便显现出来，冲突便随之而来。差异体现在生活环境上：

在卡杜纳的市场上，斑驳的红色尸体躺在木制摊位上，被灰色的塑料遮篷遮蔽。起初，我看见苍蝇在肉上成群结队地飞来飞去。然后，在灰色的塑料布上，我看到了秃鹫。它们像英国广场上的麻雀一样栖息着，但它们更沉重，安静地沉默着。①

在开罗卡杜纳的肉类市场上，苍蝇成群地飞来飞去，秃鹫就像英国广场上的麻雀一样随处可见。当地人对秃鹫没有恐惧，习以为常。而作为一个习惯了工业文明的现代成果的英国女性，面对非洲堪忧的卫生状况，显然会感到不适。非洲炎热的气候、强烈的日照让一个习惯了凉爽湿润气候的英国人苦不堪言。她时常怀念家乡的雨天，想念雨后挂满水滴的树叶，"我用湿手捂着脸，想象着被雨水打湿的灰色石板屋顶。我想象着那些树，那些在风中沙沙作响的树，当雨停了，从它们的叶子上释放出新的水滴。"②差异还体现在生活习惯上。她丈夫家里有位老保姆乌姆·萨比尔，无论是在开罗还是在海边度假，家里的一切琐事都是老保姆操办。刚开始，主人公想帮忙，却被老保姆一把抢过吸尘器。主人公的帮忙在老保姆看来是对她工作的一种羞辱，而女主人该做的是保持手部柔软，去休息。作为一名独立自主的英国女性，在英国时，她有自己的工作、事业。而埃及上层社会的妇女不仅不工作，连家庭事务都有人代劳。她能做的似乎只剩下摆弄花朵，主持晚宴。此外，埃及人的习俗对她来说也是陌生的。露西出生后，老保姆

---

① Ahdaf Soueif, *I Think of You*, p. 122.

② Ahdaf Soueif, *I Think of You*, p. 122.

将屋子里的镜子全部盖上，以防止婴儿看到镜子里的影像。这是种迷信风俗，但她尊重老保姆的信仰，并未阻止这种行为。

而造成主人公流散身份困境的因素除了内在的不适应，还有外在的压力和排挤。她曾试图做出努力和改变，却遭到了来自社会的歧视和阻碍。当她想要展示一下厨艺去买菜时，当地商家就想利用她的外籍身份哄抬物价，谋取钱财，这伤害了她渴望融入埃及社会的心，同时反映了流散人群在异乡遭到当地人排斥的现实。与此同时，她也逐渐意识到自己无法融入新的文化以满足丈夫的期望和要求。她的丈夫希望她能很快适应埃及的社会环境和文化规范，但结果令他失望。尽管结婚已经八年，她却还没有学会阿拉伯语，难以记住别人的名字，不了解政治的细节。这些障碍不仅使她无法真正融入当地社会，还变成了他们感情破裂的导火索。她的外国人身份曾经让人羡慕，而现在却成为他们之间矛盾的焦点。最终，这对夫妻在语言、心理、文化和生活条件上的差异变得不可逾越。

从西方世界到阿拉伯世界，跟随丈夫离开英国来到埃及，脱离了熟悉的环境，主人公发现自己夹在两种截然不同的文化之间。她感到孤独、困惑，与社会脱节，缺乏归属感。她不知自己归属何方。主人公构建物质身份的过程是一个自我他者的过程。她认识到自己的差异性和自身不愿完全同化的意志[1]。她对故乡的思念和渴望都体现了她对自己英国人身份的执着。她希望融合，却发现困难重重，同化的难度是内在和外在共生的。于是久而久之，她伪装起自己，假装融入是她被迫做出的权衡之策。

---

[1] Mira Hafsi, "Displacement and Identity in Ahdaf Soueif's Sandpiper and Melody", *AWEJ for Translation & Literary Studies*, 2017, 1(4), p. 104.

# 三、女性身份困境

《矶鹞》中的主人公不仅身陷思念故土和难以融入异乡的困境中，还深陷在爱情的丧失和"母亲"这一身份带给她的责任枷锁中。苏维夫用批判的眼光审视这段跨国婚姻，其中不难看出作者自身的影子。苏维夫的跨文化经历和失败的跨国婚姻使其对女性身陷困境的心理描写极为细致。婚姻的失败使这个女性角色饱受折磨，她渴望过去的幸福时光，但最终爱情的疏远使她重新开始思考自我的价值，母亲的身份使其更加坚强和独立。

跟随主人公的回忆，我们可以得知，故事最早应该追溯到十二年前的英国，两个年轻的生命相遇相爱。他们曾在英国生活了四年。像大多数年轻情侣们一样，他们住在公寓里。他会在公交车站等她下班，他们会在不下雨的周末去公园看报纸，他们会一起看电影到深夜。她第一次踏上非洲的土地是在九年前。在开罗，她第一次见到了他的家人。后来，在开罗的一家烛光餐厅里，他向她求婚了，她顺理成章地嫁给了他。当时一切是那样美好，尼罗河的滚滚水流见证了他们那一刻的幸福。当他们分别时，他紧紧抱住她，诉说着不舍。于是她为他离开祖国，远赴他乡。在尼日利亚的上空遭遇迫降时，她发现自己在危难之时第一个想的便是他。

当我活下来的那一刻，第一个想到的是他的名字。他的名字就像一个护身符，在极端情况下，所有与他无关的东西都从我的生命中被抹去了。我的生活，在我面前再次展开，闪烁着各种可能性，注定要和他的生活融合在一起。①

---

① Ahdaf Soueif, *I Think of You*, p. 126.

经历了一番生死后，她更加坚定了和他在一起的想法。起初，这场奔赴是因为爱情。从主人公的回忆中拉回到现实，我们发现，这段爱情未能经受住婚姻的打磨。他们之间关系的破裂似乎是突然的，作者没有明说他们之间发生了什么。但是从叙述中，我们或许能猜出一二，或许是丈夫的出轨，或许是自己无法融入埃及社会激怒了丈夫。总之，爱情的幻灭无疑给主人公沉重的打击，她称自己"病了"，她像生了一场大病，一蹶不振。

我看着他消失——不是消失，是溜走，逐渐远去。他不想走的，他也没有安静地离开，他让我抱着他，却不告诉我如何去抱。一个仙女教母，当我们对她的魔法的信任消失的一瞬间，便变成了一个悲伤的老妇人，她的魔杖变成一根无用的木棍。[1]

对于丈夫的疏远，主人公想挽回，却毫无办法。我们可以感受到她对爱情幻灭的悲伤与无奈。她想要嘶吼却出不了声。语言、心理、文化和生活条件的差异在两者之间筑起不可逾越的鸿沟，导致这段跨文化婚姻的最终破裂。当他们住在英国的公寓时，他会等她下班回家。然而，在埃及的这个"家"，她没有工作，没有收入。她甚至不需要做家务，唯一要做的就是扮演好女主人的角色。她失去了自我，像一个没有灵魂的躯壳，只能依附丈夫生存。曾经，她以为自己是被丈夫需要的，是丈夫离不开自己，她以为自己是独一无二的。后来她渐渐发现，她的丈夫所需要的只是一个"可以在家"的妻子。男权社会对女性灌输的期望和要求，使得大多数埃及女性将男性和社会对她们的要求内化到自己的行为准则中，从而掩盖了女性的从属地位和受到的不平等待遇。然而，来自西方社会的主人公习惯了独立自主。因此，叙述者陷入了坚持独立还是顺从埃及社会对女性标准的艰难抉择中。

---

① Ahdaf Soueif, *I Think of You*, 2010, p. 124.

如果说对爱情的追求将她带入目前的困境中，那么，对女儿的不可割舍的爱则限制了她逃离困境的步伐。在亚历山大港的第二个夏天，是他们相爱的第六年，她怀孕了，这一年她29岁。这年夏天，她坐在沙滩上，将手放在肚子上，乐此不疲地感受着胎动，充满对新生的期待和喜悦。

17年来，我的身体一直在为怀孕做准备，而此刻，我正孕育着新的生命，我的大脑和心灵都感到满足。大自然的造化令人钦佩；我想要这个孩子是因为我爱她的父亲。我的身体对他爱不释手，他的孩子在我的身体里很舒适，我希望他也能感到舒适。①

她感到内心充盈而富足，因为爱她的丈夫，所以爱这个即将到来的生命。孩子因母亲对父亲的爱而诞生，但很快就取代了父亲。曾经她的丈夫也确实需要她，她感到被需要。然而，当她把养育的精力转移到露西身上时，她对丈夫的需要就减少了，他们之间的状态发生了改变，需要与被需要的关系产生了动摇。主人公在妻子和母亲的角色之间没有取得平衡。她的丈夫渐渐淡出了她的视线，而女儿则因为母亲的天性而成为她关注的焦点。

我看着一个巴基斯坦女人在机场的沙发上睡觉……，她的胳膊上戴着金手镯，耳朵和左鼻孔都镶着金饰，脖子上戴着金项链。她的儿子蜷曲着躺在她怀里，一只脚夹在她两膝之间，她的鼻子挨着他的头发。她所有的财富都在那张沙发上，所以她睡得很香。②

这段描写通过描绘主人公眼中的巴基斯坦女人，特别是她的所有财富：金饰和孩子，来显示普天之下母亲和孩子的天然联系。对于母亲来说，孩子就是自己

---

① Ahdaf Soueif, *I Think of You*, 2010, p. 119.

② Ahdaf Soueif, *I Think of You*, p. 120.

的全部。随着子女的诞生，母亲自我的丧失被表现出来，她的重心不再是自己。全文没有出现主人公的姓名，但我们可以称呼其为"露西妈妈"，这更加暗示着伴随母亲身份的诞生，自我意识开始消散。

女儿对她来说是一个复杂的存在。一方面，女儿是她的财富，她的宝藏，她爱她的女儿胜过一切。她享受被女儿需要的感觉；另一方面，女儿是牵绊，是责任。当她想要逃离身处的困境时，对女儿难以割舍的爱把她困在异国他乡，无法踏上归途。露西在埃及出生，在埃及长大，那里就是她的家。她不忍心将女儿带走，不忍心露西离开家人，不忍心女儿也经历流散的痛苦。主人公称露西为"他的女儿"，表明虽然他们是她的父母，但她认为露西更属于她的父亲。所以她选择为了女儿留下来，暂时呆在一个更适合女儿成长的环境中。把家庭的团结置于自己的疏离感之上。她选择伪装起自己，等待女儿长大。

随着女儿日渐长大，主人公意识到露西对她的需要正在减少，这透露出一位母亲对女儿的不舍和自己不再被需要的怅然若失。女儿是她唯一的玩伴，是她唯一可以分享喜悦的人。她在这个家唯一能做的就是当女儿和父亲游泳归来，带女儿去浴室洗澡。这是所有母亲共同的矛盾心理：一方面希望子女早日长大，能够独当一面；另一方面又害怕子女太快长大，不再需要自己。

主人公女性身份的冲突来源于没有协调好自我、母亲和妻子等身份的关系。子女的诞生带来的身体和心理上的转变，很容易让人迷失自我，从而造成自我的丧失。女儿长大后，她将更多关注自己的困境，找寻适合自己度过一生的方式。双重身份困境下，主人公试图寻找出路。她学会伪装自己，收起自己的异域性，使自己的外国身份不那么突出。


后来，家里其他人都回来了。大家洗了澡，换了衣服，每个人都坐在烧烤旁，吃着喝着，他们谈论政治，讲笑话，声音中充满无助的讽刺和放肆的大笑。我这时会开始做刺绣，开始做那些奥布松挂毯，我们都认为这是露西嫁妆的必需品。①

---

① Ahdaf Soueif, *I Think of You*, p. 125.

　　然而，在私下里，她用素雅的小枕头代替埃及绣花长枕头。她将那些绣花长枕头都塞进衣柜里。这些绣花枕套上明亮鲜艳的绣花象征着尽管主人公想要掩盖婚姻中的不和谐和差异，但差异一直在那里，无法摆脱。用素雅的枕头是她对自己喜好的坚持和沉默的反抗。她有自己的目标，为了女儿的成长，暂时留在埃及，让女儿在完整的大家庭中长大。她优先考虑家庭的团结，暂时放下自己心中的疏远和隔阂。开篇主人公走在路上，不愿打扰一粒沙子，象征着她渴望顺从，希望维持婚姻的和平。然而，在平静生活的表象下，她已经决定一旦女儿长大就离开。表面的同化掩盖不了她内心的漂泊感，深层的同化是无法达到的。在故事的结尾，当她走到海边，走到她居住的大陆的边缘时：

　　但是，在扇形的边缘以外，二十英尺，不，十英尺远的地方，那些数量巨大的燥热而又静止的沙子，海浪对它们又了解多少呢？海滩又知道什么叫深度，什么是寒冷吗？那洋流，你看到了吗？那里的水变得更蓝了。①

　　主人公的思想就像深海，对自己的人生决定有着惊人的想法。冰冷的大海不仅代表着主人公，还代表着她的国家，热沙代表她的丈夫和埃及，他们的跨文化婚姻就像海浪轻咬着沙滩。主人公暗示沙子和大海对彼此的了解有限，象征着两者之间无法跨越的文化鸿沟。这对夫妇曾错误地认为爱情可以掩盖他们之间的巨大差异。人总是在困境中成长，在婚姻的失败和流散的孤独中，她最终变得更加坚强和独立。

---

① Ahdaf Soueif, *I Think of You*, p. 127.

# 结　语

　　不同于大部分书写阿拉伯人流散经历的后殖民写作，《矾鹬》聚焦于西方女性主体的流散经历，通过探索阿拉伯海湾西方女性的流散生活，苏维夫的创作从后殖民旅行叙事转向了全球层面的流散叙事，其视角多元而非单一。小说中弥漫着思乡之情，她的女性角色渴望一个高度亲密的家庭关系的构建，通过对自我身份困境和流散身份困境的斗争，她的人物实现了解放和重组，找到了构建自我身份的途径。

（文/上海师范大学 陈彤）

# 参考文献

## 一、著作类

### 外文著作

1. Abidde, Sabella Ogbobode and Manyeruke Charity. *Fidel Castro and Africa's Liberation Struggle.* London: Lexington Books, 2020.

2. Aboulela, Leila. *Minaret.* London: Bloomsbury, 2005.

3. Alam, S. M. Shamsul. *Rethinking the Mau Mau in Colonial Kenya.* New York: Palgrave Macmillan, 2007.

4. Alexander, Jeffery C., Eyerman, Ron, Giesen, Bernard, et al. *Cultural Trauma and Collective Identity.* Berkeley: University of California Press, 2004.

5. Alfonso, Carolin, Kokot, Waltraud and Tölölyan, Khachig. *Diaspora, Identity and Religion New Directions in Theory and Research.* London: Routledge, 2004.

6. Bell, Bernard W. *The Afro-American Novel and Its Tradition.* Amherst: University of Massachusetts. 1987.

7. Buber, Martin. *Between Man and Man.* Boston: Beacon, 1955.

8. Carter, Ian. *Railways and Culture in Britain.* Manchester: Manchester University Press, 2001.

9. Dau, John Bul and and Martha A. Akech. *Lost Boy, Lost Girl: Escaping Civil War in Sudan.* Washington D.C.: National Geographic Society, 2010.

10. Dickens, Charles. *Dombey and Son.* Hertfordshire: Wordsworth Editions Limited, 1995.

11. Farah, Nuruddin. *Links.* London: Penguin Books, 2005.

12. Freud, Sigmund. *The Basic Writings of Sigmund Freud*. Trans. A. A. Brill. New York: Random House, 1938.

13. Freud, Sigmund. *The Interpretation of Dreams*. Trans. James Strachey. New York: Avon Books, 1965.

14. Friedländers, Saul. *Probing the Limits of Representation: Nazism and the "Final Solution"*. Cambridge: Harvard University Press, 1992.

15. Gatore, Gilbert. *The Past Ahead*. Trans. Marolijn De Jager. Bloomington: Indiana University Press, 2012.

16. Glissant, Édouard. *Poetics of Relation*. Trans. Wing Betsy. Ann Arbor: University of Michigan Press, 1997.

17. Gurnah, Abdulrazak. *Afterlives*. London: Bloomsbury, 2020.

18. Gurnah, Abdulrazak. *Desertion*. London: Bloomsbury, 2006.

19. Gurnah, Abdulrazak. *Gravel Heart*. London: Bloomsbury, 2017.

20. Gurnah, Abdulrazak. *Pilgrims Way*. London: Bloomsbury, 1988.

21. Gurnah, Abdulrazak. *Paradise*. New York: The New Press, 1994.

22. Hall, Stuart. "Ethnicity: Identity and Difference", *Becoming National: A Reader*. Eds. G. Eley & R.G. Suny. New York: Oxford University Press, 1996.

23. Hall, Stuart. "Minimal Selves", *Identity: The Real Me*. Ed. Homi K. Bhabha. London: Institute for Contemporary Arts, 1987.

24. Hand, Felicity. "Becoming Foreign: Tropes of Migrant Identity in Three Novels by Abdulrazak Gurnah", *Metaphor and Diaspora in Contemporary Writing*. London: Palgrave Macmillan, 2012.

25. Hegel, Georg Wilhelm Friedrich. *The Philosophy of History*. Trans. Sibree J. New York: Dover Publications, 1956.

26. Imbuga, Francis Davis. *Betrayal in the City*. Nairobi: East African Publishing House, 1976.

27. Kenny, Kevin. *Diaspora: A Very Short Introduction*. New York: Oxford University Press. 2013.

28. Kristeva, Julia. *Desire in Language: A Semiotic Approach to Literature and Art*. Trans. Thomas Gora, Alice Jardine, and Leon S. Roudiez. New York: Columbia University Press, 1980.

29. Lacan, Jacques. *The Four Fundamental Concepts of Psycho-Analysis*. Trans. Alan Sheridan. Ed. Jacques-Alain Miller. New York: W. W. Norton, 1981.

30. Levathes, Louise. *When China Ruled the Seas: The Treasure Fleet of the Dragon Throne, 1405–1433*. New York: Simon and Schuster, 1994.

31. Lewis, Simon. *British and African Literature in Transnational Context*. Gainesville: University Press of Florida, 2011.

32. Loflin, Christine. *African Horizons: The Landscapes of African Fiction*. Westport, Conn: Greenwood Press, 1998.

33. Mahjoub, Jamal. *A Line in the River: Khartoum, City of Memory*. London: Bloomsbury Publishing, 2018.

34. Mahmood, Mamdani. *Imperialism and Fascism in Uganda*. London: Heinemann Educational Books, 1983.

35. Makumbi, Jennifer Nansubuga. *Let's Tell This Story Properly*. Oakland: Transit Books, 2019.

36. Mansur, Abdalla Omar. "Contrary to a Nation: The Cancer of the Somali State", *The Invention of Somalia*. Ed. A. J. Ahmed. Lawrenceville: The Red Sea Press, 1995.

37. Maxon, Robert. *East Africa: An Introduction History*. Morgantown: West Virginia University Press, 2009.

38. Mirmotahari, Emad. *Islam in the Eastern African Novel*. New York: Palgrave Macmillan, 2011.

39. Mukasonga, Scholastique. *Our Lady of the Nile*. New York: Archipelago Books, 2012.

40. Mwangi, Meja. *The Mzungu Boy*. Toronto: Groundwood Books, 2011.

41. Njau, Rebeka, and Gideon Mulaki. *Kenya Women Heroes and Their Mystical Power*. Nairobi: Risk Publicatons, 1984.

42. Norman, Miller. *Kenya: The Quest for Prosperity*. Boulder: Westview Press, 1984.

43. Owuor, Yvonne Adhiambo. *The Dragonfly Sea*. New York: Alfred A. Knopf, 2019.

44. Owuor, Yvonne Adhiambo. *Dust*. New York: Alfred A. Knopf, 2014.

45. Rabinow, Paul. *The Foucault Reader*. New York: Pantheon Books, 1984.

46. Reid, Richard J. *A History of Modern Africa: 1800 to Present*. Hoboken: John Wiley & Sons, Inc., 2020.

47. Roscoe, Adrian. *Uhuru's Fire: African Literature East to South*. Cambridge: Cambridge University Press, 1977.

48.Rushdie, Salman. *Imaginary Homelands: Essays and Criticism, 1981-1991*. London: Granta, 1991.

49.Said, Edward Wadie. *Culture and Imperialism*. New York: Alfred A. Knopf, 1994.

50.Said, Edward Wadie. *Orientalism: Western Conception of the Orient*. London: Penguin Books, 1977.

51.Sheffer, Gabriel. *Modern Diasporas in International Politics*. London: Croom Helm, 1986.

52.Soueif, Ahdaf. *I Think of You*. New York: Anchor Books, 2010.

53.Thiong'o, Ngugi wa, Micere Mugo. The *Trial of Dedan Kimathi*. London: Heinemann Educational Books, 1976.

54.Thiong'o, Ngugi wa. *Detained a Writer's Prison Diary*. London: Heinemann Educational Books, 1981.

55.Thiong'o, Ngugi wa. *Dreams in a Time of War: A Childhood Memoir*. New York: Pantheon Books, 2010.

56.Vassanji, Moyez G. *The Magic of Saida*. New York: Random House, 2012.

57.Waugh, Patricia. *Metafiction: The Theory and Practice of Self-Conscious Fiction*. London: Methuen, 1984.

58.White, Hayden. *The Content of the Form: Narrative Discourse and Historical Representation*. Baltimore and London: The Johns Hopkins University Press, 1987.

59.Wright, Derek. *The Novels of Nuruddin Farah*. Bayreuth: Bayreuth University, 2004.

## 中文著作

1.艾·弗洛姆：《爱的艺术》，李健鸣译，上海：上海译文出版社，2008年。

2.艾周昌：《非洲黑人文明》，北京：中国社会科学出版社，1999年。

3.安东·巴甫洛维奇·契诃夫：《万尼亚舅舅·三姐妹·樱桃园》，焦菊隐译，上海：上海译文出版社，2014年。

4.巴赫金：《巴赫金全集》（第四卷），白春仁、晓河、潘月琴等译，石家庄：河北教育出版社，2009年。

5.巴赫金：《巴赫金全集》（第五卷），白春仁、顾亚铃译，石家庄：河北教育出版社，2009年。

6.巴赫金：《巴赫金全集》（第六卷），李兆林、夏忠宪等译，石家庄：河北教育出版社，2009年。

7.巴赫金：《陀思妥耶夫斯基诗学问题》，白春仁、顾亚铃译，北京：生活·读书·新知三联书店，1988年。

8.巴里·温霍尔德，贾内·温霍尔德：《依赖共生》，李婷婷译，北京：台海出版社，2018年。

9.包亚明：《后现代性与地理学的政治》，上海：上海教育出版社，2001年。

10.戴维·拉姆：《非洲人》，张理初、沈志彦译，上海：上海译文出版社，1998年。

11.但丁：《神曲·2·炼狱篇》，黄国彬译注，北京：外语教学与研究出版社，2009年。

12.E.M.福斯特：《小说面面观》，杨淑华译，北京：人民文学出版社，2021年。

13.恩格斯：《家庭、私有制和国家的起源》，中共中央马克思恩格斯列宁斯大林著作编译局译，北京：人民出版社，1999年。

14.詹姆斯·恩古吉：《大河两岸》，蔡临祥译，北京：外国文学出版社，1986年。

15.斐迪南·滕尼斯：《共同体与社会：纯粹社会学的基本概念》，林荣远译，北京：北京大学出版社，2010年。

16.弗洛伊德：《梦的解析》，青闰译，北京：中国城市出版社，2011年。

17.弗洛伊德：《自我与本我》，张唤民、陈伟奇、林尘译，上海：上海译文出版社，2011年。

18.高晋元：《肯尼亚》，北京：社会科学文献出版社，2004年。

19.海德格尔：《存在与时间》，陈嘉映、王庆节译，北京：生活·读书·新知三联书店，1999年。

20.黑格尔：《美学》，朱光潜译，北京：商务印书馆，1996年。

21.华莱士·马丁：《当代叙事学》，伍晓明译，北京：中国人民大学出版社，2018年。

22.惠特曼：《草叶集》，楚图南、李野光译，北京：人民文学出版社，1994年。

23.贾英健：《全球化背景下的民族国家研究》，北京：中国社会科学出版社，2005年。

24.金莉、李铁：《西方文论关键词》（第二卷），北京：外语教学与研究出版社，2017年。

25.泰居莫拉·奥拉尼央、阿托·奎森：《非洲文学批评史稿》，姚峰、孙晓荫、汪琳等译，上海：华东师范大学出版社，2020年。

26.李琛：《阿拉伯现代文学与神秘主义》，北京：社会科学文献出版社，2000年。

27.刘鸿武、李新烽：《全球视野下的达尔富尔问题研究》，北京：世界知识出版社，2008年。

28.刘辉：《民族国家构建视角下的苏丹内战研究》，北京：中国社会科学出版社，2011年。

29.鲁迅：《鲁迅全集》，北京：人民文学出版社，1981年。

30.罗刚：《叙事学导论》，昆明：云南人民出版社，1994年。

31.玛格丽特·A.罗斯：《戏仿：古代、现代与后现代》，王海萌译，南京：南京大学出版社，2013年。

32.米歇尔·福柯：《词与物——人文科学考古学》，莫伟民译，上海：上海三联书店，2001年。

33.米歇尔·福柯：《疯癫与文明》，刘北成、杨远婴译，北京：生活·读书·新知三联书店，2012年。

34.莎士比亚：《一报还一报》，彭发胜译，北京：外语教学与研究出版社，2016年。

35.申丹：《叙述学与小说文体学研究》，北京：北京大学出版社，1998年。

36.生安锋：《霍米·巴巴的后殖民理论研究》，北京：北京大学出版社，2011年。

37.西蒙娜·德·波伏娃：《第二性I》，郑克鲁译，上海：上海译文出版社，2011年。

38.拉康：《拉康选集》，褚孝泉译，上海：上海三联书店，2001年。

39.亚理斯多德：《诗学》，罗念生译，上海：上海世纪出版集团，2006年。

40.叶尔米洛夫：《论契诃夫的戏剧创作》，张守慎译，北京：中国戏剧出版社，1985年。

41.叶尔米洛夫：《契诃夫传》，张守慎译，北京：人民文学出版社，1960年。

42.张锦：《福柯的"异托邦"思想研究》，北京：北京大学出版社，2016年。

43.周春：《美国黑人女性主义批评研究》，成都：四川大学出版社，2007年。

44.朱迪思·利斯托威尔：《阿明》，谢和胡译，北京：商务印书馆，1975年。

45.朱迪思·赫尔曼：《创伤与复原》，施宏达、陈文琪译，北京：机械工业出版社，2015年。

46.朱光潜：《西方美学史》，北京：人民文学出版社，2002年。

47.朱立元：《当代西方文艺理论》，上海：华东师范大学出版社，2014年。

48.朱莉娅·克里斯蒂娃：《符号学：符义分析探索集》，史忠义等译，上海：复旦大学出版社，2015年。

49.朱振武：《非洲英语文学的源与流》，上海：上海人民出版社，2019年。

# 二、期刊类

## 外文期刊

1. Abbas, Sadia. "Leila Aboulela, Religion, and the Challenge of the Novel". *Contemporary Literature*, 2011, 52 (3): 430-461.

2. Adelman, Karen. "PW Talks with Yvonne Adhiambo Owuor Crossing the Sea". *Publishers Weekly*, Dec 17, 2018: 116.

3. Anderson, R. Charles. "Do Dragonflies Migrate across the Western Indian Ocean?". *Journal of Tropical Ecology*, 2009, 25 (4): 347-358.

4. Anyang Nyong'o, Peter. "State and Society in Kenya: The Disintegration of the Nationalist Coalitions and the Rise of Presidential Authoritarianism 1963-78". *African Affairs*, 1989, 88 (351): 229-251.

5. Armitage, David. "Water, Water Everywhere". *The Times Literary Supplement*, 2020 (6099): 10-11.

6. Bhattacharya, Mrinmoyee. "Postcolony within the Shadows of Its Past: Genocide in Rwanda through the Works of Sholastique Mukasonga". *Research in African Literatures*, 2018, 49 (3): 83-100.

7. Sugnet, Charles. "Nuruddin Farah's Maps: Deterritorialization and 'The Postmodern'". *World Literature Today*, 1998, 72 (4): 739-746.

8. Doom, Ruddy and Koen Vlassenroot. "Kony's Message: A New *Koine?* The Lord's Resistance

Army in Northern Uganda". *African Affairs*, 1999, 98 (390): 5-36.

9. Eldridge, Michael. "The Rise and Fall of Black Britain". *Transition*, 1997 (74): 32-43.

10. Johnson, Peter. "Unravelling Foucault's 'Different Spaces'". *History of the Human Sciences*, 2006, 19 (4): 75-90.

11. Hafsi, Mira. "Displacement and Identity in Ahdaf Soueif's *Sandpiper and Melody*". *Arab World English Journal for Translation & Literary Studies*, 2017, 1(4): 95-106.

12. Hassan, Waïl S. "Leila Aboulela and the Ideology of Muslim Immigrant Fiction". *NOVEL: A Forum on Fiction*, 2008, 41 (2-3): 298-319.

13. Hitchcott, Nicki. "Between Remembering and Forgetting: (In)Visible Rwanda in Gilbert Gatore's *Le Passé devant soi*". *Research in African Literatures*, 2013, 44 (2): 79-90.

14. Hitchcott, Nicki. "'More than a Just a Genocide Country': Recuperating Rwanda in the Writings of Scholastique Mukasonga". *Journal of Romance Studies*, 2017, 17 (2): 127-149.

15. Hodapp, James. "Imagining Unmediated Early Swahili Narratives in Abdulrazak Gurnah's *Paradise*". *English in Africa*, 2015, 42 (2): 89-108.

16. Kariuki, Claris Gatwiri. "Women Participation in the Kenyan Society". *The African Executive*, 2010 (12): 22-28.

17. Kristof, D. Nicholas. "1492: The Prequel". *New York Times*, June 6, 1999.

18. Lewis, Simon. "Postmodern Materialism in Abdulrazak Gurnah's *Dottie*: Intertextuality as Ideological Critique of Englishness". *English Studies in Africa*, 2013, 56 (1): 39-50.

19. Malak, Amin. "Ambivalent Affiliations and the Post-Colonial Condition: The Fiction of M. G. Vassanji". *World Literature Today*, 1993, 67(2): 277-282.

20. Matray, James I. "Black Hawk Down by Jerry Bruckheimer and Ridley Scott". *The Journal of American History*, 2002, 89 (3): 1176-1177.

21. Mbembe, Achille. "Provisional Notes on the Postcolony". *Africa: Journal of the International African Institute*, 1992, 62 (1): 3-37.

22. Mirmotahari, Emad. "From Black Britain to Black Internationalism in Abdulrazak Gurnah's *Pilgrims Way*". *English Studies in Africa*, 2013, 56 (1): 17-27.

23. Mutonya, Maina. "Crying as We Laugh: Writing Human Rights in Wahome Mutahi's *Prison*

Memoirs". *Journal of the African Literature Association*, 2012, 7 (1): 35-54.

24.Narasimhan, Raji and Mathews, Sushil Mary. "Gender, Nation and Identity in Ahdaf Soueif's *Sandpiper*". *Indian Journal of Research*, 2016, 5 (3): 478-479.

25.Raj, P. Prayer Elmo. "Text/Texts: Julia Kristeva's Concept of Intertextuality". *Ars Artium*, 2015 (3): 77-80.

26.Riggan, William. "Nuruddin Farah's Indelible Country of the Imagination: The 1998 Neustadt International Prize for Literature". *World Literature Today*, 1998, 72 (4): 701-702.

27.Sharma, Vishnu D., and Wooldridge, Frank. "Some Legal Questions Arising from the Exulsion of the Ugandan Asians". *International and Comparative Law Quarterly*, 1974, 23 (2): 397-425.

28.Shukla, I. K. "Murder as Political Manoeuvre". *Economic and Political Weekly*, 1975, 10 (12): 497.

29.Sicherman, Carol. "Kenya: Creativity and Political Repression: The Confusion of Fact and Fiction". *Race and Class*, 1996, 37 (4): 61-71.

30.Skuy, David. "Macaulay and the Indian Penal Code of 1862: The Myth of the Inherent Superiority and Modernity of the English Legal System Compared to India's Legal System in the Nineteenth Century". *Modern Asian Studies*, 1998, 32 (3): 513-557.

31.Solanke, Lyiola. "The Stigma of Being Black in Britain". *Identities: Global Studies in Culture and Power*, 2018, 25 (1): 49-54.

32.Steiner, Tina. "A Conversation with Abdulrazak Gurnah". *English Studies in Africa*, 2013, 56 (1): 157-167.

33.Steiner, Tina. "Writing 'Wider Worlds': The Role of Relation in Abdulrazak Gurnah's Fiction". *Research in African Literatures*, 2010, 41 (3): 124-135.

34.Strauhs, Doreen, and Arac de Nyeko, Monica. "You Don't Have to Be a Dead, Old English Man to Be a Writer". *The Journal of Commonwealth Literature*, 2010, 45 (1): 151-157.

35.Wali, Obiajunwa. "The Dead End of African Literature." *Transition*, 1997(75/76): 330-335.

## 中文期刊

1.白春仁：《巴赫金——求索对话思维》，《文学评论》，1998年第5期，第101-108页。

2.包茂宏：《试析非洲黑人的图腾崇拜》，《西亚非洲》，1993年第3期，第 67-70页。

3.查鸣：《戏仿在西方文学理论中的概念及其流变》，《山东社会科学》，2012年 第5期，第50-54页。

4.陈德成：《论苏非主义的思想渊源》，《中央民族大学学报》，1996年第2期， 36-44页。

5.崔斌：《乌干达阿明政府的民族政策述评》，《河南师范大学学报》（哲学社会 科学版），2009年第4期，第172-175页。

6.代学田：《彼黍离离：非洲风景与殖民主义——〈战时诸梦：童年回忆录〉解 读》，《东方论坛》，2013年第4期，第97-103页。

7.丁雨、秦大树：《肯尼亚乌瓜纳遗址出土的中国瓷器》，《考古与文物》，2016 年第6期，第26-46页。

8.董晓：《试论契诃夫两大戏剧体裁之关系》，《俄罗斯文艺》，2010年第4期， 第13-16页。

9.杜冰蕾：《非洲文学中的中国汉字：〈蜻蜓海〉》，《名作欣赏》，2022年第3 期，第8-11页。

10.韩秀：《从非裔流散视角解读莫里森〈所罗门之歌〉中的双重回归之旅》，《辽 宁师范大学学报》（社会科学版），2021年第4期，第88-95页.

11.好麦特：《苏非主义的"四分法"——以鲁米为例》，《中国穆斯林》，2017 年第5期，第25-28页。

12.李新烽：《一组采写了6年的报道——"踏寻郑和在非洲的足迹"系列报道采写 体会》，《新闻战线》，2005年第9期，第30-32页。

13.林晓妍、卢敏：《法拉赫的〈连接〉与但丁"地狱篇"的互文性》，《当代外 国文学》，2018年第3期，第114-119页。

14.刘涵、高增平、石钺：《散沫花、凤仙花的化学成分及其在化妆品中的应用现 状》，《中国药业》，2014年第1期，第90-92页。

15.刘鸿武、罗建波：《一体化视角下的非洲历史变迁》，《西亚非洲》，2007年 第5期，第5-11页，第79页。

16.卢敏、童玥霖：《肯尼亚历史小说〈蓝花楹之舞〉的隐喻解读》，《名作欣赏》，2021年第36期，第32-35页。

17.卢敏、杜冰蕾：《中非瓷器情缘：〈蜻蜓海〉》，《名作欣赏》，2022年第6期，第24-26页。

18.M.福柯：《另类空间》，王喆译，《世界哲学》，2006年第6期，第52-57页。

19.秦大树：《在肯尼亚出土瓷器中解码中国古代海上贸易》，《中国中小企业》，2018年第10期，第61-65页。

20.沈燕清：《乌干达阿明政府的印度人政策探析》，《世界民族》，2012年第6期，第56-65页。

21.唐大盾：《从基库尤民族主义到泛非民族主义——肯雅塔早期政治思想述评》，《西亚非洲》，2006年第5期，第33-39页，第80页。

22.唐雪琴：《论〈往事随行〉中大屠杀创伤的后现代叙事》，《名作欣赏》，2022年第9期，第36-39页。

23.王涛、王猛：《乌干达圣灵抵抗军产生背景的多维视角分析》，《非洲研究》，2015年第1期，第98-120页，第284页。

24.王战、李宇婧：《非洲妇女赋权瓶颈》，《中国投资》（中英文），2019年第5、6期，第52-53页。

25.吴琼：《他者的凝视——拉康的"凝视"理论》，《文艺研究》，2010年第4期，第33-42页。

26.吴蔚琳：《异药西来：海葯及其源流》，《文化遗产》，2019年第3期，第111-116页。

27.吴文忠、涂力：《浅谈黑格尔的悲剧理论》，《人民论坛》，2011年第2期，第218-219页。

28.夏晓清、孙妮：《国内外蕾拉·阿伯勒拉研究述评与展望》，《合肥工业大学学报》（社会科学版），2017年第5期，第55-59页。

29.严磊：《走向危机：20世纪70年代后的非洲》，《沧桑》，2012年第1期，第47-50页。

30.小康：《非洲奇婚记》，《当代世界》，2000年第3期，第32-33页。

31.杨经建：《神秘主义文化与神秘主义文学——伊斯兰文化与中国当代西部文学

论之一》，《天津社会科学》，2002年第3期，第96-101页。

32.杨中举：《"Diaspora"的汉译问题及流散诗学话语建构》，《山东师范大学学报》（人文社会科学版），2016年第02期，第34-45页。

33.杨中举：《跨界流散写作：比较文学研究的"重镇"》，《东方丛刊》，2007年第2期，第164-176页。

34.张峰：《游走在中心和边缘之间———阿卜杜勒拉扎克·格尔纳的流散写作概观》，《外国文学动态》，2012年第3期，第13-15页。

35.张锦：《"命名、表征与抗议"——论福柯的"异托邦"和"文学异托邦"》，《外国文学》，2018年第1期，第128-138页。

36.朱莉娅·克里斯蒂娃：《词语、对话和小说》，祝克懿，宋姝锦译，《当代修辞学》，2012年第4期，第33-48页。

37.朱伊革：《〈尼罗河交汇线：记忆中的喀土穆〉的叙事艺术》，《名作欣赏》，2022年第3期，第11-14页。

38.朱振武、袁俊卿：《流散文学的时代表征及其世界意义——以非洲英语文学为例》，《中国社会科学》，2019年第7期，第135-158页，第207页。

39.朱振武、陆纯艺：《"非洲之心"的崛起——肯尼亚英语文学的斗争之路》，《外国语文》，2019年第6期，第36-41页。

40.邹威华、伏珊：《伯明翰学派"新族性"文化政治研究》，《复旦外国语言文学论丛》，2018年第1期，第48-53页。

# 三、报纸类

## 中文报纸

1.冯新平：《古尔纳：超越种族和殖民主义的写作》，《北京日报》，2021年10月15日，第13版。

2.卢敏：《阿卜杜勒拉扎克·古尔纳文学创作的广阔世界》，《文艺报》，2021年10月15日，第4版。

3.卢敏、周菁妍：《故乡总在记忆中》，《文艺报》，2021年11月12日，第4版。

# 四、学位论文类

## 外文学位论文

1.Owuor, Yvonne Adhiambo. "*Dragonfly Monsoon*" and Imagined Oceans: In Search of Poem-Maps of the Swahili Seas. Unpublished MPhil Thesis, The University of Queensland, 2015.

2.Pires, Maria José Pereira. Dealing with Appetites: Angela Carter's Fiction. Unpublished PhD Thesis, University of Lisbon, 2013.

## 中文学位论文

1.王恪彦：《肯尼亚国家建构研究（1963—1978）》，上海师范大学硕士学位论文，2018年。

# 五、网址（电子文献）类

## 外文文献

1.ABOC World Wide. "The First Woman by Jennifer Nansubuga Makumbi", History & Literature. https://abocww-directory.com/the-first-woman-by-jennifer-nansubuga-makumbi/2022/01/04 [2021-10-11].

2.Bhalla, Nita. "Polygamy Breeds Poverty for Kenyan Women and Children", Global Citizen, 2018. https://www.globalcitizen.org/en/content/kenya-women-children-polygamy-poverty/ [2021-10-11].

3.Blumberg, Antonia. "How Being Muslim In America Has Changed Since 9/11", HuffPost, September 9, 2016. http://www.huffpost.com [2021-10-11].

4.China Daily, "Is This Young Kenyan Chinese Descendant?", http://www. chinadaily.com.cn / English /doc/2005-07/11/content_459090.htm [2021-1-20]

5.DeWitt, Karen. "Interview with M. G. Vassanji", 2013, March 27. http://www.washingtonindepend

entreviewofbooks.com/index.php/features/interview-with-mg-vassanji [2021-10-25].

6.Gordon, Peter. "*The Dragonfly Sea* by Yvonne Adhiambo Owuor", in Asian Review of Books, http://asianreviewofbooks.com/content/the-dragonfly-sea-by-yvonne-adhiambo-owuor/ [2021-1-20].

7."Idi Amin", https://www.history.com/topics/africa/idi-amin [2022-2-28].

8.Ingham, Kenneth. "Ugnada: Introduction & Quick Facts", View Edit History. https://www.britannica.com/place/Uganda/ [2022-01-04].

9.Magaziner, Dan. "The Work of Historical Fiction", Africa is a Country, April 12, 2017. https://africasacountry. com/2017/04/the-work-of-historical-fiction [2021-10-11].

10.Merriam, Webster. "Reconciliation", https://www.merriam-webster.com/dictionary/reconciliation[2021-12-13].

11.Muchemi-Ndiritu, Irene. "The Blessing of Keli", adda, 2019. https://www.addastories.org/the-blessing-of-kali/ [2021-12-30].

12.Nyeko, Monica Arac. "Strange Fruit", 2004. https://www.author-me.com/fict04/strangefruit.htm [2021-11-30].

13.Parssinen, Keija. Writing as Spiritual Offering: A Conversation with Leila Aboulela, by Keija Parssinen. https://www.worldliteraturetoday.org/2020/winter/writing-spiritual-offering-conversation-leila-aboulela-keija-parssinen World Literature Today [2021-11-23].

14.Patel, Araddhna. "Idi Amin: The Expulsion of South Asians from Uganda", http://manchesterhistorian.com/2017/idi-amin-the-expulsion-of-south-asians-from-uganda/ [2022-3-3].

15.Pepicelli, Renata. "Islam and Women's Literature in Europe. Reading Leila Aboulela and Ingy Mubiayi", Jura Gentium, 2011. http://www.juragentium.org [2021-10-25].

16.Pilling, David. "Afterlives by Abdulrazak Gurnah— Forgotten Africa", https://www.ft.com/content/ea00fcd9-22e0-4e1b-b4f0-0b2e47652ef7 [2021-11-12].

17.Reynolds, Clarence. "M. G. Vassanji: Interview", *Mosaic Magazine*, 2013, April 9. https://mosaicmagazine.org/m-g-vassanji-interview/ [2021-10-25].

18.Rocco, Fiammetta. "A Railroad Runs Through a Tale of Two Kenyas", The Saturday Standard, Feb 19, 2017. https://www.standardmedia.co.ke/nairobi/article/2001229875/a-railroad-runs-through-a-tale-of-two-kenyas [2021-9-8].

19.Sethi, Anita. "Keep the Faith", *The Guardian*, June 4, 2005. http://www.theguardian.com. au.

[2021-10-25].

20.The Editors of Encyclopaedia Britannica, Introduction, View Edit History. https://www.britannica.com/biography/Ngugi-wa-Thiongo [2021-12-13].

21."The Need for Africanist Oral History", Department of African and African-American Studies, Washington University, Oct 3, 2021. https://afas.wustl.edu/african-oral-history [2021-8-30].

22.Varaidzo. "An Interview with Peter Kimani", Wasafiri, May 14, 2018. https://www.wasafiri.org/article/peter-kimani-interview/ [2021-8-31].

23.Zhu, April. "Reading the Dragonfly Sea", http://brainstorm.co.ke/category/ literature/ [2021-1-20].

## 中文文献

1.卢敏，周煜超：《古尔纳〈多蒂〉："中国公主布杜尔"的文化深意》，《中国作家网》http://www.chinawriter.com.cn/n1/2021/1112/c404092-32280522.html [2021-11-12].

2.王菁《日本公布2010年GDP数据 证实首次被中国超越》，《中国日报网》2011，http://www.chinadaily.com.cn/hqgj/2011-02/15/content_12008168.htm [2021-1-20].

## 本书作家生平简表

**阿卜杜勒拉扎克·古尔纳生平简表**

1948　出生于坦桑尼亚的桑给巴尔岛。

1968　为躲避国内动乱，他以难民身份抵达英国，并进入东南部坎特伯雷的基督教
　　　会学院学习。

1976　从伦敦大学获得教育学士学位，此后在肯特郡多佛市的阿斯特中学任教。

1982　获得英国肯特大学的博士学位。

1984　在父亲病危离世前，回到桑给巴尔，见父亲最后一面。

1985　进入肯特大学任教，主讲殖民与后殖民话语课程，从事与非洲、加勒比、
　　　印度等地区相关的后殖民文学研究。

1987　担任英国著名文学刊物《旅行者》（*Wasafiri*）的特约编辑。

1987　首部长篇小说《离别的记忆》（*Memory of Departure*）出版。

1988　长篇小说《朝圣者之路》（*Pilgrims Way*）出版。

1990　长篇小说《多蒂》（*Dottie*）出版。

1994　长篇小说《天堂》（*Paradise*）出版，被普遍认为是其代表作，入围1994年
　　　度的布克奖和惠特布莱德奖。

1996　长篇小说《绝妙的沉默》（*Admiring Silence*）出版。

2001　长篇小说《海边》（*By the Sea*）出版，入围2001年度的布克奖和《洛杉矶
　　　时报》图书奖。

2005　长篇小说《遗弃》（*Desertion*）出版，入围2006年度英联邦作家奖。

2006 当选英国皇家文学会会员。

2011 长篇小说《最后的礼物》（*The Last Gift*）出版。

2017 长篇小说《砾石之心》（*Gravel Heart*）出版。

2020 长篇小说《今世来生》（*Afterlives*）出版。

2021 被授予诺贝尔文学奖，以表彰他对难民命运的具有同情心的洞察。

## 莫耶兹·瓦桑吉生平简表

1950 出生于肯尼亚内罗毕。

1955 其父去世，一家搬至邻国坦桑尼亚的达累斯萨拉姆。

1969 就读于内罗毕大学。

1970 就读于美国麻省理工学院。

1978 攻读宾夕法尼亚大学理论核物理学博士学位后，移民至加拿大。

1980 加入多伦多大学，担任物理研究副研究员和讲师，并开始发表文章。

1989 第一部小说《麻袋》（*The Gunny Sack*）出版，被评为英联邦作家奖最佳图书（非洲）。

1993 小说《秘密之书》（*The Book of Secrets*）出版，此作品荣获吉勒小说奖（Giller Prize for Fiction），赢得了评论界和大众的赞誉。

2003 小说《维克拉姆·拉尔的中间世界》（*The In-Between World of Vikram Lall*）出版，此作品再次获得吉勒小说奖。

2006 纪录片《M.G. 瓦桑吉的中间世界》（The In-Between World of M.G. Vassanji）首映。

## 恩古吉·瓦·提安哥生平简表

1938 出生于肯尼亚的利穆鲁。

1957《我尝试魔法》（*I Try Witchcraft*）发表于基库尤联合高中的杂志。

1960《无花果树》（*The Fig Tree*）发表在《笔端》（*Penpoint*）。

1961《反叛者》在乌干达电视台得到宣传；隶属于《黑色弥赛亚》（*The Black*

Messiah）（即 1965 年出版的《大河两岸》（*The River Between*）。

1962 参加麦克雷雷大学的非洲英语文学会议。戏剧《黑色隐士》（*The Black Hermit*）在乌干达国家剧院表演。

1963 《黑色隐士》由麦克雷雷大学出版社出版。

1964 从麦克雷雷大学本科毕业，进入利兹大学继续进修，着手创作《一粒麦种》（*A Grain of Wheat*）。《孩子，你别哭》（*Weep Not, Child*）出版。

1965 《大河两岸》（*The River Between*）出版。

1967 《一粒麦种》（*A Grain of Wheat*）出版。回国并任教于内罗毕大学。

1969 因维护学术自由，辞去内罗毕大学教师职位。

1970 《明日此时》（*This Time Tomorrow*）出版。

1971 重回内罗毕大学。

1972 《归家》（*Homecoming*）出版。

1974 同米希尔·吉塞·穆戈（Micere Githae Mugo）开始创作《德丹·基马蒂的审判》（*The Trial of Dedan Kimathi*）。

1975 《隐秘的生活》（*Secret Lives*）出版。《碧血花瓣》（*Petals of Blood*）在苏联完稿。

1976 《德丹·基马蒂的审判》在内罗毕肯尼亚大剧院上演。

1977 开始用基库尤语写作，《我想结婚就结婚》（*I will Marry when I want*）上映。《碧血花瓣》出版。

1980 《我想结婚就结婚》《十字架上的魔鬼》（*Devil on the Cross*）出版。

1981 《一个被关押作家的狱中日记》（*Detained: A Writer's Prison Diary*）出版。

1982 英文版《十字架上的魔鬼》《我想结婚就结婚》出版。儿童文学作品《恩江巴·内内和飞翔公交车》（*Njamba Nene and the Flying Bus*）出版。开始流亡英国。

1983 《一桶笔》（*Barrel of Pen*）出版。

1984 第二部儿童文学作品《恩江巴·内内的手枪》（*Njamba Nene's Pistol*）出版。

1986 《马提加里》（*Matigari*）、《去殖民化思想》（*Decolonising the Mind*）及第

三部儿童文学作品《恩江巴·内内和鳄鱼酋长》(*Njamba Nene and Chief Crocodile*)出版。

1989 英文版《马提加里》出版。

1993《转移中心：为文化自由而战》(*Moving the Centre: The Struggle for Cultural Freedom*)出版。

1997《政治作家》(*Writers in Politics*)出版。

1998《笔尖、枪尖与梦想》(*Penpoints, Gunpoints, and Dreams*)出版。

2005《非洲学者：反思政治、语言、性别与发展》(*African Intellectuals: Rethinking Politics, Language, Gender and Development*)出版。

2006《乌鸦魔法师》(*Wizard of the Crow*)出版。

2009《新旧事物：非洲文艺复兴》(*Something Torn and New: An African Renaissance*)出版。

2010 第一部回忆录《战时诸梦：童年回忆录》(*Dream in a Time of War: A Childhood Memoir*)出版。

2012 第二部回忆录《回忆录：诠释者之家》(*In the House of the Interpreter: A Memoir*)出版。

2014《全球学》(*Globaletics*)出版。

2016 第三部回忆录《织梦者的诞生：一位作家的觉醒》(*Birth of a Dream Weaver: A Writer Awakening*)出版。

2018《与恶魔斗争》(*Wrestling with the Devil*)、新版《一个被关押作家的狱中日记》出版。


## 梅佳·姆旺吉生平简表

1948 出生于肯尼亚纳纽基。

1972 在法国电视台驻内罗毕英国文化协会的视听部担任音响工程师。

1973 首部长篇小说《快点杀死我》(*Kill Me Quick*)出版。

1974《快点杀死我》获得第一届乔莫·肯雅塔文学奖(Jomo Kenyatta Prize)。同年长篇小说《喂狗的尸体》(*Carcase for Hounds*)出版。

1975 在洛瓦大学（Lowa University）担任写作研究员一年。同年长篇小说《死的滋味》（*Taste of Death*）出版。

1976 长篇小说《河道街》（*Going Down River Road*）出版。

1978 获得由亚非作家协会颁发的莲花奖。

1979 长篇小说《蟑螂舞》（*The Cockroach Dance*）出版。

1985 在《走出非洲》（*Out of Africa*）的拍摄过程中担任导演助理，在《雾锁危情》（*Gorillas in the Mist*）的拍摄中担任副导演助理。

1987 在《欲望城》（*White Mischief*）的拍摄过程中担任导演助理，在《爸爸的厨房》（*The Kitchen Toto*）的拍摄中担任选角导演。

1988 在《阳光阴影》（*Shadow on the Sun*）的拍摄过程中担任外景制片主任。

1990 利兹大学攻读英语学士学位。儿童作品《小白人》（*Little White Man*）出版。

2000 小说《最后的瘟疫》（*The Last Plague*）出版。

2001 《最后的瘟疫》再次获得乔莫·肯雅塔文学奖。

2002 《小白人》在德国获得德国文学奖，《最后的瘟疫》提名都柏林文学奖。

2005 《男孩的礼物》（*The Boy Gift*）获乔莫·肯雅塔文学奖英语青少年文学三等奖。

2006 《白人男孩》（*Mzungu Boy*）获非洲儿童图书奖、美国图书馆协会全国儿童图书奖和学校图书馆协会国际荣誉图书奖。

2009 《大酋长》（*Big Chief*）获得 2009 年乔莫·肯雅塔文学奖英语成人小说三等奖。

## 伊冯·阿蒂安波·欧沃尔生平简表

1968 出生于肯尼亚内罗毕。

2003 短篇小说《低语的重量》（*Weight of Whispers*）获得凯恩非洲文学奖，该小说发表在文学杂志《所以呢？》（*Kwani?*）上。

2004 因其对肯尼亚艺术的杰出贡献，获得"年度女性"（艺术、遗产类）称号。

2007 《磨刀匠的故事》（*The Knife Grinder's Tale*）改编为同名微电影，于美国上映。

2010 前往金沙萨旅行，准备写一本有关自己经历的书。

2014 第一部长篇小说《尘埃》（*Dust*）出版，该小说描绘了 20 世纪下半叶肯尼亚的一段暴力历史。

2015 《尘埃》入围福里奥文学奖（Folio Prize），并获得乔莫·肯雅塔文学奖。

2019 长篇小说《蜻蜓海》（*The Dragonfly Sea*）出版，该小说灵感来源于帕泰岛上的中国后裔姆瓦玛卡·夏瑞福（Mwamaka Shariff）的故事。

## 艾琳·穆切米－恩迪里图生平简表

1977 出生于内罗毕。

1995 移居美国，在圣地亚哥上大学，并以优异成绩获得国际关系学士学位。

2000 获哥伦比亚大学新闻学硕士学位。

2003 在纽约、华盛顿和波士顿做记者工作。

2017 在开普敦大学以优异成绩获得创意写作硕士学位。

2019 短篇小说《迦梨的祝福》（*The Blessing of Kali*）入围 2019 年英联邦短篇小说奖，入围 2019 年迈尔斯·莫兰基金会奖。

2020 短篇小说《迦梨的祝福》被提名 2020 年凯恩非洲文学奖。

2022 长篇小说《幸运女孩》（*Lucky Girl*）出版。

## 弗朗西斯·戴维斯·伊姆布格生平简表

1947 出生在肯尼亚西部维希加县中心的温扬格村。

1960 由凯夫伊尔小学考入查瓦卡利中学。

1963 进入联盟高中学习，戏剧才能初步显现。

1969 完成戏剧处女作《奥莫罗》（*Omolo*）并凭借该剧入围肯尼亚国家学校戏剧节决赛，被评为最佳男主角。

1970 进入内罗毕大学攻读文学与英语教育专业学士学位。成为"校园作家"的一员，为广播公司编写、导演并出演戏剧。

1972 戏剧《命运之吻》（*Kisses of Fate*）出版。

1973 在内罗毕大学取得文学硕士学位。离开肯尼亚广播公司。戏剧《已婚学者》（*The Married Bachelor*）出版，这部戏剧打开了英语地方剧在电视上放映的大门。

1976 在内罗毕大学教育传播与技术系担任讲师。戏剧《城市里的背叛》

（*Betrayal in the City*）出版。《城市里的背叛》在一次全国范围内的戏剧创作比赛中被选为最佳剧本，收到全国各地的演出邀请。

1977 戏剧《沉默的游戏》（*Game of Silence*）出版。

1978 晋升为高级讲师，之后成为文学系的系主任。

1979 戏剧《继任者》（*The Successor*）出版。

1984 戏剧《卡非拉人》（*Man of Kafira*）出版。

1988 离开肯雅塔大学，进入爱荷华大学继续攻读博士学位。戏剧《阿米娜塔》（*Aminata*）出版。

1989 戏剧《破布的燃烧》（*The Burning of the Rags*）出版，反映社会中的文化冲突。

1992 在爱荷华大学获得博士学位。戏剧《泪神社》（*Shrine of Tears*）出版。

2004 戏剧《雷马拉的奇迹》（*Miracle of Remera*）出版。

2012 11 月 18 日，中风去世。

### 莫妮卡·阿拉克·德·恩耶科生平年简表

1979 出生于坎帕拉。

1995 在古鲁高中就读，并取得该学校初级学业水平。

1998 进入位于首都坎帕拉的麦克雷雷大学攻读教育学学士学位。

1999 加入乌干达女作家协会，小说家戈雷蒂－基奥穆亨（Goretti Kyomuhendo）成为她的导师，并指导她参与各项工作与文学创作。

2001 于乌干达基苏比的圣玛丽学院担任文学和英语教师。诗歌《该死的》（*Damn You*）于该年在柏林举办的德国文学节上发表，并收录在《柏林诗选》之中。小说《被拴住》（*Chained*）入选乌干达女作家协会的文集《粮仓之言》（*Words from a Granary*）中。

2003 散文《在群星之中》（*In the Stars*）获得"战争地区女性的声音"写作竞赛（Women in War Zones Essay Writing Competition）一等奖。短篇小说《女儿的彩礼》（*Bride Price for My Daughter*）发表。

2004 在荷兰格罗宁根大学取得人道主义援助硕士学位，并出任世界粮食计划署驻意大利罗马的预警部门初级顾问。诗歌《十月的日出》（*October Sunrise*）

发表。短篇小说《红色原野上的男孩》（*Children of the Red Fields*）发表。短篇小说《奇怪的果实》（*Strange Fruit*）入围本年度凯恩非洲文学奖。

2005 短篇小说《蚱蜢红》（*Grasshopper Redness*）发表。

2006 担任世界粮食计划署驻喀土穆办事处的报告官员和人道主义事务协调厅的报告官员。

2007 短篇小说《詹布拉树》（*Jambula Tree*）赢得本年度的凯恩非洲文学奖。入选"非洲 39"（*Africa 39*）榜单。

## 吉尔伯特·加托雷生平简表

1981 出生于卢旺达的西北部城市鲁亨盖里。

1997 去往法国。

2008 第一部小说《往事随行》（*The Past Ahead*）出版，并入围龚古尔奖短名单，获得法国西部惊奇旅行者文学奖。

2011 第二部小说《黎明的代价》（*Le prix de l'aube*）出版。

## 斯科拉斯蒂克·姆卡松加生平简表

1956 出生于卢旺达。

1960 与家人被流放到布吉瑟拉地。先后在位于基加利的一所高中、圣母院以及位于布塔雷的一所社会工作学校学习。

1973 离开学校逃往邻国布隆迪，后又逃往吉布提。

1992 定居法国诺曼底。

2004 重返卢旺达。

2006 第一部回忆录《蟑螂》（*Cockroaches*）出版。

2008 回忆录《赤脚的女人》（*The Barefoot Woman*）出版。

2010 第一部短篇小说集《饥饿》（*Igifu*）出版。

2012 第一部长篇小说《尼罗河圣母》（*Our Lady of the Nile*）出版并于当年获得勒诺多文学奖（*Renaudot prize*）。

2014 短篇小说集《山丘的呢喃》（*What the Hills Murmur*）出版。

2016 小说《鼓心》(*Drum Heart*)出版。

## 纽拉丁·法拉赫生平简表

1945 出生于拜多阿。

1963 随家人离开奥加登，在索马里教育部做文员兼打字员。

1965 戏剧《真空中的匕首》(*A Dagger in Vacuum*)出版。

1965 短篇小说《为什么这么快就死了》(*Why Die So Soon*)发表。

1966 进入印度昌迪加尔旁遮普大学攻读哲学、文学和社会学学位。

1970 旁遮普大学毕业。

1970 第一部长篇小说《一根弯曲的肋骨》(*From a Crooked Rib*)出版。

1974 就读于伦敦大学。

1975 就读于埃塞克斯大学。

1976 获埃塞克斯大学戏剧硕士学位。

1976 长篇小说《裸针》(*A Naked Needle*)出版。

1979 长篇小说《酸甜牛奶》(*Sweet and Sour Milk*)出版。

1980 获英语联盟奖。

1982 长篇小说《沙丁鱼》(*Sardines*)出版。

1983 长篇小说《芝麻》(*Close Sesame*)出版。

1986 长篇小说《地图》(*Maps*)出版。

1990 长篇小说《礼物》(*Gifts*)出版。

1994 获意大利格林扎纳·卡佛文学奖。

1998 长篇小说《秘密》(*Secrets*)出版。

1998 获纽斯塔特国际文学奖。

1998 获圣马洛文学节奖。

2000 长篇小说《领土》(*Territoires*)出版。

2003 获瑞典图霍尔斯基文学传媒奖、德国尤利西斯国际报道文学奖。

2004 长篇小说《连接》(*Links*)出版。

2007 长篇小说《绳结》(*Knots*)出版。

2011 长篇小说《叉骨》（*Crossbones*）出版。

2014 短篇小说《风流韵事的开端》（*The Start of the Affair*）发表。

2014 长篇小说《近在眼前》（*Hiding in Plain Sight*）出版。

2018 长篇小说《黎明以北》（*North of Dawn*）出版。

## 约翰·布尔·道生平简表

1974 出生于琼莱省杜克帕尤尔村。

1987 家乡遭政府军袭击，在逃跑途中与父母失散，跟随同乡人前往埃塞俄比亚边境。

1988 来到平玉都难民营，作为"监护人"照顾着安置点中的1200名男童。

1991 来到苏丹境内的波查拉。

1992 一路流亡最后落足于肯尼亚境内的卡库马难民营。此间，联合国及其他国际组织开始关注苏丹难民，并将他们称为"苏丹遗失的男孩"。

2000 刻苦学习，掌握丁卡语、英语、斯瓦希里语三种语言，完成肯尼亚中等教育水平考试，获得高中学历。

2001 5月，收到美国来信，8月来到纽约州的锡拉丘兹开始半工半读，后获得奥内达加社区学院准学士学位，继续攻读锡拉丘兹大学公共政策学士学位。

2006 参与著名导演克里斯托弗·迪伦·奎因（Christopher Dillon Quinn）拍摄的纪录片《上帝不再眷顾我们》（*God Grew Tired of Us*，2006）获奖。

2007 与迈克尔·斯威尼（Michael Sweeney）合著的同名回忆录《上帝不再眷顾我们》由国家地理出版社出版。

2008 获得国家地理新兴探险家奖，入围沃尔沃生命奖决赛，筹建苏丹约翰·布尔·道基金会。

2010 与妻子玛莎合著回忆录《遗失的男孩女孩》（*Lost Boy, Lost Girl*）。

2011 在锡拉丘兹大学麦克斯韦公民与公共事务学院获得政策研究学位。

2018 第三本书《丁卡：智慧支柱》（*Dinka: The Pillars of Wisdom*）出版。

## 玛莎·阿凯切生平简表

1982　出生于朱巴。

1988　到达平玉都难民营。

1991　再次踏上流亡之路，前往波查拉，后历经千辛万苦，辗转多地，最终到达
　　　卡库马难民营。

1995　来到内罗毕。

2001　到达美国西雅图。战后创伤和文化冲击使玛莎无法适应美国的生活，在养
　　　母的帮助下，玛莎努力学习，成为一名护士。

2007　同约翰·布尔·道结婚。

2010　和丈夫共同完成回忆录《遗失的男孩女孩》，共同作为人权活动家重建
　　　家乡。

## 莱拉·阿布勒拉生平简表

1964　出生于埃及开罗。

1985　毕业于喀土穆大学，获经济学学位。

1991　获得伦敦经济学院统计学的理学硕士和哲学硕士学位。

1998　舞台剧《朋友与邻居》（*Friends and Neighbors*）在阿伯丁上演。

1999　首部小说《译者》（*The Translator*）出版，入围橘子小说奖，入围国际都柏
　　　林文学奖（IMPAC Dublin Award）。

2000　短篇小说《博物馆》（*The Museum*）获凯恩非洲文学奖（Caine Prize for
　　　African Writing）。小说《译者》入围圣安得鲁十字协会苏格兰年度第一本
　　　书奖（Saltire Society Scottish First Book of the Year Award）。

2001　首部短篇小说集《彩灯》（*Coloured Lights*）出版。

2002　《彩灯》入围银笔奖。

2003　《译者》入围种族与媒体奖。

2005　小说《尖塔》（*Minaret*）出版并入围橘子小说奖。

2006　《译者》被《纽约时报》（*The New York Times*）列为年度优秀图书奖。

2010 小说《歌词胡同》（*Lyrics Alley*）出版。

2011 《歌词胡同》获得橘子小说奖（Orange Prize），获得苏格兰图书奖，获得英联邦作家奖。

2015 小说《敌人的仁慈》（*The Kindness of Enemies*）出版。

2018 短篇小说集《其他地方，家》（*Elsewhere, Home*）出版，获得了圣安得鲁十字协会年度小说奖，其中包含 13 篇短篇小说。

2019 小说《鸟的召唤》（*Bird Summons*）出版。

## 贾迈勒·马哈古卜生平简表

1960 出生于伦敦。

1989 首部长篇小说《祈雨者的航行》（*Navigation of a Rainmaker*）出版。

1992 短篇小说《路障》（*Road Block*）发表。

1993 短篇小说《制图师的天使》（*The Cartographer's Angel*）发表。
获《卫报》暨海涅曼非洲短篇小说奖。

1994 短篇小说《铅之手，粘土之脚》（*Hands of Lead, Feet of Clay*）发表。
长篇小说《尘埃之翼》（*Wings of Dust*）出版。

1995 短篇小说《失忆史》（*A History of Amnesia*）发表。

1996 长篇小说《标志的时光》（*In Hour of Signs*）出版。

1998 长篇小说《载体》（*The Carrier*）出版。

2003 长篇小说《与精灵同行》（*Travelling with Djinns*）出版。

2004 获法国星盘图书奖（Prix de l'Astrolabe Award）。

2005 获凯恩非洲文学入围奖（Caine Prize）。

2006 获西班牙略萨文学奖（NH Mario Vargas Llosa）。
长篇小说《漂移纬度》（*The Drift Latitudes*）出版。
长篇小说《努比亚之蓝》（*Nubian Indigo*）法文版出版。

2012 长篇小说《努比亚之蓝》英文版 Kindle 电子书出版。
侦探小说《金色的区域》（*The Golden Scales*）出版。

2013 侦探小说《狗星崛起》（*Dogstar Rising*）出版。

2014 侦探小说《幽灵行者》（*The Ghost Runner*）出版。

2015 侦探小说《燃烧之门》（*The Burning Gates*）出版。

2016 侦探小说《豺狼的城市》（*City of Jackals*）出版。

2017 侦探小说《黑色之水》（*Dark Water*）出版。

2018 纪实性文学作品《尼罗河交汇线：记忆中的喀土穆》（*A Line in the River: Khartoum, City of Memory*）出版。

2019 侦探小说《高度》（*The Heights*）出版。

    侦探小说《众神》（*The Divinities*）出版。

    入选英国皇家文学学会翁达杰奖长名单（RSL Ondaatje Prize 2019: The Longlist）。

2021 长篇小说《逃亡者》（*The Fugitives*）出版。

## 艾赫达夫·苏维夫生平简表

1950 出生于开罗一个中上层知识分子家庭。

1971 开罗大学英语文学专业毕业。

1973 获开罗美国大学硕士学位。

1979 赴英国兰卡斯特大学留学，专攻文体论，获得博士学位。

1980 与英国诗人和传记作家伊恩·汉米尔顿结婚。

1983 短篇小说集《阿依莎》（*Aisha*）出版，并入选英国《卫报》（*Guardian*）小说奖最终候选名单。

1992 首部长篇小说《在太阳眼中》（*In the Eye of the Sun*）出版。

1996 短篇小说集《矶鹬》（*Sandpiper*）出版，其阿拉伯文改编版《生活的饰物》（*Zīnah al-ḥayāh*）曾在开罗国际图书展上被评为最佳短篇小说集。

1999 长篇小说《爱的地图》（*The Map of Love*）出版，并入围当年的布克奖，是第一部获得布克奖提名的阿拉伯小说。

2003 将穆里德·巴尔古提（Mourid Barghouti）的《我见过拉马拉》（*I Saw*

Ramallah）从阿拉伯语翻译成英语。

2007　重新整理出版短篇小说集《我想你》（*I Think of You*）。

2008　发起巴勒斯坦文学节，并担任创始主席一职。现常住于温布尔登，就职于当地的伊斯兰研究中心。

2010　短篇小说集《我们自己的故事》（*Stories of Ourselves*）出版。

2012　出版《开罗：我的城市，我们的革命》（*Cairo: My City, Our Revolution*）。

2012　被任命为英国博物馆的受托人，2019 年离职。